LE SECRET DU BAYOU

Écrivain résident à l'université de l'Arkansas puis à l'université du Texas, John Biguenet a publié des nouvelles, des essais et des poèmes dans de nombreuses revues (*Esquire, Story, Zoetrope...*), ainsi que plusieurs ouvrages. Ses nouvelles, notamment, lui ont valu un O. Henry Award. Président de l'American Literary Translators Association, John Biguenet enseigne actuellement à l'université Loyola de La Nouvelle-Orléans.

JOHN BIGUENET

Le Secret du bayou

ROMAN TRADUIT DE L'ANGLAIS (ÉTATS-UNIS)
PAR FRANCE CAMUS-PICHON

ALBIN MICHEL

Titre original :

OYSTER

Pour Sha.

« L'âme américaine est, par essence, rude, solitaire, stoïque, et prédatrice. »

D. H. LAWRENCE.

Plaquemines Parish
Louisiane
1957

PREMIÈRE PARTIE

1.

Le claquement sourd de la pagaie contre l'eau noire trahissait l'impatience de Horse alors que sa pirogue, invisible sous la voûte sombre des arbres de la rive, s'engageait sur le bayou des Petitjean. Mais la progression du bateau était ralentie par des racines de cyprès inondés qui raclaient sa coque étroite, et par des branches basses ployant peut-être sous le poids de gros mocassins d'eau. À cette pensée, Horse tira son couteau de l'étui et le planta dans le bois du siège près de lui.

Bien qu'il fût près de minuit, la chaleur alourdissait toujours l'air. Plus tard, juste avant l'aube, la fraîcheur s'installerait. Les dormeurs, s'éveillant sous le lent tournoiement des pales d'un ventilateur, remonteraient sur leur corps frissonnant le drap chiffonné entre leurs pieds. Les épouses s'assiéraient dans leur lit pour remettre la chemise de nuit arrachée un peu plus tôt par leur mari. Les enfants iraient se blottir dans le lit d'un frère ou d'une sœur. D'ici là, quelques heures durant, la chaleur continuerait à suinter entre les lattes du parquet des maisons, à dégouliner des aiguilles de pin. Et la main d'un homme à fendre l'air humide comme l'aileron d'un requin l'océan.

Une lueur vacilla dans la nuit encombrée de formes enchevêtrées. Elle clignota plusieurs fois tandis que la pirogue glissait au ras des troncs noirâtres bordant la rive, jaillissant parfois même des eaux du bayou. Horse savait que ce fanal était l'éclairage extérieur de Felix Petitjean. Il se rappela que pour atteindre le mouillage à l'autre bout de la clairière, il lui faudrait franchir à découvert l'appontement de son vieux rival. La pleine lune, même à peine levée, l'inquiétait.

Alors qu'il cherchait un moyen de passer inaperçu, les arbres s'espacèrent. Il distinguait la maison, en retrait à une vingtaine de mètres du bayou. Aucune lumière à l'intérieur : toute la famille devait dormir.

Horse se pencha par-dessus bord, se propulsant le long de la berge à la force du poignet là où il le pouvait, pagayant de son mieux le reste du temps. Même s'il se vantait souvent, après une ou deux bières au R&J's, d'être à cinquante-deux ans le pêcheur d'huîtres le mieux bâti de la paroisse de Plaquemines, il regrettait d'avoir fait à la rame le trajet depuis son repaire de Bayou Dulac. Ses épaules l'élançaient, son dos commençait à lui faire mal. « Mais qu'est-ce qui m'a pris de sortir cette pirogue ? » se répétait-il.

À l'approche du ponton mal équarri, il s'agrippa à un pilotis, laissant le courant paresseux amener l'embarcation contre les pneus fixés aux traverses. Au mouillage de l'autre côté, la *Mathilde* semblait somnoler.

Horse se redressa un peu et chuchota dans l'obscurité.

– Therese ?

Entre les pins à l'arrière du ponton, une silhouette surgit lentement de l'ombre. Une jeune fille pieds nus et en robe légère s'avança. Horse amarra sa pirogue.

– Non, protesta Therese, dénouant l'amarre. Allons faire un tour sur le bayou.

– Mais certainement, *ma chère*, tes désirs sont des ordres...

Il aida Therese à descendre dans la pirogue qui tanguait dangereusement.

– ... C'est pour cette raison que tu m'as fait venir en bateau ?

– Contentez-vous de nous éloigner de la maison de mon père, répliqua-t-elle depuis l'avant, sans se retourner.

D'une poussée, Horse s'orienta vers les profondeurs du bayou. La présence de Therese à bord l'enhardissait, même si la lune montait peu à peu dans le ciel. Malgré ses épaules douloureuses, il ramait énergiquement. La puissance de ses coups de pagaie soulevait presque l'embarcation hors de l'eau.

À l'entrée du chenal, quelque cinq cents mètres plus loin, la jeune fille demanda à Horse d'amarrer le bateau. Il le fit glisser entre les roseaux, l'immobilisant dans la vase de la rive marécageuse. La poupe était entraînée par les remous, alors il jeta par-dessus bord un seau rempli de béton en guise d'ancre et noua la corde au manche robuste du couteau qu'il avait planté dans le siège.

Therese pivota sur elle-même.

– Vous croyez que ça va tenir ?

– De toute façon, on ne s'en va pas, la rassura Horse, faisant un dernier nœud autour du manche.

Il écrasa un moustique sur son cou.

– Alors, pourquoi tant de secrets pour me voir ?

– Vous souhaitez toujours qu'on se marie ?

– Therese, ton père m'a promis ta main !

– Vous êtes plus vieux que ma mère, Horse ! Et moi j'ai eu dix-huit ans le mois dernier !

– Tu as l'âge de te marier, ma petite. Très largement.

– Pourquoi tenez-vous donc tant à m'épouser ?

Horse s'agita sur son siège, faisant légèrement tanguer la pirogue.

– Tu sais très bien pourquoi, murmura-t-il.

– Les temps ont changé. Mon père ne peut pas me donner en mariage comme ça.

Horse se frotta la joue, puis dévisagea la jeune fille.

– Si seulement tu disais « oui », il n'y aurait pas de problème.

Visiblement, elle n'était pas convaincue.

– … Écoute, aucune de nos deux familles ne peut s'en sortir sans les parcs à huîtres de l'autre. La baie de Barataria est envahie par les algues rouges, et tu sais bien que personne ne pêche plus rien d'intéressant, même en allant jusqu'à Bay Sansbois. Ils ont ramené combien de sacs d'huîtres la semaine dernière, ton père et ton frère ? Moi, j'ai un plan…

Une grenouille coassa dans les environs.

– … Tu le connais comme moi. Nos deux familles ont besoin l'une de l'autre.

– Oui, je le connais, votre plan. Voler les huîtres de mon père parce que l'État va fermer vos parcs.

– Qui raconte ça ?

– Tout le monde. Pas besoin d'être un génie pour lire les analyses bactériologiques dans le journal.

– Un tissu de mensonges ! Mes huîtres sont les plus saines de Plaquemines Parish.

Horse brandit le poing, broyant sa colère au creux de sa main. Il prit une profonde inspiration.

– De toute façon, je les volerais comment, les huîtres de ton père ? Ses parcs appartiennent aux Petitjean depuis un siècle.

– On vous a déjà hypothéqué la *Mathilde*, et aussi la maison l'hiver dernier.

– J'ai rendu service à ta famille, c'est tout. Sans la moindre arrière-pensée.

Il leva le bras, écrasant entre le pouce et l'index un moustique gorgé de sang. Puis il plongea brutalement la main dans l'eau pour la rincer.

– Le jour où tu deviendras ma femme, la *Mathilde* et la maison seront à toi. Cadeau de mariage. Ça te va ?

La jeune fille contempla les marécages.

– Vous savez ce que prétend mon père ? Que je devrais au moins vous laisser une chance.

– Il a raison. Nos deux familles ne peuvent pas se passer l'une de l'autre.

Les grands roseaux frissonnèrent dans le silence. Défiant Horse du regard, Therese déboutonna lentement sa robe. Au clair de lune, il vit qu'elle ne portait rien dessous.

– Eh bien la voilà, votre chance, Horse.

– Ce n'est pas convenable, protesta l'homme, le souffle court.

– Ôtez votre chemise, chuchota Therese.

Dans sa robe ouverte, elle se dirigea à tâtons vers l'arrière de la pirogue. Elle s'assit sur les genoux de Horse, face à lui. Des moustiques tournoyaient, les entourant d'un halo.

Jamais encore Horse n'avait laissé une femme prendre l'initiative. De ses mains fines, Therese défit un à un les boutons de sa chemise trempée de sueur. Elle lui dégagea une épaule endolorie, puis l'autre. Il se débarrassa des manches, ses bras pareils à deux aiguilles de mer s'échappant par les trous de ses filets. D'abord il ne sut où poser les mains, jusqu'à ce que la jeune fille frotte ses seins contre l'épaisse toison rêche et grisonnante de son torse. Il l'attira contre lui avec précaution, comme s'il avait peur qu'elle se brise.

Le vent se leva, gonflant la robe de Therese et lui dénudant une cuisse. Horse sentit qu'elle essayait d'ouvrir son pantalon, mais son ceinturon était trop serré sur son ventre.

– À vous l'honneur, souffla-t-elle, se baissant pour lui dénouer ses lacets.

Ses lourdes chaussures tombèrent au fond de la coque avec un bruit sourd, ses pieds se libérèrent de leurs chaussettes dans les mains de Therese. Toujours accroupie, elle lui retira son pantalon, une jambe après l'autre. Haletant, il tentait de se maîtriser, de ne pas la brusquer.

À deux mains, elle lui baissa son caleçon. Horse était nu dans la pirogue, sa toison grise scintillait au clair de lune. Il se sentit fort, viril. « Après tout », se dit-il, « elle l'aura voulu… »

– Fermez les yeux, le taquina-t-elle.

– Pourquoi ?

Horse sourit, laissant voir une dent cariée.

– Je suis trop timide pour me mettre nue devant vous.

– Toi ? Tu es la fille la moins timide que je connaisse.

– Je vous en prie, supplia-t-elle avec coquetterie.

Horse ferma les yeux.

– Tu vois bien qu'on sera heureux ensemble, dit-il.

Sentant le bateau tanguer, il rouvrit les yeux. La robe gisait en travers du siège, mais Therese avait disparu. Perplexe, il l'entendit soudain refaire surface dans le chenal, à quelques mètres derrière lui.

– Que fais-tu ? s'enquit-il à voix basse.

– À votre avis ? Je prends un bain de minuit. Allez, venez !

Ses longues jambes battirent l'air tandis qu'elle disparaissait de nouveau sous l'eau.

Lorsqu'elle réapparut enfin, plus loin dans le chenal, Horse scrutait la surface avec inquiétude.

– Attention, il y a des alligators, la nuit, et aussi des requins…

– Si vous croyez me faire peur ! Venez plutôt me chercher. Je vous offre la chance de votre vie.

Avec un soupir, il passa une jambe par-dessus bord et se laissa glisser dans les eaux noirâtres. Voilà longtemps qu'il n'avait pas nagé. Il enfonçait jusqu'aux chevilles dans la vase et chaque pas lui demandait un effort. À quelques mètres de la pirogue, il perdit pied. Il fit quelques brasses pour rejoindre Therese qui luttait contre le courant, plus fort au fur et à mesure que la marée descendait.

– Ce que vous nagez lentement ! se moqua-t-elle, lui crachant de l'eau au visage.

– Allons, Therese, retournons au bateau.

– D'accord, on fait la course !

Elle fonça vers la pirogue en l'éclaboussant. Horse s'ébroua pour se débarrasser des gouttelettes qui l'aveuglaient et s'élança dans son sillage.

– Tu as plus de force qu'il n'y paraît, petite ! lui cria-t-il.

Nageant la tête hors de l'eau, il vit Therese se hisser à l'intérieur de la pirogue, le corps argenté dans la lumière pâle de la lune. Son dos ruisselant se redressa au-dessus du cœur dessiné par son *cul*, comme disaient encore les anciens. Malgré son essoufflement, Horse sourit en prononçant le vieux mot français. « Certaines choses ne sonnent vraiment pas bien en anglais », décida-t-il.

Assise à l'arrière du bateau, les pieds dans l'eau, Therese jouait avec la corde de l'ancre improvisée. Elle continua de taquiner Horse.

– Dites donc, une fille a toutes les chances de se languir, avec un mari aussi lent que vous ! Je ferais peut-être mieux de remettre ma robe.

– J'arrive, articula Horse entre deux brasses laborieuses.

Il sentait soudain son âge. La pirogue semblait osciller alors que la surface du bayou était calme.

Enfin, il atteignit l'embarcation. S'y cramponnant à deux mains, il reprit son souffle. Therese avait replié ses jambes sous elle à son approche et se penchait vers lui, joue contre joue.

– J'ai une surprise pour vous, mon vieux, murmura-t-elle.

– Je sais, *Chère*, mais laisse-moi me reposer une minute…

Il respira profondément.

– … Tu m'as épuisé.

– Je vais vous aider, dit Therese, lui attrapant l'avant-bras.

Tant bien que mal, Horse tenta de reprendre pied dans la vase, puis de se soulever à la force du poignet, bras tendus tel un trapéziste. Alors qu'il était en appui sur le plat-bord, une moitié du corps toujours dans l'eau, l'arrière du bateau se déporta sur le côté.

– Bon sang, la corde s'est détachée ! s'exclama Horse, surpris.

Il tournait la tête vers le siège où il avait amarré l'ancre quand sa poitrine explosa de douleur. « Mon cœur… », s'affola-t-il, luttant pour rester conscient et se hisser dans la pirogue d'un coup de reins.

– Therese… Therese… Aide-moi.

Mais Therese le poussait dans le bayou. Lorsqu'il baissa les yeux pour écarter de son torse les mains de la jeune fille, il vit le couteau enfoncé jusqu'au manche entre ses côtes. Un épais liquide ruisselait de ses lèvres sur son menton. Il hoqueta.

– Nom de Dieu, petite… Qu'est-ce que tu m'as fait ?

Ses doigts s'engourdissaient et il glissait dans les flots.

Il voulut dire autre chose, mais déjà il avait de l'eau plein la bouche. La vase lui enserrait les chevilles, l'entraînant vers les profondeurs du bayou, l'engloutissant. À demi évanoui, il crut soudain reconnaître contre le sien le corps de Therese qui le ramenait vers la surface. « Une sirène au secours du marin qui se noie », songea-t-il, souriant presque. Il remontait avec elle, vers elle. Il lui frôlait la cuisse, elle l'attirait en elle.

L'eau s'ouvrit brutalement, comme un drap déchiré en deux. La respiration sifflante entre les quintes de toux, Horse aspira une goulée d'air chaud.

– Tenez bon, je vous ai, entendit-il Therese chuchoter.

Elle n'était pas avec lui. Restée sur le bateau, elle avait plongé la main dans le bayou et le tirait par les cheveux.

– Tenez bon, d'accord ?

Suspendu par un bras à la pirogue, Horse se concentra pour ne pas lâcher prise.

Tandis que Therese manœuvrait l'embarcation vers les eaux plus profondes du chenal, la vase desserra son étreinte autour des chevilles de Horse et ses jambes vinrent cogner contre la coque. À marée descendante, le courant entraîna la pirogue vers le golfe du Mexique.

– Horse, vous m'entendez ?…

De nouveau, le visage de Therese était tout près du sien. Il ouvrit les yeux. Au-dessus de lui les seins de la jeune fille ressemblaient à deux lunes.

– … Je ne suis pas à vendre pour le prix d'un maudit bateau, compris ?

L'homme était incapable d'articuler une parole. Il tenta d'acquiescer de la tête.

Il opinait encore du chef quand Therese lui enroula trois fois la corde autour du cou et lâcha par-dessus bord le seau rempli de béton.

2.

– Terry, où étais-tu ?

Therese reconnut la voix de son frère avant de le voir.

– Que fais-tu debout si tard, Alton ?

– J'ai entendu la porte s'ouvrir. Où étais-tu ?

La jeune fille se tenait dans la pénombre de l'escalier menant à sa chambre, la main plaquée contre la rampe par les doigts puissants de son frère.

– Viens, souffla-t-elle. Montons avant de réveiller papa et maman.

Alton, qui mesurait près de deux mètres, baissa la tête en pénétrant dans la pièce mansardée. Nichée sous les combles, la chambre de Therese était encombrée d'animaux en peluche et de poupées en haillons que poudrait d'argent la lumière de la lune entrant par la lucarne ouverte. La jeune fille referma la porte sans bruit et alluma sa lampe de chevet. Alton étouffa une exclamation.

– Regarde-toi ! Les cheveux trempés, ta robe tachée de boue… Et tes chaussures, où sont-elles ?

– Je suis allée me baigner.

– Te baigner ? À une heure du matin ? Tu es devenue folle, ou quoi ?

– Je n'arrivais pas à m'endormir.

Le jeune homme s'assit près d'elle sur le lit.

– Terry, que se passe-t-il ?

– Je ne trouvais pas le sommeil, c'est tout !

Alton ramassa sur le sol un alligator bleu avec une langue en feutrine rouge. Il jeta un coup d'œil par la lucarne à l'autre bout de la pièce.

– Tu sais, rien ne t'oblige à épouser Horse si tu n'en as pas envie. La pêche sera bonne, cette saison. Tout va s'arranger.

– Ce n'est pas l'avis de papa, murmura Therese.

– Il est vieux. Il s'inquiète pour un rien.

– Tu veux dire qu'il n'avait pas besoin de céder la *Mathilde* à Horse ?

– Il regrette d'avoir signé. À l'époque, il croyait qu'il n'avait pas le choix.

– C'est vrai qu'on ne vous laisse pas toujours le choix, répliqua la jeune fille, amère.

– Papa s'est affolé, voilà tout. Mais on ne perdra pas le bateau, tu verras…

Alton se leva, courbant sa haute taille sous le plafond mansardé comme les géants des vieux livres de contes sur l'étagère rose au pied du lit de sa sœur.

– Écoute, Terry, je voulais juste te dire que tu n'étais pas obligée de te marier contre ton gré. On se débrouillera d'une manière ou d'une autre.

Therese sourit à son frère.

– Tu veilles sur moi, n'est-ce pas ?

L'air grave, il ouvrit la porte.

– Comme toi sur moi… Tu ferais bien de te sécher les cheveux.

26

Sa lampe éteinte, la jeune fille écouta l'escalier grincer sous les pas de son frère qui regagnait sa chambre. Elle descendit sur ses épaules les bretelles de sa robe, la laissa glisser à ses pieds, récupéra sous son oreiller la chemise de nuit qu'elle y avait roulée en boule deux heures plus tôt. Elle la tint quelques instants au-dessus de sa tête avant d'en revêtir son corps parcouru de frissons. Du pied elle poussa sous le lit sa robe souillée, puis passa la main dans sa chevelure brune encore ruisselante. Grelottant à présent, elle coupa le ventilateur qu'elle avait laissé en marche sur son bureau et ferma la lucarne. Elle aperçut alors une lueur orangée derrière les roseaux, au-dessus du chenal. D'un geste sec elle tira les rideaux.

Étendue sur son lit étroit, elle tremblait des pieds à la tête sans pouvoir s'arrêter, mais elle ne pleurait pas. Serrant contre son cœur une poupée de chiffon baptisée Marie, elle se remémora la première visite de Horse, un an plus tôt.

Bien sûr, elle le connaissait depuis sa naissance. Tout le monde parlait encore de cette fête de la tomate durant laquelle, âgée de cinq ou six ans au plus, elle avait interpellé le colosse qui discutait avec sa mère près de l'église.

– Monsieur Bruneau, pourquoi on vous appelle « Horse » ?

Le cerveau embrumé par toutes les bières Dixies qu'il avait descendues cet après-midi-là, l'homme avait soulevé la fillette d'un seul bras et s'était retourné en s'esclaffant vers la foule rassemblée autour de la marmite de jambalaya.

– Cette enfant veut savoir pourquoi on m'appelle « Horse »... Le cheval... Eh bien, les amis, qu'en pensez-vous ? Est-elle assez grande pour que je lui montre ?

La mère de Therese lui martelait le torse de ses poings, essayant de récupérer sa fille.

– Devant l'église, comment oses-tu ? Tu ne respectes vraiment rien, Darryl ! s'écria-t-elle, furieuse et inquiète à la fois.

L'homme l'ignora.

– Alors, qu'en pensez-vous ? Ces dames veulent-elles expliquer d'où me vient ce surnom ?

Une voix fit taire les gloussements de l'assistance.

– À ce train-là, on va croire que c'est parce que vous n'avez pas plus de cervelle qu'un cheval de trait !

Rouge de colère, Horse pivota sur lui-même et vit Matthew Christovich sortir de la foule. Son rictus fit place à un sourire matois.

– Tiens, c'est vous, shérif ! Je ne savais pas que vous étiez là.

– On dirait que madame Petitjean veut que vous lui rendiez sa fille.

– Un instant. J'allais montrer à cette petite pourquoi on m'appelle « Horse ».

Hissant sur son dos la fillette qui se cramponna à son cou, il s'était mis laborieusement à quatre pattes et lui avait fait faire le tour du cimetière à califourchon.

– Tu vois ! avait-il lancé alors que même la mère de Therese ne pouvait s'empêcher de sourire. Voilà pourquoi on m'appelle « Horse » !

Bien entendu, les anecdotes ne manquaient pas sur ces deux familles perpétuellement en conflit. Horse avait toujours trouvé l'argent pour racheter les parcs à huîtres de propriétaires endeuillés ou ruinés, et au fil des ans, lui et ses fils s'étaient posés en rivaux des Petitjean. Pourtant, aucun des parcs exploités par Horse ne produisait autant que ceux de Felix Petitjean. À l'époque où il y avait assez d'huîtres pour tout le monde, Horse semblait se satisfaire de son sort. Mais au fur et à mesure que les compagnies pétrolières creusaient de nouveaux chenaux entre le Mississippi et le golfe du Mexique, noyant les parcs de Plaquemines Parish dans l'eau fortement salée du grand large, les huîtres de Horse s'atrophiaient et mouraient. Seuls les parcs les plus anciens comme ceux des Petitjean, dans de petites baies sans nom, de minuscules lagons à une heure de la côte en bateau par des bayous tortueux, continuaient à produire autant qu'au bon vieux temps.

Cependant, l'animosité de Horse envers Felix Petitjean ne se résumait pas à la simple jalousie d'un parvenu pour une vieille famille installée. Même si Therese en ignorait la cause, la brouille entre les Bruneau et les Petitjean les avait empêchés de se voir jusqu'à ce dimanche après-midi de l'été précédent, où Horse avait garé sa Cadillac bleu ciel dans l'allée de la maison de Felix.

Assises au bord de leur bayou, Therese et sa mère réparaient les filets qu'Alton et son père avaient utilisés ce matin-là pour pêcher la crevette brune. L'été avait été difficile, même pour les Petitjean. Bien que Felix eût attendu ces dernières années pour équiper la *Mathilde* d'un chalut à crevettes, le père et le fils ratissaient désormais les eaux côtières chaque matin avant l'aube en compagnie des autres crevettiers. Les gros chalutiers du Texas, de l'Alabama, voire de la Floride, ne laissaient pas grand-chose aux *petits bateaux* du cru. Mais l'ouragan Corinne avait décimé les bancs d'huîtres à l'automne et la crevette rapportait quinze cents la livre.

Sous les yeux des deux femmes, Horse s'extirpa de sa voiture et s'avança lentement vers elles, avec la démarche chaloupée de celui qui a passé une bonne partie de sa vie sur l'eau.

– Bonjour, Mathilde ! lança-t-il, soulevant sa casquette de base-ball décorée du drapeau des confédérés.

– Bonjour, Darryl, répondit-elle, le saluant de la tête.

Elle s'adressa à Therese.

– Va réveiller ton père.

Encore ensommeillé, vêtu d'un maillot de corps et d'un pantalon trop large, Felix apparut pieds nus sur la terrasse dominant le bayou, où Horse le rejoignit. Pendant qu'ils discutaient, Mathilde fit du café.

À défaut de pouvoir suivre la conversation depuis la berge où elle était retournée réparer les filets, Therese regarda Horse gesticuler de manière théâtrale et se lever brusquement comme pour partir. Le prenant par le bras, Felix le fit rasseoir. À côté de Horse, il paraissait malingre. C'était un homme de petite taille, « mince comme une feuille de papier à cigarette » à en croire les habitants de la commune. La jeune fille avait honte : nul besoin d'entendre ce que disait son père pour savoir qu'il suppliait Horse de lui rendre un service. Soudain, alors que Mathilde poussait la porte-moustiquaire, apportant deux verres de café noir fumant sur un vieux plateau en argent, les hommes crachèrent dans leur paume avant d'échanger une poignée de main.

En silence, ils dégustèrent leur café à petites gorgées, contemplant les marécages qui s'étendaient à perte de vue sur la rive opposée. Mathilde dévisagea quelques instants Horse et son mari, puis disparut dans la maison.

Lorsque le café eut un peu refroidi, Horse avala d'un trait ce qui restait, et, avec un signe de tête à l'adresse de Felix, se leva et descendit pesamment les marches de la terrasse. Au lieu d'aller vers sa voiture, il s'approcha de Therese en bombant le torse.

– Comment va, fillette ?

– Bonjour, monsieur Bruneau.

– Voilà un bail que je ne t'ai pas vue, déclara-t-il, l'observant du coin de l'œil. Tu n'es plus si petite que ça, on dirait…

– On me fait manger beaucoup de soupe.

Horse s'esclaffa.

– Toujours la langue aussi bien pendue, hein ?

– Vous parliez de quoi, avec papa ?

– Rien d'important… Des histoires d'huîtres, répondit Horse avec un sourire énigmatique.

Il allait ajouter quelque chose, mais il avait entendu Mathilde arriver derrière lui dans les herbes sèches.

– … À bientôt, d'accord ?

Il était parti vers sa voiture, marmonnant « *Au revoir*, Mathilde » à l'intention de la mère de Therese.

Une demi-heure plus tard, Felix était toujours assis sur la terrasse, muet, le regard fixé vers le golfe du Mexique.

À présent, étendue sur son lit avec sa poupée dans les bras, c'était la scène dont Therese gardait le souvenir le plus net : son père si frêle dans le fauteuil à bascule, regardant l'horizon.

Tandis que le vieil homme se balançait sur la terrasse cet après-midi-là, Mathilde avait expliqué à sa fille que les banques refusaient de leur accorder un nouveau prêt. Le département de la santé publique menaçait d'interdire la vente d'huîtres contaminées – invoquant le nombre trop élevé de cas d'hépatite à La Nouvelle-Orléans. La chambre locale des représentants envisageait même de voter une loi révoquant tous les baux et mettant les parcs à huîtres aux enchères. L'avenir était trop incertain pour les banquiers.

– Ton père n'a pas eu le choix, avait soupiré Mathilde.

Seul Horse acceptait de leur prêter assez d'argent pour payer l'essence du bateau, la glace et les traites jusqu'à la fin de la saison, et uniquement parce qu'elle était allée le lui demander en personne.

– On cède quoi en échange ? avait interrogé Therese avec dépit.

Sa mère avait poussé un nouveau soupir.

– Le bateau.

Therese en avait eu le souffle coupé.

– Il nous tient, maman.

– Je sais… je sais.

Et tout cela en pure perte. Sans que personne ne s'aperçoive de rien, l'hiver anormalement chaud avait favorisé l'éclosion d'une nouvelle bactérie qui, avec les grandes marées de l'été, infestait la baie de Barataria. Peut-être Felix était-il un piètre gestionnaire, mais il en savait plus long sur les huîtres que les chercheurs de Louisiana State University. Un après-midi de septembre, rentré tôt de ses parcs les plus éloignés, il avait quitté la *Mathilde* d'un pas chancelant pour aller s'asseoir sur le ponton, la tête dans les mains. Sa femme était accourue de la cuisine.

– Qu'y a-t-il ?

Toujours assis, Felix hochait la tête.

– Elles vont toutes mourir, les unes après les autres…

– Qu'est-ce qui va mourir ? demanda Mathilde, le prenant dans ses bras.

Pour toute réponse il ouvrit sa main au creux de laquelle se trouvait une huître atrophiée, couverte d'une moisissure noirâtre.

Début octobre, le département de la santé publique avait fermé presque tous les parcs à l'ouest de Plaquemines. Début novembre, la production d'une année entière était perdue.

Deux jours avant Noël, la Cadillac bleu ciel remonta de nouveau l'allée. Cette fois, personne ne marchanda. Les quatre Petitjean étaient debout autour de la table de la cuisine quand Horse accepta leur maison comme garantie d'un second prêt.

Alors que la Cadillac reculait en crissant sur le gravier de l'allée, Alton affirma :

– La prochaine fois, il mettra la main sur les parcs à huîtres.

Felix tapa du poing sur la table.

– Il n'y aura pas de prochaine fois, nom de Dieu !

Mathilde, en larmes, se signa.

– Parfaitement, approuva Therese avec défiance. Papa a raison. Il n'y aura pas de prochaine fois.

Les crabes et une médiocre campagne de pêche à la crevette brune leur permirent à peine de tenir jusqu'au début de l'été. Horse attendit la fin du mois d'août pour revenir ; ses rires étouffés tandis qu'il discutait à voix basse avec son père sur la terrasse mirent Therese mal à l'aise. Lors d'une seconde visite, le marché fut conclu.

Le dimanche suivant, à table après la messe, Felix annonça à Therese qu'avec son diplôme d'études secondaires en poche, il était temps pour elle de se marier. Suivant la tradition, sa mère et lui avaient un prétendant à lui proposer. Bien entendu, ils ne pouvaient la forcer. Ils souhaitaient seulement qu'elle donne sa chance à l'homme en question.

Therese comprit soudain la raison des visites répétées du vieux rival de son père.

– Vous comptez me faire épouser Horse ?

– Il s'appelle Darryl, corrigea sa mère.

– Comment osez-vous me poser la question ? lâcha Therese, incrédule.

– Il est riche. Et il a promis de prendre soin de toi, répliqua son père, détournant le regard.

– Je n'ai pas besoin qu'on prenne soin de moi...

Felix évitait toujours son regard.

– ... Maman, dis quelque chose...

– Je ne peux rien pour toi, mon cœur, murmura sa mère, la voix rauque à force d'avoir pleuré.

Alton s'était levé lentement et avait interpellé son père.

– Quel pacte diabolique as-tu signé avec ce salaud ?

– Ce n'est pas un pacte, avait répondu Felix d'un ton mal assuré. Seulement un arrangement. Dans l'intérêt de Therese. Elle sera la femme la plus riche d'Egret Pass.

Alton avait hoché la tête, puis il était parti en claquant la porte.

– Ce n'est pas juste, et je ne l'épouserai pas, avait conclu Therese.

– Laisse une chance à cet homme, c'est tout ce que je te demande. Au moins une chance, avait insisté son père.

Au souvenir de ce dimanche matin, Therese sentait encore la colère monter en elle, mais à présent, sous les couvertures, elle trouvait dans cette indignation un réconfort – ainsi qu'une justification. Elle ne grelottait plus et se leva pour rouvrir la lucarne. Écartant les rideaux, elle prit une profonde inspiration.

– Eh bien voilà, dit-elle à voix haute. Il a eu sa chance.

La lune semblait posée sur les marécages, et à des kilomètres à la ronde on n'entendait que le bourdonnement des moustiques.

3.

Bien qu'un pêcheur de crevettes ivre eût raconté au shérif Christovich avoir vu au loin un « panier de flammes » flotter sur le chenal cette nuit-là, seuls quelques débris calcinés d'une pirogue échouèrent dans les filets de ses collègues le lendemain.

– Ça ne prouve rien. Ici, tout le monde a une pirogue, expliqua Christovich à Ross, le fils cadet de Horse.

– Peut-être, mais en attendant, la Cadillac de mon père est chez nous à Bayou Dulac et la grande pirogue a disparu.

Christovich repartit vers sa voiture, Ross sur ses talons.

– Je n'ai pas dit que les débris apportés par la marée ne venaient pas de l'embarcation de ton père. Seulement qu'on n'en a aucune preuve, c'est tout. Et puis tu as déjà vu une pirogue prendre feu sur l'eau ? Sans moteur ni essence, ça ne tient pas debout.

– Justement. Vous croyez que papa a sorti son briquet de sa poche et mis le feu lui-même ?

Le shérif ouvrit la portière de sa voiture et s'installa au volant.

– Écoute, tu peux dire à tes deux frères que j'ai vérifié auprès de chaque patron pêcheur rentré ce matin.

J'ai même interrogé le vieux Boudreaux sur ce qu'il a vu la nuit dernière. Personne ne sait rien. Il faut me laisser le temps de faire mon boulot, les gars.

Ross s'appuya des deux mains à la portière, empêchant Christovich de la fermer.

– Autant vous prévenir tout de suite, Little Darryl ne sera pas content. Quand Rusty et lui sont partis ce matin chercher papa avec le bateau, il m'a bien recommandé de vous rappeler ce qu'Alton a dit au R&J's l'autre soir.

Ross eut juste le temps de retirer ses mains avant que Christovich ne claque la portière.

– Et moi, mon garçon, je te conseille de lui répondre que tous autant que vous êtes, vous avez intérêt à laisser les Petitjean tranquilles. Si vous cherchez la bagarre, je vous jure que je vous coffre.

– Vous ne changerez donc jamais, shérif ? Vous savez pourtant ce qu'on raconte sur vous et la Mathilde.

Christovich jaillit hors de sa voiture sans laisser à Ross le temps de s'écarter. La portière projeta le jeune homme dans le fossé bordant le chemin recouvert de coquilles d'huîtres concassées.

– Un mot de plus, et j'enlève mon badge pour pouvoir te courser d'un bout de la commune à l'autre, dit calmement le shérif, un pied de chaque côté du fossé.

Ross resta à terre, mais alors que Christovich remontait dans sa voiture, il lui cria :

– Et merde !… Si vous n'étiez pas si vieux…

Avant qu'il puisse terminer sa phrase, le shérif avait démarré en trombe, le noyant sous un nuage de poussière blanche.

Lorsque le *Squall* rentra au mouillage deux heures plus tard, Ross attendait ses frères.

– Des nouvelles de papa ? interrogea-t-il depuis le quai.

– Rien, répondit Rusty, lui lançant l'amarre.

Le benjamin de la famille passa quelques paniers de crevettes à son frère.

– Vous les avez trouvées où ?

– Little Darryl a dit que tant qu'à faire, on pouvait pêcher un peu en revenant, alors on a jeté nos filets à l'entrée de Bay Batiste. Mais l'eau est trop chaude. On n'a que ces cinq paniers.

Darryl, le fils aîné de Horse, émergea de la cale arrière.

– Ce sale rafiot prend encore l'eau. J'avais prévenu papa qu'il avait besoin d'un calfatage…

Il vit Ross attraper un panier de crevettes tendu par Rusty.

– … Alors, qu'a raconté Christovich ?

D'un bond, Ross le rejoignit à bord et s'assit sur un tas de filets humides.

– Tu avais raison. Il nous conseille de laisser Alton et sa famille tranquilles.

– Le salopard !

Darryl donna un coup de pied dans le dernier panier. Aussitôt, Rusty se baissa pour ramasser les crevettes. Il se piqua la main sur un bout de fil de fer, mais garda stoïquement le silence.

– Et il veut qu'on fasse quoi, le shérif ? Il te l'a dit ?

– Évidemment. Qu'on le laisse enquêter en paix, répliqua Ross avec un sourire sarcastique.

Darryl prit appui sur le mât de charge et s'y suspendit de tout son poids.

– Je pense qu'une petite conversation avec Alton s'impose.

Rusty, qui essayait de récupérer une crevette sous le treuil, leva la tête.

– Mais on ne sait même pas ce qui est arrivé à papa ! On ferait peut-être mieux d'attendre un peu.

Darryl et Ross échangèrent un regard et s'esclaffèrent.

– Bien sûr qu'on peut attendre, petit frère, mais d'ici là, rien ne nous empêche de demander à monsieur Alton Petitjean ce qu'il a à dire pour sa défense.

– Exactement, approuva Ross. On ne l'a pas vu depuis lundi soir au R&J's. On devrait prendre de ses nouvelles.

De la tête, Darryl indiqua quelques crevettes oubliées par Rusty près d'un panneau du chalut.

– Il y en a d'autres derrière les gaffes.

Rusty lança les dernières crevettes dans le panier.

– Va les faire peser, lui ordonna Darryl. Et dis au mareyeur que demain, on aura une cargaison complète pour lui. Ross et moi, on part faire un tour. Tu n'as qu'à trouver quelqu'un pour te ramener, d'accord ? Demande à Glenn.

– Et prépare-nous quelque chose de bon pour le dîner, coupa Ross. J'en ai marre de ta tambouille habituelle.

Plus tard, alors que le soleil se couchait au-dessus de Bay Batiste, Rusty était assis sur le brise-lames en pierre qui prolongeait la levée derrière la maison. Protégeant l'entrée du lagon au bord duquel son père avait édifié la demeure familiale, ce brise-lames était un cadeau d'un élu local. Un groupe de détenus du pénitencier d'Angola avait « accidentellement » déversé à l'extrémité de la levée de Horse une cargaison de cailloux initialement destinée à la réfection d'une route – « accidentellement » étant l'adverbe favori des hommes politiques de l'époque pour expliquer ce genre de faveur. La levée elle-même avait été « accidentellement » construite plusieurs mois auparavant par une équipe d'ouvriers de la voirie. Les détenus avaient bien travaillé : vingt ans après, le brise-lames repoussait toujours les assauts des eaux du large. D'un côté, les vagues se brisaient avec acharnement sur les pierres grisâtres cassées à coups de marteau par les bagnards d'Angola. Mais de l'autre, le lagon était aussi lisse qu'un poêlon de gombo froid.

Rusty eut l'impression, en regardant la baie virer du rose au violet, qu'il existait une parenté entre la pierre et l'eau. Certes, le brise-lames contenait les déferlantes lors des tempêtes qui cinglaient la baie tout l'été, et il n'était pas nécessaire de rester longtemps sur la plage pour apercevoir les cicatrices infligées à la roche par le flux et le reflux des marées. Mais le fracas du ressac, eau contre pierre, pierre contre eau, couvrait la mélodie plus discrète de leurs qualités communes. Rusty tenta d'énumérer, à la manière d'un élève interrogé par son professeur, ce qui les rapprochait. La couleur, d'abord. Sous ses yeux, la mer devenait souvent grise comme le roc, blonde comme les galets, veinée de noir et de vert comme le marbre de l'autel de l'église Saint-Martin. Il y avait aussi leur apparence trompeuse. Au plus fort d'une tempête sur la baie de Barataria, combien de fois n'avait-il pas vu une muraille d'eau se dresser au-dessus de la proue, telle une falaise ? Sur le banc de sable voisin, combien de fois n'avait-il pas pris à tort, dans la lumière déclinante du crépuscule, une pierre plate au bord de l'eau pour le miroir d'une flaque grisâtre laissée par la marée descendante ? Rusty percevait encore d'autres similitudes – le galet épousant aussi étroitement la forme de la main que l'eau se nichait au creux de la paume –, autant de correspondances qu'il ne savait nommer, mais dont il comprenait, au plus profond de lui-même, qu'elles unissaient la pierre et l'eau.

« Comme chez l'huître », songea-t-il. Plus il y pensait, plus il lui semblait qu'une huître, c'était en quelque sorte le mariage de la pierre et de l'eau. Dans un morceau de calcaire, l'eau s'épaississait jusqu'à devenir un mollusque palpitant à l'intérieur de sa coquille : le cœur gris d'une pierre grise. Alors même que Rusty avait le sentiment de toucher du doigt un mystère qu'il lui fallait élucider, non plus celui des huîtres, mais un autre, il entendit le pick-up remonter le chemin de la levée, ses pneus crissant sur les coquillages concassés. Il resta encore un peu à contempler l'eau, honteux d'avoir oublié son père, même brièvement. En son for intérieur, il savait déjà que quelque part dans la baie, prisonnier du courant par cinq ou dix pieds de fond, Horse dérivait lentement vers le large. Il ferma les yeux, nageant par la pensée jusqu'à son père, mais le courant était trop fort : il vit le corps sombrer, puis disparaître dans la vase.

– Alors, petit con, où est le dîner ? cria Ross depuis le pick-up.

« Complètement soûl », pensa Rusty, rouvrant les yeux.

Darryl s'engagea sur le brise-lames pour rejoindre son jeune frère, mais lui aussi tenait mal sur ses jambes, et il battit en retraite vers la levée après quelques pas chancelants.

– Viens, Rusty, on rentre ! Allons dîner.

Ross était déjà dans la maison lorsque Rusty rattrapa son frère aîné.

– Tu as du nouveau, Darryl ?

– Rien de rien…

Darryl s'assit sur les marches du porche.

– … On a essayé de voir Alton, mais à notre arrivée leur bateau n'était plus là – ils devaient être en train de poser des casiers à crabes. Alors on a poussé jusqu'à Happy Jack au cas où papa se serait réconcilié avec Cecile, mais elle prétend ne pas l'avoir vu depuis des mois.

Rusty l'interrompit.

– Vous avez conduit dans cet état, Ross et toi ?

– Évidemment que non. Cecile n'était pas d'humeur à nous offrir un verre : elle a une dent contre papa depuis son aventure avec cette gamine de Magnolia. Alors on est repartis et on s'est retrouvés au R&J's. Histoire de discuter avec les habitués, au cas où quelqu'un aurait vu quelque chose la nuit dernière.

Dans la cuisine, Ross souleva et reposa bruyamment le couvercle de la poêle en fonte. « Le salaud ! » se dit Rusty. « Il mange sans nous. »

– Personne n'a rien vu, poursuivit Darryl. On a payé une tournée à Boudreaux, mais ce vieil ivrogne est encore plus cinglé que notre pauvre mère.

Toute la journée, Rusty s'était efforcé de ne pas penser à leur mère. Il refoula les souvenirs douloureux de sa dernière nuit et des journées d'hébétude qui avaient suivi. « Pas maintenant », se répéta-t-il. « Pas maintenant. »

Darryl, qui devinait sans doute quelles images traversaient l'esprit de son jeune frère, l'entraîna avec lui en se levant.

– Viens donc. Allons dîner avant que Ross ait fini le plat.

Ross essuyait le beurre et l'ail au fond de la poêle avec une bouchée de pain. Levant la tête du fourneau d'un air contrit, il marmonna la bouche pleine :

– Et puis merde, j'avais trop faim pour vous attendre.

Près de l'évier, son assiette disparaissait sous les têtes de crevettes.

– J'espère pour toi que tu nous as laissé quelque chose, Ross, lança Darryl depuis la porte.

Rusty s'approcha du fourneau et fit signe que non.

– Ross, nom de Dieu, qu'est-ce qu'on va manger, maintenant ?

Darryl était soudain dégrisé.

– Je vais nous préparer quelque chose, dit posément Rusty, écartant son frère du fourneau.

– Mince, je me suis pas rendu compte, bafouilla Ross en guise d'excuse.

– C'est toi qui fais la vaisselle ce soir, compris ? grogna Darryl.

– Oh non, Little Horse, pourquoi pas Rusty ?

– Il n'y a pas de « Little Horse » qui tienne. Tu ne manques pas de culot. Et range la cuisine par la même occasion. J'en ai marre de vivre dans ce foutoir.

Après avoir avalé une assiette d'andouille aux haricots, Darryl alluma la radio.

– Eh, c'est Elvis ! s'exclama Ross, debout devant l'évier.

Rusty, avant de disparaître dans la chambre qu'il partageait avec Ross, demanda à Darryl s'il avait appris autre chose au R&J's.

– Oui, que Eisenhower menace d'envoyer des troupes fédérales à Little Rock pour intégrer les Noirs de force dans les écoles.

Ross siffla entre ses dents.

– Qu'est-ce que c'est que ces sornettes ?

– Je voulais dire au sujet de papa, précisa Rusty à l'adresse de Darryl.

– Je sais juste qu'il a bu quelques bières dans la soirée et qu'il est reparti. Tout le monde a cru qu'il rentrait chez lui.

– Personne ne l'accompagnait ?

– Pas quand il a quitté le bar.

Rusty hocha la tête tandis que Ross montait le son de la radio pour écouter *Blue Suede Shoes*.

Une fois couché, essayant de se concentrer sur le *Reader's Digest*, Rusty se sentit étreint par la même solitude déchirante que la nuit où sa mère était morte. De retour du lycée par un après-midi venteux, il l'avait découverte affalée sur la table, sans connaissance. Une bouteille de bourbon vide gisait à ses pieds, des comprimés étaient éparpillés comme des insectes sur la nappe à carreaux rouges et blancs. Il avait tenté de la réveiller, il s'en souvenait, lui soulevant la tête et la secouant de plus en plus fort jusqu'à ce qu'il s'aperçoive qu'il pleurait. Doucement, il avait reposé la tête de sa mère, et téléphoné pour appeler des secours.

Rusty referma le *Reader's Digest*, puis chercha dans ses souvenirs où se trouvait alors le reste de la famille. Son père et Darryl dans les parcs à huîtres. Ross à son entraînement de football.

À l'arrivée de l'ambulance, la nuit tombait. Il avait laissé un mot griffonné à la hâte sur la table, parmi les comprimés. Accroupi au fond de l'ambulance, près du brancard, il n'avait pas lâché la main glaciale de sa mère durant tout le trajet vers l'hôpital de Port Sulphur. Elle était encore vivante quand un jeune interne lui avait pris le pouls à l'entrée de l'hôpital. Alors qu'on la transportait dans la petite salle des urgences, Rusty s'était écroulé sur une chaise, euphorique. « On s'en est sortis », se réjouit-il. Mais dix minutes plus tard, l'interne revint, l'air sombre, et poussa un soupir.

– Toutes mes condoléances.

On permit à Rusty de la voir pendant qu'on nettoyait la chambre. Une infirmière lui tapota l'épaule quand il ramena en arrière les cheveux qui cachaient les yeux de sa mère.

– Ce n'est pas sa faute, insista-t-il. Elle a fait tout ce qu'elle a pu.

Il attendit une heure derrière les portes vitrées de l'hôpital, scrutant l'obscurité dès qu'approchaient les phares d'une voiture dans l'espoir de reconnaître le visage paternel. Lorsque la Cadillac bleu ciel flambant neuve se gara enfin sur le parking, Rusty comprit que son père était en colère. À la vue de son fils sur les marches de l'hôpital, Horse lui cria :

– Où est-elle, cette folle ?

– Elle est morte ! aboya l'adolescent, et il se rua sur son père.

Ses deux aînés durent unir leurs efforts pour le séparer de Horse. Se débattant pour échapper à leur étreinte, le visage ruisselant de larmes brûlantes, il ajouta :

– Et vous savez tous très bien pourquoi !

Horse, encore sous le choc, se releva sur le bitume et vint se planter devant Rusty.

– Tenez-le bien, les gars, dit-il avec un calme démenti par la fureur qui couvait dans ses yeux.

Rusty avait vu le poing lui arriver en pleine figure. Lorsqu'il avait repris connaissance, un interne à genoux lui agitait un flacon de sels sous le nez.

Plus tard, dans son lit, la joue gauche enflée et endolorie, il s'était senti totalement seul dans l'existence, un orphelin dans une maison habitée par des inconnus. Et ce soir-là, entendant ses frères se disputer dans la pièce voisine sur le choix d'une station de radio, il retrouvait le goût amer de la solitude. Alors qu'il flottait entre veille et sommeil, il prit conscience avec un coup au cœur qu'il ne se souvenait plus du visage de sa mère.

4.

Deux jours plus tard, un crevettier de Grand Isle qui jetait une dernière fois ses filets dans les eaux de Bay Ronquille remonta le corps ensanglanté de Horse, en même temps qu'une maigre pêche de crevettes blanches. Un requin avait arraché les entrailles du cadavre, les crabes avaient déchiqueté sa chair boursouflée, mais l'amarre – débarrassée du seau de béton – enserrait toujours son cou noirci.

Le capitaine de la *Sainte-Catherine* ordonna à ses hommes de mettre le corps dans la glace, puis indiqua par radio sa position aux gardes-côtes. Un jeune enseigne de vaisseau, frais émoulu de l'école de New London et récemment affecté à la brigade locale, insista pour que le bateau fasse aussitôt demi-tour. Dans un éclat de rire, le capitaine coupa la communication et mit le cap à l'ouest vers Cat Bay. Il avait entendu dire que les crevettes y affluaient en fin d'après-midi.

Il faudrait une journée de plus pour que le cadavre arrive à Grand Isle et se retrouve sur la table d'examen du médecin légiste de Golden Meadow, mais la nouvelle de l'étrange pêche du crevettier gagna Egret Pass en quelques heures seulement. Un lougre ratissant les bancs d'huîtres de Cat Bay avait capté la conversation entre le garde-côte et la *Sainte-Catherine*. Plus tard, en rentrant au port, le lougre prévint par radio les bureaux du shérif. Matthew Christovich, qui terminait sa journée, sortit les cartes marines de toute la baie de Barataria et suivit en sens inverse le tracé des courants depuis l'endroit où le crevettier avait repêché le cadavre. Son index s'arrêta juste à l'est d'Egret Pass. Christovich s'engouffra dans sa voiture et fit route vers la maison du clan Bruneau.

Darryl était seul : ses frères travaillaient encore sur le bateau au mouillage. Assis sous le porche, il graissait un moulinet quand il vit la voiture du shérif approcher lentement sur le chemin de la levée. Des nuées de marin-gouins noircissaient l'air. « Signe d'orage », pensa-t-il. Puis, presque spontanément : « Papa est mort. »

Darryl attendit que Christovich soit descendu de voiture et gravisse les marches du porche pour le saluer.

– Vous avez du nouveau ?

Le shérif s'assit près du jeune homme.

– Peut-être… Un crevettier a repêché un cadavre près de Bay Ronquille, aujourd'hui.

– Celui de papa ?

– Aucune idée. Je n'en sais pas plus pour le moment, mais ce n'est pas à exclure.

– Où est le cadavre ?

– À l'heure qu'il est, sans doute à Grand Isle. J'ai demandé à Mary Beth d'appeler là-bas dans une heure ou deux.

Christovich chassa de la main une mouche des sables. Alors qu'elle se posait de nouveau sur sa jambe, d'une tape il la projeta à terre et l'écrasa d'un coup de talon.

– Si vous ne savez rien, pourquoi êtes-vous venu jusqu'ici ?

– Parce qu'il faut qu'on parle. Si c'est bien le cadavre de ton père qui se trouve à Grand Isle, je vous présente mes condoléances à tous les trois. Mais dans ce cas, les gars, il faudra y aller doucement…

Il se tourna vers Darryl et le regarda bien en face.

– … Je me fais comprendre ?

– Vous nous demandez de rester assis avec un pouce dans le cul pendant que vous laissez courir le meurtrier ?

Christovich hocha la tête.

– Tu vois ? C'est là que je voulais en venir. Qui te dit que c'est un meurtre ? Il doit y avoir une centaine de façons de périr en mer. Tu le sais aussi bien que moi.

– Je vous préviens, shérif : Alton Petitjean ne s'en tirera pas comme ça – peu importe ce qu'il y a entre vous et sa mère.

– Si Alton a quelque chose à se reprocher, je serai le premier à le mettre à l'ombre, ne t'en fais pas. Tout comme je vous y mettrai, toi et tes frères, si vous vous en prenez à lui…

Christovich se leva.

– Une dernière chose, Darryl. Je sais que tu es très éprouvé par la disparition de ton père, donc je passe l'éponge sur tes insinuations concernant mes rapports avec Mme Petitjean. Mais si tu refais la moindre allusion déplacée à ce sujet, je t'explose en tellement de morceaux que tu pourras servir d'appât dans les casiers à crabes.

Il rejoignit sa voiture. En ouvrant la portière, il lança :

– Je vous appelle dès qu'on a des informations de Grand Isle.

Il pleuvait lorsque le shérif Christovich regagna son bureau. Sa standardiste avait contacté le poste de police de Grand Isle, mais la *Sainte-Catherine* était toujours en mer.

– Il paraît qu'ils ont des projecteurs, et qu'ils veulent sans doute pêcher de nuit, expliqua Mary Beth.

– Dans ce cas, l'orage ne va pas tarder à les ramener au port.

Au-dehors, des roulements de tonnerre arrivaient du golfe, et les bateaux qui se hâtaient de rentrer au mouillage fendaient laborieusement les eaux agitées de la baie.

Le lendemain matin, il pleuvait toujours quand Christovich se mit en route pour Golden Meadow.

– Je ne savais même pas qu'on pouvait y aller d'ici, blagua Tony Ruiz tandis que le shérif faisait le plein à la station Esso de Happy Jack.

– Tu ne crois pas si bien dire ! Il faut monter à La Nouvelle-Orléans pour attraper la route 90, la suivre jusqu'à Raceland et prendre la 308 pour redescendre vers Golden Meadow.

– Tout ça pour voir un cadavre ! s'esclaffa Tony, rabattant le capot après avoir vérifié le niveau d'huile.

Christovich opina du chef avec accablement.

– Eh oui… Les morts sont aussi emmerdants que les vivants.

Le temps s'éclaircit à l'approche de La Nouvelle-Orléans, et le shérif arriva vers midi à Golden Meadow. Lorsqu'il eut déjeuné et pris contact avec la police locale, il était déjà plus de treize heures. L'autopsie, lui apprit-on, avait été reportée à l'après-midi : l'ambulance envoyée à Grand Isle par le médecin légiste pour ramener le corps était tombée en panne sur le chemin du retour.

Christovich faisait la sieste sur le parking quand une dépanneuse se gara en klaxonnant. Elle tractait l'ambulance. Le garagiste descendit d'un bond, visiblement contrarié.

– Personne ne m'a prévenu que j'allais traîner un cadavre derrière moi pendant trente kilomètres, se plaignit-il à l'infirmière sortie voir d'où venait tout ce tintamarre.

Christovich accompagna le corps à l'intérieur de l'hôpital. Le Dr Campo, le médecin légiste local, lui offrit un siège.

– On en a sans arrêt, shérif, des cadavres qui ont mariné plusieurs jours dans l'eau...

Il hocha la tête et fit la grimace.

– ... Laissez-moi y jeter un coup d'œil.

Lorsque le Dr Campo fit enfin entrer Christovich dans la minuscule morgue, d'immenses ventilateurs chassaient l'air vers une rangée de fenêtres ouvertes.

– Le pire, c'est l'odeur ! hurla le légiste pour couvrir le bourdonnement des ventilateurs.

Étendu sur une table en marbre, le corps était enveloppé dans un drap, le visage recouvert d'un carré de tissu que le médecin retira doucement, comme s'il dévoilait un trésor. Le visage boursouflé, noirci par endroits, Horse semblait fixer le plafond. Le shérif prit une profonde inspiration.

– Je peux l'identifier.

– Parfait ! cria le Dr Campo. Dans ce cas, pourquoi n'allez-vous pas attendre dehors ? J'irai vous chercher dès que j'aurai fini.

Christovich souleva le morceau d'amarre qui pendait d'un côté de la table.

– Strangulation ?

Le médecin écarta le drap, dénudant le cou tuméfié.

– On dirait.

Le shérif palpa la gorge de Horse.

– Ça pourrait être un accident ?

– Bien sûr. S'il était complètement soûl, cet abruti a pu se passer la corde au cou par mégarde. Vous n'avez pas idée des manières invraisemblables dont on peut trouver la mort. Naturellement, il peut aussi s'agir d'un suicide.

Quelques minutes plus tard, le médecin ouvrit la porte donnant sur le couloir où Christovich attendait.

– Ce n'est pas un suicide.

Le shérif retourna dans la pièce et le médecin rabattit le haut du drap, veillant à ne pas découvrir le trou béant dans l'abdomen. À l'aide d'une règle, il désigna plusieurs coupures irrégulières, longues d'un ou deux centimètres.

– Celles-là sont l'œuvre d'un requin. Mais pas celle-ci.

– Comment le savez-vous ? demanda Christovich, criant lui aussi à cause du bruit des ventilateurs.

En guise de réponse, le médecin inséra sa règle métallique dans l'immense coupure bien nette. Laissant la règle en place, il releva la tête.

– Vous voilà avec un homicide sur les bras, shérif.

Ce dernier passa le long trajet de retour à récapituler ce qu'il savait. Le soir où il avait été tué, Horse se trouvait au R&J's. D'après Ronnie, le serveur, il avait bu deux ou trois bières. « Plutôt cinq ou six, connaissant Horse », rectifia intérieurement Christovich.

Horse avait quitté le bar vers vingt-deux heures trente. « Mettons une vingtaine de minutes pour rentrer à Bayou Dulac, en admettant qu'il y soit allé directement. » Le shérif préféra s'en tenir à vingt-deux heures trente.

« C'est la seule chose dont je sois sûr », se dit-il. Il imaginait la lourde Cadillac bleue sortant du parking du bar, ondulant sur les coquillages concassés qui tenaient lieu de revêtement. « Qu'est-ce qu'il a bien pu faire ensuite, ce salaud ? »

Il avait la certitude qu'à un moment ou à un autre de la nuit, Horse était revenu à Bayou Dulac. Ses fils avaient trouvé la maison fermée en partant à sa recherche le lendemain matin, mais l'une des pirogues avait disparu.

Christovich se concentra sur cette pirogue. « Un bateau de chasseur », songea-t-il. « Que chassait donc cette grande brute ? » En pleine nuit, il ne pouvait guère s'agir que de deux sortes de proies : l'argent ou la chair fraîche, comme disaient les hommes qui faisaient une descente dans les bordels de l'East Bank après deux semaines au large sur une plate-forme pétrolière.

Horse disposait de multiples sources de revenus : le shérif le savait, mais il ne voyait pas laquelle nécessitait l'usage d'une pirogue à minuit. En revanche, que ce soit la femme de Sidney Eustace ou Beryl Zeringue, ou bien même… – il chercha quel autre nom avait récemment été cité devant lui – … ah oui, Cindy Landry, le vieil ivrogne avait au moins trois raisons de faire une virée nocturne. « Diable ! » pensa Christovich. « Si je dois interroger tous les hommes ayant une femme ou une fille que Horse s'est vanté d'avoir séduite, la moitié de la commune va se retrouver sous les verrous. Et je ne compte pas les mères ni les sœurs… »

La bagarre qui avait éclaté le lundi soir au R&J's entre Alton et Little Horse lui était revenue aux oreilles dès le lendemain matin. Même si Alton n'aimait pas se battre, il était aussi fort que Darryl. Comme la plupart des pêcheurs d'huîtres, ils pouvaient tous les deux casser une noix de pécan entre leurs biceps d'une flexion de l'avant-bras. La hargne de Darryl aurait dû lui donner l'avantage, mais ainsi que l'expliqua Ronnie au shérif le lendemain, « la patience du plus doux des hommes a ses limites ». Ce soir-là, en l'absence de Big Horse, les habituelles railleries dirigées contre le père d'Alton avaient fait place à des insinuations d'un goût douteux au sujet de sa mère et de sa sœur. À en croire Ronnie, Little Darryl avait bu plus que d'habitude.

– Quelque chose le contrariait. Mais quand ils sont sortis par-derrière, Alton aurait laissé Darryl sur le carreau si Ross ne s'en était pas mêlé.

Toujours selon Ronnie, lorsque Alton avait fini par s'écrouler sous les coups de pied des deux frères, il les avait défiés de ses yeux injectés de sang en murmurant :

– Je vous tuerai, et votre père avec. Vous ne l'emporterez pas au paradis, ce que vous nous faites subir.

Venant d'Alton, tout le monde avait été surpris.

– En fait, shérif, ça ressemblait plus à une malédiction qu'à une menace. Un mauvais sort, si vous voulez mon avis, avait conclu Ronnie en se signant.

Christovich sourit au souvenir de l'expression inquiète du petit serveur. Son sourire s'effaça dès qu'il s'engagea sur la route 23 à la sortie de Belle Chasse pour la dernière partie du trajet. De l'autre côté de la digue, la corne d'un navire bramait sur le fleuve pour appeler le remorqueur.

– C'est maintenant que les ennuis commencent, dit-il tout haut. Maudit soit Horse !

5.

Serrées sur les bancs de l'église paroissiale où régnait une chaleur étouffante, toutes les femmes de la commune agitaient en guise d'éventails devant leur visage ruisselant de sueur les cartes du Sacré-Cœur fournies par le salon mortuaire. Sauf ceux de la famille, les hommes n'assistaient pas aux obsèques de Horse pour des raisons économiques – et par superstition. La saison des crevettes blanches était trop courte et la mer trop dangereuse pour aller pleurer un noyé.

Porté par les trois fils de Horse, par deux cousins venus de Buras et par l'employé des pompes funèbres, le cercueil entra dans l'église. Le prêtre, aspergeant le suaire d'eau bénite et le parfumant avec l'encensoir apporté par un enfant de chœur, entonna la sinistre prière des morts : « *Si iniquitates observaveris, Domine : Domine, quis sustinebit ?* »

Vêtue comme les autres femmes d'une robe noire amidonnée, Mathilde Petitjean suivait la liturgie latine dans son missel. « Si aucune injustice ne t'échappe, Ô Seigneur, qui pourra y survivre ? » Elle fondit en larmes.

À la fin du *Miserere*, l'assistance presque exclusivement féminine répondit par un « *Amen* » haut perché, mais Therese, tendant un mouchoir en papier à sa mère, s'arrêta sur les derniers mots de l'antienne : « *ossa humiliata* », que le missel traduisait par : « ces os humiliés ».

« Pour ça oui », songea la jeune fille, imaginant le corps, les pieds devant, à l'intérieur du cercueil. « Je les ai bel et bien humiliés, ces os-là. »

Pourtant, au fil de la cérémonie, l'arrogance de Therese céda sous l'effet du remords qui la rongeait. Pour lutter contre l'image de Horse cramponné au rebord de la pirogue, la bouche dégoulinante de sang, la jeune fille referma son cœur tel un poing vengeur. Elle refusait de s'apitoyer sur le sort de l'homme mûr à qui elle avait été promise en paiement des dettes de sa famille. « Darryl Bruneau a tiré profit de nos difficultés », se répétait-elle tout en s'efforçant de chasser d'autres souvenirs de l'horrible nuit. « Il n'a eu que ce qu'il méritait », trancha-t-elle pour faire taire les reproches qui montaient en elle, et elle tenta de se concentrer sur la rage qu'elle avait ressentie, sur sa fureur et son dégoût alors que ce colosse trop gros et trop âgé pour elle, peinant et soufflant dans les eaux du bayou éclairées par la lune, nageait vers la pirogue pour s'emparer de son trophée. « De toute façon, il voulait notre ruine », conclut-elle pour sa défense. « Il ne m'a pas laissé le choix. »

Le père Danziger, en nage dans sa soutane, son aube et sa chasuble, accéléra le rythme de la cérémonie pour en finir au plus vite. Même s'il s'était laissé convaincre d'enterrer Horse religieusement, il savait que le défunt avait maintes fois commis le « péché de chair » et ne souhaitait consacrer à ses obsèques que le temps nécessaire, sans plus.

Derrière le cercueil, les femmes escortèrent le corps jusqu'au petit cimetière jouxtant l'église. Même si Cindy Landry et quelques autres – dont Mathilde Petit-jean, à la consternation de sa fille – sanglotaient ouvertement, la plupart se félicitaient en secret de la mort de Horse, à juste raison pour certaines. Elles demeurèrent néanmoins aussi impassibles que Therese.

À l'extrémité de la rue principale, le cimetière n'avait que quelques chênes drapés de mousse espagnole à offrir pour abriter du soleil ceux qui accompagnaient Horse vers sa dernière demeure, auprès de sa femme. Les touffes d'herbe sèche autour des tombes étroites dissimulaient le nom des familles dont les descendants priaient à présent pour le repos de l'âme de Darryl Bruneau. Appuyés sur leur bêche, deux Noirs attendaient à l'écart, s'efforçant de rester invisibles derrière un arbre jusqu'à la fin de la cérémonie.

Une fois que le prêtre eut prononcé la bénédiction finale, les femmes s'attardèrent sous les chênes, se saluant et hochant sombrement la tête. Ensuite, par groupes de deux ou trois, elles traversèrent le cimetière pour présenter leurs condoléances aux fils Bruneau. Darryl, le visage aussi dur que le granit des pierres tombales autour de lui, arborait le costume de son père qui semblait taillé pour lui. Mathilde revit Horse jeune homme, debout derrière l'église dans son nouveau costume, une rose à la main ; se sentant défaillir à cause de la chaleur, elle s'appuya au bras de sa fille. Ross et Rusty portaient une simple chemise blanche à manches courtes et une cravate démodée aux tons criards. Plusieurs femmes allèrent chercher dans leur voiture ou leur pick-up, pour les trois jeunes gens, des gratins et des gâteaux que Rusty empila derrière eux.

Alors que Mathilde et Therese s'approchaient en compagnie d'un petit groupe, Darryl sortit de l'ombre et s'avança vers elles en plein soleil :

– Vous pouvez dire à votre fils qu'on connaît le coupable, madame Petitjean. On le connaît même très bien.

Les autres femmes le sermonnèrent. Therese les interrompit en venant se placer devant sa mère.

– Que je ne vous entende pas menacer mon frère, vous autres ! Alton n'a jamais fait de mal à personne. Il n'a rien à voir là-dedans, tout le monde le sait.

Ross fit un pas en avant comme pour prendre Therese au collet, mais à la surprise générale, Rusty l'arrêta :

– Ce n'est ni l'heure ni l'endroit. Ces femmes sont venues nous offrir leurs condoléances.

Darryl retint Ross par l'épaule.

– On réglera ça plus tard.

Se détournant de la fille, il défia la mère du regard et lui souffla :

– Passez le message à Alton, d'accord ?

Personne ne raccompagna les fils de Horse chez eux. Même si Ross s'était débarrassé de sa cravate dans la voiture en quittant le cimetière, ils gardèrent tous les trois leur chemise blanche pour manger un plat de mirlitons farcis aux crevettes qu'une des femmes leur avait préparé. Ils le consommèrent en silence, avalant de longues rasades de bière entre chaque bouchée, prisonniers des souvenirs de leur père.

Ross, qui aurait nié avec véhémence si on lui avait posé la question, était le seul des trois à avoir pleuré Horse. Little Darryl, choqué par le meurtre et résolu à se venger, continuait de résister au chagrin qui déferlait sur eux telle une lame de fond annonçant l'ouragan. Rusty, lui, ne pardonnait toujours pas à son père d'avoir fait mourir sa mère de désespoir ; à sa grande honte, il n'avait même pas en lui assez de tristesse pour oublier sa rancœur le temps de verser quelques larmes. Mais Ross, le seul à se sentir orphelin, s'était endormi en pleurs le soir où il avait appris qu'on venait de retrouver le cadavre de Horse.

Sa bière terminée, Darryl se leva et déclara, d'un ton que Rusty ne lui connaissait pas :

– On a à faire.

Pendant que le benjamin débarrassait la table, les deux aînés se changèrent, enfilant blue-jeans et T-shirts.

– Allez, on y va ! cria Darryl à Rusty.

Alors que celui-ci, un pied sur le ponton, dénouait l'amarre du *Squall*, une nappe d'essence irisée par le soleil tourbillonna à la surface de l'eau, lui rappelant les marbrures sur les pages de garde de la vieille bible de sa mère. Il sauta à bord tandis que Darryl mettait le contact. Après avoir quitté le mouillage, le bateau vira brutalement, puis ralentit l'allure. Ross, dans une petite barque près de la rampe en béton, tira deux ou trois fois sur le cordon du démarreur et l'embarcation s'élança vers le chalutier avec des embardées, projetant derrière elle un mélange de boue, d'eau et de carburant. Ross lança l'amarre à Rusty et coupa le moteur. Se laissant dériver le long du *Squall*, il attrapa la main de son frère pour se hisser sur le pont du bateau de pêche. Rusty laissa filer quelques mètres de corde et amarra la barque à un taquet de la poupe. Quand le *Squall* bifurqua vers le chenal, les remous allèrent mourir entre les roseaux de la rive opposée du bayou et au pied des pilotis de l'embarcadère, noirs de créosote. Le dernier ponton à peine dépassé, Darryl mit pleins gaz. Le vrombissement du moteur s'éleva avec la puissance d'un orgue dans une église. Pour Rusty, cette mélopée lancinante ressemblait aux cantiques chantés quelques heures plus tôt, pendant que le prêtre priait pour le salut de son père. Il tourna le dos au vent brûlant, infesté de moustiques, et s'accroupit parmi les paniers vides à l'arrière du bateau. Là, il regarda longuement la vieille barque danser sur l'eau verte dans le sillage du *Squall*, ballottée entre les deux traînées d'écume.

Darryl déposa son jeune frère dans la barque près des hauts-fonds de St. Mary's Point, avec deux gaffes longues d'environ deux mètres cinquante. Pressé de partir pour profiter de la marée, il en oublia presque de donner une gourde à Rusty.

Même si les hors-bord se croyaient en haute mer lorsqu'ils zigzaguaient chaque week-end dans la baie de Barataria, les pêcheurs n'avaient pas besoin de carte marine pour y localiser leurs parcs à huîtres. La tempête pouvait bien déplacer les bancs de sable, ne laissant à perte de vue que des flots boueux sous un ciel bleu délavé, ils retrouvaient le chemin des parcs familiaux comme n'importe quel fermier celui de ses prés, grâce à des points de repère aussi discrets qu'un arbre mort sur un rivage presque invisible.

Rusty baissa la manette des gaz et suivit au ralenti un étroit chenal entre deux bancs de sable pour rejoindre son territoire. Moteur coupé, il fit avancer l'embarcation en se servant de ses deux gaffes comme d'une godille. Le crissement des coquilles d'huîtres contre les dents de métal lui indiqua où jeter l'ancre. Pendant une heure et demie, un pied de chaque côté du siège, le jeune homme remonta des grappes d'huîtres, vidant le panier ruisselant des gaffes dans la barque jusqu'à ce que les coquillages atteignent le haut de ses bottes en caoutchouc blanc. Épuisé, il s'affala sur le siège et but longuement à sa gourde. Il s'efforçait de ne pas déséquilibrer le bateau alourdi par sa cargaison. La pêche avait été bonne : aurait-il assez de tirant d'eau pour retraverser le chenal à marée basse ? Il ne tenait pas à envoyer par le fond ce qu'il s'était brisé les reins à ramasser.

Tandis qu'il attendait sans bouger parmi les coquillages le retour de ses frères, quelques souvenirs crevèrent la surface chatoyante de l'eau tel un banc de mulets chassés par un requin. Il se remémora son huitième ou son neuvième anniversaire, sa mère venue l'embrasser pour le réveiller, les cow-boys à lasso de son pyjama en flanelle vert et ocre, son père planté au pied du lit qu'il partageait avec son frère Ross. L'homme taillé comme un géant lui avait lancé un paquet orné de rubans multicolores. Il se revit debout sur le matelas, revêtu du ciré et du suroît jaunes qui avaient attiré son regard dans le catalogue Sears, ceux-là mêmes que, plusieurs mois auparavant, il avait montrés à son père avant d'en oublier l'existence. Dix ans après, il sentait encore l'odeur âcre du caoutchouc jaune ; il revoyait sur la toile rêche de la doublure, en plusieurs exemplaires, le petit garçon et la petite fille bravant l'averse sous leur parapluie ; il entendait le déclic des fermoirs métalliques noirs. Il se rappela l'homme le prenant dans ses bras pour l'emmener sous la pluie glacée qui martelait la tôle du toit, la voix de sa mère implorant sous le porche son mari de ramener leur fils à l'intérieur, et son propre rire lorsque son père avait dansé avec lui sous l'orage : l'eau dégoulinait des bords de son suroît, des rigoles se formaient dans les plis du ciré jaune.

Un aileron fendit les flots à quarante mètres de la barque. Rusty chercha la queue du regard, mais rien ne prolongeait l'épine dorsale : c'était un dauphin, pas un requin.

Les supplications de sa mère sous le porche résonnèrent longuement à ses oreilles, jusqu'à ce qu'elles soient noyées par le vrombissement du *Squall*. Le chalutier jeta l'ancre derrière les bancs de sable au moment où Rusty sortait du chenal à la gaffe.

Little Horse semblait satisfait : le vent était tombé en même temps que la marée descendait, et leurs filets avaient délesté les eaux laiteuses d'au moins cent kilos de crevettes blanches. Alors que Ross, à genoux dans la cale, débitait les derniers pains de glace au milieu de la pêche de l'après-midi, il s'écria à l'adresse de ses frères :

– Regardez un peu ce que j'ai trouvé ! Avec ça, les gars, on ne mourra pas de faim ce soir !

Il jeta sur le pont une sciène marine de belle taille. Rusty, ses bottes blanches disparaissant presque parmi les huîtres qui emplissaient la barque amarrée au *Squall*, transvasa à l'aide d'une pelle les coquillages rugueux dans les sacs en jute que Little Horse lui présentait.

– Bon travail, déclara l'aîné des Bruneau, désignant de la tête le gros poisson qui se retourna d'un coup de queue sur les planches glissantes.

La barque vidée et mise en remorque à l'arrière du *Squall*, les trois frères empilèrent les sacs pleins à craquer et les recouvrirent d'une bâche. Rusty, exténué, se laissa tomber sur les filets à crevettes humides. Tandis que le moteur démarrait dans un rugissement, la proue du chalutier se souleva, et le pic à glace oublié par Ross près du panneau d'écoutille dévala bruyamment le pont sur toute sa longueur.

– Debout, Ducon, on est chez nous !

C'était Ross qui donnait un coup de canette vide dans les côtes de son jeune frère. Rusty écarta la canette et s'ébroua pour se réveiller : il avait dormi pendant tout le trajet de retour. Déjà ils remontaient le bayou, s'apprêtant à entrer en marche arrière au mouillage.

Lorsqu'ils eurent fait affaire avec le mareyeur, déchargé leur pêche et passé le bateau au jet, il était presque dix-neuf heures. Sitôt rentré, Rusty mit la sciè, ne au four avec du beurre et du citron. À la fin du repas, sauçant le plat avec du pain, Ross annonça qu'il allait faire un tour au R&J's. Rusty entreprit de débarrasser la table.

– Laisse la vaisselle, frérot, décréta Darryl. Allons-y tous les trois. Ce soir, on va boire à la mémoire de papa.

Le bar était pris d'assaut par les pêcheurs d'huîtres et de crevettes. Leurs pick-up, rongés de rouille à cause de l'air marin, remplissaient le parking au revêtement de coquillages concassés en bordure de la route. Dès que la Cadillac bleue s'y engagea, un habitué, assis en galante compagnie sur l'aile de sa camionnette, descendit de son perchoir d'un bond et s'approcha de l'endroit où Darryl s'était arrêté pour chercher une place. Il se pencha vers la vitre de Ross.

– Mettez-vous derrière moi, les gars. Cette petite m'a tout l'air d'avoir les deux pieds dans le même sabot. On ne bougera pas de la soirée…

Il se redressa, puis se courba de nouveau.

– … Toutes mes condoléances pour votre père. C'est une grande perte.

Seuls les ventilateurs fixés aux murs et les pales de ceux qui tournaient au plafond atténuaient la chaleur accablante des lieux, mais il y avait foule au R&J's. Des jeunes femmes à corsage ample et longue jupe froncée étaient assises par deux, l'air boudeur, aux tables disséminées dans la salle, pendant que leurs chevaliers servants, accoudés au bar en cyprès couvert de balafres, blaguaient entre hommes tout en les surveillant du coin de l'œil. Alors que les frères Bruneau se frayaient un passage vers la table de billard près de la sortie de secours, des habitués leur donnèrent une claque sur l'épaule pour témoigner leur sympathie.

– J'espère qu'on retrouvera le fils de pute qui a tué Horse, leur dit Ronnie.

Il posa un plateau de Dixies sur la table à laquelle venaient de s'installer les trois frères, contre le mur du fond.

– Fils de pute…, répéta-t-il.

– Tout le monde dans cette bon Dieu de salle connaît le salaud qui a fait ça, répliqua Darryl entre ses dents.

Il tira une liasse de billets de la poche de sa chemise. Ronnie refusa l'argent d'un geste.

– Pas question, Little Horse. Ce soir, vous buvez tous les trois aux frais de la maison – en l'honneur de votre père. Il a toujours été réglo avec moi.

Darryl eut un hochement de tête approbateur.

Les trois frères dégustèrent leurs bières sans rien dire, au son nasillard d'une chanson country.

– Passe-moi dix cents, dit soudain Ross à Rusty. J'en ai marre de cette musique de bouseux.

Prenant la pièce poussée vers lui par son frère, il se dirigea vers le juke-box.

– Salut, Ross !

Une fille avec qui il était allé au lycée. Elle portait une robe bain de soleil imprimée de camélias roses et noirs.

– Ça va ?

– Oui, Yvonne, on fait aller…

Il chercha ce qu'il pouvait bien ajouter.

– Tu veux choisir une chanson ? Trois pour dix cents.

– D'accord.

Tandis qu'ils se penchaient au-dessus du dôme en plexiglas pour voir le bras en inox poser le disque ambré sur la platine, Yvonne glissa la main dans celle de Ross.

– J'ai vraiment de la peine, pour ton père.

Ross se tourna vers elle pour lui répondre, mais les premières notes de *Maybellene* l'interrompirent. Il sourit, accompagnant du talon le jeu saccadé de la batterie.

Les cheveux blonds d'Yvonne, qui balançait la tête en cadence, ondulèrent sur ses épaules nues.

– Tu veux danser ?

– Pas ce soir, murmura Ross, détournant le regard.

– Oh, pauvre biquet. Pardon. Si seulement je pouvais faire quelque chose.

Ils écoutèrent Chuck Berry chanter la folle cavale nocturne de la perfide Maybellene dans son coupé.

– Tu es venu dans la Cadillac de ton père ?

Ross opina du chef au son plaintif de la guitare.

– Pourquoi tu ne m'emmènes pas faire un tour ?

Yvonne attendit derrière lui, sautillant d'un pied sur l'autre pendant qu'il réclamait les clés de la voiture à son frère aîné.

– Tu ne vas quand même pas sortir avec une fille alors que tu viens d'enterrer ton père ? lâcha Rusty.

Sans relever, Ross supplia Darryl à voix basse.

– Elle veut baiser, Little Horse, je le sens.

Rusty voulut se lever, mais Darryl l'attrapa par le collet et le fit rasseoir. Puis il jeta les clés sur la table.

– Ne nous oblige pas à passer la nuit ici, compris ?

– Pas de danger, Little Horse, je suis de retour dans une heure, une heure et demie maximum. Promis.

– Tu as intérêt à tenir parole.

Mais Ross entraînait déjà Yvonne vers la porte, souriant d'un air entendu aux habitués qui le saluaient.

– Tu le laisses coucher avec cette fille alors que papa est en terre depuis moins de douze heures ?

Darryl posa la main sur l'avant-bras de Rusty.

– Écoute-moi, petit frère : Ross est plus secoué par toute cette histoire qu'il ne veut le montrer. Comme quand il était gosse et que son bon sang de clébard est mort – Catahoula, celui avec la patte folle. Il n'a rien dit de la journée, mais papa l'a trouvé sur la levée en train de pleurer toutes les larmes de son corps. Ross a besoin de s'envoyer en l'air ce soir. C'est ce qui peut lui arriver de mieux. D'ailleurs, à nous non plus ça ne ferait pas de mal.

Rusty dégagea son bras.

Darryl but une longue rasade au goulot de la bouteille en se balançant sur sa chaise.

– À ton avis, il a fait quoi, papa, la nuit où maman est morte ?

Rusty oublia Ross.

– Quoi ? Qu'est-ce qu'il a fait ?

Darryl haussa les épaules comme si la réponse allait de soi.

– Tu sais bien ce qu'il répétait : « On a beau mourir, la vie continue. »

– Le salaud ! jura Rusty entre ses dents. Le vieux salaud !

6.

– Nom d'un chien, tu avais raison…

– Je te l'avais dit, Little Horse ! triompha Ross la nuit suivante, alors que les trois frères Bruneau faisaient le guet dans leur pick-up invisible sous les arbres au détour du chemin gravillonné qui menait, cent mètres plus loin, à la maison des Petitjean.

Ils faisaient circuler une bouteille de prunelle quand une grosse Buick passa devant leur cachette et descendit lentement le chemin.

– C'est la voiture du père de Sherilee ! chuchota Ross avec jubilation. Yvonne avait raison. Sherilee ne veut pas baiser à l'arrière d'un pick-up qui pue la crevette, alors elle prend les choses en main. Si ça se trouve, c'est même elle qui paie les capotes !

Ross rit de sa propre plaisanterie.

– Merde, pourquoi on n'inviterait pas le père de Sherilee ici ? reprit-il. Un coup d'œil au cul poilu d'Alton contre la vitre arrière, et monsieur Sonnier tuera ce salopard à notre place.

Rusty s'agita sur son siège, à moitié endormi après deux heures d'attente.

– Pourquoi tu parles de tuer Alton ? Darryl a dit qu'on voulait juste lui parler.

– Exact, frérot, le rassura Darryl. On va juste avoir une petite conversation, rien de plus. Histoire d'apprendre ce qui s'est vraiment passé.

Les phares de la Buick s'éteignirent tandis qu'elle ralentissait, puis s'arrêtait un peu plus loin. À travers les pins et les arbustes, les frères Bruneau aperçurent ses feux de stationnement.

– Cette Yvonne sait de quoi elle parle, pas vrai ? Et toi qui voulais m'empêcher de tâter de sa chatte ! s'exclama Ross en donnant un coup de coude à Rusty.

– Ferme-la et fiche-lui la paix, grogna Darryl. Tu veux qu'ils nous entendent ?

Une demi-heure s'écoula, dans un silence seulement troublé par les cris des oiseaux de nuit en quête d'un partenaire, et les craquements des fourrés où les préda-teurs poursuivaient leur proie sur un tapis d'aiguilles de pin. Soudain, les trois frères entendirent la Buick démarrer et une portière claquer.

– Sûrement Alton, souffla Ross. D'après Yvonne, Sherilee ne veut pas que ses parents à lui voient la Buick, alors elle l'oblige à rentrer à pied. Elle a dit à Yvonne qu'elle voulait garder le secret. Dire qu'il sup-porte tout ce cinéma !

– C'est un con, marmonna Darryl.

– Ça, on le savait déjà ! s'esclaffa Ross.

Alors que la Buick reprenait le chemin en marche arrière, Rusty s'inquiéta.

– Et si elle essaie de manœuvrer ici ?

– Aucun risque, assura Darryl. Elle a bien trop peur de rayer la voiture de son papa – trop de branches qui traînent pour faire demi-tour dans le noir. Non, elle va rejoindre la route en marche arrière. Ce n'est pas si loin.

– Et si tu te trompes ?

– Dans ce cas, petit frère, on est trois ivrognes perdus dans les bois. Elle se fichera bien de ce qui nous amène, du moment qu'on ne raconte pas à son père ce qu'elle fait ici.

– Attention, la voilà ! coupa Ross.

Les trois frères baissèrent la tête.

Le crissement du gravier s'estompa avant même que le halo blême des phares se perde dans la poussière. Les frères Bruneau attendirent que l'obscurité soit complète pour sortir de leur pick-up. Ils laissèrent les portières ouvertes et longèrent le bas-côté sans bruit, en file indienne. Ils allaient rattraper Alton quand celui-ci se retourna brusquement, se trouvant nez à nez avec eux.

– Darryl… Ross… Rusty…

Il les salua l'un après l'autre, aussi naturellement que s'ils l'avaient croisé à l'épicerie.

– Salut, Alton, répondit Darryl avec un hochement de tête.

– Vous venez nous rendre visite, les gars ?

Il y avait une certaine ironie dans la voix d'Alton, comme s'il défiait les trois hommes debout face à lui.

– Pas exactement, Alton, répliqua Ross.

Il ramassa une grosse branche noueuse au bord du chemin et en testa la solidité contre sa paume. Rusty scrutait les ténèbres, mais la maison des Petitjean restait invisible.

– On a quelques questions à te poser, dit-il pour rappeler à ses frères la raison de leur présence.

– Exact, approuva Darryl.

Rusty fut soulagé : Ross n'oserait pas s'en prendre à Alton sans l'accord de son frère aîné.

– Au sujet de votre père ?

– À ton avis, connard ?

Ross avança d'un pas, mais Darryl le retint par l'épaule. Alton ne bougea pas.

– Je ne sais rien…

Ross était assez près pour sentir son haleine. Parfumée, comme mentholée.

– … Je regrette qu'il soit mort, mais je ne suis au courant de rien.

Rusty prit conscience que le feuillage touffu des bois en automne dissimulerait tout échange de coups, assourdirait le moindre cri. Sa voix s'éleva derrière ses frères.

– C'est justement ce qu'on se demandait : si tu savais quelque chose…

Un bruit avait effrayé les animaux ; tout devint silencieux.

– … Donc on va pouvoir partir, hein, Little Horse ?

– Oui, petit frère, on va partir…

Darryl ne quittait pas Alton des yeux.

– … Mais seulement quand on aura la réponse à une dernière question.

– Laquelle ?

La voix d'Alton semblait un peu moins tendue.

– En fait, Alton, je me demandais…

Tout en parlant, Darryl glissa la main dans la poche arrière de son jean. Rusty vit une lame jaillir contre le dos de son aîné. Avant que le jeune homme ait pu faire un pas, le couteau étincela au ras de la jambe de son frère et disparut pour remonter entre Alton et Darryl. Alton bloqua brutalement sa respiration comme s'il avait reçu un coup de poing dans le ventre.

– Je me demandais, reprit soudain Darryl, ce que tu dirais d'un coup de couteau entre les côtes, espèce d'enculé.

Alton vacilla, fixant Rusty par-dessus l'épaule de Darryl, l'air ahuri, perplexe devant le tour pris par les événements. Puis il tomba à genoux, en appui sur une main ; l'autre était ensanglantée par la blessure qu'elle recouvrait. Ross décrivait des cercles autour de lui.

Alton leva la tête vers Darryl.

– Tu te trompes. Je n'ai jamais…

Sans lui laisser le temps de finir sa phrase, Ross le frappa à la nuque avec son énorme branche. Alton s'écroula sur le gravier. Malgré l'obscurité, Rusty vit le sang gicler de son crâne.

– Vous m'aviez pourtant dit…, bafouilla-t-il. Vous m'aviez dit…

– Ta gueule ! ordonna Ross d'une voix gutturale.

Il se tourna vers Darryl qui serrait toujours son couteau.

– Tu crois qu'il est mort ?

– Autant ne pas prendre de risques. On va le traîner jusqu'au bayou. Et débarrasse-toi de cette branche.

Rusty attrapa Darryl par le bras et le fit pivoter sur lui-même.

– On devait lui poser des questions, rien de plus. Une petite conversation, tu avais dit.

Darryl se baissa et essuya son couteau sur le dos de la chemise d'Alton. Tout en le repliant et en ver-

72

rouillant le cran d'arrêt, il jeta un coup d'œil à son frère.

– Écoute-moi bien, je le répéterai pas. Cet enfoiré a tué papa comme il avait dit qu'il le ferait. Et pas question de compter sur le shérif Christovich. Tu le sais aussi bien que moi. Alors on a fait justice nous-mêmes. Pour papa.

– Vous l'avez tué, toi et Ross. Vous avez tué Alton.

– Tu es complice, toi aussi. Autant que moi et Ross. Alors prends Alton par une jambe et aide Ross à jeter ce fils de garce dans le bayou.

Darryl se redressa ; il remit le couteau dans sa poche. Rusty eut l'impression de voir son père.

– Tu m'as entendu, nom de Dieu ? Pas de temps à perdre.

Rusty hésita. Alton s'était tordu le cou dans sa chute, il avait la bouche grande ouverte. Un rayon de lune perça entre les nuages, projeta sa lumière pâle sur le corps déformé. Une main dépassant bizarrement de l'épaule tressaillit soudain, ses doigts recroquevillés comme les serres d'un hibou des marais. Rusty recula, fit volte-face, et s'enfuit tête baissée le long du chemin sombre, dérapant sur le gravier qui roulait à chaque pas sous ses semelles. Dès qu'il se rapprochait du bas-côté, des branches lui cinglaient le visage, des ronces lui déchiraient la peau. Pourtant il poursuivit sa course, jusqu'à l'endroit où le sol meuble du chemin faisait place à l'asphalte de la route. Reprenant son souffle, il s'aperçut qu'il pleurait.

D'instinct, il prit la direction de sa maison, puis se ravisa et partit à l'opposé, vers le bourg. Il aurait voulu s'arrêter, se coucher dans le fossé, se reposer quelques minutes. Mais il continua de marcher.

La route, presque violette dans le clair de lune qui filtrait entre des lambeaux de nuages gris, semblait la seule chose solide au monde tandis qu'il mettait machinalement un pied devant l'autre. Déjà l'effroi qui lui obstruait le cerveau faisait place au remords. Les grillons interrompaient leurs stridulations sur son passage et le silence enflait dans la nuit comme une vague au milieu du golfe, progressant vers un rivage éloigné.

Au cœur de ce silence, le jeune homme marchait toujours. Ayant grandi parmi les chasseurs et les pêcheurs, il avait souvent été au contact de la mort. Il se souvenait encore de sa première partie de pêche avec son père et ses frères. Ils avaient jeté leurs lignes dans un banc de grondins, attrapant une bonne trentaine de ces petits poissons au cri rauque. « Pourquoi font-ils ce bruit ? » s'était inquiété l'enfant. Détachant l'hameçon fiché dans l'œil d'un de ceux remontés par Rusty, son père avait expliqué : « Parce qu'ils appellent leur maman. Mais elle ne peut pas les entendre. Plus maintenant. » Chaque fois qu'un des garçons soulevait le couvercle de la vieille glacière métallique pour y fourrer un poisson, ou boire au goulot d'une gourde militaire mise à rafraîchir au fond, Rusty entendait le coassement pathétique. Quelques instants plus tard, il avait discrètement arraché la chair de crevette fixée à son hameçon et pêché sans appât.

Mais à bord du *Squall* dont les filets ramenaient des milliers de crevettes, chacune recroquevillée sur son minuscule cœur noir aux palpitations frénétiques sous

74

la carapace translucide, il n'avait pas tardé à s'endurcir. Devant les paniers de crevettes encore vivantes, les sacs remplis d'huîtres à la coquille dégorgeant d'écume, les casiers lourds de crabes grimpant les uns sur les autres avec l'énergie du désespoir, il était arrivé à la même conclusion : lorsqu'elle échouait sur le pont d'un bateau, chaque créature marine appelait sa mère, c'est-à-dire les eaux nourricières de l'océan ; et regardant chacune d'elles se faner à la lumière crue du monde terrestre, il avait fini par se résoudre – bon gré mal gré – à les laisser mourir sans ciller, ni céder à ce qu'il commençait à prendre pour de la sensiblerie féminine. Peu à peu, même ses frères avaient renoncé à le traiter de chochotte.

Pourtant, alors qu'il déambulait dans la nuit pour rejoindre Egret Pass, il était en proie à une forme de répulsion qu'il n'avait encore jamais éprouvée. Pas celle causée par le souvenir des plaintes, supplications ou soubresauts d'une mort violente : Alton s'était écroulé trop vite pour cela. Alors d'où venait-elle ? De la brutalité sans états d'âme avec laquelle ses frères avaient porté des coups mortels ? De sa propre lâcheté ou de la frayeur qui l'avait paralysé, lui faisant gober les mensonges de Darryl ? Ou seulement du choc sourd, obsédant, de la branche contre un crâne humain ? Rusty ne fuyait pas, il le comprit alors, le cadavre qui flottait déjà sur les eaux boueuses du bayou des Petitjean. Non, conclut-il, soudain aux aguets tel un lapin traqué par un chien de chasse, c'était autre chose.

Il continua de foncer droit devant lui comme un fugitif. Il tentait de comprendre le geste de Darryl. L'explication était simple : Little Horse haïssait Alton.

Il le haïssait depuis toujours, bien que Rusty n'eût jamais découvert les raisons de cette haine aussi précoce qu'intense. Enfants, ils se bagarraient tous les jours dans la cour de l'école. Le torchon brûle, disaient les gens avec le sourire, l'air amusé par cette antipathie incompréhensible chez deux gamins. Adolescents, Alton et Darryl s'évitaient. Alton, à qui il en fallait beaucoup pour se mettre en colère, ne se mêlait pas aux disputes. Et Little Horse, célèbre pour son mauvais caractère, semblait désormais se méfier d'Alton. Certains insinuaient, non sans un certain scepticisme, qu'il avait peur du fils Petitjean. Mais Rusty savait que leur père avait interdit à Darryl de se battre avec Alton. « Ne lève pas la main sur lui, tu m'entends ? Ne le regarde même pas ! » Seulement quelques jours plus tôt, le soir où Darryl et Ross avaient tabassé Alton au R&J's, le chef du clan Bruneau avait piqué une colère, vociférant contre son fils aîné et chassant Ross de la maison à coups de ceinturon. « Je vous avais demandé de laisser ce garçon tranquille ! » avait aboyé Horse depuis le porche. « Vous étiez prévenus ! » Darryl prétendait s'être battu pour défendre le nom et l'honneur de son père – et cette nuit-là, accroupi près du corps sanglant d'Alton, il avait dit la même chose, qu'il avait agi pour son père, pour faire justice – mais Rusty sentait bien qu'il avait un compte à régler avec Alton.

L'attitude de Ross, en revanche, s'expliquait mieux : il avait tout simplement pris plaisir à ce meurtre. Rusty avait aperçu la même lueur d'excitation dans les yeux du boucher lors d'une fête où on tuait le cochon, quand l'immense lame sur le cou nu et rose du porcelet, du petit *cochon de lait*, avait réduit celui-ci au silence. Avec un sursaut, il se rappela avoir surpris la même exultation mal contenue dans le regard de Ross la veille, lorsqu'il entraînait Yvonne par la main dans la nuit. Rusty ne s'y trompait pas car, voyant tressaillir les doigts d'Alton près de son crâne défoncé, il avait eu lui aussi dans la bouche le goût du sang, de cet alcool grisant, ne fût-ce qu'un instant, avant de cracher dans la poussière blanche du chemin et de s'enfuir.

Ce n'était pas la répulsion qui l'avait paralysé – et cette prise de conscience l'anéantit – non, pas la répulsion, mais l'euphorie. Le tressaillement pathétique de la main déformée d'Alton avait engendré un frisson non pas de pitié, mais de jubilation. L'air sombre, Rusty pensa à son père : il était lui aussi le fils de Horse, après tout.

Un éclair au-dessus des marécages interrompit ses réflexions. Il guetta le roulement du tonnerre. À une dizaine de kilomètres de là, un orage balayait la baie.

« Voilà donc ce que c'est de tuer un homme », songea-t-il. Et il espéra qu'en marchant assez longtemps, il finirait peut-être par avoir honte.

7.

Therese fut réveillée en sursaut par la pluie qui cinglait la lucarne et tambourinait sur le toit en tôle au-dessus de sa tête. Arrachée à un rêve, elle avait encore le cerveau engourdi, embrumé par le sommeil. Elle s'assit dans son lit, les yeux écarquillés. Elle ne retrouvait pas à quoi elle avait rêvé – de vagues images lui traversaient l'esprit, aussi fugitives que des poissons frôlant la surface de l'eau – mais sa chemise de nuit était trempée de sueur. Quelque chose en rapport avec Horse, une fois encore, se souvint la jeune fille. Elle repoussa le couvre-lit en chenille de coton. Elle se leva avec peine et se dirigea à tâtons dans l'obscurité vers la lucarne. Ses pieds nus se recroquevillèrent au contact de l'eau froide sur le sol ; elle ferma la lucarne.

Derrière la vitre, elle vit la pluie s'abattre dans le petit cercle de lumière jaune projetée par l'éclairage extérieur. Il lui fallut quelques instants pour se rendre compte qu'elle grelottait. Elle ôta sa chemise de nuit par la tête, l'abandonna près de son lit et retourna se coucher. Blottie sous les couvertures, elle laissa son souffle tiède réchauffer la tente qu'elle s'était faite. Assourdie par la lucarne fermée et le couvre-lit, la pluie semblait à présent aussi lointaine qu'un souvenir, que son rêve perdu. La main sur un sein, elle joua distraitement avec le mamelon.

« Encore l'orage ? » s'interrogea-t-elle, se réveillant de nouveau une heure plus tard. Les premières lueurs de l'aube ne filtraient toujours pas dans la pièce noyée par les ténèbres.

Mais la voix anxieuse de son père qui l'appelait entre deux coups timides à sa porte la tira définitivement du sommeil.

– Papa ? Qu'y a-t-il ?

Felix ouvrit la porte. La lumière jaillit de l'escalier, enveloppant le vieil homme comme d'une cape.

– C'est à cause de ton frère, mon cœur. Il n'est pas rentré.

– Quelle heure est-il ?

Therese se redressa, puis se rappela qu'elle était nue. Elle remonta les couvertures sous son menton.

– Cinq heures. On devrait déjà être en mer. Mais pas trace d'Alton...

D'un geste las, Felix passa la main dans ses cheveux clairsemés. Il parut soudain très âgé à sa fille, et très fragile.

– ... Il ne t'a rien dit, hier soir ? Enfin, sur l'endroit où il allait...

– Pas un mot, papa. Mais il voit souvent cette Sherilee Sonnier qui habite au bourg. Ils sont peut-être encore ensemble.

– À cinq heures du matin ? Non, son père ne le tolérerait pas. Je serais moins inquiet s'il n'y avait pas ces trois frères...

Therese l'interrompit ; la même crainte l'avait effleurée.

– Tu es sûr qu'il n'est pas quelque part près du bateau ?

– J'ai vérifié. Ça ne ressemble pas à Alton.

Le vieil homme jeta un coup d'œil par-dessus son épaule, en direction de l'escalier.

– Va tenir compagnie à ta mère. Elle est dans la cuisine, en train de pleurer. Je ne sais pas comment la rassurer.

– Occupe-toi de prévenir le shérif. Vois s'il sait quelque chose. Je prends mon peignoir.

Elle attendit que son père ait lentement descendu l'escalier pour mettre une chemise de nuit propre et son peignoir. L'air s'était refroidi. Elle enfila une paire de chaussettes et se hâta de descendre à son tour.

Elle essayait de chasser les frères Bruneau de son esprit. Peut-être Alton était-il ivre, ou au poste de police : elle envisagea toutes les possibilités, aucune d'elles ne correspondant à un garçon comme lui. À moins qu'il n'ait eu un accident, se dit-elle. Elle allait conseiller à son père d'appeler l'hôpital de Port Sulphur après avoir parlé au shérif quand elle vit sa mère. Assise à la table de la cuisine, les joues grisâtres sous la lumière crue du plafonnier, Mathilde Petitjean sanglotait en silence.

– Ne pleure pas, maman. Il n'est rien arrivé à Alton.

Mathilde leva les yeux et hocha la tête.

– Tu as entendu ce qu'a dit Little Darryl au cimetière. Ils soupçonnent Alton.

– Non, maman, c'étaient des paroles en l'air. Tout le monde sait qu'Alton n'a rien à voir avec la mort de monsieur Bruneau. Ces gars-là aboient, mais ils ne mordent pas.

Felix raccrocha.

– Au bureau du shérif, on n'est au courant de rien. Personne n'est en prison, et il n'y a pas eu d'accident à leur connaissance…

Les deux femmes le dévisageaient.

– … Je crois que je vais prendre le pick-up pour inspecter les environs, faire l'aller-retour jusqu'au bourg.

Il attendait que Mathilde ou Therese lui suggèrent autre chose, mais ni l'une ni l'autre ne parla. Il patienta quelques instants, puis murmura :

– Oui, c'est ce que je vais faire.

Quand le vieux pick-up remonta en crissant le chemin gravillonné, la lumière dansait au faîte des arbres et ruisselait déjà sur les grands troncs rugueux des pins. Therese suivit sa mère sous le porche.

– Du nouveau, papa ? cria-t-elle alors qu'il descendait du marchepied.

Son père secoua la tête.

– Rien. Toujours aucune trace d'Alton.

Pendant que Mathilde faisait du café, Therese appela Sherilee Sonnier. Irritée qu'on la réveille si tôt, celle-ci admit qu'elle avait pu croiser Alton la veille au soir, mais elle ne pouvait l'affirmer.

La main devant la bouche pour empêcher ses parents de l'entendre, Therese souffla dans le combiné :

– Arrête tes salades, Sherilee. Tout le monde sait que tu couches avec mon frère. Alors soit tu me dis où vous vous êtes quittés la nuit dernière, soit je débarque chez toi et on poursuit cette conversation devant ton père. Qu'est-ce que tu préfères ?

À contrecœur, Sherilee avoua qu'elle avait déposé Alton juste avant minuit sur le chemin gravillonné, à mi-chemin de la maison.

Exaspérée, Therese l'interrompit.

– Tu ne pouvais pas le reconduire jusqu'au bout ?

– Je dois penser à ma réputation.

Puis Sherilee reprit la parole d'une voix moins assurée.

– Il n'est quand même pas arrivé quelque chose de grave à Alton ? Il ne m'a pas dit qu'il allait ailleurs.

Therese ne put s'empêcher de compatir.

– On n'en sait rien. Je te rappelle dès qu'on a du nouveau.

– Non, c'est moi qui appellerai.

La compassion de Therese s'évanouit aussitôt.

– Tu as peur que ton père décroche ?

– Inutile de le mêler à tout ça.

– En fait, Sherilee, les gens ont raison : tu n'es qu'une garce au cœur sec.

Et Therese lui raccrocha au nez. Felix regarda sa fille avec espoir.

– Ils avaient rendez-vous hier soir, mais c'est tout. Elle non plus ne sait pas où il est.

Seulement quelques minutes s'étaient écoulées quand le shérif Christovich frappa à la porte.

– J'ai appris que vous aviez appelé à mon bureau cette nuit.

– Il y a une heure ou deux au plus, shérif, expliqua Felix.

– Je suppose qu'Alton n'est toujours pas rentré ?

– Non, on ne sait pas où il est.

Therese apparut derrière son père.

– Entrez donc, shérif !

Christovich tendit le bras vers l'ancienne bobine de fil vissée par Felix à la porte-moustiquaire en guise de poignée ; elle était si petite qu'il dut la prendre du bout des doigts pour ouvrir la porte. Un bref instant, il se représenta les mains de Mathilde dévidant le fil de cette bobine.

Il retira son chapeau et salua la femme assise dans un fauteuil à bascule, les mains jointes.

– Bonjour, madame Petitjean, dit-il, chuchotant presque.

Elle tourna vers lui son visage vide de toute expression.

Felix pria Therese d'aller chercher une tasse de café pour le shérif.

– Noir, précisa Christovich avant même qu'elle pose la question.

Il s'assit près de la mère de la jeune fille. À l'autre bout de la pièce, au-dessus du canapé fatigué, un portrait de Jésus le fixait dans son cadre ; deux doigts minces désignaient le Sacré Cœur ceint d'une couronne d'épines, d'un rose pâli par le temps. Coincée entre le cadre et le mur, une feuille jaunie de palmier nain – bénie par le père Danziger le dimanche des Rameaux – s'était enroulée sur elle-même. Christovich pensa à celle que sa femme avait rapportée de l'église et glissée sous leur matelas au printemps dernier, vieux rite datant de l'époque où elle espérait encore lui donner un enfant. Il détourna le regard.

– Quand Alton a-t-il été vu pour la dernière fois ? demanda-t-il, ne s'adressant à personne en particulier.

Therese plaça une tasse de café près de lui sur une petite table.

– Sherilee l'a déposé hier soir… au bout du chemin.

– Sherilee Sonnier ? Vers quelle heure ?

– Minuit.

Au moment où elle prononça ce mot, Therese cessa de se leurrer. « Alton ne reviendra pas », se dit-elle.

Le shérif but une gorgée de café.

– Il est très chaud… mais bon, déclara-t-il, se forçant à sourire.

Il se leva.

– Je vais inspecter les environs pendant qu'il refroidit.

Therese, toujours en peignoir, le suivit sous le porche et chaussa des bottes blanches en caoutchouc. Tout était encore gorgé d'humidité même si la pluie avait cessé. Les flaques se transformaient en rigoles. Le shérif Christovich longea lentement le chemin, presque jusqu'à la route, ne s'interrompant que pour s'agenouiller près de deux profondes ornières remplies d'eau qui bifurquaient brutalement près du croisement. Alors que Therese et lui remontaient vers la maison, il s'arrêta net.

– Attends-moi ici.

Therese le regarda progresser péniblement dans le sous-bois détrempé. Il semblait savoir où il allait. Sans réfléchir, elle lui emboîta le pas. Son peignoir s'accrochait dans les ronces, l'ourlet traînait dans la boue. Elle rattrapa le shérif au moment où il s'immobilisait.

– Et merde…, soupira-t-il avec accablement.

– Qu'y a-t-il, shérif ?

Therese n'arrivait pas à voir derrière lui.

– Va chercher ton père, demanda-t-il doucement.

– Pourquoi ? Qu'avez-vous trouvé ?

– Je t'en prie, Therese, fais ce que je te dis. Va chercher ton père.

La jeune fille empoigna Christovich par l'épaule et tenta de l'écarter. Il fit volte-face et la saisit par la taille. Mais il ne put l'empêcher d'apercevoir le dos d'un cadavre sur le bayou. Elle reconnut la chemise, le pantalon.

– Oh mon Dieu, non…, hoqueta-t-elle, s'affaissant un instant dans les bras du shérif.

Puis elle se dégagea et courut au bord de l'eau. Le corps était prisonnier d'un enchevêtrement de racines de cyprès qui dépassaient de la rive et disparaissaient dans les flots boueux.

Therese se pencha pour toucher son frère et s'enfonça dans le bayou dont la berge cédait sous son poids. Tandis qu'elle tentait frénétiquement de se rétablir au milieu des racines glissantes et de l'argile friable, la vase et les tourbillons aspiraient ses bottes trop grandes pour ses pieds menus. Elle voulut se raccrocher à une branche derrière elle, à un arbuste, n'importe quoi pour se retenir, mais dès qu'elle leva les bras, elle s'enfonça encore plus, l'eau froide lui encerclant les cuisses. D'instinct, pour éviter de s'enliser davantage, elle s'agrippa au cadavre d'Alton. Il bascula vers elle et le visage de son frère remonta à la surface, les yeux implorants, la bouche entrouverte comme pour lui dire, lui sembla-t-il au cours de ces minutes interminables : « Oh, ma sœur, regarde ce qu'ils m'ont fait. »

Une main ferme lui attrapa le bras et la tira vers la rive.

Therese se débattit pour échapper à la poigne du shérif et sortir son frère de l'eau. Puis soudain, elle comprit qu'elle ne pouvait rien pour lui.

– Toutes mes condoléances, articula Christovich d'une voix sourde, alors qu'elle s'effondrait en larmes contre lui.

– Je dois prévenir maman, sanglota-t-elle. Il faut que j'y aille.

– Viens, murmura-t-il.

Il la prit par l'épaule et la ramena vers la maison.

8.

Christovich attendait sur le ponton quand le *Squall* revint au mouillage cet après-midi-là.

Alors que Ross nouait grossièrement l'amarre à un pilotis, Darryl vit le shérif chasser quelque chose de la main. « Les moustiques attaquent en force », pensa-t-il. Il s'adressa à son frère.

– Bon Dieu, Ross, fais-nous un vrai nœud !

L'intéressé sourit niaisement.

– Donne un tour de plus, connard. Tu sais ce que papa t'a appris. Si la tempête se lève cette nuit et que la corde lâche, le bateau partira en pièces détachées contre le ponton.

Christovich s'approcha de l'endroit où Darryl vérifiait l'amarre. Il salua de la tête.

– Bonjour les gars !

Darryl se redressa.

– J'espère que vous venez enfin nous donner le nom du meurtrier de papa.

– Alton est mort.

– Alton Petitjean ? s'exclama Ross depuis l'arrière du bateau, en posant un panier de crevettes sur le ponton.

Christovich ne releva pas.

– Je vous avais demandé de lui ficher la paix, Darryl.

– Nous ? Qu'est-ce qu'on a à voir là-dedans ? La nuit dernière, on était au Happy Jack.

Le shérif l'interrompit.

– Je n'ai pas dit que ça s'était passé la nuit dernière.

– Moi non plus, répondit lentement Darryl en plissant les yeux. J'ai juste dit qu'on avait bu quelques verres au Happy Jack, c'est tout...

Il tenta de changer de sujet.

– De toute façon, que lui est-il arrivé, à ce salopard ? Il est passé par-dessus bord et il s'est noyé ?

– Oui, il est passé par-dessus bord ? répéta Ross comme en écho.

– J'attends l'autopsie. Apparemment, il a reçu un coup de couteau dans les côtes...

Christovich remarqua une mouette solitaire qui décrivait des cercles au-dessus d'eux.

– ... Exactement comme votre père.

– Dans ce cas, shérif, suggéra Darryl, on dirait que vous avez un serial killer en liberté, non ?

Ross, toujours en train de décharger la pêche de la journée, s'esclaffa bruyamment. Christovich regarda Darryl droit dans les yeux.

– Pas besoin d'être un génie pour comprendre que ces deux meurtres ont un rapport...

Il releva légèrement le menton.

– ... Tu vois sûrement où je veux en venir, mon garçon, non ?

Il insista sur ce dernier mot, le laissant s'étirer entre eux jusqu'à ce que la tension soit à son comble.

– Non, shérif. Pas vraiment, rétorqua Darryl, étouffant la colère qui le prenait à la gorge.

Le bateau tangua, et, du coin de l'œil, Christovich vit Ross, déjà sur le ponton, s'avancer vers lui. Le shérif, occupé à gratter une piqûre de moustique sur son torse, posa la main sur la poignée de son revolver. Il pivota légèrement sur lui-même.

– Ça sent l'essence, dit-il.

Pris au dépourvu, Ross bredouilla :

– Merde, c'est encore cette saleté de tuyau.

Oubliant pourquoi il s'était hissé sur le ponton, il regagna le bateau d'un bond. Une flaque d'eau de cale aux reflets irisés clapotait contre le tableau.

– Regarde-moi ça, Little Horse !

– Du calme, le rassura son frère. Entoure le tuyau de ruban adhésif…

Darryl ne quittait pas le shérif des yeux.

– … Et prends du ruban imperméable, pas ce chatterton noir qui ne vaut rien.

– Vous devriez réparer correctement cette fuite, les gars. Vous jouez avec le feu.

– Ne vous en faites pas pour nous, shérif. Retrouvez-nous plutôt ce serial killer, répondit Darryl avec un petit sourire. On ne sera pas tranquilles tant que vous n'aurez pas mis ce malade sous les verrous.

– Vous feriez quand même bien de jeter un coup d'œil à votre moteur, Darryl.

Avant que l'aîné des Bruneau ne tourne les talons pour aller aider son frère, Christovich ajouta :

– Où est Rusty ? Je croyais que vous partiez toujours pêcher ensemble.

La tête de Ross émergea entre les panneaux de contre-plaqué qu'il avait ouverts pour atteindre le moteur.

– Au lit, lança-t-il. Il a chopé un microbe…

Il s'interrompit, perdant sa belle assurance.

– … Il y a un virus qui traîne, vous savez.

– C'est vrai, Darryl ?

Christovich savait que Ross mentait.

– Où serait-il autrement, shérif ?

« Bonne question », pensa Christovich alors qu'il passait des planches du ponton aux coquillages concassés du parking. « Où serait-il autrement ? »

Assis dans la voiture de patrouille, la portière ouverte pour surveiller les deux frères penchés sur leur moteur, Christovich appela Mary Beth par radio. Elle lui apprit que Therese Petitjean avait cherché à le joindre.

Le shérif traversa le parking jusqu'à la cabine téléphonique au pied du lampadaire, faisant crisser les coquillages à chaque pas. Il inséra une pièce de cinq cents dans la fente et composa le numéro qu'il connaissait par cœur depuis des années. Little Horse et son frère essayaient de pomper l'essence accumulée dans la cale. Ross se débattait avec le tuyau.

– Quel taré, marmonna le shérif, les yeux fixés sur le bateau.

Entendant Mathilde au bout du fil, il se raidit.

– Mathilde, c'est moi, Matthew. Je crois que Terry m'a appelé tout à l'heure. Elle est là ?

– Non, elle accompagne son père. Au salon funéraire.

Mathilde avait la voix rauque de quelqu'un parlant dans son sommeil.

Christovich s'attendait à ce qu'elle lui en dise plus. Il hésita, tendit l'oreille, mais rien ne troublait le silence, hormis le grésillement insistant de la ligne téléphonique. Comme si quelque chose volait en éclats au loin, encore et encore.

– Mathilde ? Vous êtes toujours là ? murmura-t-il.

Guettant une réponse, il suivit des yeux le câble du téléphone sur le pied du lampadaire traité à la créosote. La ligne noire passait au-dessus de sa tête pour rejoindre un poteau télégraphique. Le shérif se représenta son trajet le long de la route, festonnant de poteau en poteau jusqu'au pont basculant. Puis l'endroit où elle plongeait dans le bayou, sous les immenses panneaux interdisant la pêche au chalut ou à la drague dans le chenal, et même le mouillage. Il imagina la conduite enfouie dans les fonds limoneux, et, sur la rive opposée, le tuyau qui ressortait du bayou pour grimper à mi-hauteur d'un poteau aussi nu et solitaire qu'un cyprès mort. Jaillissant de la conduite, le câble du téléphone transportait le murmure de Christovich, son soupir, il bifurquait vers le chemin des Petitjean couvert de gravier et de coquillages, il suivait les arbres jusqu'à la maison. La ligne noire traversait alors le mur, puis la plinthe où elle rencontrait le fil du téléphone dans un petit boîtier métallique. Et enfin la main de Mathilde, son oreille, le silence.

– Oui, Matthew, je suis là, répondit Mathilde, surprise qu'il ait besoin de poser la question.

– Je voulais juste vous assurer de ma sympathie.

Cette fois, le silence s'éternisa un peu moins.

– Il était si gentil, même tout petit. N'est-ce pas, shérif, même tout petit ?

Christovich fut blessé de s'entendre appeler « shérif » par Mathilde.

– Bien sûr, madame Petitjean, même tout petit il était gentil.

– Exactement. Doux comme un agneau.

Il prit conscience qu'elle était folle de chagrin.

– Je rappellerai plus tard.

– Oui, rappelez quand Therese et Felix seront rentrés, dit-elle dans un soupir.

Il attendit qu'elle ait raccroché pour replacer le combiné.

La colère cognait dans sa poitrine, ou plutôt, elle lui étreignait la cage thoracique, l'oppressant de plus en plus. Il se laissa tomber sur le siège de sa voiture et observa les frères Bruneau à travers le pare-brise. Il savait qu'ils avaient tué Alton. Pour le moment, ils riaient aux éclats. Il aurait voulu descendre de voiture et longer le ponton jusqu'au *Squall*. Au lieu de quoi il mit le contact, et quitta le parking si lentement que les deux frères ne remarquèrent même pas son départ.

9.

La porte-moustiquaire s'ouvrit en grinçant, puis claqua un grand coup.

– Regardez-moi ça… Notre petite poule mouillée qui dort comme un bébé…

C'était la voix de Ross.

Rusty tenta de s'arracher au sommeil. Il ignorait quelle heure il était – sûrement très tard, à en juger par les ombres dans les plis des rideaux.

– Qu'y a-t-il, frérot, tu as fait un cauchemar ?

Ross se tenait à la porte de la chambre.

– Il est là ? interrogea Darryl depuis le porche.

– Évidemment qu'il est là ! répondit Ross.

La porte-moustiquaire claqua de nouveau. Ross sourit.

– Je crois que notre grand frère veut avoir une petite conversation avec toi.

Bousculant Ross, Darryl attrapa Rusty par l'encolure de son T-shirt et le tira du lit. Quelques centimètres seulement séparaient leurs deux visages.

– Tu la boucles sur ce qui s'est passé cette nuit, d'accord ?

Rusty essaya de se dégager.

– Tu n'avais jamais parlé de tuer quelqu'un.

Darryl le projeta sur le matelas.

– Ce salopard a tué papa, petit con !

Ross vit son frère aîné brandir le poing.

– … Alors je te préviens : si tu prends parti pour cette ordure de Petitjean, je te démolis.

Ross s'approcha.

– Casse-lui la figure, Little Horse ! Donne-lui une bonne leçon. Comme papa.

Darryl jeta un coup d'œil à son cadet, penché au-dessus du pied du lit.

– Jamais tu la fermes ?

– Qu'est-ce que j'ai encore fait ? gémit Ross.

À sa vue, Rusty oublia la présence de Darryl. Sans laisser à son aîné le temps de réagir, il échappa soudain à la main qui le plaquait sur le matelas et se rua sur Ross. Celui-ci bascula en arrière quand l'épaule de son jeune frère lui arriva en pleine poitrine. Se rétablissant contre le mur, il sourit.

– Tu veux te battre ?

Hilare, il défiait Rusty.

– Allez, petit frère. Viens un peu ici.

Rusty se jeta sur lui avant qu'il ait pu lever le poing. Même Darryl fut surpris par la férocité du benjamin de la famille ; il resta en retrait, tous ses sens en alerte, comme devant deux chiens qui s'affrontent. Rusty martelait Ross de ses poings, mais les coups ricochaient sur les épaules et la tête baissée de son frère. Courbé sous la violence de l'assaut, Ross parvint à repousser Rusty d'un coup de pied dans le ventre.

Bien campé sur ses deux jambes, toujours hilare, il balança la tête de droite à gauche. Rusty l'avait déjà vu à l'œuvre. Il attaquait toujours de la même façon, comme on le lui avait appris au football. Bras en croix, tête baissée, il chargeait, renversant l'adversaire. Ensuite, tout allait très vite. Écrasé par ce corps massif et musculeux, le malheureux était réduit en charpie, roué de coups jusqu'à ce que Ross n'ait même plus la force de lever la main sur lui. Discrètement, Rusty effleura le drap froissé au bord du lit.

Lorsque Ross bondit, il l'esquiva et lança le drap d'un seul geste, tel un filet, sur la tête de son frère. Avant même que Ross ait pu se retourner, Rusty avait décoché un direct au sommet de la masse recouverte par le drap. Il entendit une plainte sourde. Groggy, Ross pivota sur lui-même. Rusty reconnut sous ses doigts une arcade sourcilière, la chair d'une pommette, l'arête du nez, alors qu'il continuait de cogner sur le crâne à travers le tissu. Pareil à un taureau enragé, Ross avança à l'aveuglette, beuglant presque, vers l'endroit d'où provenaient les coups. Mais déjà ils pleuvaient sur lui d'une autre direction, avec une fureur qui l'empêchait de baisser les bras assez longtemps pour se débarrasser du drap.

Seules les taches de sang qui rougissaient les plis du tissu calmèrent enfin la colère de Rusty. Tandis qu'il hésitait, la main de Darryl se referma sur le col de son T-shirt, séparant les combattants. D'un geste sec, l'aîné des Bruneau arracha le drap.

– Merde..., soupira-t-il.

Ross, qui se protégeait toujours le visage de ses mains, tentait d'entrouvrir ses paupières boursouflées. Il saignait du nez et un filet rouge lui coulait à la commissure des lèvres. Lorsqu'il voulut parler, le sang qui lui emplissait la bouche le fit tousser.

– Je le tuerai, hoqueta-t-il.

De la tête, Darryl fit signe à Rusty de quitter la pièce, mais le jeune homme ne bougea pas.

– Fiche-moi le camp d'ici, insista Darryl entre ses dents, épongeant avec un coin du drap l'une des plaies que Ross avait au visage.

Entre ses paupières gonflées, Ross vit Rusty se diriger vers la porte.

– Tu es un homme mort, compris ?

La bouche pleine de sang, il eut un nouveau hoquet et cracha sur le drap à ses pieds.

Soudain livide, Rusty s'appuya au dossier du canapé, les jambes en coton. Prenant une profonde inspiration, il se redressa, sortit d'un pas incertain sous le porche, s'affala sur les marches. Même à cette distance, il distinguait les injures lancées par Ross entre ses lèvres tuméfiées. Il grimpa sur la levée et se laissa glisser au bord de l'eau. La lumière avait baissé ; un reflet jaune colorait la surface lisse du lagon.

Rusty tremblait encore de rage et d'excitation, mais, surtout, de remords au souvenir du crime commis la nuit précédente. Il ne supportait plus d'être exploité par ses frères, Ross en particulier. Il ne pouvait plus rester là avec eux.

Une de leurs barques était tirée sur la vase, son moteur bâché. Ils devaient la repeindre, mais n'avaient pas trouvé le temps durant la semaine écoulée.

Rusty mit la barque à l'eau et s'installa à l'avant. Il brancha sur le moteur le tuyau d'alimentation relié à un bidon rouge. Puis il actionna la manette des gaz et tira sur le cordon. Le moteur démarra à la seconde tentative. Enclenchant la marche arrière, Rusty s'éloigna lentement, le dos tourné au lagon et les yeux fixés sur la maison qui dépassait de la levée. Ses frères n'avaient pas dû entendre le crachotement du moteur. Il passa la vitesse supérieure, décrivant un arc de cercle pour rejoindre l'extrémité du brise-lames. Une fois dans les eaux du golfe, il mit pleins gaz. La proue de la vieille barque se souleva tandis que l'hélice s'enfonçait un peu plus. Si près du lagon, Rusty savait qu'il avait tort d'accélérer ainsi, mais il s'en fichait. L'arrière du bateau rebondissait sur les vagues, et comme le chant d'une sirène, la plainte du moteur fit surgir Darryl et Ross devant la maison. Rusty les aperçut sur la levée, sans toutefois comprendre ce que son frère lui hurlait. Ross jeta un parpaing dans sa direction ; une gerbe d'eau s'éleva à quelques mètres de la rive.

La maison disparut derrière un bouquet de cyprès tandis que Rusty longeait la côte vers l'entrée du chenal. Il distingua une vieille femme noire coiffée d'un chapeau de paille, qui pêchait sur les vestiges d'un ponton démoli par un ouragan. Ni elle ni lui ne salua l'autre.

A priori, Rusty ignorait où il allait. Mais quand il décéléra au milieu du chenal, il vit, cloué à un arbre, le morceau de contreplaqué sur lequel on lisait autrefois : *Bayou Petitjean*. De ces mots ne subsistaient que quelques taches de peinture blanche, zébrée de noir par endroits. Personne ne se préoccupait de réparer la pancarte. Tout le monde savait bien qui vivait à quelques centaines de mètres en amont de ces eaux stagnantes.

Rusty était conscient qu'il aurait dû rebrousser chemin. Il n'avait pas à s'approcher de la maison. Ne fût-ce que par respect. Pourtant, aussi lentement qu'il le pouvait sans caler, il remonta le bayou ; le moteur ne faisait pas plus de bruit qu'une nuée de moustiques.

Lorsqu'il atteignit la propriété des Petitjean, Rusty reconnut la *Mathilde* au mouillage à l'autre extrémité de la clairière. Au ralenti, il se laissa glisser entre les racines des grands arbres plantés jusque dans l'eau.

La chaleur était encore accablante, même s'il tournait le dos au soleil couchant. À travers les branches il entrevit la voiture du shérif dans l'allée, derrière le pick-up de monsieur Petitjean. Mieux valait ne pas tomber sur le shérif Christovich en ces lieux.

D'une poussée, Rusty dégagea sa barque des racines et obliqua vers le chenal, moteur toujours au ralenti. Se retrouvant face au soleil qui disparaissait derrière les hautes herbes des marécages, il ne vit pas Therese dans la cabine de la *Mathilde* où elle cherchait le couteau de son frère parmi les cartes marines. Accroupie, la jeune fille regarda le benjamin des frères Bruneau repartir dans sa barque vers le bourg. « Que voulait-il, ce petit salaud ? » s'interrogea-t-elle.

De retour à la maison, elle tendit le couteau dans son étui en cuir au shérif Christovich, sans souffler mot de ce qu'elle venait de voir. « Pas pour l'instant », décida-t-elle.

Le shérif sortit le couteau, l'examina à la lumière de la lampe au-dessus de la table. Satisfait de cette inspection, il le remit dans l'étui et le rendit au père de Therese, qui raccompagna le shérif jusqu'à sa voiture. Les deux hommes allumèrent une cigarette avant de poursuivre leur conversation hors de portée de l'oreille des femmes.

La mère et la fille étaient toujours assises à la table de la cuisine. Mathilde se mit à pleurer et Therese lui prit la main.

– Je suis bien punie…

Therese hocha la tête.

– Toi ? Ce n'est pas ta faute.

– Si, insista Mathilde. Tu ne sais pas tout.

La jeune fille fit allonger sa mère, et, faute de mieux, prépara le déjeuner bien que personne n'eût très faim.

Il y avait un reste d'andouille dans le réfrigérateur, et un demi-bol de crevettes, de quoi confectionner un jambalaya. Therese se saisit du lourd couteau de cuisine de sa mère et pressa la lame sur le poivron qu'elle avait cueilli au pied de la terrasse. Tandis qu'elle coupait en dés la chair verte sur la planche couverte d'entailles qu'Alton avait fabriquée au collège en cours de menuiserie, elle revit son frère à quatorze ans, emprunté mais rayonnant au moment où sa mère ouvrait le cadeau de Noël qu'il venait de lui offrir.

Therese chauffa la cocotte jusqu'à ce que la fonte noire soit presque fumante. Après avoir ajouté de l'huile et, quelques secondes plus tard, l'ail, l'oignon et le poivron vert, elle fit revenir l'andouille, puis les crevettes, dans un mélange de Cayenne, de poivre noir et de thym. « C'est l'oignon qui me fait pleurer », se rassura-t-elle. Quand les crevettes grises furent recroquevillées en copeaux pastel, rayés blanc et rose, elle versa le riz, le bouillon, et amena le tout à ébullition.

Pendant que le jambalaya mijotait, Therese écossa des petits pois à la table de la cuisine en réfléchissant aux tâches qui l'attendaient. Si l'organisation des obsèques était réglée dans les moindres détails, restait le problème du bateau. Jamais le père de Therese ne pourrait pêcher seul la crevette, sans parler des huîtres. Elle l'accompagnerait, mais elle ignorait comment ils accéderaient aux bancs d'huîtres dans leurs bayous les plus reculés.

Elle eut beau tenter de se distraire en s'inquiétant de l'avenir, l'aileron de la terrible vérité décrivit toute la journée des cercles autour d'elle, l'ombre en surface se faisant un peu plus menaçante à chaque nouvel assaut. Therese, seule dans ce cas à Egret Pass, savait qu'Alton était innocent du meurtre de Horse. Tout comme elle se savait l'unique responsable de la mort d'Alton.

Incapable de se contenir plus longtemps, la jeune fille capitula et laissa remonter le souvenir de son frère prisonnier des racines de cyprès, de la pluie glaciale qui avait cinglé son cadavre toute la nuit. Elle revit son visage, dont les yeux grands ouverts fixaient les eaux verdâtres.

Alors même qu'assise dans la cuisine, elle débarrassait les petits pois de leurs cosses, son remords se mua en une détermination féroce : elle les tuerait, ces salauds de Bruneau, tous, jusqu'au dernier.

DEUXIÈME PARTIE

10.

La pluie, qui avait commencé de tomber avant l'aube, forcit au fil de la matinée. À huit heures, toutes les maisons étaient encore éclairées et les rues plongées dans la pénombre à cause du mauvais temps. Therese tentait de faire presser ses parents, mais Felix restait assis sur son lit, en maillot de corps et pantalon marron, ses petits pieds nus recroquevillés l'un contre l'autre. De la terrasse, Mathilde regardait le déluge s'abattre sur le bayou.

Therese l'appela sans ouvrir la porte-moustiquaire.

— Il faut y aller, maman.

Elle aida son père à nouer sa cravate et à enfiler sa veste marron. Inspectant le vieil homme du regard, elle lissa ses cheveux clairsemés.

— Tout va bien se passer, murmura-t-elle.

Ils s'entassèrent tous les trois dans le pick-up. La pluie redoubla d'intensité alors qu'ils suivaient jusqu'à la grand-route le chemin sinueux couvert de gravier et de coquillages. Therese jeta un coup d'œil entre les pins, vers la courbe du bayou où le shérif avait retrouvé le corps d'Alton.

Les essuie-glaces cliquetaient comme des criquets enfermés dans un bocal, balayant sans relâche le film d'eau à la surface du pare-brise. Mais la tempête, qui charriait depuis les marécages des bourrasques de pluie aveuglantes, se déchaînait contre le pick-up. Dans les virages, on sentait les pneus déraper sur l'asphalte noire.

Therese se demandait à quoi ses parents pouvaient penser. Ils roulaient en silence, la pluie étouffant le bruit du moteur, le vacarme du ventilateur, la respiration laborieuse du conducteur et de ses passagères. La jeune fille dessina un visage sur la vitre embuée.

Il y eut une accalmie, légère, alors que la famille Petitjean approchait du salon funéraire Gautier – une ancienne banque qui avait fait faillite durant les années trente. L'antique coffre-fort, partie intégrante des fondations, coupait encore en deux le mur du fond, et chaque fenêtre était défendue par de lourdes arabesques en fer forgé, œuvres d'une fonderie de La Nouvelle-Orléans au début du siècle dernier.

Henry Gautier fils descendit précipitamment les trois marches de pierre avec un parapluie ouvert pour abriter les deux femmes. Après avoir conduit Therese et ses parents vers le hall orné de scènes bibliques somptueusement encadrées, Henry les pria de patienter le temps qu'il aille chercher son père à son bureau. Mathilde faillit s'évanouir à la vue du cercueil installé dans une alcôve sous un simple crucifix ; sa fille la rattrapa par le coude et l'aida à se rétablir. Le couvercle fut soulevé, une couronne de fleurs accrochée sur le côté du cercueil. Le jeune homme réapparut accompagné de son père.

– Toutes nos condoléances, monsieur et madame Petitjean. Quelle terrible perte…

Felix échangea une poignée de main avec le vieux Gautier.

– … J'espère que vous apprécierez ce que nous avons fait pour Alton.

Therese sentit la rage monter en elle. Elle s'écarta du petit groupe et se posta près d'une fenêtre, regardant la pluie ruisseler sur la vitre.

Henry, qui depuis l'enfance aidait son père au salon funéraire, rejoignit la jeune fille.

– Mes condoléances, mademoiselle Petitjean. Votre frère a toujours été gentil avec moi. Il était bien le seul.

– C'est naturel. Il était gentil avec tout le monde.

– Pour ça oui, mademoiselle…

Le jeune homme, si maigre que son cou flottait dans son col de chemise boutonné jusqu'en haut, s'attarda un moment.

– J'ai fait de mon mieux pour Alton, vraiment.

Jusque-là, Therese n'avait jamais prêté attention à Henry. Plus jeune que lui, elle ne se rappelait pas avoir adressé la parole au camarade de classe de son frère.

– Nous apprécions vos efforts, Henry. Sincèrement.

– Je voulais que vous le sachiez…

Son père l'appelait.

– … Peut-être puis-je vous laisser le soin de le dire à vos parents.

La jeune fille lui serra la main et acquiesça de la tête.

Henry rougit et retira doucement sa main.

Therese avait renoncé à organiser une veillée mortuaire. Sa mère semblait trop éprouvée pour supporter toute la nuit le défilé des visiteurs. À la place, la jeune fille avait demandé à monsieur Gautier que chacun puisse se recueillir devant le corps durant les deux heures précédant l'arrivée du prêtre, qui devait accompagner le cortège à l'église Saint-Martin pour le service funèbre.

Restée à la fenêtre, elle vit une voiture ralentir comme à la recherche d'une adresse inconnue, puis s'engager sur le parking creusé d'ornières. Le faisceau des phares balaya les coquilles d'huîtres concassées, illuminant les trombes d'eau tandis que le véhicule s'arrêtait brusquement près d'un tronc d'arbre enduit de goudron.

C'était la famille. S'extirpant de derrière le volant qui coinçait ses cuisses volumineuses contre le siège, tante Eunice de Pointe à la Hache, suivie par Patricia, la cousine de Therese, s'avança sous la pluie diluvienne d'un pas chancelant à cause de ses chaussures à hauts talons, et se dirigea vers la porte cochère du bâtiment où attendait un fourgon mortuaire noir. Ni l'une ni l'autre ne se hâtait : obèses toutes les deux, elles avaient l'habitude de se faire mouiller.

Henry, qui avait entendu les pneus crisser sur les coquillages, s'approcha des deux femmes, s'efforçant en vain de protéger leur visage de la pluie grâce à son parapluie. « C'est un brave garçon », pensa Therese avant de hocher la tête. « Je parle comme ma mère », se rabroua-t-elle.

Elle jeta un coup d'œil derrière elle. Soutenue par monsieur Gautier, Mathilde sanglotait devant le cercueil béant. Près d'elle, pareil à un mort vivant, Felix vacillait. Alors que la jeune fille revenait vers ses parents, Henry Gautier les guida jusqu'à un canapé sous un tableau représentant l'entrée du Christ à Jérusalem. Therese s'assit à côté d'eux.

Eunice, dont le corps semblait enfler un peu plus chaque fois qu'elle reprenait son souffle, traversa lentement le hall pour rejoindre son frère et sa belle-sœur. Therese lui offrit sa place et tendit sa joue à Patricia.

– Toutes nos condoléances, Terry, murmura sa cousine.

Comme si la précision s'imposait, elle ajouta :

– Pour Alton.

– Merci, Tricia. C'est gentil d'être venues.

– Oh, nous ne voulions pas manquer ça...

Elle marqua une nouvelle pause.

– Les obsèques, nous ne les aurions manquées pour rien au monde.

Bien que Patricia fût de quatre ans son aînée, Therese l'avait toujours prise en pitié. Obèse dès l'enfance, sa cousine avait subi d'innombrables moqueries en grandissant, et, couvée par une mère férocement possessive, elle avait très tôt pris l'habitude de parler d'elle et de tante Eunice comme s'il s'agissait d'une seule et même personne. D'où le surnom de « Nous-Nous » dont elle s'était retrouvée affublée. Terme affectueux dans sa famille aux petits soins pour elle, c'était aussitôt devenu un sobriquet dans la bouche de camarades d'école impitoyables. Au collège, le surnom avait pris une portée nouvelle. Alors qu'elle passait la nuit chez sa cousine, Therese avait pu lire dans le livre d'or de celle-ci une dédicace inscrite par un élève mal intentionné : « Si j'occupais le même volume que toi, moi aussi je parlerais à la première personne du pluriel. » Au lycée, Patricia était même devenue « la Nounou » à cause de son opulente poitrine. Toutes ces années de torture ne l'avaient pas débarrassée de son tic de langage.

– Nous avons eu tellement de chagrin en apprenant la nouvelle…

Therese finit la phrase à sa place.

– … pour Alton.

Patricia acquiesça de la tête, ses joues roses ruisselantes de larmes.

Tandis qu'elle embrassait sa cousine, Therese refoula ses propres émotions et se concentra sur le tableau accroché au-dessus de la tête de ses parents. Une scène toute simple : une foule applaudissant et agitant des palmes se pressait autour de l'âne sur le dos duquel le Messie franchissait les portes de la ville sainte. La même foule, songea Therese, que celle qui le crucifierait cinq jours plus tard.

Durant les deux heures suivantes, les membres de la famille et les femmes de la ville arrivèrent par deux ou trois en chuchotant, et se succédèrent sur le prie-Dieu devant le cercueil afin d'offrir leurs prières pour le salut du défunt.

À l'entrée du père Danziger, Therese n'avait toujours pas vu son frère. Songeant qu'Henry Gautier et son père ne tarderaient pas à refermer le cercueil et à revisser le couvercle, elle s'excusa auprès des vieux amis qui entouraient ses parents. Tout le monde s'était éloigné de l'alcôve où reposait le corps, pour bavarder en petits groupes dispersés à travers le hall de l'ancienne banque. Therese, désormais seule face à Alton, défaillit en posant les yeux sur son visage livide.

Poudré et fardé par Henry Gautier père et fils, son frère ressemblait à l'un des mannequins en cire qu'enfants, ils avaient vus ensemble au musée Conti de La Nouvelle-Orléans. Ils avaient été enthousiasmés par l'exposition consacrée à Jean Lafitte et à sa bande de pirates, qui s'étaient battus aux côtés d'Andrew Jackson pour stopper l'avancée des Britanniques en tunique rouge. La perplexité les avait gagnés devant le spectacle scabreux d'un bordel de Storyville entrevu derrière un rideau partiellement tiré, sur lequel un écriteau fatigué avec les mots « Réservé aux messieurs » n'éloignait plus personne. Et ils étaient restés hantés, des semaines durant, par la reconstitution de la décapitation d'une reine célèbre dont le visage menu, encore surmonté d'un diadème étincelant, les avait fixés, lèvres pincées, depuis un panier au pied de l'estrade du bourreau.

Therese n'y pensait plus depuis des années, mais elle se rappelait avoir demandé à son grand frère pourquoi aucun des mannequins en cire ne souriait.

– Ça te plairait, à toi, si tu étais en train de gagner la bataille de La Nouvelle-Orléans ou de te faire décapiter, qu'un tas de gens viennent te dévisager et te montrer du doigt ?

– Pas trop, avait-elle concédé.

– Eh bien, à eux non plus. Ils sont furieux, voilà tout. Ils souhaitent finir ce qu'ils ont commencé, et on les en empêche. On les fige sur place. Voilà pourquoi ils te tuent et te transforment en mannequin de cire si tu te fais enfermer la nuit dans ce musée.

– Pourquoi ça ? avait interrogé la fillette, terrifiée.

– Ils ne nous aiment pas. Ils nous en veulent, avait affirmé son frère.

À la vue du visage livide d'Alton, Therese découvrit à quel point il avait dit vrai.

Elle aurait aimé le consoler, le réconforter, apaiser sa colère. Pourtant, quand elle caressa les immenses mains de son frère jointes sur sa poitrine, les poignets entourés d'un chapelet noir glissé entre ses doigts, elle eut un mouvement de recul au contact de sa peau glacée.

L'un des pouces, qui recouvrait l'autre, bougea lorsqu'elle l'effleura, et retomba sur le torse d'Alton. La jeune fille le souleva délicatement, tel un éclat de porcelaine, et sentit l'os jouer sous la chair. Elle le remit en place, toucha l'index à côté : il pivota aussitôt. Le père et le fils Gautier les avaient brisés, comprit-elle avec un haut-le-cœur ; ils avaient brisé les doigts de son frère pour les joindre en prière.

Quels autres affronts et indignités avait-il subis sur la table mortuaire ?

– Oh mon pauvre bébé, soupira-t-elle, et dans un élan de compassion elle posa ses lèvres sur celles d'Alton.

Elles étaient froides et molles.

Au bord de l'évanouissement, Therese appliqua sa joue contre le torse du cadavre ; elle sentit les vapeurs d'alcool, d'eau de Javel, peut-être, qui s'échappèrent de la bouche entrouverte lorsque sa tête pesa sur la cage thoracique de son frère.

Henry la prit alors par les épaules et l'éloigna d'Alton. Elle se débattit, mais ses jambes se dérobèrent sous elle.

– Ce n'est rien, *petite…*

Sa mère lui tapotait la main quand elle se redressa soudain sur le canapé où Henry l'avait fait allonger.

– … Tout va bien, mon cœur.

L'odeur d'eau de Javel lui emplissait toujours les narines tandis qu'elle fixait sans les voir les visages qui flottaient au-dessus d'elle. D'un geste sec, elle écarta une main qui lui frôlait le menton, avant de s'apercevoir que monsieur Gautier venait de lui agiter un flacon de sels sous le nez.

– Je vais mieux, assura-t-elle d'une voix faible. Laissez-moi juste m'asseoir.

– Oui, approuva le père Danziger. Que madame Petitjean et Terry restent assises pendant que nous récitons ensemble un rosaire pour le défunt.

Tombant à genoux, toutes les femmes présentes refermèrent les doigts sur les grains de buis usé ou de cristal à facettes de leur chapelet, et baisèrent les pieds du Christ en croix qui pendait à une extrémité. Quelques hommes s'agenouillèrent également, même s'ils étaient peu nombreux à avoir un chapelet dans leur poche.

– N'oublions pas que le rosaire est dédié à notre Sainte Mère, rappela le prêtre à l'assistance. Comme Mathilde, elle a perdu son unique Fils. Nous ne devons donc pas douter de sa miséricorde. Nous sommes tous ses enfants, il nous suffit de l'appeler à l'aide. Demandons-lui en cette journée lugubre, où même le ciel pleure de chagrin, de réconforter nos amis Petitjean et de porter secours à tous ceux qui ont perdu un être cher.

La pluie continuait de marteler le toit du salon funéraire.

– Notre Père, qui êtes aux cieux…, commença le père Danziger.

– … que Votre nom soit sanctifié, continuèrent les fidèles rassemblés.

Avec le prêtre, ils répétèrent les prières du rosaire pendant le quart d'heure qui suivit. Tandis que s'enchaînaient les « Notre Père » et les « Je Vous Salue Marie », le père Danziger énuméra un à un, à l'intention de Mathilde, les cinq bonheurs, les cinq malheurs et les cinq moments de gloire de la vie de Marie. En même temps qu'il rappelait l'annonce faite à la Vierge par l'ange Gabriel, ses retrouvailles dans le temple avec son Fils âgé de douze ans qu'elle croyait perdu, la flagellation de Jésus et sa crucifixion sur la croix grossière du Calvaire, sa glorieuse résurrection trois jours plus tard et sa montée vers le ciel, la descente de l'Esprit Saint, puis l'assomption de la Vierge et son sacre, Mathilde recevait de plein fouet souvenir après souvenir de la vie de son propre fils et du martyre qu'il avait enduré, sans nul doute, comme châtiment des péchés maternels.

Des images importunes la tourmentaient, ramenant à la surface des scènes oubliées : les chatouilles qui faisaient éclater de rire son bébé joufflu et l'odeur laiteuse de sa chair dès qu'elle le serrait contre elle ; l'eau au creux de sa paume dont elle rafraîchissait le petit corps tremblant de fièvre dans la baignoire ; ses suppliques, à quatre pattes, pour convaincre l'enfant de sortir de sa cachette sous la terrasse où il s'était réfugié après avoir cassé la pipe préférée de son père ; le salut qu'elle lui avait adressé sur le ponton l'année de ses neuf ans, lorsqu'il était rentré à la proue du bateau familial de sa première sortie de pêche ; l'instant précis où, détournant le regard de sa marmite d'écrevisses à l'étouffée, elle avait découvert que son fils adolescent était désormais plus grand qu'elle.

Mathilde eut beau respirer à fond pour se calmer, elle sentait encore sous ses doigts le biceps dur comme la pierre que le jeune homme, tout fier, avait fait saillir pour elle dans la cuisine cet après-midi-là, six ans plus tôt, tandis que le ragoût ambré mijotait derrière elle, dans un air moite embaumant l'ail, l'oignon, les poivrons et le beurre roux. Anéantie par l'impitoyable litanie de ces souvenirs aussi vifs et implacables que les rêves, elle répétait mécaniquement le « Je Vous Salue Marie », encore et encore.

Après avoir conclu le rosaire par une bénédiction des fidèles, le père Danziger fit signe à l'enfant de chœur en aube et surplis qui l'accompagnait. Aspergeant le cercueil avec l'eau bénite du seau en argent porté par le garçonnet, le prêtre entonna le début déchirant du *De Profundis*. Mais lorsqu'il déclama en latin le psaume cinquante et que Mathilde en lut la traduction anglaise sur le feuillet de prières distribué par le salon funéraire, elle ne put contenir plus longtemps son désespoir et son remords.

– … Car je suis le fruit de l'iniquité, récitait le prêtre dans sa langue morte, et c'est dans le péché que ma mère m'a conçu.

Mathilde se mit à sangloter sur l'épaule de sa fille, toujours assise près d'elle sur le petit canapé.

– Ne pleure pas, maman… Plus rien ne peut atteindre Alton à présent.

Mathilde tourna vers sa fille un visage amer.

– Il ne méritait pas ce qu'on lui a fait.

– Non, maman, murmura Therese. Alton ne méritait pas ça. Mais plus personne ne peut lui faire de mal.

Mathilde acquiesça, essuyant ses larmes avec un mouchoir brodé.

– Oui, il est en paix, maintenant.

À la fin du psaume, le père Danziger annonça que les fidèles présents suivraient en procession le fourgon funéraire jusqu'à l'église Saint-Martin pour la messe. Puis, alors que les proches du défunt quittaient un à un le salon funéraire pour rejoindre leur voiture ou leur pick-up, le prêtre s'adressa aux parents d'Alton : prenant les mains de Mathilde dans les siennes, il assura au vieux couple que, même si cela était difficile à entendre en ce moment de deuil, la providence avait dicté le sort de leur fils. Il ne fallait jamais oublier, rappela l'ecclésiastique, qu'aucun moineau ne tombait mort d'une branche sans que le Créateur eût permis sa disparition, aussi insignifiante fût-elle.

Debout derrière ses parents, Therese se crispa sous l'effet de la colère pendant que le prêtre exhortait la famille à se résigner à ce que personne ne pouvait espérer comprendre, les voies du Seigneur étant impénétrables.

– Notre seul réconfort est de nous en remettre à Lui dans Son insondable sagesse.

Par-dessus l'épaule du père Danziger, Therese vit Henry Gautier et son fils donner un dernier tour de vis pour fermer le couvercle du cercueil.

11.

Même si la liturgie était la même que pour la messe de requiem qui avait précédé, quelques jours plus tôt, l'inhumation de Horse, une atmosphère plus funèbre s'abattit sur l'église lors des obsèques d'Alton.

Les mères présentes à la cérémonie, qui s'étaient pour la plupart réjouies en secret de la mort du vieux Bruneau, pleuraient la perte du jeune homme. Il leur rappelait leurs fils, et chacune de leurs filles avait eu, à un moment ou à un autre, un faible pour le bel Alton. Nombre d'entre elles sanglotaient sans bruit tout en priant avec le prêtre.

Les membres de la famille, qui s'étaient joints à Eunice et à Patricia pour réconforter les parents d'Alton, déploraient eux aussi la mort du jeune homme, même si leurs regrets n'étaient pas seulement causés par le chagrin. Jusque-là, ils comptaient sur Alton pour préserver les parcs à huîtres des Petitjean et perpétuer la tradition familiale dans la paroisse de Plaquemines. Au fil des ans, ils avaient perdu leurs propres parcs, se retrouvant simples matelots sur les chalutiers des autres ou, pire, quand la pêche déclinait, condamnés à vider les poissons à la chaîne dans une conserverie. Certains étaient même partis chercher du travail plus au nord, à La

Nouvelle-Orléans. Leurs fils s'étaient fait embaucher par les compagnies pétrolières comme manœuvres, pour déplacer des tiges de forage de trente kilos sur les plates-formes disséminées le long de la côte. À présent, il leur suffisait de regarder le père d'Alton, recroquevillé sur lui-même près de sa femme en sanglots, pour comprendre que les parcs à huîtres, le chalutier, les derniers vestiges de leur patrimoine, étaient en péril – un patrimoine grâce auquel, depuis plus d'un siècle, on prononçait le nom de Petitjean avec respect.

Un halo de tristesse entourait la flamme des cierges qui vacillait sur l'autel, comme accablée par cette journée lugubre. Même le père Danziger, d'ordinaire si bourru avec ses paroissiens, paraissait ému par la mort d'Alton, rappelant au cours d'une brève homélie l'époque où le jeune homme, enfant de chœur, servait la messe. Mais Therese ne prêta pas attention à l'anecdote relatée par le prêtre. Elle récusait intérieurement le passage des Évangiles qu'il venait de lire, sur la résurrection : « Ton frère ressuscitera », assure Jésus à Marthe, sœur de Lazare qu'on vient d'enterrer. La sœur d'Alton, sa fureur croissant au fil de la cérémonie, n'avait que mépris pour la foi servile de Marthe.

Elle inspecta du regard le cercueil qui reposait, enveloppé d'un suaire noir et orné de couronnes de fleurs, devant l'estrade réservée à la communion. Therese avait suivi les porteurs le long de la travée centrale, les avait vus placer leur charge sur un catafalque, entre six cierges aussi grands qu'elle. Au premier rang, elle avait été prise de vertiges alors que le prêtre faisait le tour du cercueil pour l'asperger d'eau bénite, et des fumées d'un encensoir en argent qui cliquetait à l'extrémité d'une longue chaîne. Puis, défaillant presque dans l'atmosphère moite encore alourdie par le parfum écœurant de l'encens, elle avait détourné les yeux de la longue boîte sombre, hermétiquement fermée, dans laquelle gisait son frère. Pourtant elle la fixait à présent, elle imaginait le corps inerte à l'intérieur, sans doute malmené au cours du trajet vers l'église – l'angle étrange de ses doigts cassés, sa tête bizarrement penchée sur le coussin en satin. De nouveau, elle sentit le souffle âcre d'Alton. Elle frissonna au souvenir de ses lèvres figées contre les siennes.

Alors elle comprit que, même si de tout son cœur elle refusait de l'admettre, son frère était mort et jamais plus elle ne le reverrait en ce monde.

La messe terminée, les proches du défunt laissèrent la famille descendre la travée centrale derrière le cercueil, avant de sortir un à un sous une petite pluie fine. Au moment où Therese, le bras glissé sous celui de sa mère, passait devant les rangées d'amis et de voisins, elle aperçut Rusty Bruneau, recroquevillé au dernier rang. Mathilde vit elle aussi le jeune homme, et sentant sa fille se raidir, elle l'attira contre elle d'un geste brusque.

– Ne va pas provoquer une dispute. Je te l'interdis, chuchota-t-elle.

– Il n'a rien à faire ici, répliqua Therese entre ses dents.

– Laisse-le tranquille, tu m'entends ?

S'adoucissant, Mathilde ajouta :

– Il est venu rendre un dernier hommage, voilà tout. C'est un brave garçon.

Déjà elles étaient dehors, se protégeant les yeux de la pluie qui redoublait. Au cimetière, sous le même parapluie que sa cousine Patricia, Therese regarda les rigoles d'eau dévaler le tas de terre près de la fosse vide et tomber dans la mare au fond du trou. Les porteurs, aux chaussures bien cirées désormais crottées de boue, avaient à peine déchargé le cercueil sur les planches en travers de la fosse que les couronnes de fleurs perdirent leurs pétales sous de violentes trombes d'eau.

– La terre se noie, soupira une voix masculine derrière les deux jeunes filles.

– Oui, nous aussi on dit ça quand il pleut très fort, souffla Patricia à l'oreille de sa cousine.

Therese ne répondit pas. Elle pensait à l'eau en train de monter dans la fosse autour du cercueil de son frère.

Après la brève cérémonie précédant l'inhumation, Therese ne quitta des yeux la tombe abandonnée qu'en voyant ses contours se brouiller et disparaître derrière le rideau de pluie sur la vitre du pick-up.

Lorsque la jeune fille et ses parents se garèrent près de leur maison au bord du bayou, leurs amis les attendaient déjà sous le porche. Les femmes avaient des paniers remplis de tourtes et de gratins. Les rares hommes présents aux obsèques tenaient une bouteille d'eau-de-vie par le goulot. Les enfants, énervés par des heures de silence forcé, continuaient de se taire à la demande des adultes au visage grave.

– Entrez donc, lança Felix aux visiteurs alors que d'autres phares approchaient sur le chemin menant à la maison.

À l'intérieur, Mathilde sortit des verres, des assiettes et des couverts. Therese servit aux invités les plats qu'ils avaient préparés pour la famille endeuillée : poivrons farcis aux aubergines et aux crevettes, mètres de boudin fait maison, riz sauvage semé de morceaux de foie et de gésiers, bœuf en gelée, patates douces cuites au four avec de la cannelle et de la vanille, tourtes au petit-lait, pralines aux pacanes, cake à la mélasse, figues au sirop.

Aux échanges polis de souvenirs d'Alton, aux marques de sympathie destinées à ses parents, succédèrent rapidement des spéculations sur le meurtre. Toute la ville avait la certitude que les frères Bruneau avaient tué Alton. Les femmes qui, serrées sur le canapé ou en cercle au milieu de la cuisine, commentaient l'assaisonnement de la sauce aux huîtres dans leur assiette, avaient entendu quelques jours plus tôt au cimetière l'avertissement adressé à Mathilde par Darryl. Personne ne l'avait pris pour une menace en l'air. Les gens avaient aussi entendu les rumeurs selon lesquelles la mort d'Alton et celle de Horse seraient liées. Et qui pouvait encore ignorer la mésentente entre les deux familles ? Aussi le sentiment de malaise qui planait sur la ville depuis le premier meurtre s'était-il dissipé après le second. Bien sûr, on regrettait la disparition d'Alton, apprécié de tous, mais la petite communauté n'était pas prête à affronter les incertitudes et les angoisses entourant un mystère non élucidé. Ses membres avaient l'habitude de savoir à quoi s'en tenir. Et il leur semblait à présent que tout était rentré dans l'ordre, une mort effaçant l'autre. Même les enfants percevaient le soulagement muet des adultes, dont les chuchotements firent bientôt place à des rires spontanés.

Matthew Christovich passa s'excuser de son absence aux obsèques : un shérif de La Nouvelle-Orléans et son adjoint avaient voulu saisir la Pontiac impayée d'un trappeur de Nairn. Les prenant pour des voleurs, l'homme les avait chassés à coups de pistolet. Il avait fallu toute la matinée à Christovich pour les calmer et arranger les choses. À présent il devait redescendre avec ses deux collègues à Nairn, en aval du fleuve, pour récupérer la voiture.

– Je reviendrai demain, promit-il. Candy aussi vous demande de l'excuser. Elle ne va pas fort ces derniers temps. Et vous la connaissez : elle ne voulait pas venir seule.

Mathilde se laissa embrasser sur la joue par Matthew.

– Dites à Mme Christovich que nous comprenons parfaitement. Il ne faut pas qu'elle sorte par ce temps. Pas si elle est à nouveau malade.

Felix prit sa femme par l'épaule.

– On sait que vous avez du travail, shérif. Vous n'avez pas à vous excuser.

– Je voulais juste vous présenter toutes mes...

Mathilde le rassura d'un signe de tête.

– Ne vous inquiétez pas, Matthew. Nous parlerons de tout cela demain.

Pendant que les invités attendaient une éclaircie et que la journée s'avançait, les maris, de retour d'une sortie en mer abrégée par la tempête qui ne désarmait pas, rejoignirent leurs épouses chez les Petitjean avec des packs de canettes au frais dans des glacières en métal à l'arrière de leur pick-up. Des sacs de supermarché remplis de cadavres de bouteilles brunes – des bières locales, Dixie ou Jax – commencèrent à s'entasser sous le porche avec le reste des ordures.

C'est en sortant un nouveau sac que Therese trouva Sherilee sur le seuil. De son poing fermé, l'amie d'Alton essuya ses joues humides de larmes.

– Si j'avais su, Terry, jamais je n'aurais laissé Alton rentrer à pied…

Therese n'était pas d'humeur compatissante.

– Je parie que ton père ne sait toujours pas que vous vous fréquentiez.

– De toute façon ça change quoi, maintenant, qu'il le sache ou pas ?

Therese hocha la tête sans quitter la jeune femme des yeux.

Sherilee soupira.

– Non, il ne sait toujours rien…

Elle se tourna vers le bayou.

– Tu veux que j'aille le lui dire ? Je n'ai plus rien à perdre. Je suis prête à entrer chez toi et à révéler la vérité à tout le monde. J'aimais vraiment ton frère.

Therese posa la main sur l'épaule de Sherilee.

– On avait des projets, Alton et moi, murmura la jeune femme, se remettant à pleurer.

– Ce n'est pas ta faute, Sherilee. Tu n'es pour rien dans tout ça.

– Ce sont les frères Bruneau, n'est-ce pas ? C'est ce qu'on dit, en tout cas.

– Oui, c'est ce qu'on dit.

Sherilee se retourna et fixa Therese.

– On raconte aussi qu'Alton a tué monsieur Bruneau. Mais ce n'est pas vrai. Alton m'a juré qu'il n'avait rien à voir avec ce meurtre.

– Alton n'aurait pas fait de mal à une mouche.

– Oh non, ça ne lui ressemblait pas, approuva Sherilee. Il était la gentillesse incarnée.

Therese souleva le couvercle d'une des glacières apportées par les pêcheurs. Sortant deux bières, elle les décapsula à l'aide du tire-bouchon vissé par son père dans une colonne du porche, et sur lequel on pouvait lire : *Drink RC Cola*. Therese donna une bouteille à Sherilee.

Assises sur le banc contre le mur, les deux jeunes femmes burent leur bière sans un mot, en regardant tomber la pluie.

À l'intérieur, Felix se laissa convaincre d'aller chercher la guitare dans la chambre de son fils et la tendit à Luke Lukijovich. Atwood Thibodeaux, déjà âgé lorsqu'il avait quitté 'Tit Mamou vingt ans plus tôt pour venir vivre à Egret Pass avec sa fille devenue veuve, avait apporté le violon dont il ne se séparait jamais. Il tira une complainte mélancolique de son instrument tandis que Luke accordait la guitare qu'Alton avait reçue à Noël en 1946, à la fin d'une année faste – la dernière pour les pêcheurs d'huîtres, avant que les chenaux creusés par les compagnies pétrolières n'eussent inondé d'eau salée marais et lagons, atrophiant les bancs d'huîtres nichés dans les hauts-fonds le long de la côte.

Luke attendit que le vieil homme eût terminé sa mélodie, puis il l'accompagna pour le deuxième morceau : *Aux Natchitoches*. Emma Abadie, la fille d'Atwood, interpréta la chanson qui évoquait en français le sort de jeunes amants séparés par leurs parents. Dès les premières mesures, les instruments se turent, laissant dans la tradition cajun les paroles flotter *a cappella* à travers la pièce, jusqu'au dernier couplet. « Et si que vous avez une habille-z-à-prendre », chantait la femme d'âge mûr avec un fort accent acadien, « prenez-la donc couleur des cendres, parce que c'est la plus triste couleur pour deux amours qui vivent qu'en langueur. »

122

Une ombre passa sur l'assistance alors que les instruments reprenaient les premières mesures.

– Qu'est-ce qu'elle a dit, madame Abadie ? demanda une fillette à sa mère.

La plupart des habitants d'Egret Pass n'étaient pas cajuns, et dans les autres familles, peu d'enfants entendaient encore parler français chez eux.

– Elle a chanté la complainte de deux jeunes gens qui ne peuvent pas se marier. Elle a dit que si on avait une robe, il fallait qu'elle soit couleur de cendres.

– Pourquoi ? s'indigna la fillette.

Mme Abadie l'entendit.

– Parce que c'est la couleur la plus triste, *ma chère*, expliqua-t-elle.

L'enfant descendit des genoux de sa mère.

– Eh bien moi, je ne mettrai jamais une robe triste !

Atwood éclata de rire.

– Et des chaussures rouges, *mignonne*, tu en porterais ?

– Oh oui, monsieur ! Bien sûr !

– Alors j'ai une chanson pour toi.

Avec un hochement de tête complice, le violoneux attaqua *Mes souliers sont rouges*.

Aussitôt la fillette se mit à danser sur le parquet au rythme de la mélodie entraînante. Elle échappa à sa mère qui tentait de la retenir.

Mathilde eut un geste d'apaisement.

– Laissez-la s'amuser…

Dehors, sur le banc du porche, Therese entendit la musique s'accélérer. Elle but sa bière à petites gorgées jusqu'à la dernière goutte, puis jeta la bouteille vide avec les autres et se leva. Sherilee fixait toujours le bayou.

– Ton frère… Je l'aurais épousé s'il m'avait demandée en mariage, dit-elle.

Therese opina lentement du chef.

– Il l'aurait fait. Tôt ou tard, il l'aurait fait.

– Tu crois ?

– Je connais mon frère. Sinon il ne t'aurait pas touchée.

– Tu as raison. Pas Alton, admit la jeune femme, se
tournant vers Therese.

De la maison venaient les sonorités plus douces
d'une valse lente.

– Reste ici tout le temps que tu veux. Je vais voir
comment papa et maman s'en sortent. La journée a été
dure pour eux.

– Pour toi aussi, répondit Sherilee.

– Je tiendrai le coup.

La jeune femme sourit à Therese.

– Je n'en doute pas.

Therese lui rendit son sourire et ouvrit la porte-
moustiquaire. À l'intérieur, des enfants survoltés
jouaient dans l'escalier. Les adultes, après avoir bu et
mangé tout l'après-midi, somnolaient sur leur chaise
en écoutant le violon d'Atwood Thibodeaux enchaîner
de vieilles chansons déchirantes comme la plainte
d'une scie sur du bois humide. Luke Lukijovich avait
posé la guitare pour aller chercher une autre assiette de
mirlitons aux crevettes, et le vieil homme jouait tout
seul, les yeux clos, frappant en cadence de ses chaussures bien cirées les lattes usées du parquet.

12.

Lorsque la dernière voiture eut repris le chemin reliant la maison des Petitjean à la route, la nuit tombait déjà.

Enfin seuls, les trois membres de la famille étaient assis ensemble à la table de la cuisine, mais personne ne soufflait mot. Après le long après-midi chargé de voix et de vacarme, le silence s'étendait sur la pièce tel un drap jeté sur un lit, et qui les aurait enveloppés dans ses plis.

Therese regardait fixement ses mains jointes sur l'écossais vert de la nappe. Ses doigts étaient entrelacés comme ceux de son frère dans son cercueil, prit-elle conscience avec un sursaut. Elle leva les yeux vers ses parents. Ils avaient les traits tirés.

– Pourquoi n'allez-vous pas vous coucher ? Je rangerai la nourriture.

– La journée a été longue, concéda Felix.

Mais Mathilde voulait aider sa fille.

– Non, va plutôt avec papa, insista Therese. Il n'y a pas grand-chose à faire ici.

Felix recula sa chaise et se leva.

– *Allons*, Mathilde, ta fille a raison.

– Tu es sûre, ma chérie ?

– Oui, allez vous reposer.

Therese chuchota quelques mots à l'oreille de sa mère en se penchant pour l'embrasser :

– Ne le laisse pas seul. Il a besoin de toi, ce soir.

– Et toi, mon cœur ?

– Ne t'inquiète pas pour moi, maman. Reste avec papa. Il ne dit rien, mais…

Mathilde acquiesça de la tête et rendit à sa fille son baiser.

– Toi aussi, tu as besoin de repos. Tu t'es occupée de tout. Va vite te coucher.

– Dès que j'aurai fini. J'en ai pour une minute.

Lorsque sa mère eut suivi Felix dans leur chambre, Therese vida le reste du gombo de madame Balfour dans un grand bocal dont elle revissa le couvercle. Elle enveloppa d'un torchon une corbeille de muffins à la farine de maïs et mit une jatte de fraises au réfrigérateur, avec deux gratins laissés par des voisins.

Avant de partir, quelques femmes avaient fait la vaisselle empilée dans l'évier, mais Therese trouva des assiettes sales sous les chaises, des verres de lait à moitié vides près des fauteuils à bascule de la terrasse où les enfants avaient joué, des tasses de café sur le manteau de la cheminée. Plusieurs cendriers pleins de mégots de cigarettes et de cigares étaient abandonnés sur l'appui des fenêtres, l'accoudoir d'un fauteuil, la plaque du fourneau, le poste de radio.

Même dans la chambre de son frère, un bol de gombo froid, la cuiller appuyée contre le rebord, attendait sur le bureau comme si Alton pouvait encore rentrer, affamé après une journée en mer. La guitare reposait sur le lit : Luke n'avait pas dû savoir où la mettre quand la musique avait enfin cessé.

Therese s'assit près de l'instrument et l'installa sur ses genoux. Elle promena sa paume sur les courbes vernies : « L'épaule, la taille, la hanche, et le plus gros nombril du monde », se répétait-elle au souvenir d'une comptine que lui récitait autrefois son père. Avec un soupir elle caressa les cordes en acier, tendues comme des lignes lestées pour la pêche en eau profonde. Elles résonnèrent, refusant de se taire jusqu'à ce que Therese y plaque la main. Délicatement, elle adossa au mur la guitare silencieuse, près de la tête du lit.

Elle se déchaussa et s'allongea sur la courtepointe en patchwork de son frère, réalisée à partir de tissus vieux de plusieurs générations. La jeune fille, dont les premières années avaient été bercées par les récits familiaux de Manmère, son arrière-grand-mère, récits qu'elle avait ensuite entendus dans la bouche de sa propre mère en apprenant à coudre, connaissait l'histoire de chaque morceau d'étoffe du motif en forme de rose des vents. Manmère avait commencé la courtepointe pour le trousseau de Mathilde alors que celle-ci était encore une fillette.

La main que Therese laissait pendre au bord du lit frôla un bouton glissé dans une boutonnière. Nul besoin de jeter un coup d'œil pour savoir qu'avec quatre autres, bien alignés le long d'une bande d'indienne au ras de l'ourlet, il fermait une longue poche surnommée « bourse de la mariée ». La tradition, dont l'origine remontait à la nuit des temps, voulait que les invités de la noce glissent de l'argent dans la poche de la courtepointe recouvrant le lit des jeunes mariés. « *Une bourse bien garnie* », disait Manmère en riant. D'après une vieille superstition, la mariée donnerait à son mari autant d'enfants que la poche avait de boutons. Et une blague circulait, selon laquelle les grand-mères rajoutaient des boutons que les futures mariées s'empressaient de faire sauter d'un coup de ciseaux. Aucun mariage n'échappait aux plaisanteries grivoises sur le marié déboutonnant la bourse de sa femme pendant la nuit de noces, et découvrant ce qui se trouvait à l'intérieur.

Therese, elle, s'attardait sur les boutons, décrivant du bout de l'index une spirale sur leurs disques usés, jusqu'à la croix centrale formée par les fils qui les rattachaient au fin tissu. Elle savait qu'ils étaient en corne de baleine jaunie, presque blondie par l'usure. Combien de chemises et de robes avaient-ils servi à boutonner, avant d'être choisis par Manmère pour fermer la « bourse de la mariée » sur la courtepointe de Mathilde ? Alors que Therese en effleurait un autre du doigt, elle poussa plus loin ses réflexions et imagina un cachalot faisant surface au milieu de l'océan, déchirant la surface lisse des eaux tel un humain projeté à travers un dôme de cristal. En somme, chacun des cinq boutons venait des grands fonds marins, comme Jonas du ventre de la baleine. Et voilà qu'à présent, un siècle plus tard, ils se retrouvaient cousus sur une courtepointe, cinq petits ronds alignés sur le lit d'Alton. C'était un miracle, vraiment, que pareilles choses fussent possibles en ce monde, Jonas recraché sur la grève après trois jours ou bien Jésus ressuscité d'entre les morts.

La jeune fille aurait tant aimé y croire, mais seuls les boutons en corne de baleine lui donnaient quelque espoir.

Étendue sur le lit, elle apercevait sur la plus basse étagère d'une petite bibliothèque des soldats de plomb, certains avec une jambe ou la tête en moins, entassés à l'arrière d'une maquette de voiture décapotable. Sans doute une Chevrolet. Le véhicule, pourtant assemblé avec soin, avait été peint à la diable dans des couleurs criardes : un capot argenté entre deux ailes rouges. Près de la voiture, la lumière du palier se reflétait dans un bocal de billes brillant comme autant de paires d'yeux. « Des génies pareils à celui enfermé dans la lampe d'Aladin, et qui guettent l'occasion de s'échapper de leur prison de verre », se dit Therese avec un sourire, au souvenir du jeu auquel Alton et elle jouaient la nuit : c'était à qui inventerait l'histoire la plus terrifiante. Plus d'une fois elle avait utilisé les agates à son avantage, même si c'était d'ordinaire Alton qui obligeait sa jeune sœur, au bord des larmes, à se réfugier dans le lit de leurs parents.

Sur les étagères du haut étaient alignées quelques piles de livres. Therese avait rarement vu Alton lire, sauf durant les heures où, après la classe, ils faisaient ensemble leurs devoirs sur la table de la cuisine.

Manmère leur avait raconté – un nombre incalculable de fois – l'histoire de l'homme qui aimait trop lire, un fabricant de moulins originaire de Bretagne. Jeune et plein d'ambition, il était venu en Louisiane montrer aux fermiers comment irriguer leurs rizières. Fortune faite, il avait épousé la fille du fermier le plus riche de la paroisse de Terrebonne. Quelques années plus tard, mari comblé, père de trois enfants et propriétaire de sa maison, il se rappela l'existence d'une caisse de livres restée à La Nouvelle-Orléans, chez un vieil ami de sa famille française qui l'avait hébergé à son arrivée. Le fabricant de moulins se fit envoyer ses livres, mais, vaguement gêné, il les cacha dans sa grange dès qu'il les reçut. Le soir même, il alla lire à la bougie dans le grenier à foin. Lorsque sa femme vint à la porte de la grange le prévenir qu'il était l'heure de se coucher, il lui demanda de ne pas l'attendre : il la rejoindrait plus tard. Mais toute la nuit, ensorcelé, il dévora les histoires contenues dans les livres. Le lendemain soir, même scénario. Le surlendemain aussi. Le jour suivant, épuisé et encore grisé par ses lectures, il partit réparer un moulin à la ferme voisine. Sur le chemin du retour, il vit des nuages de fumée tourbillonner au-dessus de sa cour. Regagnant sa maison au pas de course, il découvrit sa femme en train de tisonner à l'aide d'un râteau les livres dont elle avait fait un feu de joie. Ses enfants, le regard enfiévré par le reflet des flammes, dansaient autour du brasier en criant : « Brûle le diable, maman ! Brûle-le bien ! » Furieux, l'homme contempla sa famille avec mépris tandis que les pages dorées sur tranche des volumes écrits en français s'envolaient en fumée. Mais ensuite, assurait Manmère à Alton et à sa sœur, le fabricant de moulins prit conscience que jamais il ne s'était senti aussi heureux qu'en cet instant.

Hochant la tête avec un certain scepticisme, Therese remarqua soudain, dépassant de la pile de manuels scolaires, un carnet à dos toilé.

Alors qu'elle s'attendait à trouver un journal intime, voire un agenda, elle eut la surprise en ouvrant le carnet noir de tomber au fil des pages non pas sur des méditations, des poèmes ou de vieilles rédactions, mais sur des numéros de parcs à huîtres, des dates, la quantité de coquillages pêchés. Parfois, le numéro du parc et le poids de la pêche étaient entourés d'un cercle, et accompagnés d'un commentaire sur la salinité de l'eau ce jour-là, le coup de froid de la semaine précédente, la présence d'un vent persistant qui soulevait la vase. Souvent, un schéma d'Alton indiquait le déplacement d'un

130

banc de sable à l'entrée d'un lagon ou la présence d'un point de repère, en général un cyprès solitaire, marquant la position d'un parc. Le jeune homme avait donné des noms à presque tous les arbres. L'un d'eux, près de St. Mary's Point, était surnommé « le Bossu » ; un autre, dont le tronc se divisait en trois racines, « Joe Trois-Doigts ». Et « la Trique », branche trapue qui faisait saillie à mi-hauteur d'un arbre, montait la garde à l'entrée du bras de mer reliant Bay Long à Billet Bay.

Le carnet contenait aussi des notes, des croquis de nuages amoncelés sur l'horizon avec des flèches révélant dans quelle direction soufflait la tempête. D'autres flèches symbolisaient les courants sur un plan de Quatre Bayoux Pass, et une dernière désignait l'emplacement d'une épave au large de Coup Abel. Therese reconnut l'écriture de son père. Il avait ajouté les flèches aux esquisses de son fils. Dans les deux cas, le trait incertain suggérait qu'il s'agissait d'observations faites en mer, sans doute dessinées à la barre de la *Mathilde* alors que les deux hommes rentraient au mouillage, leur cale remplie de crevettes et de sacs d'huîtres après une journée de pêche.

Désespérée, la jeune fille laissa glisser le carnet au sol et se rallongea sur la courtepointe de son frère. Elle tripota nerveusement l'un des triangles en drap de laine rêche découpé dans l'uniforme de confédéré de son tri-saïeul, la tunique mitée qu'à quinze ans il portait à Vicksburg, puis à la bataille de Wilderness, et enfin à Cold Harbor. Ces triangles étaient les morceaux de tissu qu'Alton préférait, Therese le savait. L'index posé sur une pointe grise de la rose des vents qui recouvrait son lit, son frère lui avait plus d'une fois raconté l'histoire des femmes de Vicksburg paradant avec leurs ombrelles chaque après-midi à deux heures, pour défier les canons de Grant disposés sur les hauteurs de la ville assiégée.

– Notre arrière-arrière-grand-père n'était pas beaucoup plus vieux que moi, quand il défendait ces dames contre les Yankees sur la colline, déclarait Alton avec un hochement de tête approbateur, rappelant à sa jeune sœur les heures de gloire de l'uniforme.

Avec les autres garçons de son âge, il avait cent fois joué à la guerre de Sécession dans la cour de l'école, tantôt dans le rôle de Stonewall Jackson, tantôt dans celui de Nathan Bedford Forrest ou d'un troisième héros de la Confédération. Les élèves les moins populaires – comme Henry Gautier, se souvint Therese – étaient enrôlés dans les rangs ennemis pour incarner le général Grant, un traître doublé d'un ivrogne, ou ce voleur de Spoons Butler, ou encore le détestable Sherman. Therese brûlait à l'époque de se joindre aux batailles des garçons qui transformaient les victoires des soldats yankees en déroutes infligées par les courageux rebelles. Elle se souvenait encore de la récréation durant laquelle elle avait suivi son frère en haut de la côte du cimetière alors que le général Pickett, âgé de douze ans, réussissait pour une fois à percer les lignes de l'armée de l'Union à Gettysburg. De même qu'elle entendait encore son rire tandis qu'il grimpait au sommet du portique, et ses huées destinées aux lâches Yankees en fuite vers le carré de fraisiers jouxtant la cour de l'école.

La nuit, de plus en plus noire, rendait la pièce glaciale. Therese s'enveloppa dans la courtepointe d'Alton et céda au sommeil qui déferlait sur elle comme une marée d'équinoxe.

13.

S'était-il écoulé une heure ou une nuit entière ? Therese n'aurait pu le dire lorsque sa mère lui tapota
l'épaule pour la réveiller.

– Quelle heure est-il ? chuchota-t-elle.

– Très tard. Plus de deux heures du matin…

De la main, Mathilde écarta les cheveux qui
cachaient le front de sa fille.

– Tu devrais monter dans ta chambre, tu te reposerais
mieux là-haut.

Therese opina du chef. Puis, se frottant les yeux, elle
demanda :

– Pourquoi es-tu levée ? Qu'y a-t-il ?

– Je me suis réveillée et je n'arrivais pas à me rendor-
mir. J'allais me faire chauffer du lait.

La jeune fille scruta le visage de sa mère dans l'obscurité.

– Je vais te tenir compagnie.

Tandis que Mathilde remplissait une casserole de lait
dans la cuisine, Therese refit le lit de son frère et se rappela soudain le bol de gombo abandonné sur le bureau.
Elle avait vaguement mal au cœur.

La maison sentait encore les oignons frits et les
aubergines cuites au four, la mayonnaise et la sauce

piquante, le tabac et la bière rance. Leurs relents flottaient dans la cuisine comme des ombres. Mais surtout, Therese reconnaissait l'odeur de moisi qui imprégnait les lieux après une journée de pluie.

– Sors donc le cacao du placard. Je vais nous préparer du chocolat chaud, proposa Mathilde alors que sa fille posait dans l'évier le bol de gombo rapporté de la chambre d'Alton.

– Bonne idée. Je ne me sens pas très bien.

Therese ouvrit la porte en cyprès du placard audessus du plan de travail, et se hissa sur la pointe des pieds pour attraper la boîte de cacao sur l'étagère du haut.

– Assieds-toi, ma chérie. Je m'en occupe.

Mathilde versa une énorme cuillerée de cacao dans la casserole, ajouta un peu de sucre, délaya lentement la poudre chocolatée dans le lait brûlant. Une fois le mélange servi, les deux femmes s'attablèrent, enserrant de leurs mains les deux tasses fumantes.

– Au fait, maman, que voulais-tu dire l'autre soir en parlant de châtiment pour tous tes péchés ? Tu n'as rien à voir avec ce qui est arrivé à Alton.

– Qu'en sais-tu, ma fille ? Personne n'est au courant, sauf moi.

– Au courant de quoi ?

Mathilde parut se tasser sur sa chaise.

– Ça va, maman ?

L'intéressée poussa un soupir.

– Je te préviens, il ne faudra jamais souffler mot de tout ça à ton père. Jamais, tu m'entends ?

Therese attendit que sa mère poursuive.

– Promets-le moi. Quoi qu'il arrive, pas un mot à ton père. C'est un brave homme. Si je me suis mal conduite, il n'y est absolument pour rien. Tout est de ma faute.

– Je ne dirai rien, assura la jeune fille.

Mathilde retint quelques instants son souffle.

– Je n'en ai encore jamais parlé à personne, sauf au prêtre. Mais si quelqu'un a le droit de savoir, c'est bien toi. Alton était ton frère…

La mère de Therese ferma les yeux et les frotta de ses deux poings.

– … Et je crois que je ne retrouverai jamais le sommeil si je continue à garder le secret.

Therese posa la main sur le bras nu de sa mère.

– Rien de ce que tu diras cette nuit ne sortira de cette pièce. Je te le jure.

Des papillons de nuit heurtaient la fenêtre de la cuisine, attirés par la lumière au-dessus de l'évier.

– Tu sais que j'ai été élevée par Manmère…

– Oui, après la mort de ta mère.

– C'est ce que Manmère t'a raconté, mais ça ne s'est pas tout à fait passé comme ça. Enfin, pas exactement.

– Des complications liées à l'accouchement, voilà ce qu'elle m'a expliqué.

– À moi aussi. Des complications… C'est un peu ça, mais pas au sens où tu l'imagines. J'ai appris la vérité quelques années après mon mariage, de la bouche de ma tante Jolene, la sœur de maman. Manmère ne m'en aurait jamais rien dit, mais ma tante pensait que si ton père et moi n'avions pas d'enfants, c'était à cause de ma mère. Parce que j'avais peur de tomber enceinte après ce qui lui était arrivé. Alors tante Jolene m'a tout révélé. Therese – ma mère aussi s'appelait Therese, c'est d'elle que tu tiens ton prénom –, ma mère, donc, n'est pas morte des suites d'un accouchement difficile. C'est seulement la réponse que donnait Manmère chaque fois qu'on lui posait la question. Comme je te le disais, elle ne mentait pas vraiment, pas à proprement parler. Il y en avait tout le temps, à l'époque, des femmes qui mouraient en couches. Personne ne s'en étonnait. Quant à ceux qui connaissaient la vérité, eh bien, ils savaient qu'on ne doit pas dire du mal des morts.

– Comment se fait-il que je n'aie jamais su qu'elle s'appelait Therese ? J'ignorais que j'avais le même prénom que ta mère.

– La famille avait de bonnes raisons de garder le silence.

La jeune fille porta la tasse à ses lèvres, mais le chocolat était encore trop chaud.

– Quelles raisons ?

– En fait, ma mère s'est enfuie.

– Enfuie ? Pourquoi ?

– Parce qu'elle n'avait pas de mari. D'après tante Jolene, ma mère n'a jamais révélé le nom de l'homme qui lui avait fait un enfant. En tout cas, juste après ma naissance elle est partie en Californie. Je la comprends, d'ailleurs. Ici, tu imagines quel genre de vie aurait la mère d'un enfant de père inconnu.

– On n'a jamais plus entendu parler d'elle ?

Mathilde hocha la tête.

– Si, ma chérie. On sait ce qui lui est arrivé. Elle est morte trois ans plus tard dans un accident de voiture. En plein désert.

– En Californie ?

– Là-bas, ça finit souvent mal.

– Elle était comment, ta mère ?

– Jolie. C'est la première chose qu'on disait d'elle. Et toujours prête à s'amuser. « Ta mère, c'était une vraie boute-en-train », me répétait le vieux Gaspard. Mais avec un bébé, sa vie aurait sans doute été moins drôle.

– Alors Manmère a préféré te raconter qu'elle était morte en couches.

– Comme je te l'ai dit, j'étais adulte quand j'ai appris la vérité. Pour Manmère, ça a dû faciliter les choses. Et en un sens, ma mère était bien morte de complications liées à sa grossesse.

– Tu n'as jamais découvert qui était ton père ?

– Personne n'en a jamais rien su. Mais le reste de l'histoire, le fait que je sois une enfant sans père, tout le monde à Egret Pass était au courant.

– Quelle explication Manmère t'a-t-elle donnée ?

– Aucune. La première fois que je l'ai interrogée, elle m'a répondu : « Certains enfants ont un papa, d'autres pas. Tu appartiens à la seconde catégorie. » Elle ne m'en a jamais dit plus long.

– Tu ne t'es jamais posé de questions ?

– Bien sûr que si, quand j'ai été un peu plus âgée. Je me rappelle qu'un jour, à l'école, je me suis bagarrée avec Cherie Daigle – c'était son nom avant qu'elle épouse Jules Robin. La maîtresse, madame Heine, nous a séparées en nous prenant au collet comme deux chiens. Et voilà que Cherie – elle était furieuse, je lui avais fait mal – me traite de bâtarde !

– La même madame Robin que celle qui est morte d'un cancer il y a quelques années ?

– Elle-même. Pauvre Cherie… On n'avait pas plus de neuf ou dix ans, à l'époque. En tout cas, madame

Heine a failli avoir une attaque, en entendant un mot pareil dans la bouche d'une de ses petites élèves. Elle a dit à Cherie que c'était indigne d'une jeune fille de jurer ainsi. Mais Cherie n'était pas du genre à se laisser impressionner, même par la maîtresse. Elle a regardé la vieille dame droit dans les yeux et a répliqué : « Je n'ai pas juré. J'ai dit la vérité. J'ai entendu mon papa en parler à mon grand-père. » Évidemment, je ne voyais pas à quoi elle faisait allusion. Alors madame Heine a expliqué que le fait d'avoir un papa ou non ne changeait rien à l'affaire, et que Cherie ne devait pas dire de grossièretés, sinon elle recevrait une telle correction qu'elle ne pourrait pas s'asseoir de sitôt.

– C'est difficile pour un enfant d'apprendre ce genre de chose devant ses camarades.

Mathilde acquiesça.

– Mais plus tard, au collège, je crois, alors que je repensais à ce qu'avait dit madame Heine ce jour-là, j'ai tout d'un coup pris conscience que j'avais forcément un père. Le problème était que ma mère n'avait pas de mari. C'est là que j'ai commencé mes recherches.

– Des recherches ?

– Pour retrouver mon père. D'après moi, il devait encore être là, quelque part. Ce n'était pas comme s'il y avait eu dans le bourg des étrangers de passage que ma mère aurait pu rencontrer. Et personne n'avait été tué pendant la Grande Guerre : les rares hommes à y être partis étaient tous revenus. De toute façon ils étaient trop jeunes. Compte tenu de mon âge, mon père aurait dû avoir au moins trente ans. Alors j'étudiais mes traits dans le miroir, et je scrutais ensuite les visages masculins dans l'espoir d'y reconnaître mon nez, mon menton, ma couleur de cheveux. Je me souviens même d'avoir eu la certitude, pendant une quinzaine de jours, que c'était monsieur Donaldson.

Therese sourit.

– Le marchand d'appâts ?

Mathilde eut un petit rire gêné.

– Oui, à cause de ses pommettes saillantes, comme les miennes. Et de sa démarche.

Therese regarda sa mère de biais.

– Sa démarche ? Voilà qui aurait dû t'ouvrir les yeux, maman. Tu sais bien ce qu'on raconte sur monsieur Donaldson. Enfin, sur ses rapports avec les femmes.

– J'avais treize ans. Comment aurais-je pu me douter ?

– Tout de même, maman, monsieur Donaldson…

– Quoi qu'il en soit, je ne l'ai jamais retrouvé, mon père. Ou alors je n'en ai rien su…

Mathilde buvait son chocolat à petites gorgées.

– … N'empêche qu'il m'arrive encore de me demander, même à mon âge, qui il pouvait bien être.

– Un homme marié, sûrement. Et dans l'impossibilité de se manifester.

– Sans doute. Surtout dans un bourg où tout le monde est au courant des affaires des autres.

– Les gens savent garder un secret, même ici, déclara Therese avec une gravité soudaine.

– Pas toute leur vie, seulement pour un temps, assura sa mère.

Therese tenta de changer de sujet.

– Donc tu as oublié l'existence de ton père ?

– En admettant que j'y sois arrivée, j'étais bien la seule. Au lycée, la deuxième année, quand la saison des bals a commencé, aucun garçon ne m'a invitée. Ce n'était pas vraiment leur faute, j'imagine. Leurs parents n'auraient jamais voulu. Ça a duré un an, presque deux. Et puis un après-midi où j'étais attablée avec Manmère, comme ce soir, quelqu'un a frappé à la porte. Un garçon. Il venait m'inviter au bal de printemps du lycée, celui qui avait lieu le samedi suivant Pâques, le premier bal après le carême.

– Qui était-ce ? Qui t'a invitée ?

– Matthew Christovich.

– Le shérif Christovich ?

– C'était un gentil garçon ; quant à ses parents, il ne leur a même pas demandé leur avis. Non seulement je n'étais pas yougoslave, mais je n'avais pas de père. D'ailleurs, ils ont piqué une telle colère en l'apprenant qu'il a dû sortir en cachette par la fenêtre de sa chambre pour aller me chercher. Mais Matthew était comme ça. Pas question de lui faire trahir une promesse. Puisqu'il m'avait invitée au bal, il m'y emmènerait coûte que coûte.

– Que s'est-il passé quand tu es entrée dans le gymnase du lycée ?

– Tout le monde a plus ou moins retenu son souffle en me voyant. Je n'avais prévenu personne que je viendrais. Je devais redouter qu'il y ait un empêchement de dernière minute. L'orchestre a continué à jouer, mais les conversations se sont tues. Tout le monde nous regardait. Puis un des professeurs – j'ai oublié son nom, elle enseignait l'algèbre – s'est avancée vers moi et m'a dit : « Mademoiselle Follain, quelle jolie robe vous avez ! Et vous, monsieur Christovich, comme vous êtes élégant ! » Il n'en fallait pas plus. D'une minute à l'autre, la gêne s'est dissipée. Les conversations ont repris. Matthew est allé me chercher un verre de punch. Et moi j'étais au bal avec un garçon. Je me sentais au septième ciel.

– J'ignorais que tu avais subi ce genre d'humiliation, maman.

– On n'est pas seul au monde, ma chérie, on a une famille, pour le meilleur et pour le pire. Ma mère avait peut-être fauté, mais c'était moi l'enfant du péché.

– Ce n'est pas juste, de faire payer à un enfant les erreurs de ses parents.

– Peut-être, mais ce n'est pas mieux de le parer de toutes les vertus à cause du nom qu'il porte. Crois-tu que Horse, Dieu ait son âme, aurait eu envie de t'épouser si tu n'avais pas été une Petitjean ? Tu as beau être jolie, ma fille, le nom de ton père pèse plus lourd dans la balance.

L'allusion à Horse prit Therese de court.

– Je voulais juste dire que tu aurais dû être mieux traitée, c'est tout.

– En tout cas, dès que je suis devenue une Petitjean, tout le monde s'est montré gentil avec moi.

Therese s'adoucit.

– Et pourquoi n'es-tu pas devenue madame Christovich ?

– Si Matthew avait été seul en cause, ç'aurait été le cas. Nous nous sommes fréquentés pendant un an, malgré l'opposition de ses parents. Mais ils n'ont jamais cédé, ni fermé les yeux. Matthew, lui, les ignorait, mais il souffrait de cette situation, je le sais. Il adorait son père. Avec lui, c'était toujours : « Papa a dit ci », ou : « Papa a dit ça ». D'ailleurs, j'appréciais cet amour qu'il portait à son père. Mais la cérémonie de remise des diplômes de fin d'études secondaires approchait. La moitié des filles de ma classe arboraient déjà leur bague de fiançailles ; l'autre moitié attendait son tour avec inquiétude.

– Toi aussi ?

– Je ne savais pas trop ce que je souhaitais. Ça m'aurait bien plu, d'être la femme de Matthew. Devenir la bru des parents Christovich, par contre, ça méritait réflexion. Mais avant que Matthew ou moi ayons eu le temps de nous décider, ton père est venu me demander en mariage.

– Papa ?

Mathilde acquiesça.

– Il était comment, quand tu l'as rencontré ?

– Rencontré ? Je le connaissais depuis toujours, ou tout au moins, je savais que c'était un Petitjean. Mais il avait huit ans de plus que moi. Et les Petitjean ne fréquentaient pas ma famille, pas après le scandale causé par ma mère. Jamais il n'avait paru s'intéresser à moi jusqu'au jour où, en rentrant du lycée, je l'ai trouvé assis au salon avec Manmère.

– Pourquoi n'était-il pas encore marié ?

– Par orgueil. Il voulait d'abord être propriétaire de son bateau, ce qui demandait du temps. Il avait travaillé sous les ordres de son père, épargnant ce qu'il gagnait, année après année. Monsieur Petitjean père, que tout le monde appelait Paw-Paw, prenait Felix pour un fou. Je l'entends encore raconter la façon dont les choses s'étaient passées : « Je fais de toi mon associé, qu'en penses-tu, mon garçon ? » Mais ça ne suffisait pas à ton père. Il voulait son bateau à lui.

– La *Mathilde* ?

– Paw-Paw disait souvent, pour me taquiner, que son fils s'était marié uniquement pour avoir un nom à donner à son bateau.

– Mais pourquoi l'avoir épousé, lui, au lieu du shérif ?

– Matthew n'était pas encore shérif, à l'époque, juste un très gentil garçon. Son père élevait des huîtres, mais ça ne marchait pas fort. Des parcs qui ne donnaient rien, plusieurs revers de fortune, et pas d'économies pour voir venir.

– Alors que papa, lui, en avait beaucoup, non ?

– Manmère a tout de suite vu ce que ça pouvait représenter, un Petitjean qui venait demander la main de sa petite-fille. Lorsque ton père s'est levé à la fin de la conversation, l'affaire était conclue. Ni Manmère ni lui n'avaient abordé le sujet, bien sûr. À aucun moment il n'avait été question de mariage. Je doute même qu'on ait prononcé mon nom avant que j'apparaisse à la porte. Mais la décision était prise, sans autre forme de procès.

– Tu m'as raconté que c'était la coutume, en ce temps-là.

– Parfois, si l'union en question présentait un intérêt.

Therese parut sceptique.

– Mais où était l'intérêt ? Tu ne possédais rien, pas même un père, n'est-ce pas ?

– En tout cas, le peu que j'avais m'a suffi pour gagner le cœur du tien. Une fois mon diplôme en poche, je faisais partie des filles qui arboraient une bague de fiançailles.

– Il n'avait pas perdu de temps !

– En fait, rien ne s'opposait à ce mariage. Personnellement, Manmère ne voyait aucun inconvénient à ce que Felix Petitjean épouse sa petite-fille. N'oublie pas que j'étais la fille de Therese Follain. Seul un Petitjean pouvait fermer les yeux là-dessus.

– Ou un Christovich.

– C'est vrai, les seuls hommes qui voulaient bien de moi étaient l'un trop riche et l'autre trop pauvre pour s'arrêter à ce genre de détail.

– Mais tu aimais papa, n'est-ce pas ? interrogea Therese d'un ton implorant.

– J'ai fini par l'aimer. Du moment qu'il nous avait, son bateau et moi, ton père se fichait de ce que pensaient les autres. Sa sœur m'a parlé un jour des disputes qu'il avait provoquées chez eux en annonçant à son père qu'il voulait m'épouser. D'après Eunice, le vieux Petitjean l'avait traité de tous les noms. Quant à Maw-Maw, elle pleurait comme s'il l'avait giflée. Mais rien n'aurait pu faire changer ton père d'avis. Ça représente quelque chose, quand un homme tient tête à sa famille par amour pour toi.

– Et toi, tu as eu deux hommes qui l'ont fait.

– Oui, mais un seul d'entre eux m'a demandée en mariage.

– Tu en pensais quoi, de papa, à l'époque ?

– Ton père était quelqu'un de calme, de généreux. Toujours à essayer d'arranger les choses. Exactement comme Alton…

Un sourire éclaira le visage de Mathilde.

– Évidemment, il était moins bien bâti que ses collègues. Un petit gabarit, mais solide. Avec Felix, on avait toujours des surprises. Un jour, son père et son oncle Avery se débattaient avec un sac d'huîtres qu'ils voulaient charger à l'arrière d'un pick-up. Felix arrive, prend le sac à deux mains, et le pose sur le plateau aussi facilement que si c'était un oreiller. Les deux hommes se regardent, étonnés, mais Felix continue son chemin comme si de rien n'était.

– Typique de papa. Et d'Alton.

– Il était différent des autres. Sans doute à cause de son âge, du fait qu'il était plus vieux que moi. Ça me rassurait, je crois. On aurait dit qu'il lisait dans l'avenir, qu'il prévoyait les ennuis à temps pour les éviter.

– Comment t'a-t-il demandé ta main ?

– Il m'a emmenée voir son nouveau bateau. Les ouvriers l'avaient terminé le matin même. Il m'a fait descendre jusqu'à la cale de mise à l'eau, mais la poupe était bâchée. À sa demande, je tire sur la bâche et je découvre le nom peint sur la coque. Mon prénom. Ton père s'est empressé de préciser que ça portait malheur de débaptiser un bateau.

– Ce n'était pas une invention de sa part. Le vieux Boudreaux répète ça dès qu'il voit un pot de peinture.

– Oui, je savais que c'était vrai. Alors ton père m'a demandé si je voulais lui porter malheur, s'il devait changer le nom du bateau. Non, ai-je dit, ne change rien. J'étais très fière. Personne n'avait jamais donné mon nom à quoi que ce soit. Ne change rien, ai-je répété.

14.

Mathilde alla chercher la casserole pour remplir à nouveau sa tasse et celle de Therese de chocolat chaud.

Au début, dit-elle, poursuivant son récit, leur vie de couple avait été relativement heureuse. Felix, qui avant son mariage vivait encore chez ses parents à presque trente ans, manquait un peu de souplesse avec sa jeune épouse. De son côté, Mathilde en voulait parfois à son mari de son silence : Felix était peu bavard. Elle supportait mal son autorité ; exaspéré, il s'étonnait de ses sautes d'humeur. Ni l'un ni l'autre n'était comblé dans ses attentes, et pourtant leur affection mutuelle cimentait leur couple un peu plus chaque année.

De même que les repas qu'ils partageaient chaque soir changeaient au rythme des saisons – écrevisses au printemps, crevettes en été, fraises en mai, figues en juillet – leur vie conjugale suivait son propre calendrier : après les semailles la moisson, après la pluie, le soleil.

Tout reposait sur les huîtres, bien sûr, et les premières années de vie commune du jeune couple bénéficièrent de l'abondance de la pêche et de la stabilité des prix. Avec un bateau chacun, Felix et son père agrandirent le patrimoine familial, Felix ratissant de nouveaux bancs au large de Grand Island Point, et au-delà de Manila Village jusqu'à Hackberry Bay.

En ce temps-là, les plates-formes pétrolières étaient peu nombreuses, expliqua Mathilde à sa fille. Les plus grands chenaux n'avaient pas été creusés et les parcs produisaient toujours autant que durant le siècle écoulé. D'une extrémité à l'autre de la baie de Barataria, les huîtres croissaient et multipliaient « comme les roses en avril ». Personne ne parlait encore de gisement de pétrole dans le golfe du Mexique : il n'en était question que depuis quelques années, précisa Mathilde.

Cette période de pêche miraculeuse et de prospérité prit fin pour les Petitjean par un après-midi d'été sur le lac Grande Écaille, quand le père de Felix, le cerveau embrumé après un déjeuner de crackers et de bières Dixie, tira un tournevis de sa boîte à outils pour déloger un câble coincé dans le treuil.

Le nouveau matelot de Paw-Paw – un cousin Gal-laudet de Socola, tout juste sorti de la prison parois-siale de La Nouvelle-Orléans où il venait de purger une peine de trois mois pour coups et blessures sur la personne d'un barman de Bourbon Street – avait blo-qué le treuil en inversant la position du levier de commande. Le câble d'acier de la drague qui ratissait les huîtres dans la vase s'était enroulé sur lui-même, grippant le mécanisme. Conscient de son erreur, le matelot arrêta le treuil sans toutefois réussir à dégager le câble. Paw-Paw, furieux contre l'homme, coupa le moteur et laissa la drague faire office d'ancre. Quittant la barre, il se pencha sur le treuil dont il souleva la chaîne avec son tournevis, maillon après maillon.

Pourtant, lorsqu'il atteignit le câble pris dans les rouages, le vieil homme ne réussit pas à débloquer le mécanisme. Couvrant à nouveau d'injures son matelot qui boudait à l'abri du soleil sur le compartiment du moteur, Paw-Paw lui ordonna de dégager le câble à l'aide du tournevis pendant que lui-même soulevait la chaîne avec un crochet. Par la suite, le matelot prétendrait qu'il n'était pas d'accord, mais que monsieur Petitjean l'avait menacé de lui « défoncer le crâne » à coups de crochet s'il n'obéissait pas.

Le chalutier avait le vent en poupe cet après-midi-là, les vagues arrivaient par l'arrière. Le matelot assurait qu'une déferlante venant du sud-ouest les avait heurtés de plein fouet à bâbord au moment où le câble cédait. Les deux pêcheurs, en équilibre instable sur le pont du bateau qui tanguait doucement, ne purent pivoter pour éviter ce paquet de mer imprévu alors qu'ils tiraient de toutes leurs forces sur le câble. Et la drague traînant au fond du lac n'empêcha pas le chalutier de gîter brutalement. Telle fut du moins la version du matelot quand on lui demanda pourquoi l'un d'eux avait heurté le levier, et remis le treuil en marche à l'instant précis où le câble se dégageait.

Tout fut terminé avant que les deux hommes aient compris ce qui se passait. Tandis que le treuil redémarrait subitement, la boucle formée par le câble se referma autour de la main qui maintenait le crochet en place, emprisonnant le poignet entre la chaîne et les dents du rouage en mouvement.

La main atterrit sur le pont tel un calmar vivant tombé d'un filet à crevettes, et dont les tentacules charnus auraient tressailli au soleil.

Le vieux Petitjean arrêta posément le treuil de sa main droite. Son matelot, le cousin Gallaudet, lui fit avec un cordage un garrot autour du bras ensanglanté, mais Paw-Paw, en état de choc, s'affaiblissait déjà.

Affolé, le matelot oublia la lourde drague encore à l'eau : elle ralentit le retour au port du bateau. Les anciens dédaignant les radios qui équipaient les nouveaux chalutiers, il s'écoula plus d'une heure avant que l'homme aperçoive un autre bateau et lance un signal de détresse. Quand l'embarcation vint se ranger le long de la coque, le vieux Petitjean était mort depuis une demi-heure.

Dès lors, déclara Mathilde à Therese, plus rien ne fut comme avant. Felix, rongé par le chagrin et se reprochant la présence d'un lointain cousin sur le chalutier paternel le jour de l'accident, se sentit responsable de la mort de son père. « C'était de l'orgueil mal placé, de vouloir un bateau à moi », confia-t-il à sa jeune femme. « J'aurais dû être avec papa, au lieu de pêcher tout seul au milieu de la baie de Barataria. Dire qu'il m'avait proposé de devenir son associé… Quel genre de monstre étais-je pour refuser une offre pareille ? » Mathilde eut beau tenter de le consoler, lui rappelant combien son père était fier de l'indépendance de ce fils qui avait eu le courage de se mettre à son compte sans y être contraint, Felix ne s'en remit jamais.

– Appelons ça de la malchance, expliqua Mathilde.

D'un naturel prudent, Felix avait tenté à sa manière de voler de ses propres ailes, et il se voyait ramené à son port d'attache par un vent contraire qui figea définitivement son caractère. Dès lors, il veilla sur les parcs des Petitjean, abandonnant à leur sort les plus isolés à l'ouest de la baie de Barataria pour s'occuper en priorité de ceux

149

détenus par sa famille depuis un siècle. Ayant vendu le bateau de son père plus par superstition que pour subvenir aux besoins de sa mère devenue veuve, il n'envisagea plus jamais de posséder une flottille de chalutiers à son nom. Du jour au lendemain, l'ambitieux jeune homme débordant de projets était devenu un patriarche soucieux de ne pas lâcher la proie pour l'ombre.

– Comme si Felix était mort et que je me retrouvais mariée à son père, conclut la mère de Therese.

La jeune fille s'agita nerveusement sur sa chaise, gênée par ces révélations.

Percevant l'embarras de sa fille, Mathilde ajouta qu'en fait, elle s'était surtout sentie plus en sécurité, mieux protégée.

– D'une certaine façon, c'était sans doute ce que j'avais toujours souhaité.

Pourtant, un problème nuisait plus que tout autre à leur entente. Felix, qui avait longtemps attendu avant de se marier, et qui, cette étape franchie, avait averti sa jeune femme qu'elle devrait patienter quelques années – le temps que le bateau soit payé – pour avoir des enfants, repoussait de nouveau la décision de fonder une famille. « Mais j'ai déjà vingt-huit ans ! » avait fini par protester Mathilde.

En bons catholiques, les deux époux étaient freinés dans leurs ébats par l'opposition de l'Église à la contraception. Alors que Felix semblait soulagé d'avoir de moins en moins souvent l'occasion de mettre sa détermination à l'épreuve, Mathilde se sentait de plus en plus délaissée par son mari. Le sérieux avec lequel il s'attelait à sa tâche, ses angoisses devant les changements qu'il notait dans la production d'huîtres dès qu'une compagnie pétrolière s'installait quelque part, l'impression que le patrimoine familial commençait à lui filer entre les doigts comme de l'eau : tous les soucis qui pesaient sur lui assombrissaient de plus en plus ses rapports avec sa femme.

Mathilde, bien sûr, ne raconta pas tout à sa fille. Par exemple, elle se remémora sans en souffler mot une soirée de la fin de l'été, quelques mois après la mort de Paw-Paw. La pluie tambourinait cette nuit-là sur le toit en tôle du pavillon que les jeunes époux louaient depuis leur mariage.

C'était une petite baraque sombre, avec des moisissures le long des raccords de la tapisserie et près du plafond. Felix avait insisté pour qu'ils finissent de payer le bateau avant de s'acheter une maison, et Mathilde avait accepté. Elle s'était efforcée de rendre accueillante cette ruine en bordure de la route, mettant des rideaux neufs aux fenêtres et récurant la crasse incrustée dans les rainures des parquets et les angles mal équarris par un menuisier amateur cinquante ans plus tôt. En revanche, elle ne pouvait rien contre les taches d'humidité qui défiguraient les murs au ras des moulures. Juché sur des pilotis en brique à un mètre au-dessus du canal qui se terminait en cul-de-sac juste derrière, le pavillon avait été inondé deux fois aux dires du propriétaire, et sans doute plus en vérité. N'ayant jamais vécu loin d'un bateau, Felix avait installé une pirogue sous la demeure où trouvaient également refuge les chats et les ratons laveurs. D'ailleurs, par certaines nuits froides, des matous rassemblés sous la pirogue retournée réveillaient souvent Mathilde de leurs miaulements pareils aux pleurs d'un bébé. Alors que son mari ignorait ces mélopées, elle s'était plus d'une fois rendormie en larmes dans le lit d'acajou trop grand pour la pièce qu'il remplissait complètement.

Malgré l'orage qui avait éclaté à sept heures ce soir-là, on étouffait dans la maison à cause de la chaleur moite accumulée tout au long de la journée – Mathilde s'en souvenait encore. Felix était parti voir sa mère ; inquiet de son isolement, il lui rendait visite chaque jour depuis la mort du vieux Petitjean. Seule dans la pénombre alors que la pluie cinglait la tôle du toit, sa jeune épouse avait déboutonné sa robe pour prendre le bain qu'elle venait de se faire couler. L'immense baignoire, à côté du chauffe-eau trapu de la cuisine, représentait l'unique luxe offert par le pavillon. Ornée de pieds en forme de griffes recroquevillées sur des boules d'acier, elle occupait tout un mur, faisant paraître minuscules le fourneau et la glacière à l'autre bout de la pièce.

Mathilde était encore debout dans l'eau quand un éclair avait empli la pièce d'une lumière bleue. Une illumination qui parut se prolonger jusqu'à ce qu'un roulement de tonnerre, rugissement féroce qu'elle avait ressenti au plus profond d'elle-même plutôt qu'entendu, déchirât la toile du ciel tendue au-dessus de sa tête. La pluie se mit à ruisseler sur les vitres de la cuisine, pareille à un rideau liquide. La lampe qui éclairait la petite table peinte en jaune par Mathilde, ainsi que les deux chaises, s'éteignit dans une gerbe d'étincelles. « L'orage a provoqué un court-circuit », se dit la jeune femme. Prise de frissons, elle se glissa dans l'eau tiède du bain et resta allongée à écouter la pluie tomber en rafales, puis décroître.

Quand Felix revint, trébuchant dans la maison sombre, appelant sa femme, celle-ci ne répondit pas. Elle le laissa se débrouiller seul.

– Mathilde ? chuchota-t-il.

Elle l'entendait respirer au fond de la pièce.

– Mathilde ?

En guise de réponse, elle agita la main dans l'eau.

Mais Felix ne la rejoignit pas. Il se contenta de hausser le ton pour dire :

– J'attends dans mon fauteuil que tu aies fini.

Jamais elle n'avait oublié cette soirée, ni pardonné à son mari. Aujourd'hui encore, après toutes ces années, elle ressentait la même humiliation, la même indignation.

Si clle ne mentionna pas l'épisode devant Therese, Mathilde évoqua pourtant la matinée du lendemain, de ce samedi ensoleillé où Darryl Bruneau avait épousé Arlene Metzgcr.

– Mme Bruneau, celle qui s'est suicidée ?

– On n'a jamais pu l'affirmer.

– Maman... Le prêtre a même refusé de célébrer des obsèques religieuses, jusqu'à ce que Horse fasse un esclandre et que le diocèse la déclare folle.

– D'où tiens-tu ça ? Tu allais encore au collège, à l'époque.

– Tout le monde était au courant, et aussi du don fait par Horse, celui qui a permis d'acheter le nouveau bénitier.

– À la mémoire de sa pauvre femme.

– D'où venait-elle, en fait, Mme Bruneau ? Elle n'avait pas de famille dans la région, que je sache ?

– Non, Arlene est née à Des Allemands. Mais elle a perdu son père quand elle était bébé, et sa mère s'est installée à Algiers où elle avait trouvé un emploi dans une chocolaterie.

– Une chocolaterie ?

– On y fabriquait des œufs de Pâques, des confiseries pour Halloween. Et aussi des beignets, par cartons entiers.

– Que sont-elles venues faire ici ?

– Arlene est arrivée seule, sa licence en poche. Pour enseigner au lycée de Magnolia.

– C'est là que Horse l'a rencontrée ?

– Non, dans une boutique. Tu sais comment était Darryl, un joyeux drille, même avec les inconnus. Ils ont lié connaissance dans cette petite mercerie. Ce que faisait Darryl dans ce genre de commerce, je n'en ai pas la moindre idée.

– Il avait dû la suivre. Elle était jolie, non ?

– Rousse aux yeux verts, comme Rusty, le benjamin de la famille. Et jeune. Darryl, lui, avait au moins trente ans. Plus un bateau, de l'argent, et la beauté du diable. Face à lui, elle n'avait aucune chance.

– Elle était vraiment folle ?

– Non, soupira Mathilde, c'est venu plus tard. Et ce n'était pas sa faute, mais celle des autres. Ce sont eux qui l'ont acculée au suicide.

– Les autres ? C'est-à-dire Horse ?

– Il s'appelait Darryl. Mais il n'y avait pas que lui. Il n'était pas le seul responsable.

– Vous étiez amies, Mme Bruneau et toi ?

– Quand ton frère était petit. Nous avions chacune un bébé.

Therese hocha la tête.

– Et regarde ce qu'ils sont devenus, ces trois frères Bruneau.

154

– Sous l'influence de Darryl, pas d'Arlene.

– Tout de même, insista Therese, prends Alton et Little Darryl. Même âge, mais aussi différents que le jour et la nuit. Il y a des bébés qu'on ferait mieux d'enfermer dans un sac et de jeter dans le bayou.

– Ne dis pas de pareilles horreurs, même sans les penser. C'étaient tous les deux des bébés adorables. Ce qui est arrivé ensuite, c'est une autre histoire. À l'époque, Alton et Little Darryl jouaient ensemble sur la même couverture, comme des jumeaux.

– Qu'est-ce que tu racontes, maman ? Little Horse traversait la rue rien que pour se bagarrer avec Alton. Ils ne se supportaient pas. C'était devenu un sujet de plaisanterie, cette haine qu'ils avaient l'un pour l'autre.

– Seulement quand ils ont grandi, qu'ils sont allés à l'école.

– Comment se fait-il que je n'aie aucun souvenir de Mme Bruneau ? Vous étiez brouillées ?

– Oui, ma chérie, c'est exactement ça. On ne s'adressait plus la parole.

– Que t'avait-elle fait, pour que tu en arrives là ?

– Il s'agit plutôt de ce que moi je lui avais fait.

– Sûrement pas sans raison, j'imagine.

Mathilde but une gorgée de chocolat.

– Arlene était une très belle femme. Malheureusement, elle ne faisait pas le poids face à Darryl.

– On ne le surnommait pas Horse pour rien.

– Il n'y avait pas grand-monde à pouvoir lui tenir tête. Et Arlene moins que personne.

Therese bâilla.

– C'est bien triste que Mme Bruneau se soit suicidée, maman, mais quel rapport avec mon frère ? Et avec toi ?

15.

– Quel rapport avec Alton ? Et avec moi ?... répéta Mathilde.

Elle hocha la tête en contemplant le fond de sa tasse.

– ... Je vais te le dire.

Elle commença par décrire à Therese le mariage d'Arlene et de Horse, et la grande fête donnée par ce dernier devant l'église après la cérémonie. La mariée, dans une robe de satin ivoire cousue main par sa mère et ornée de dentelles de famille rapportées d'Allemagne par sa grand-mère paternelle, semblait plus effarée qu'amusée par ces festivités. C'était une fille de la ville : ayant grandi à Algiers, elle ignorait tout des coutumes locales. À l'approche de la nuit, tandis que la musique devenait assourdissante et que l'alcool montait à la tête des hommes, les rituels frustes des noces de campagne et les plaisanteries grivoises lui firent venir les larmes aux yeux. Personne ne s'étonna, sauf l'intéressée, de voir que Horse était le premier à tourmenter sa jeune épouse, raillant la gêne qui lui empourprait le visage et tournant sa pudeur en ridicule. Lorsque, furieuse et blessée du traitement qu'il lui infligeait, elle s'éclipsa pour aller pleurer derrière le portail de l'église que sa mère avait fermé au nez des invités, les femmes réduisirent par leurs remontrances maris et fils au silence. Apparemment saisi par le remords, Horse ouvrit le portail de force et, devant tous les habitants de la commune, présenta à genoux ses excuses à Arlene. Elle essuya ses larmes avec un mouchoir de lin brodé par sa mère à ses nouvelles initiales, « *A. B.* », et Horse fit reconduire les deux femmes chez lui par un ami.

« Le temps de prendre congé de tout le monde, et je te rejoins », promit-il à Arlene. Mais dès qu'elle fut partie, Horse convia ses invités à dîner tant que le jambalaya, le gombo et le pudding étaient encore chauds. « Je ne sais pas ce que vous en pensez, les amis, mais pour moi la nuit ne fait que commencer ! » lança-t-il à la cantonade. Il demanda à l'orchestre de se remettre à jouer. « Alors, qui ne m'a pas encore accordé une danse ? » s'écria-t-il pour couvrir la musique du violon, de l'accordéon, de la guitare et de l'harmonica, de la batterie et de la contrebasse.

Ainsi se retrouva-t-il à danser la valse autour de l'enclos paroissial avec Mathilde. Felix n'avait pas apprécié, elle le savait, qu'elle se laisse entraîner par Horse au milieu des danseurs encore essoufflés par un two-step. Pourtant, après l'humiliation de la nuit précédente où son mari s'était détourné d'elle dans la cuisine sombre en plein cœur de l'orage, elle ne refusa pas cette invitation du principal rival de Felix chez les pêcheurs d'huîtres. Mélancolique et langoureuse, la valse incitait les danseurs à s'abandonner dans les bras de leur partenaire. Mathilde sentait au creux de ses reins la paume de Horse, large et puissante, qui la faisait se hisser sur la pointe des pieds tandis qu'ils évoluaient sur la pelouse râpée, soulevant autour de leurs chevilles de petits nuages de poussière à chaque pas.

La jeune femme s'efforçait de garder les yeux baissés, mais elle prit conscience de la petitesse de sa main, noyée au ras de leur visage entre les doigts immenses de Horse. Son souffle haletant était parfumé par la sauce au whiskey du pudding qu'il avait fini entre deux danses. Il avait retroussé les manches de sa chemise blanche, déboutonné son col à cause de la chaleur de la nuit : aux relents sucrés de son haleine se mêlait l'odeur salée de son corps. Malgré la force émanant de lui, Mathilde était émue par la douceur, proche de la tendresse, avec laquelle il la guidait, comme s'il redoutait qu'elle se brise si jamais il refermait trop brusquement les bras sur elle. Elle éprouva soudain une certaine compassion pour cet homme sans cesse entravé par la faiblesse de ceux qui l'entouraient. Elle s'autorisa à lever les yeux vers lui pendant que leurs deux corps oscillaient ensemble devant l'église, au rythme de la valse.

Horse s'autorisa lui aussi à plonger son regard dans celui de la jeune femme, et plus l'échange s'éternisait, moins il souriait. Lorsque l'orchestre égrena les dernières notes, il laissa partir l'épouse de son rival comme il aurait relâché un poisson dans les flots, ouvrant les mains pour rendre à la créature sa liberté, et son univers familier.

Sans un mot, Mathilde fit un pas, puis deux, vers son mari debout derrière les couples qui tournoyaient au son d'une gigue endiablée. Puis elle jeta un coup d'œil par-dessus son épaule. Horse était immobile parmi les danseurs, les yeux fixés sur elle, les bras ballants. Les couples le frôlaient tandis que, l'air contrit, il regardait s'éloigner la jeune femme enlacée par Felix.

C'est à la vue de cette expression désarmante, expliqua Mathilde à sa fille, qu'elle était tombée amoureuse de Darryl Bruneau.

– Amoureuse ? répéta Therese, choquée.

– Il n'y a pas d'autre mot. Pas à ma connaissance, en tout cas. Je croyais que Darryl avait peur de m'écraser en me serrant trop fort, alors que depuis le début, il était entièrement à ma merci.

– Le soir de sa nuit de noces, tu es tombée amoureuse de lui ?

Therese était frappée de stupeur par l'aveu de sa mère.

– Tu crois que j'étais la seule femme mariée à aimer un autre homme ? Ne sois pas naïve, ma fille.

– Mais tu t'en es tenue là, non ?

Oui, et lui aussi, ce qui m'a surprise. Connaissant la réputation de Darryl, je pensais qu'il aurait cherché à me revoir sous un prétexte quelconque. À la messe, le lendemain, il était là avec sa femme et sa belle-mère, mais il n'a même pas eu un regard pour moi – c'est du moins l'impression que j'ai eue.

– Et toi ?

– On était à l'église. J'ai prié.

– Tu priais pour quoi, maman ?

Mathilde dévisagea sa fille.

– Pour être assez forte.

Savourant son chocolat chaud, elle décrivit alors sa visite chez les Bruneau le vendredi suivant, jour où elle savait que Horse serait en mer.

Arlene, qui souffrait de la solitude depuis que sa mère était repartie à Algiers, fut ravie de cette compagnie imprévue. La jeune femme ne connaissait encore personne à Egret Pass et Mathilde n'avait que quelques années de plus qu'elle. L'assiette de pralines aux noix de pécan apportée par la visiteuse rappela à Arlene la maison de sa mère.

– S'il y avait bien une chose dont on ne manquait jamais, c'étaient les bonbons, dit-elle avec un sourire.

Mathilde admira son intérieur, mais Arlene avait honte des taches sur le canapé et des appliques cassées, du trou dans la moustiquaire métallique de la fenêtre et de la porte du placard qui ne fermait pas.

– Malheureusement, Darryl n'a pas l'air de se rendre compte.

Mathilde éclata de rire.

– Je ne connais aucun homme ici qui s'arrête à ce genre de détail. Sans doute la raison pour laquelle ils nous ont épousées. Tu aurais dû voir l'état de notre maison la première fois que Felix me l'a fait visiter. Mais à ses yeux, il n'y avait aucun problème.

Le courant passa entre les deux femmes, qui se lamentèrent ensemble sur le triste sort des épouses de pêcheurs, même si l'une d'elles ne le connaissait que depuis quelques jours.

– Ils ont l'habitude de passer leur vie en mer sans personne à qui parler. Voilà pourquoi on a tant de mal à en tirer quoi que ce soit. Il ne faut pas hésiter à les questionner, conseilla Mathilde.

Lorsqu'elle se leva pour partir, Arlene et elle étaient amies.

– À ton tour de venir me voir la semaine prochaine, insista la plus âgée. On fera de la pâtisserie. D'accord ?

Si Mathilde avait espéré tenir le mari à l'écart en se liant avec sa jeune épouse, elle découvrit en rentrant chez elle que cette stratégie n'aurait pas l'effet escompté. Horse l'attendait, assis au bord du canal.

– Darryl, que fais-tu là ?

Elle se sentit soudain très heureuse de le voir.

– Comment se fait-il que tu ne sois pas en mer ?

– Je suis rentré plus tôt, aujourd'hui. Des problèmes de moteur, répondit-il en contemplant les hautes herbes des marécages.

Puis il se tourna vers elle.

Elle s'était adossée à l'angle de la maison.

– Pourquoi cette visite, Darryl ? Tu n'es jamais venu chez nous.

– Vous ne m'avez jamais invité. En rentrant, j'ai vu ton mari faire route vers Bay Ronquille. Il sera en retard, ce soir. Il y a un vent contraire.

– Aucune importance. Je ne prépare pas le dîner tant qu'il n'a pas franchi la porte.

Horse se replongea dans la contemplation des marécages.

– Tu sais que vous avez des ratons laveurs ?

– Je les entends la nuit. Sous la maison.

– Tu veux voir où ils nichent ?

Mathilde sourit.

– Où ça ?

Horse lui fit un clin d'œil par-dessus son épaule.

– Je vais te montrer.

Mathilde s'approcha.

– D'accord, monsieur Bruneau, montre-moi.

Horse se leva et tira la pirogue de son abri sous la maison.

– De quel droit sors-tu le bateau de Felix ?

– N'aie pas peur, je ne l'abîmerai pas…

161

Il remit la pirogue d'aplomb, la poussa dans le canal.

– … Un peu d'eau ne lui fera pas de mal.

Mathilde se récria, mais il lui éclaboussa le visage.

– À sa propriétaire non plus, d'ailleurs.

Ces gamineries la firent rire.

– Tu n'es vraiment pas fréquentable !

En guise de réponse, Horse lui tendit la main. Après une hésitation, elle l'accepta et alla s'installer à l'avant de la pirogue qu'il immobilisait du pied. L'embarcation tangua lorsqu'il s'assit à l'arrière, obligeant Mathilde à se cramponner des deux mains à la coque. Elle aurait voulu protester, descendre et courir s'enfermer chez elle, mais Horse avait déjà propulsé la pirogue sur les eaux stagnantes du canal. Mathilde la sentait se soulever au rythme des coups de pagaie.

Avec deux passagers pour un si petit bateau, la ligne de flottaison se trouvait à quelques centimètres seulement des doigts de la jeune femme, agrippés aux plats-bords. Un vent léger s'était levé tandis que la pirogue négociait les courbes du canal. Derrière le rideau des hautes tiges de joncs et de roseaux, Mathilde, assise au ras des flots, ne distinguait plus que le toit de sa maison. Et puis elle l'avait lui aussi perdu de vue, avant même de quitter le canal et de s'aventurer dans les marais.

Therese tira sa mère de sa rêverie.

– Qu'est-ce qui t'a pris, de t'embarquer comme ça ! Et si papa était rentré plus tôt que prévu ?

Bien qu'elle n'en dît mot, la jeune fille ne pouvait s'empêcher de penser à la pirogue dans laquelle Horse l'avait emmenée faire un tour.

Mathilde hocha la tête.

– Ce qui m'a pris ? Si seulement je m'étais posé la question…

Après avoir longé la rive pendant quelques centaines de mètres, Horse avait laissé dériver l'embarcation au fil de l'eau. La quille alla buter contre deux racines de cyprès qui se dressaient au milieu des marais.

– Alors ils sont où, ces ratons laveurs ? s'impatienta Mathilde.

– Plus un mot pendant quelques secondes, chuchota Horse.

Mathilde écouta les grenouilles coasser parmi les racines. Un hibou s'envola d'une branche au-dessus d'elle, dans un bruissement d'ailes pareil au souffle d'un homme sur sa nuque. Puis un rugissement s'éleva.

– Un alligator, dit posément Horse.

Enfin, un crissement lui fit tendre l'oreille. Elle se retourna. De la tête, Horse attirait son attention tout en pointant l'extrémité de la pagaie vers un bouquet de palmiers nains. Elle écarquilla les yeux et aperçut entre les palmes vertes un regard cerclé d'un masque de fourrure noire.

– Comment savais-tu qu'il serait là ? murmura-t-elle.

Malheureusement, le raton laveur l'entendit. Il disparut dans les broussailles.

– J'ai passé toute ma vie ici, femme. Tu crois que je ne peux pas te trouver un raton laveur, ou n'importe quelle autre bestiole pour te faire plaisir ?

Il éclata de rire, et autour d'eux les coassements et les stridulations se turent aussitôt. Il n'y eut plus qu'un discret clapotis autour de la pirogue.

Ce silence effraya Mathilde.

– Ramène-moi à la maison, Darryl.

Pendant le trajet de retour, elle lui annonça qu'elle avait rendu visite à Arlene.

– Une fille charmante, reconnut Horse. Mais elle a beaucoup à apprendre sur notre façon de vivre. Rien à voir avec la ville.

– C'est peut-être toi qui as quelque chose à apprendre.

Il parut retrouver son sérieux.

– Tu as raison…

Un petit alligator émergea près de la berge dans un enchevêtrement de racines.

– … mais pas d'une femme comme elle.

Mathilde n'avait pas osé lui demander de quel genre de femme.

– Et vous en êtes restés là ? lança Therese, interrompant sa mère.

– Plus ou moins. Darryl m'a ramenée chez moi, il a glissé la pirogue sous la maison et il est parti. J'ai préparé à ton père ses plats préférés pour le dîner : courge au four, beignets de maïs, tarte au petit-lait pour le dessert. Je pensais que comme on était vendredi, il rapporterait une truite saumonée que je pourrais passer à la poêle. Mais ce soir-là, il n'est même pas rentré dîner, ton père. Le vent l'avait retardé, m'a-t-il expliqué ensuite, et il s'était arrêté chez sa mère. Puis il avait dû aller voir un collègue à propos d'un nouveau filet. Lorsqu'il a fini par arriver, je dormais ; je ne me suis même pas réveillée quand il s'est couché. Alors si tu t'imagines que mes rapports avec Darryl se sont arrêtés là, ma chérie, tu te trompes sur toute la ligne.

– Tu en veux beaucoup à papa, non ?

– De quoi ? Il ne se comportait pas différemment des autres maris de la commune. Je ne peux m'en prendre qu'à moi. Je porte l'entière responsabilité de ce qui est arrivé.

– C'est-à-dire quoi, maman ? Je ne comprends toujours pas…

– Tu ne connais pas toute l'histoire.

Arlene était venue la voir la semaine suivante, comme elle y avait été invitée. Mathilde lui avait montré comment confectionner une tarte aux patates douces, au sucre roux, à la cannelle et au gingembre. Ensemble, elles avaient également préparé une tourte aux pacanes, cassant les noix de pécan sous le porche, puis ajoutant la viande farinée au sirop de maïs, au sucre, aux œufs et au beurre vanillé. Arlene était elle aussi très bonne cuisinière. Elle enseigna à Mathilde une recette de caramels que sa mère avait apprise à la chocolaterie d'Algiers. Mathilde aurait voulu garder encore un peu sa nouvelle amie pour lui présenter Felix, mais Arlene avait peur de ne pas être chez elle avant le retour de Horse.

Le lendemain matin, Mathilde sursauta en entendant frapper à la porte. Elle avait rarement des visiteurs si tôt dans la journée.

C'était Horse.

– Il paraît qu'aujourd'hui, madame Petitjean sert de la tourte aux pacanes. Il en reste une part pour un pêcheur affamé ?

– Que fais-tu là, Darryl ?

Debout devant la porte d'entrée, ils pouvaient être vus par n'importe qui passant sur la route. Mathilde jeta un coup d'œil à droite, puis à gauche, mais personne ne venait.

– Entre donc une minute.

Elle referma la porte derrière Horse.

– Par ailleurs, je ne dirais pas non à une tasse de café, déclara celui-ci.

Après avoir inspecté la pièce du regard, il ajouta :

– Felix n'a rien de mieux à t'offrir que cette bicoque ? Un homme aussi riche que lui, un Petitjean ?

– Il n'a pas tant d'argent que ça, depuis la mort de Paw-Paw. Et on n'a toujours pas fini de payer le bateau.

Horse s'esclaffa.

– Ma chère, ce bateau est payé depuis l'année dernière. Ton mari ne te l'a pas dit ?

– De qui tiens-tu ça ? Tu parles sans savoir.

– Je connais le banquier. On joue aux cartes ensemble, alors on n'a pas de secrets l'un pour l'autre. Demande donc à ton mari combien il lui reste à rembourser…

Il humecta son pouce pour recoller un raccord de papier peint.

– Moi je te le dis, si tu étais ma femme, je ne te laisserais pas dans un taudis pareil.

Même contrariée par les révélations de Horse au sujet du bateau de Felix, Mathilde ne put retenir un éclat de rire.

– J'ai vu la maison dans laquelle tu mets ta femme. Pas vraiment un palace, Darryl. Elle ne va pas chômer, la pauvre, avec tout ce qu'il y a à réparer.

Horse fronça les sourcils.

– Qu'est-ce que tu lui reproches, à ma maison ?

– Les trous dans les moustiquaires des fenêtres, un canapé si sale que même un rat musqué ne voudrait pas y dormir, des portes qui ne ferment pas…

– Admettons, interrompit Horse, elle a peut-être besoin de quelques réparations. Je vais m'en occuper. Arlene s'est plainte ?

166

Mathilde perçut du dépit dans sa voix.

– Bien sûr que non. Elle ne se lamente jamais sur son sort. C'est moi qui ai remarqué…

Elle prit un ton taquin.

– … Une vraie ruine, ta maison.

Horse sourit.

– D'accord, je vais m'y mettre. Mais seulement si tu m'offres une part de cette tourte aux pacanes dont on m'a dit grand bien.

– Une seule part, et après tu t'en vas, compris ?

Il la suivit dans la cuisine.

– Tu oublies la tasse de café.

Elle déposa l'assiette devant lui et le regarda manger. Elle aimait le voir engloutir cette part de tourte avec appétit, comme s'il n'avait rien eu à se mettre sous la dent depuis des jours.

Felix l'avait prévenue ce matin-là qu'il irait jusqu'au lac Grande Écaille. Il reviendrait tard. Lorsque Horse eut fini sa tourte, Mathilde scruta par la fenêtre de la cuisine le ciel au-dessus du golfe. Uniformément bleu, sans le moindre nuage. Aucun orage n'obligerait les bateaux à rentrer au port plus tôt que prévu.

Elle versa à Horse une nouvelle tasse de café.

16.

– Tu comprends, cette fois ?

– Oui, maman, répondit doucement la fille de Mathilde. Toi et Horse…

– Exactement.

Les deux femmes gardèrent le silence pendant une éternité. Puis Therese, dont la colère montait, se déchaîna contre sa mère.

– Mais qu'est-ce qu'il t'avait fait, papa, pour mériter ça ? Dis-le-moi.

– C'est plutôt ce qu'il n'avait pas fait.

– Ça n'a pas de sens. Il t'offre une maison, de quoi manger, des robes pour t'habiller, et toi, tu mets ce salaud de Horse Bruneau dans son lit !

Mathilde prit la mouche à son tour.

– Il s'appelait Darryl !

– Je me fiche bien que tu l'appelles comme ça ou autrement ! Tu as mis cette ordure à la place qui revenait à papa.

– Tu parles de ce que tu ne connais pas, ma fille. Tu crois qu'une maison, de quoi manger, quelques robes, et même une maudite bague en or, suffisent pour acheter une femme ? C'est dans mon lit que j'ai mis Darryl, ce matin-là. Pas dans celui de ton père. S'il en avait vraiment fait son lit, peut-être que rien de tout cela ne serait arrivé. Mais ce jour-là c'était mon lit à moi. Et à moi seule.

Horse avait senti le vent tourner, comme tous les hommes qui passent leur vie en mer. Il n'attendit pas que Mathilde dise quelque chose. Sans un regard pour le café fumant sur la table, il prit la jeune femme par la main et l'entraîna hors de la cuisine.

– Par ici ? demanda-t-il, désignant la porte de la chambre.

Mathilde l'avait fermée quand, soulevant ses rideaux bordés d'un motif de roses entrelacées pour voir qui frappait, elle avait reconnu Horse sous le porche.

Elle ne put que répondre par un signe de tête affirmatif.

Un vrai radeau, pensa Horse, ouvrant tout grand la porte et découvrant le lit monumental à l'étroit dans la pièce exiguë, tel un bateau en cale sèche.

– Sur mesure, hein ? plaisanta-t-il.

Incapable d'articuler un son, Mathilde acquiesça en silence. Elle s'adossa au lit à baldaquin, dont les colonnes d'acajou sculptées en forme de plants de maïs reproduisaient même la barbe soyeuse à l'extrémité de chaque épi.

Un genou en terre, Horse lui ôta ses sandales, lui prenant le mollet d'une main pour la déchausser de l'autre. À peine eut-il replacé son second pied nu sur le sol qu'elle sentit ses immenses paumes remonter sous sa robe le long de ses cuisses, ses doigts se refermer sur sa taille mince. Puis il lui baissa son slip qui atterrit à ses chevilles. Elle dégagea ses pieds entravés par le tissu satiné. Enfin Horse fut debout devant elle.

– Ça va ? lui souffla-t-il.

Elle acquiesça de nouveau, agrippa des deux mains la colonne derrière elle.

Horse l'embrassa tout en la caressant entre les cuisses. Soudain, elle eut la sensation d'être soulevée, écartelée. Elle ferma les yeux et se cramponna plus fort à la colonne de bois, jusqu'à ce que la douleur reflue en elle comme une sorte d'engourdissement généralisé qui desserrait l'étreinte de ses doigts, l'un après l'autre, sur la colonne contre laquelle elle se redressait et s'affaissait tour à tour.

Le visage enfoui dans la chemise à carreaux noirs et blancs de Horse, elle essaya d'en voir un peu plus, mais ne distingua que les volants de sa robe contre la toile du pantalon.

Quelques instants plus tard, elle eut l'impression que Horse la reposait sur ses pieds, l'empêchant d'une main de se cogner la tête contre la colonne, ralentissant sa descente de l'autre – dans laquelle elle s'aperçut avec surprise qu'elle était assise.

Hors d'haleine, les jambes en coton, elle contempla de nouveau Horse. Il avait déjà refermé sa braguette.

Elle fit un pas chancelant vers la porte, se retint d'une main au bois de lit.

– Où vas-tu ? demanda Horse, l'observant depuis le fauteuil droit dans lequel il s'était affalé.

Par pudeur, elle évita son regard.

– Je croyais qu'on avait fini.

– Fini ? On ne fait que commencer, ma chérie. Quand on aura fini, tu le sauras, je te garantis. La question ne se posera même pas. Viens donc un peu ici.

Mathilde voguait sur une mer inconnue, mais elle laissait le vent lui dicter sa course.

Horse ouvrit le corsage de sa robe et le fit glisser sur ses épaules et ses longs bras graciles, le lui enroulant autour de la taille comme une ceinture. De ses grandes mains il lui dégrafa son soutien-gorge, le jeta dans un coin. Les seins nus, elle se tenait devant le seul homme autre que son mari à l'avoir faite sienne. Il semblait espérer quelque chose.

Mathilde descendit sa robe sur ses hanches jusqu'à ce qu'elle tombe d'elle-même. Elle attendit là, dévêtue, l'étoffe mousseuse à ses pieds.

– *Chère*, tu ressembles à Vénus sortant de la vague, la taquina Horse.

Vieille plaisanterie qui la fit néanmoins rougir, et, dans un accès de timidité, elle se réfugia d'un bond sur le lit, remontant les couvertures sur sa poitrine comme une écolière.

Horse éclata de rire. Il aimait les amours adultères. En fait, rien ne lui était plus agréable que la femme d'un autre homme. Pas seulement pour le plaisir de cocufier le mari, à son nez et à sa barbe. Les femmes mariées avaient quelque chose qu'on ne trouvait pas chez les filles plus jeunes, une sorte d'impudeur subite. Et elles vous empoisonnaient moins l'existence quand on cessait de les voir. Elles avaient toujours plus à perdre que vous si la liaison s'ébruitait. Alors elles tenaient leur langue, lorsqu'on rompait avec elles.

Il se répétait tout cela en souriant au petit visage qui émergeait entre les oreillers. Cette fois, pourtant, il savait qu'il se mentait à lui-même. Ce qui se déroulait dans cette chambre était d'un autre ordre. « Lève-toi et va-t'en », se dit-il. Au lieu de quoi il se déshabilla et rejoignit Mathilde sous les couvertures.

Il était curieux, voilà comment il justifiait son attitude, curieux comme un requin blanc jouant avec une tortue de mer, histoire de comprendre à quelle drôle de créature il avait affaire. Cette image l'amusa, et pourtant elle correspondait exactement à la réalité. Mathilde, tantôt réservée, tantôt aguicheuse, semait la confusion dans son esprit. Il n'arrivait pas à se faire une opinion sur elle, aussi passa-t-il la matinée à jouer avec elle, encore et encore.

Mathilde, quant à elle, n'avait jamais imaginé combien les choses pouvaient être différentes avec un autre homme. Felix n'était pas beaucoup plus grand qu'elle : malgré sa force physique, il n'avait rien d'un géant, contrairement à Horse. Elle s'aperçut rapidement, lorsque ce dernier vint sur elle, qu'elle pouvait nicher le menton au creux de son épaule. Sous son corps immobile, elle se sentait comme une souris entre les griffes d'un gros chat. Elle aimait cela et fit mine de se figer, respirant à peine. L'espace de quelques instants, Horse pesa sur elle de tout son poids, telle une grosse pierre. Puis, pour plaisanter, il décréta qu'il était un gentleman sudiste. « Tu sais ce que c'est qu'un gentleman, non ? Un homme capable de rester en appui sur les coudes », expliqua-t-il. Encore une surprise pour elle, cette capacité qu'il avait de la faire rire.

Oubliant la présence de sa fille, Mathilde posa rêveusement la joue contre sa paume. Le chocolat avait refroidi tandis que la nuit s'avançait. Elle crut entendre Felix tousser dans la chambre.

– À quoi penses-tu, maman ? demanda Therese, s'adoucissant.

Sa mère n'avait pas dit un mot depuis leur échange de paroles acerbes un peu plus tôt.

– À ma confession. Après, je suis allée me confesser.

– Tu as tout raconté au prêtre ?

– Que pouvais-je faire d'autre ? C'était un péché. Je lui ai avoué que durant le mois écoulé depuis ma dernière confession, j'avais commis l'adultère.

– Il t'a reconnue ?

– Évidemment. C'était le vieux monseigneur Aubert. Il nous connaissait tous depuis notre naissance. Et comme par-dessus le marché, il était déjà à moitié sourd, il avait fait enlever la séparation grillagée du confessionnal. Pour pouvoir lire sur nos lèvres. Mais du coup, il nous regardait droit dans les yeux. Il savait parfaitement qui lui confiait tous ces horribles péchés. Le pire, c'est qu'à cause de sa surdité, il parlait très fort et t'appelait par ton prénom tout le temps que durait la confession. Tous ceux qui attendaient leur tour, ou qui faisaient pénitence sur les prie-Dieu devant le confessionnal n'en perdaient pas une miette. Les religieuses de notre école nous obligeaient à gratter nos cols amidonnés pendant qu'on faisait la queue, pour nous empêcher d'entendre quoi que ce soit. Et elles nous disaient que le secret de la confession s'appliquait aussi aux pipelettes comme nous. Qu'on divulgue la moindre parole sortie du confessionnal, et on irait droit en enfer.

– Les gens gardaient vraiment le secret ?

– À ton avis ? Se confesser auprès de monseigneur Aubert le samedi, c'était comme monter en chaire à la messe du dimanche matin pour énumérer ses péchés devant tous les habitants de la commune.

– Alors comment t'y es-tu prise ?

– Je suis allée le voir au presbytère le vendredi. J'ai affirmé que j'avais un péché mortel sur la conscience et que je ne pouvais pas attendre la confession du samedi, au cas où je mourrais dans l'intervalle.

– Il t'a confessée dans le presbytère ?

– Il n'était pas ravi. Sa gouvernante l'avait tiré de sa sieste. En mettant son étole et en se préparant, il grommelait : « Je me demande bien quel genre de péché mortel une jeune mariée comme toi a pu commettre. » Mais quand je lui ai avoué de quoi il retournait, il n'a plus rien dit.

Therese ne put retenir un sourire.

– Ça a dû le réveiller pour de bon, non ?

– Ce n'était pas drôle. Ce prêtre me connaissait depuis toujours, comme une sorte de grand-père. J'avais honte. Et il connaissait aussi l'histoire de ma mère, celle que m'avait confiée tante Jolene. Pendant toute la confession, j'ai eu peur qu'il croie que je ressemblais à ma mère.

– Comment a-t-il réagi ?

– Il m'a fait réciter mon acte de contrition. Puis il a déclaré qu'il ne pouvait me pardonner – me donner l'absolution, pour reprendre ses mots – que si je me repentais sincèrement, comme le disait la prière qu'il venait de me faire réciter. Et je devais désormais ignorer toutes les incitations au péché.

– Des phrases sortant tout droit du catéchisme, non ?

– Ils portent peut-être la soutane, mais on lit tous le même livre.

174

Therese riait franchement, à présent.

– Tu parles comme un de ces prédicateurs baptistes à la radio, maman.

– Il m'arrive de les écouter. Et même d'être d'accord avec eux, parfois.

– Heureusement que le père Danziger ne t'entend pas ! Si jamais il découvre que les protestants étendent leur influence dans la paroisse grâce à la radio, il est capable d'aller démolir l'émetteur au bord du fleuve, tel que je le connais !

Therese pouffa de rire à nouveau.

Mathilde, elle, souriait pour une autre raison. Lorsqu'elle avait revu Horse, elle lui avait annoncé qu'il était une incitation au péché. « Eh bien, avait-il soupiré, voilà au moins un point sur lequel le prêtre a raison, je l'admets. »

Elle avait cru, elle avait voulu croire, tout en récitant son acte de contrition, qu'elle regrettait d'avoir trompé son mari, qu'un tel écart de conduite ne se reproduirait jamais, ne pouvait pas se reproduire. Elle s'était repentie de tout son cœur, et le dimanche suivant à la messe, elle avait soigneusement évité le regard de Horse.

Quelques jours plus tard, pourtant, allongée près de lui sur l'immense lit, elle avait perdu tout espoir et tout désir d'ignorer les incitations au péché. Elle y céda, ainsi qu'à leurs conséquences imprévisibles, aux catastrophes qu'elle risquait de s'attirer, à tout ce qu'elle mettait en péril, de la même façon qu'elle avait cédé devant l'insistance de Horse, ce fameux matin : avec un simple soupir. Dès lors, elle se donna à lui pour qu'il fasse d'elle ce qu'il voulait. Voilà comment elle se rassurait lorsqu'elle se sentait effrayée par l'aventure dans laquelle elle s'était embarquée. Elle dérivait sans gouvernail, ni boussole, ni étoile pour se diriger, tel un vaisseau fantôme à la voilure en lambeaux poussé par des vents qu'aucun marin ne pouvait prévoir, sur une trajectoire qu'aucun navigateur ne pouvait calculer. Elle se réfugiait dans la résignation à un destin dont elle se persuadait qu'il était inéluctable.

Horse fit en effet d'elle ce qu'il voulait, et elle ne protesta pas. La forçant d'une main brutale à baisser la tête ou lui plaquant de son avant-bras musclé le corps contre le matelas, il l'initia à des pratiques dont elle ne soupçonnait même pas l'existence. Elle se montrait d'ailleurs avide de ces caresses que certains auraient qualifiées de dégradantes, car elles lui confirmaient qu'elle était la proie d'une irrésistible passion.

Cet esclavage du désir, ainsi qu'il lui arrivait de décrire son attirance pour Horse, la libérait des interdits qui avaient jusqu'alors freiné sa curiosité et son inventivité au lit. Elle fut toutefois surprise de voir Horse se détourner d'elle quand elle encourageait ses gestes les plus osés. En revanche, dès que sa gêne réveillait en elle une pudeur résistant à toutes les avances, il se jetait de nouveau sur elle avec un appétit et une indifférence à ses protestations qui la laissaient endolorie et rassasiée.

On eût dit qu'il la dévorait jusqu'aux os. « Est-ce un péché pour l'agneau de s'offrir en pâture au lion ? » se défendait-elle en invoquant des images bibliques.

Un mois de cette vie s'écoula, puis une saison. L'hiver était là. Mathilde accrochait comme appâts des cous de poulet aux pièges à crabes en toile grossière qu'elle plaçait au fond du canal derrière la maison. Felix rapportait des huîtres qu'elle faisait pocher dans du lait avec du poivre de Cayenne et des échalotes. Elle lui tricota un gilet de laine rouge qu'il pourrait mettre en mer. Un après-midi, il rampa sous la maison pour envelopper les canalisations dans des chiffons et les protéger des gelées précoces qui descendaient du nord vers la paroisse de Plaquemines. Le lendemain matin, au réveil, ils trouvèrent les héliotropes et les autres plantes d'extérieur couchés sur le sol par le vent glacé ; déjà, les palmiers étaient jaunis par le gel.

Plus l'année s'avançait, moins Arlene pouvait se passer de Mathilde. Celle-ci lui enseigna comment réparer les chaluts, vider un rouget et en lever les filets, pêcher les huîtres à marée basse. La jeune épouse de Horse apprit même à dépecer un rat musqué, puis à en nettoyer la peau et à la tendre sur un cadre. Les gelées passées, elles partagèrent les choux-fleurs, courges, radis, oignons et choux verts de leur potager d'hiver.

À deux ou trois reprises, un après-midi de décembre, alors qu'elles arrachaient les mauvaises herbes et recouvraient la terre d'une nouvelle couche de sciure de cyprès, Arlene ouvrit la bouche pour poser une question à son amie, puis se ravisa, l'air gêné. Mathilde hocha la tête.

– Si tu ne te décides pas, on va y passer la nuit.

Arlene s'accroupit entre deux rangées d'oignons qu'elle désherbait.

– Je me fais sûrement des idées, mais j'ai entendu des rumeurs au sujet de Darryl.

Mathilde se raidit.

– De Darryl ?

– Tu sais comment sont les gens, il faut toujours qu'ils parlent sans savoir. Seulement…

De nouveau, la jeune femme hésita à poursuivre.

– Ce n'est pas la lune qui se lève déjà, là-haut ? la taquina Mathilde.

Arlene éclata de rire.

– D'accord. Je sais que je suis ridicule. Seulement on raconte que Darryl est un peu coureur, si tu vois ce que je veux dire.

– Pure jalousie, rien de plus. Une jolie fille comme toi qui débarque et qui conquiert le cœur de Darryl… Tu t'attendais à quoi ?

– Tu as raison, Mathilde. C'est juste que, pour certaines choses, je ne suis pas encore… enfin, tu me comprends. Mais d'autres femmes ont plus d'expérience que moi.

– N'oublie pas que c'est toi que Darryl a choisi d'épouser. Personne ne pourra t'enlever ça.

– Je sais. Mais il me laisse souvent seule, le soir. Alors je m'inquiète…

– Le soir ? Darryl sort le soir ? l'interrompit Mathilde.

– Je lui demande de m'emmener avec lui, mais il répond que ce ne sont pas des endroits pour moi.

– Les bars ?

– Sans doute. Il n'aime pas que je le questionne.

– Tous les hommes sont comme ça. On finit par s'y habituer.

178

– Felix sort le soir pour aller boire un verre, lui aussi ?

– Bien sûr. Ils le font tous, mentit Mathilde.

– S'il n'y avait que la boisson, encore... Mais il paraît qu'il a plusieurs petites amies.

– Ah bon, il y en a plus d'une ?

Arlene ne put s'empêcher de sourire.

– Parce que s'il n'en avait qu'une, ça te paraîtrait normal ?

Mathilde se ressaisit et lui rendit son sourire.

– Évidemment que non. Mais où Darryl trouverait-il le temps de voir toutes ces femmes ?

– C'est vrai. Seulement... comme il me laisse si souvent seule, j'imagine le pire. Je n'ai jamais aimé la solitude. Et je croyais qu'une fois mariée, je n'en souffrirais plus.

– Ce qu'il te faut, ce sont des enfants. Pour remplir ta maison.

Arlene rougit.

– J'espère qu'on ne va pas tarder à fonder une famille.

Mathilde dévisagea son amie.

– Tu ne me cacherais pas quelque chose ?

17.

– Il paraît que tu as d'autres maîtresses. C'est vrai ?

Horse dormait à moitié. Il ouvrit un œil pour regarder Mathilde, dont la tête posée sur son torse se soulevait au rythme de sa respiration.

– Bien sûr que non, ce sont des ragots colportés par toutes les femmes qui voudraient être à ta place.

– Parce que j'ai beau n'avoir aucun droit sur toi, si jamais je devenais la risée de la commune, il ne me resterait plus qu'à…

– « La risée de la commune » ? De quoi parles-tu ?

Horse était bien réveillé, à présent.

– Qui t'a mis ces idées en tête ?

– Peu importe. Mais je te déconseille de me faire des infidélités…

– Encore une fois, je ne vois pas de quoi tu parles, femme !

Horse prit une profonde inspiration. Il poursuivit plus calmement.

– Tu crois que tu es une maîtresse comme une autre ? Tu sais combien d'argent je perds en passant la moitié de la semaine dans ton lit ? Tu me coûtes bien trop cher pour n'être qu'une simple aventure.

Mathilde n'était pas tout à fait convaincue.

– Je ne sais pas… Si c'était l'été, et que les crevettes sortaient, je parie que tu viendrais me voir moins souvent…

L'oreille toujours contre sa poitrine, elle l'avait entendu glousser.

– … Tu sais, Darryl, je ne suis pas dupe, ne le crois surtout pas.

– Chut, avait-il répondu, lui caressant les cheveux. On ne peut donc pas se reposer une minute ?

Elle avait failli ajouter quelque chose, mais s'était ravisée et avait fermé les yeux, bercée par l'écho des battements réguliers de son cœur.

– Maman ?

La voix semblait venir de très loin.

– Maman ? Tu dors ?

Therese secouait le bras de sa mère.

– Non, je ne dors pas. Pourquoi dis-tu cela ?

– Tu fermais les yeux. J'ai cru que tu t'endormais, à te voir hocher la tête les paupières closes.

– Je réfléchissais, c'est tout.

– Tu pensais à Horse ?

– Et à madame Bruneau.

– Que lui est-il arrivé, finalement ?

– Nous sommes devenues très amies. Cet hiver-là, Arlene s'est retrouvée enceinte, mais elle n'osait pas en parler à son mari. Ils avaient des problèmes d'argent, depuis quelque temps. La pêche était moins bonne que d'habitude. Darryl répétait qu'ils devaient se serrer la ceinture. Alors elle redoutait qu'il prenne mal les dépenses occasionnées par un bébé. Elle disait aussi qu'il était devenu irritable. Qu'on ne savait jamais comment il allait réagir.

– Ça ne m'étonne pas. Elle ne se doutait toujours pas de votre liaison ?

– Oh, Arlene sentait bien que son mari avait une autre femme dans sa vie. Simplement, elle ignorait qui.

– Tu abordais le sujet avec elle ?

– C'est elle qui s'en chargeait. J'acquiesçais de la tête, je lui disais que toutes les femmes mariées sont jalouses – surtout quand elles attendent un enfant. Pour détendre l'atmosphère, je lui demandais qui, de toute façon, pourrait bien vouloir de Darryl.

– Comment arrivais-tu à plaisanter, alors que c'était toi la cause de ses soucis ?

La voix de Mathilde s'assourdit, comme si elle réprimait sa colère.

– Ça n'avait rien à voir avec elle, ce qui se passait entre Darryl et moi. C'était tout autre chose.

– Rien à voir avec elle ? Sa meilleure amie qui couchait avec son mari ?

– N'emploie pas ce genre de vocabulaire avec moi, ma fille. Et ne parle pas de ce que tu ne connais pas.

– Je parlais seulement de cette jeune mariée, ton amie, qui te faisait ses confidences, pendant que toi…

– Moi aussi, j'étais enceinte, à cette époque, coupa Mathilde.

– Quoi ?

– Je portais l'enfant de Darryl, tout comme elle.

Therese blêmit.

– Tu es certaine que c'était le sien ? Papa et toi, vous deviez quand même bien…

La jeune fille s'interrompit. Mathilde secoua la tête.

182

– Il n'y avait aucun doute. Ton père, c'était un homme, je ne dis pas qu'il ne me touchait jamais. Mais je savais très bien qui m'avait fait cet enfant.

– Tu en as parlé à quelqu'un ?

– À Darryl, avant même d'en être sûre. Arlene enceinte, et moi aussi sans doute, c'était le signe qu'on devait rompre, lui et moi. À sa visite suivante, je le fais asseoir, je m'installe en face de lui et je lui annonce que j'attends un enfant de lui. Il ne faut plus se voir, dis-je.

– Comment l'a-t-il pris ?

– Pas comme je m'y attendais. Il était silencieux, sûrement perdu dans ses pensées. Et tout gentil, comme s'il compatissait. Il ne m'a pas serrée contre lui ni caressé les cheveux, rien : il s'est contenté de venir s'asseoir près de moi sans dire un mot. Je ne savais pas comment interpréter son attitude. Et quand il est parti, il m'a embrassée sur les deux joues. Il ne l'avait jamais fait.

– Tu n'en as parlé à personne d'autre, pas même à Manmère ?

– À personne. Tout se précipitait et j'avais besoin de temps pour réfléchir.

Il y eut un coassement dans le jardin, un crapaud sans doute. La mère et la fille étaient assises depuis des heures à cette table.

– Mais Darryl ne m'a pas laissé le temps de réfléchir, poursuivit Mathilde. Le lendemain du jour où j'avais proposé qu'on ne se voie plus, il a débarqué chez moi à six heures du matin. Felix n'était pas en mer depuis une heure que déjà, Darryl frappait à ma porte. Je m'étais recouchée après le petit-déjeuner. J'avais mal dormi. Darryl, lui, n'avait apparemment pas fermé l'œil. Après une nuit de beuverie et d'errance à travers la paroisse, il avait l'air d'un homme traqué, comme s'il avait été poursuivi dans les bois par un chien enragé. Il est entré, m'a fait asseoir sur le canapé. Puis il m'a demandé si j'étais sûre, pour le bébé. Aussi sûre qu'une femme peut l'être, ai-je répondu pour ne pas prolonger l'entretien. Dans ce cas, a-t-il déclaré, sa décision était prise. Il voulait que je parte avec lui. Que je quitte Felix sur-le-champ pour l'épouser, lui.

– Non ! Darryl voulait vraiment t'emmener avec lui ?

– Il prétendait qu'on pouvait refaire notre vie quelque part sur la côte, n'importe où. « Et Arlene ? Tu as pensé à ta femme ? » ai-je lancé. « Elle n'aura qu'à retourner chez sa mère à Algiers. Depuis le début, elle n'est pas heureuse avec moi », a-t-il répliqué.

Therese était curieuse de connaître la fin de l'histoire.

– Je lui ai dit que c'était du délire. Il n'était pas obligé de m'épouser sous prétexte qu'il m'avait fait un enfant. Mais il affirmait que ça n'avait rien à voir. Que le bébé avait simplement servi de révélateur. Non, il ne pouvait pas se passer de moi, insistait-il. Il ne comprenait pas pourquoi il avait tellement besoin de moi. Mais c'était à cause de moi, pas du bébé. Encore qu'il se soit réjoui que je sois la mère de son enfant.

– Comment un homme peut-il tomber amoureux fou d'une femme au point de détruire sur un coup de tête tout ce qu'il a construit ?

Mathilde sourit.

– Un jour, Darryl m'a expliqué comment on chasse l'alligator dans les marécages. On part en barque au milieu de la nuit, on appâte un hameçon géant avec un poulet mort, ou, à défaut, avec un chiffon imprégné de graisse. Puis on suspend l'appât au bout d'un pieu à une trentaine de centimètres au-dessus de l'eau, et on attend qu'un gros alligator jaillisse du bayou et avale le tout. On se retrouve alors avec un monstre long de trois mètres ferré par un crochet d'une livre, et on tente de le ramener près de la barque – pendant que de son côté, il essaie de refermer les mâchoires sur le bras de quelqu'un et donne de grands coups de queue sur tout ce qui bouge. On lui braque le canon d'une 22 long rifle entre les deux yeux, on appuie sur la gâchette. Voilà comment on chasse l'alligator, a conclu Darryl. Et en amour, c'est pareil, a-t-il ajouté.

– Ah bon ? C'était la vision que Horse avait de l'amour ? s'esclaffa Therese.

Sa mère opina du chef.

– Seulement, d'après Darryl, impossible de savoir si l'amour est l'appât suspendu au-dessus de ta tête, l'hameçon fiché dans tes entrailles, ou la balle logée entre tes deux yeux.

– C'est peut-être ce qu'on ressent, mais ça n'explique pas comment un homme peut tout risquer pour l'amour d'une femme.

– Et réciproquement. Seule différence, les femmes ne savent pas aimer autrement. La surprise, c'est quand un homme nous aime autant qu'on l'aime. Pourquoi était-ce le cas de Darryl ? Je l'ignore. Et je ne crois pas non plus qu'il l'ait su. Peut-être avait-il besoin d'aimer quelqu'un à la folie, et je suis passée par là au bon moment.

– Non, maman, tu lui avais complètement tourné la tête.

– En tout cas, je l'ai vite dégrisé. Il ne savait pas encore qu'Arlene était enceinte. C'est moi qui ai dû lui apprendre qu'il allait avoir deux enfants de deux mères différentes. Donc il n'était pas question de partir ensemble, ni de tout autre projet du même genre. Je n'allais pas le laisser abandonner ma meilleure amie.

Therese était exaspérée.

— Ta meilleure amie ? Tu couchais avec son mari. Tu attendais un enfant de lui. Comment peux-tu parler d'amitié ?

— C'est une chose de coucher avec le mari d'une autre, expliqua Mathilde d'une voix que sa fille ne lui avait encore jamais entendue. Mais lui voler le père de son enfant, c'est un péché impardonnable…

Therese acquiesça de la tête. Elle se rendait à cet argument.

— … D'ailleurs, Darryl n'a pas protesté. Il regardait droit devant lui, avec la même expression qu'un enfant qui vient d'apprendre la mort de sa mère. À mi-chemin entre les larmes et la révolte.

— Tu l'as renvoyé chez lui ?

— Je lui ai conseillé d'aller retrouver sa femme. De s'occuper de la mère de son enfant. Mais il m'a dévorée du regard comme jamais auparavant, et il m'a soufflé, d'une voix à peine audible : « C'est toi, la mère de mon enfant. Pour toujours. » Nous en sommes restés là.

— Il n'est jamais revenu ?

— Jamais. C'est la dernière fois qu'il m'a rendu visite en cachette. Sauf à l'église, je ne l'ai plus revu jusqu'au baptême de Little Darryl.

— Et pour ta grossesse, maman, qu'as-tu fait ?

— Fait ? Mais, rien. Qu'aurais-je pu faire ?

Therese entrevit la vérité qu'elle se refusait à envisager.

— Tu ne veux quand même pas dire…

– Bien sûr que si. Ton frère Alton est né huit mois plus tard.

– Alton était le fils de Horse ? Un Bruneau ?

– Non, un Petitjean comme nous. Toute cette histoire ne change rien à ce qu'il était.

La jeune fille en restait interloquée.

– Mais papa…

– Ton père ne s'est jamais douté de rien.

– Comment as-tu réussi à endormir sa méfiance durant toutes ces années ?

– Et la tienne ? Les gens ne voient que ce qu'ils veulent bien voir.

– Pourtant…

La question que Therese n'osait pas poser mit Mathilde mal à l'aise.

– Le soir du jour où j'avais vu Darryl, je me suis débrouillée pour que Felix croie être le père d'Alton, voilà tout. Et quelques semaines plus tard, quand je lui ai annoncé que j'étais enceinte, je ne me suis pas encombrée de scrupules. J'ai dit qu'avec un bébé en route, il était grand temps que nous ayons un logement décent. Lorsqu'il a parlé du bateau à payer, je l'attendais au tournant. J'ai répondu que depuis le temps, il me semblait qu'on devait avoir fini de rembourser, ou presque. J'en avais par-dessus la tête, de cette histoire. De toute façon, je ne réclamais pas une maison neuve. J'ai suggéré à Felix d'emménager dans celle de son père, ce qui lui convenait tout à fait. Il pourrait ainsi veiller sur Maw-Maw. Et la vie serait plus facile, avec la *Mathilde* au mouillage sur le bayou devant la maison. Quant à Maw-Maw, elle rayonnait à l'idée d'être enfin grand-mère. Elle s'est installée à l'étage, dans la

187

pièce qui est ensuite devenue ta chambre. Voilà comment nous nous sommes retrouvés dans cette maison.

– Je n'arrive pas à croire qu'Alton puisse être le fils de Horse, chuchota Therese, comme si son père endormi pouvait les entendre.

Un soupçon lui traversa soudain l'esprit.

– Et moi ?

Mathilde s'offusqua.

– Tu crois que s'il y avait eu le moindre doute, je t'aurais promise en mariage à Darryl ?

Therese avait oublié cet aspect des choses.

– Non, évidemment.

– Felix est bien ton père. Si tu ne me fais pas confiance, va te regarder dans le miroir. Un petit bout de femme comme toi, de qui d'autre serais-tu la fille ?

Therese s'inclina.

– Et Alton n'a jamais rien su ?

– Tu penses que j'ai eu tort de me taire ? On aurait gagné quoi, si j'avais dit la vérité ?

– Comment as-tu pu vivre dans le mensonge pendant tant d'années, maman ?

Il y avait de la compassion dans la voix de la jeune fille.

Mathilde éclata de rire.

– Regarde autour de toi, ma chérie. La moitié des habitants de cette commune en sont là. Ça n'a rien d'extraordinaire.

Therese prit conscience du terrible secret dont elle était elle-même prisonnière. Elle n'allait pas contredire sa mère.

– Tu sais ce qui m'a été le plus difficile ? De vivre durant tout ce temps au même endroit que Darryl. Il ne m'a plus jamais touchée, pas même pour échanger une poignée de main. Tu imagines l'effet que ça me faisait ? Mais il s'inquiétait de notre sort, à Alton et à moi. Je crois qu'il était fier qu'Alton soit devenu quelqu'un de bien.

– Alors pourquoi cette rivalité avec papa ?

– Par jalousie, sans doute. Et il ne pardonnait pas à Felix d'être un Petitjean. Ça n'a fait qu'empirer au fil des ans.

– Excuse-moi, maman, mais il s'est comporté comme un salaud avec papa.

– Darryl avait gagné à la sueur de son front tout ce qu'il possédait. Ça rend mauvais, à la longue, expliqua Mathilde, prenant sa défense. Rien ne l'obligeait à nous aider, tu sais, à nous accorder ces deux prêts quand personne d'autre ne voulait le faire.

– Nous aider ? Tu veux rire ? Il voulait juste mettre la main sur nos parcs à huîtres.

– Il aurait pu attendre, et les avoir pour une bouchée de pain une fois qu'ils auraient été saisis par la banque. Voilà pourquoi je suis allée le voir en personne. Alors qu'à ton père, il avait dit non.

– Tu parles d'une faveur ! Si la pêche avait été mauvaise cette année, tout lui serait revenu : bateau, maison, et les parcs des Petitjean pour finir !

– Ne dis pas de mal des morts.

– J'ai l'impression que dès qu'il est question de Horse, maman, tu vois tout en rose.

– Je ne prétends pas que Darryl était un saint. Il avait ses défauts, comme les autres. Ce n'était pas un bon mari pour Arlene.

Therese eut un sourire ironique.

– C'est le moins qu'on puisse dire.

– Je te parle d'après. Darryl semblait rendre Arlene responsable de ses problèmes, comme si elle y était pour quelque chose. Il la traitait de plus en plus mal. Surtout lorsqu'elle est retombée enceinte l'année suivante, de Ross. Il se montrait de plus en plus injuste avec elle, et avec tout le monde. Mais si tu l'avais vu quand il était jeune… Il ressemblait de manière troublante à Little Darryl aujourd'hui. Grand, fort, séduisant. Et drôle. On n'imaginait pas qu'un homme comme lui puisse être aussi drôle.

Therese n'était toujours pas convaincue.

– Personne d'autre que moi n'est au courant ?

– Non, personne maintenant qu'Arlene et Darryl sont morts.

– Madame Bruneau a découvert la vérité ?

– Comme je te le disais, la deuxième grossesse d'Arlene semble avoir été la goutte d'eau qui a fait déborder le vase. La situation commençait à se dégrader dans les parcs à huîtres. Et Darryl avait trempé dans je ne sais quelle combine avec deux types de la paroisse. Un procureur était venu fouiner par ici, même s'il n'en est rien sorti. Mais on a cru un temps qu'il y aurait des suites. Alors un soir, après la naissance de Ross, Darryl est rentré complètement soûl. En plus, leur couple battait de l'aile. Je pense qu'Arlene s'était mise à boire.

– Je croyais que vous n'aviez pas de secrets l'une pour l'autre.

– D'accord, Arlene forçait déjà sur la boisson. Quand j'ai fait sa connaissance, c'étaient les bonbons. Cette fille aimait les bonbons comme personne. Elle avait toujours un caramel ou un sucre d'orge dans sa poche. Mais comme Darryl la laissait trop souvent le soir en tête à tête avec un bébé braillard, un beau jour, au lieu des bonbons, c'est une bouteille de gin qu'elle a gardée près d'elle – ou n'importe quel autre alcool rapporté par Darryl.

Therese hocha la tête.

– Il l'a réduite au désespoir.

– Avec mon aide.

– Ce n'est pas ce que je voulais dire, maman. Je pensais à toutes ces nuits où il la laissait seule.

– Cette nuit-là, en tout cas, Darryl avait dû boire plus que d'habitude. Il rentre chez lui et Arlene lui parle de moi, lui demande pourquoi il ne peut pas être comme moi un ami pour elle – pas même un mari, seulement un ami – alors il éclate de rire et lui apprend ce qui s'est passé entre lui et cette soi-disant amie. Il lui raconte toute l'histoire par le menu. Et pour finir, il lui avoue la vérité au sujet d'Alton.

– Quelle cruauté, maman...

– Le lendemain matin, elle est venue jusqu'ici avec ses bébés. Elle tenait Little Darryl par la main et, au creux de son autre bras, Ross enveloppé dans une couverture de laine bleue que je lui avais tricotée moi-même à sa naissance. Arlene m'a répété mot pour mot ce que lui avait dit Horse la nuit précédente. Puis elle m'a demandé si c'était vrai. Elle n'y croyait pas, pas un seul instant. Elle savait que Darryl aurait raconté n'importe quoi pour lui faire de la peine. Mais il fallait qu'elle me pose la question, pour en avoir le cœur net. Debout sous le porche, elle refusait d'entrer. Il fallait qu'elle sache, a-t-elle répété.

– Et tu lui as dit ce qu'il en était ?

– En voyant ses grands yeux verts, j'ignore pourquoi, je n'ai pas pu lui mentir.

– Grand Dieu, maman…

– Elle ne m'a plus jamais adressé la parole. Pas un mot jusqu'au jour où elle s'est donné la mort, des années plus tard.

– C'est à cela que tu pensais, l'autre fois, en disant que tout était de ta faute ?

– Je n'aurais jamais dû révéler la vérité à Arlene. C'était la dernière chose qu'elle avait besoin d'entendre. D'ailleurs, à qui la vérité fait-elle du bien, à part aux coupables ?

– Alors pourquoi me l'avoir confiée cette nuit ?

– Tu tiens les frères Bruneau pour responsables du meurtre d'Alton, n'est-ce pas ? Pourtant, même s'ils ont quelque chose à y voir, l'histoire ne commence pas avec eux, mais avec leur père et moi. Et à quel résultat cette liaison a-t-elle conduit ? Le suicide d'Arlene, le meurtre de Darryl, le cadavre d'Alton dans une tombe froide et humide, et moi privée de mon premier-né… Si ces trois jeunes gens sont des meurtriers, c'est leur propre frère qu'ils ont tué. Et si jamais tu comptes te venger…

– Comment veux-tu qu'une fille comme moi se venge d'eux ?

– Tu crois que je suis aveugle ? Je sais ce que tu as en tête. Mais si tu trouves un moyen d'exercer ta vengeance, c'est aux frères de ton frère que tu feras du mal. Réfléchis-y.

– Maman…

– Je suis l'unique responsable. Si tu veux régler des comptes, c'est à moi qu'il faut t'en prendre.

192

– Ce n'est pas ta faute, maman. Comment peux-tu dire des choses pareilles ? Tu dois être épuisée par ce que tu viens de vivre.

Mathilde semblait inconsolable.

– C'est mon châtiment : Arlene, Darryl, Alton, tout. Ne va pas encore allonger la liste, mon cœur. Ne t'en mêle pas, tu m'entends ?

Les deux femmes virent soudain Felix entrer en caleçon dans la cuisine d'un pas incertain.

– Que faites-vous debout si tôt, toutes les deux ?

Ce fut Mathilde qui répondit.

– Et toi, mon chéri ?

– Il est quatre heures et demie. L'heure d'aller travailler.

Therese jeta un coup d'œil à la pendule au-dessus de l'évier.

– Tu ne peux pas sortir le bateau tout seul, papa. Comment arriveras-tu à tenir la barre et à manœuvrer la drague avec seulement deux mains ?

– Je l'ai déjà fait.

– À trente ans, peut-être, le rabroua Mathilde.

– Je n'ai pas le choix. J'ai des factures à payer. On a déjà perdu plusieurs journées de pêche cette semaine.

– Si tu insistes pour sortir le bateau, je t'accompagne, répliqua Mathilde.

– Non, maman, tu es à bout de forces, intervint Therese. Tu as besoin de te reposer. C'est moi qui accompagnerai papa.

Felix s'esclaffa.

– Toi ? Et tu feras quoi ?

– Je serai ton apprentie matelot, voilà tout.

Felix hocha la tête.

– Ne dis pas n'importe quoi, ma fille.

Mathilde, en revanche, approuva la suggestion.

– Elle a raison, Felix. Tant que tu n'as pas les moyens d'embaucher un matelot, on n'a pas d'autre solution. Elle pourra tenir la barre pendant que tu rempliras les paniers.

– Tout de même…

Le vieil homme hésitait.

– C'est une fille solide. Elle saura se débrouiller.

Felix restait perplexe.

– De toute façon, c'est elle ou moi, reprit Mathilde. Décide-toi. Tu ne prendras pas la mer seul.

– Il va m'emmener, maman, déclara Therese en se levant. Je monte m'habiller. Prépare le petit-déjeuner.

Avec force grognements et hochements de tête, Felix se retira dans sa chambre pour se préparer. Therese se tourna vers sa mère qui sortait des œufs du réfrigérateur et lui souffla :

– Ne t'inquiète pas, maman, pas un mot de ce dont nous avons parlé cette nuit ne sortira de cette pièce.

– Je sais, ma chérie. Mais n'oublie pas non plus ce que je t'ai dit.

Déjà, les oiseaux de nuit s'étaient tus dans les arbres en bordure du bayou, et les premières lueurs de l'aube teintaient le ciel à l'est, au-dessus des marécages.

TROISIÈME PARTIE

18.

Il faisait suffisamment jour pour distinguer le sillage discret de la *Mathilde* depuis la poupe où Therese vérifiait les panneaux du chalut et l'accastillage, après avoir fait avec son père le plein de carburant et rempli la cale de glace. Alourdi par son chargement, moteur tournant au ralenti, le bateau remontait paresseusement le bayou en direction du chenal. Soucieux d'éviter les remous qui accéléraient l'érosion des berges, Felix prenait son temps, quitte à rater la marée.

Les moustiques bourdonnaient encore en nuées brunes et mobiles au-dessus des bancs de sable. Les stridulations assourdissantes des criquets montaient soudain d'une octave comme les vibrations d'un moteur, et redescendaient aussi vite que si l'on avait appuyé sur un interrupteur. Déjà, deux mouettes suivaient le bateau en poussant leur cri rauque, à l'affût de quelque nourriture.

La jeune fille sourit de voir un rat musqué battre en retraite dans les hautes herbes devant les vaguelettes qui l'éclaboussaient au passage du crevettier. De toutes les voix des marécages, c'était celle de l'eau que Therese avait toujours trouvée la plus apaisante, barattée par l'hélice, fendue par l'étrave, arrêtée dans son élan par la herse des roseaux. Elle en aimait le son même à l'intérieur de sa maison, que ce soit un clapotis dans une bouteille, la pluie tambourinant contre une vitre, le goutte-à-goutte de la rosée sur la corniche du toit au matin, ou celui du robinet à la surface immobile du bain qu'elle s'était fait couler.

Felix appréciait lui aussi de sortir son bateau. C'était comme une bouffée d'air pur, se disait toujours le vieil homme, se redressant de toute sa hauteur à la barre et respirant à pleins poumons lorsqu'il mettait pleins gaz à l'entrée du chenal pour partir vers le large. La proue du crevettier glissant à plein régime sur les eaux étales se souleva légèrement. Le vrombissement du moteur noya jusqu'aux récriminations des mouettes dans le ciel.

Aucune autre embarcation n'étant en vue, Felix continua droit devant lui. Il devait se hisser sur la pointe des pieds derrière le gouvernail pour scruter la mer par-dessus l'étrave. Dès que l'arrière du bateau s'enfonçait sous l'effet de la vitesse, il se sentait comme un enfant sur le dos de son père, se tordant le cou pour découvrir ce qui se cachait derrière la tête paternelle. Felix se souvenait d'avoir été ainsi porté, les bras refermés autour du cou de son propre père, la joue contre son épaule aussi noueuse qu'une bille de cyprès. Combien d'années s'étaient écoulées, depuis ce temps-là ?

Felix se revit portant à son tour Alton, l'année où le bayou était en crue après le passage d'un ouragan. Il avait dû avancer pas à pas dans les flots boueux avec son enfant sur le dos et sa femme – leur dernière-née dans les bras – cramponnée à son ceinturon pour ne pas être renversée par le vent, sous une pluie qui leur cinglait le visage comme un martinet.

Lui et sa petite famille avaient pourtant survécu à l'ouragan et à tout le reste : à la scarlatine, à une morsure de chien en août de la même année, à un clou rouillé dans la jambe. « Ce n'est pas encore cette fois que les requins te mangeront », disait toujours son père quand l'un d'eux l'avait échappé belle. Mais ce fut seulement ce matin-là où un vent saturé d'humidité ruisselait en pluie sur la vitre de la cabine, où le soleil à peine levé ressemblait sur l'horizon à un œuf sanglant dans un nid, que Felix comprit exactement ce qu'entendait son père par : « pas encore cette fois ».

Il jeta un coup d'œil à sa fille derrière lui. Therese triait les filets au cas où il déciderait de pêcher la crevette en rentrant dans l'après-midi. Felix prit conscience que les requins étaient toujours bien là, au fond de l'océan. Malheureusement, les huîtres aussi.

La jeune fille retourna un panier en fil de fer pour s'y asseoir.

– Combien contient-il, papa ? cria-t-elle pour couvrir le bruit du moteur, mais le vent emporta ses paroles au-delà du tableau, et elles se perdirent parmi les embruns qui s'élevaient dans le sillage du bateau.

Therese rejoignit son père à la barre, lui tapota l'épaule pour attirer son attention. Entre les trois murs de la cabine, il était plus facile de parler.

– Que veux-tu, ma chérie ? demanda Felix.

– Combien un panier comme celui-là contient-il de crevettes ?

Elle désignait l'endroit où elle était assise quelques instants plus tôt.

– Ce n'est pas un panier. C'est une corbeille, qui contient le tiers d'une caque. Trente-cinq kilos de crevettes ! cria-t-il à son tour.

Il poursuivit la leçon.

– Tu vois ce tas là-bas, près des flotteurs ?

– Oui, papa.

– Voilà des paniers. Quatre paniers, c'est égal à trois corbeilles.

– Et donc à une caque, calcula Therese.

– Exactement. Chaque panier contient vingt-cinq kilos de crevettes.

Felix se tourna vers l'étrave, vérifiant si des bateaux l'avaient dépassé. La *Mathilde* était toujours seule.

– Tu devrais tout noter. Ça fait beaucoup de choses à retenir, conseilla-t-il à Therese.

– Non, j'ai bien compris, assura-t-elle. En gros, une caque contient cent kilos de crevettes, ce qui représente trois corbeilles, ou quatre paniers.

– Tu as de la mémoire, ma fille. Alton notait tout ce qui lui paraissait important.

Therese opina du chef.

– J'ai vu son carnet.

C'était la première fois ce matin-là qu'il était question d'Alton sur le bateau.

– Je n'arrive pas à croire qu'il soit mort, murmura Therese, mais visiblement son père n'entendit pas, à cause du bruit du moteur.

Une demi-heure plus tard, Felix bascula le levier de vitesse et coupa le contact.

– On ne rentrera pas tard, hein ? Je ne tiens pas à laisser ta mère seule trop longtemps.

– Elle ne se réveillera pas de sitôt, papa.

200

– Voyons si on ne pourrait pas trouver quelques huîtres ici, à Bay Batiste. Tu sais comment faire ?

Therese haussa les épaules.

– Plus ou moins.

– Tu as vu le numéro de notre parcelle quand on a contourné la pointe, non ?

– La pancarte blanche avec des chiffres plantée dans les hauts-fonds ?

– Tout juste. On possède cent cinquante hectares dans le coin.

– Sur une parcelle de cette taille, comment retrouves-tu tes parcs à huîtres ? D'ici, je ne vois que de l'eau jusqu'à la côte.

Felix eut un petit rire amusé.

– En fait, on est juste au-dessus d'un de mes parcs.

– Comment le sais-tu ? Tu laisses des points de repère quelque part ?

– Non, sauf si tu veux qu'un collègue passe par là un soir avec son bateau et embarque toutes tes huîtres.

Felix ouvrit un coffre dans la cabine et en sortit une carte marine. Il enleva l'élastique et la déploya de ses mains tannées sur le panneau en contreplaqué au-dessus du moteur.

– Tu vois, la pointe derrière nous est là.

Il plaça une règle au-dessus de la petite péninsule portée sur la carte.

– Nous, on est ici.

De l'index il désigna l'endroit, et fit pivoter la règle jusqu'à ce qu'elle relie les deux points.

Therese l'interrompit.

– Comment peux-tu l'affirmer ? Tout se ressemble tellement.

– Mais non, s'esclaffa Felix.

La jeune fille hocha la tête. Son père tendit le bras en direction de la côte.

– Tu vois cette crique ?

– Où ça ? Ce petit espace entre les herbes des marécages ?

– Perpendiculaire à la coque. Maintenant regarde vers la proue. À une heure.

Therese ne voyait rien. Son père lui donna un indice.

– L'arbre.

– Quel arbre ?

– Là-bas. Regarde.

Elle cessa de lutter contre le roulis et se laissa bercer par les oscillations du bateau. Attendant pour fixer la zone en question que la *Mathilde* s'immobilise au sommet d'une vague, elle aperçut soudain quelque chose parmi les hautes herbes dressées telles des épées le long de la baie.

– Tu appelles ça un arbre ?

– Un arbre mort.

Therese regarda de nouveau la carte. Elle découvrit l'arrondi de la crique à l'est de leur position.

– Et l'arbre ? Où est-il ?

Son père sourit.

– Là-bas.

Il montra un point au large de la proue.

– Non, je voulais dire sur la carte.

– Il n'est pas sur la carte. Mais quand on est ici, il se trouve à une heure. Tu vois ? Il est là-bas, et nous ici.

– Comment se fait-il que tu aies besoin de l'arbre pour te repérer ? Tu as la crique, et notre position.

Felix prit un crayon dans la poche de sa chemise et le plaça sur la carte entre la crique et la position de la *Mathilde*.

– Tu vois le problème ?

En guise de réponse, Therese posa le pouce au-dessus de la péninsule représentée sur la carte, puis éloigna et rapprocha la règle du crayon à la manière d'un essuie-glace.

– L'arbre t'indique à quelle distance de la crique tu dois te trouver, c'est ça ? S'il n'est pas à une heure, tu es trop près de la côte, ou trop loin.

Felix rangea la carte.

– Tu comprends vite, ma fille. Et maintenant, allons pêcher quelques huîtres.

Aussi à l'aise sur l'eau que sur la terre ferme, il grimpa d'un bond sur le pont à bâbord. Après avoir donné un coup de pied dans le socle du treuil pour s'assurer que le câble n'était pas coincé, il poussa la drague de toutes ses forces au bord du bateau. Pendant la manœuvre, le racloir d'un mètre cinquante de large érafla la plaque de protection en acier vissée aux planches du pont. Felix vérifia les quatre chaînes reliant au câble les angles de l'armature métallique, il secoua l'épais filet fixé à l'arrière de la drague pour la récupération des huîtres.

– Donne-moi un peu de mou, ma chérie.

Debout à la barre, Therese ne quittait pas son père des yeux. Elle empoigna la manivelle du treuil, mit le moteur en route, lâcha un mètre ou deux de câble avant de couper le contact.

– C'est bon…

Felix fit basculer la drague par-dessus bord.

– Encore deux mètres…

La jeune fille pesa de tout son poids sur la manivelle, et l'armature et le filet s'enfoncèrent dans les flots.

– Stop !

Therese arrêta le treuil pendant que son père amenait le câble de la drague sur le guindeau.

– Très bien. Vas-y.

Therese laissa le câble se dévider, la chaîne de transmission entre le moteur et le treuil s'engageant avec un déclic.

De retour à la barre, Felix remit le contact et appuya légèrement sur la manette des gaz.

– Tiens, Terry, reprends ma place ! Décris un cercle, le plus grand possible. Sers-toi de ce bras de mer là-bas comme point de repère.

La jeune fille revint à la barre.

– Comme ça ? demanda-t-elle quelques secondes plus tard.

– Exactement. Maintenant, accélère un tout petit peu…

Le bateau se souleva légèrement.

– Parfait !

Alors que Felix préparait l'autre drague à tribord, Therese fit décrire au bateau un immense arc de cercle. Elle aimait piloter la *Mathilde* dans la cabine aux vitres baissées où entrait le souffle chaud du vent, au parfum de sel et d'iode. D'ailleurs elle aimait tout : le roulis sur le pont quand l'embarcation se frayait un passage entre les vagues arrivant du sud-ouest, le chuintement de la quille s'enfonçant dans les creux, les coups sourds de l'eau contre le bois, tout ce qui la berçait, et apaisait la morsure des souvenirs.

Elle entendait son père travailler, pelleter de la glace pilée dans un compartiment de la cale. Elle jeta un coup d'œil par-dessus son épaule et le vit recouvrir d'une bâche la glace qu'il venait de répandre en couche épaisse.

– Voyons si on a pris quelque chose ! lui cria-t-il.

Elle ralentit l'allure et coupa le contact. Son père mit le treuil en route. La plainte régulière du câble s'enroulant autour du tambour s'intensifia au fur et à mesure que la drague, chargée d'huîtres, s'arrachait au fond de l'océan et remontait la demi-douzaine de mètres qui la séparaient de la surface. Lorsque les chaînes reliant le câble à l'armature métallique cliquetèrent contre le guindeau, Felix arrêta le treuil. Le filet se balançait au-dessus des flots, dégoulinant de vase et entièrement recouvert d'algues noires et visqueuses.

– Démarre, on va laisser aux embruns le soin de laver tout ça, déclara Felix.

Quand elle eut coupé le contact une fois leur pêche rincée par l'eau de mer, Therese regarda avec un serrement de cœur le vieil homme s'efforcer de hisser la drague à bord à l'aide du guindeau. « Il devait compter sur Alton pour faire ça », se dit-elle.

– Laisse-moi te donner un coup de main, papa.

Elle fut encore plus triste qu'il ne refuse même pas son aide pour la forme. Les coquillages blancs d'écume crissaient les uns contre les autres à chaque traction exercée sur le filet. Enfin, inclinant l'armature métallique, le père et la fille réussirent à tirer la drague jusque sur la plaque de protection.

– On la vide ? s'enquit Therese.

– On met d'abord l'autre à l'eau et on redémarre. Après, on regardera ce qu'il y a dans celle-ci.

La matinée s'écoula ainsi, tantôt à bâbord, tantôt à tribord, à vider une drague pendant que l'autre ratissait de ses dents d'acier trempé l'épaisse couche de vase au fond de la baie.

À chaque prise, ils ramenaient des grappes de coquillages que Felix séparait avec un petit marteau pour remplir les sacs d'huîtres « premier choix » qui auraient la faveur du mareyeur. Il fallait aussi détacher les naissains, de jeunes huîtres fixées sur des coquillages adultes, et les rendre à leurs bancs. Des crabes couraient sur le pont, menaçant le moindre obstacle de leurs pinces acérées. Aux pieds de Felix le sol était jonché de fragments de coquilles qu'il jetait par-dessus bord, année après année, pour stabiliser ses parcs dans la vase.

Avec pour seul horizon les eaux grises bordées de marécages, Therese passa en revue les révélations de la nuit précédente tandis qu'elle faisait lentement décrire à la *Mathilde* de grands cercles comme l'avait ordonné son père. Jamais elle n'aurait imaginé qu'un de ses parents se fût ainsi laissé dévorer par la passion, au risque de tout perdre pour… quoi, au juste ? Elle ne pouvait se résoudre à considérer comme de l'amour les sentiments de Horse envers sa mère. Celle-ci avait peut-être employé le mot en parlant du père de son fils, mais on pouvait expliquer de manière plus prosaïque ce qui leur était arrivé à tous les deux.

Certes, Darryl et Mathilde n'étaient plus des adolescents au moment des faits, mais Therese refusait l'idée

– elle en frémissait rien que d'y penser – que Horse eût été le grand amour de sa mère, et cette dernière l'objet de la dévotion d'un tel individu. C'était ridicule. Pourtant, plus elle le raillait, plus cet amour éclairait d'un jour nouveau la personnalité de sa mère, voire celle de Horse, corrigeant certaines interprétations que Therese n'avait jamais songé à remettre en cause. L'attitude réservée de Mathilde en présence de Felix ces marques de tendresse distribuées avec parcimonie telle une demi-ration de gombo puisée dans une marmite presque vide, par exemple : Therese les avait toujours mises sur le compte de la pudeur. Et la méchanceté de Horse, son agressivité permanente envers Felix pouvaient également se comprendre s'il vivait dans la même ville que la femme qu'il aimait et qui ne serait plus jamais à lui. Pire, il avait dû se résigner à ce qu'un autre homme élève le fils qu'il avait fait à cette femme, et pas n'importe quel homme : son rival en amour et dans le travail.

Therese se rappela une question qu'elle avait posée à Horse, cette fameuse nuit dans la pirogue : « Pourquoi tenez-vous tant à m'épouser ? » Elle commençait à comprendre qu'il n'y avait pas une seule réponse, mais plusieurs.

19.

Lorsque Matthew Christovich passa voir Mathilde juste avant le déjeuner, Felix et Therese pêchaient toujours les huîtres à la drague au milieu de Bay Batiste.

En frappant à la porte, Matthew avait réveillé Mathilde endormie sur le canapé. Après le départ de sa fille et de son mari, la vaisselle du petit-déjeuner faite, elle était allée finir son café au salon. Ensuite, elle ne se souvenait plus de rien jusqu'à ces coups à la porte qui l'avaient brutalement tirée du sommeil. Le soleil éclatant la plongea dans la perplexité. « Quelle heure est-il donc ? » se demanda-t-elle en s'asseyant. Quelqu'un l'appelait par son prénom sous le porche.

Matthew la salua derrière la porte-moustiquaire.

– Excusez-moi, shérif, je m'étais endormie…

Elle lui ouvrit la porte.

– … Terry et moi avons parlé toute la nuit.

– Elle est là-haut ? s'enquit-il, jetant un coup d'œil vers la chambre de la jeune fille.

– Non, Felix l'a emmenée en mer. Il fallait absolument qu'il sorte le bateau, mais il ne pourra jamais s'occuper des parcs tout seul, Matthew, jamais.

– Vous ne pouvez pas savoir à quel point je compatis, Mathilde, pour Alton.

Après coup, il ajouta :

– Et Candy aussi.

– Je sais, Matthew. Merci. Hier, tout le monde disait la même chose. Qu'il était si gentil. On s'en rendait compte rien qu'en le regardant, n'est-ce pas ?

– C'était un brave garçon. Jamais entendu personne dire le contraire, acquiesça le shérif, l'air sombre.

Mathilde poussa un long soupir et il vit ses yeux, ses beaux yeux gris, se remplir de larmes. Il tenta de la distraire de son chagrin.

– Candy aurait vraiment souhaité être là, hier. Mais elle a eu peur de venir seule. Surtout sous cette pluie.

Prenant sur elle, Mathilde l'interrogea :

– Comment va-t-elle, Matthew ? Son état s'améliore ?

Il détourna le regard.

– Je n'en sais rien. Depuis son opération, elle me semble plutôt aller de mal en pis.

– Que disent les médecins ?

– Je l'ai emmenée à l'hôpital Touro de La Nouvelle-Orléans le mois dernier, mais ils n'en savent pas plus que moi. Ils se contredisent. On ne sait pas qui croire.

– Je croyais que l'opération avait réussi.

– Oui, c'est ce qu'ils affirmaient à l'époque. Mais plus maintenant. D'après eux, l'opération n'aurait servi qu'à ralentir le mal. Ils prétendent que dans ce genre de cas, ils ne peuvent pas grand-chose.

– Je n'étais pas au courant, Matthew.

– Nous non plus. On découvre la vérité peu à peu. Des menteurs, tous autant qu'ils sont. Ils n'ont pas la moindre idée de ce qu'elle a. Pour ce qu'ils la soignent, je ferais mieux d'aller voir Marie Deux-Chiens là-bas vers l'Hermitage, et de lui acheter une de ses potions.

Mathilde éclata de rire.

– Marie Deux-Chiens ? Elle est encore en vie ? Voilà bien vingt ans que je n'avais pas entendu parler d'elle !

– Eh oui, elle habite toujours au bord du fleuve. Quand nous étions au lycée, déjà, je croyais qu'il n'y avait pas plus vieux qu'elle. Mais je l'ai revue il y a un an. Un pêcheur avait trouvé un cadavre pas très loin de chez elle. Il était dans l'eau depuis si longtemps que personne ne pouvait l'identifier. Alors avec Huey Hebert, le shérif de Magnolia, on est partis en barque du port de l'Hermitage et on a remonté le fleuve jusqu'au lac Laurier pour essayer d'en savoir plus. Le soleil venait de se lever, et après la fraîcheur de la nuit, tout était encore humide de rosée. Une nappe de brouillard de trente ou quarante centimètres d'épaisseur recouvrait l'eau, d'une berge à l'autre. Comme une rivière de nuages. Tout était assourdi, silencieux. On entendait à peine le moteur de la barque tellement on avançait au ralenti : dans ce brouillard, on n'y voyait pas à trois mètres. Et voilà qu'au détour d'une courbe, on tombe sur la maison de Marie Deux-Chiens.

– Sa vieille cahute ?

– Exactement comme dans nos souvenirs : des planches de récupération clouées à des troncs de chênes en guise de murs, quelques plaques de tôle rouillée en guise de toit, des peaux de rat musqué et de ragondin cousues ensemble en guise de porte.

– Elle avait encore ses chiens ?

– Oui, une bonne dizaine, une vraie meute, et méchants avec ça. Où qu'on se tourne, il y en avait un qui rôdait sur la rive ou qui sortait des bois en aboyant, prêt à mordre.

– Le jour où on y est allés, j'ai eu si peur d'eux…

– Moi aussi, je peux le dire. Ils étaient dangereux.

– Et la vieille Marie, vous l'avez vue ?

– Parfaitement. Ses chiens avaient dû la réveiller, car à notre passage sur cette rivière de nuages, une main crasseuse et décharnée a écarté les peaux de bêtes, et Marie est apparue.

Mathilde avait l'air d'une petite fille écoutant une histoire de fantômes.

– À quoi ressemblait-elle ?

– À la Marie d'autrefois, en pire.

– Toujours avec ses os ?

– Autour du cou, comme un collier. Et avec un grand châle en fourrure sur les épaules, décoré de pattes de poulet et de plumes de corbeaux.

– Elle a dit quelque chose ?

– Non. Elle est descendue au ras du fleuve, ou plutôt du brouillard, elle a relevé ses jupes, et… elle s'est soulagée sur place, devant nous.

– Ce n'est pas vrai !

– Sous nos yeux, à Huey et à moi, tout shérifs que nous sommes ! Évidemment, il en aurait fallu plus pour l'arrêter.

Mathilde sourit.

– Elle l'a sûrement fait exprès.

– À moins qu'elle soit trop vieille pour se soucier de ce genre de détail. Elle fait ses besoins en se réveillant, quoi qu'il arrive, peu importe qu'il y ait ou non quelqu'un en barque sur le fleuve.

– Moi aussi, je deviens sénile.

Matthew la regarda du coin de l'œil.

– Vous n'êtes pas vieille, Mathilde, c'est peu de le dire.

Elle ne releva pas le compliment.

– Je n'en reviens pas que Marie Deux-Chiens soit encore en vie. Après toutes ces années…

– Et pourtant si. Mais dans quel état ! Elle est toute blanche, maintenant. Dieu seul sait quel genre de vermine ses cheveux abritent. Je parie qu'ils n'ont jamais vu la couleur d'un peigne ou d'une brosse. Du moins pas au cours du siècle écoulé.

– Quand je pense qu'on est allés la voir, tous les deux…

– On était jeunes, Mathilde.

– Et à qui d'autre aurait-on pu demander ce genre de service dans la paroisse ? Surtout à l'époque.

Matthew s'esclaffa.

– En effet. On pouvait difficilement s'adresser à votre grand-mère.

– Manmère était sans doute la seule personne à savoir ce qu'il fallait faire.

– C'était quelqu'un, votre grand-mère.

Le sourire de Mathilde s'estompa.

– Vous n'avez jamais regretté que la vieille Marie ne nous ait pas dit ce qu'on voulait entendre, Matthew ?

– Ça a peut-être été une chance pour nous.

– Une chance ? Comment ça ?

– J'ai toujours pensé que Marie, ça lui avait plu de voir ces deux gosses fous amoureux l'un de l'autre débarquer devant chez elle un matin, au lieu d'être en classe. Je me demande si au fond, elle ne nous a pas donné ce qu'on cherchait. Simplement, on ne savait pas nous-mêmes ce que c'était.

Mathilde approuva de la tête.

– On s'est sûrement sentis soulagés. Je me réjouissais qu'on ait essayé : ça me rendait fière de nous. Mais finalement, peut-être que la vieille Marie n'était pas aussi folle qu'elle voulait le faire croire.

– En tout cas il m'a semblé après coup, en remontant le fleuve jusqu'à l'endroit où j'avais laissé la camionnette… vous, je ne sais pas, mais moi j'étais heureux. Même si je ne l'aurais jamais reconnu à l'époque, je ne crois pas avoir été plus heureux que ce matin-là, lorsque Marie Deux-Chiens a secoué sa tête grise pour nous dire un non catégorique. Je vous revois encore me sourire ensuite, à l'avant de cette petite barque : vous étiez heureuse, vous aussi.

– C'était la voix de la sagesse, non ? Si on oublie cette potion contre la jalousie qu'elle vous a fait acheter.

Matthew soupira.

– J'en ai eu pour mon argent. Avant que tout soit fini entre nous, elle m'a fait beaucoup d'usage.

– Pardon, murmura Mathilde.

Elle posa la main sur celle de Matthew.

– Je regrette que les choses n'aient pas été différentes.

– Je me demande s'il faut vraiment le regretter. Et si tout ce qui a suivi n'était pas à l'image de notre visite chez Marie Deux-Chiens. Parfois, il vaut mieux que les choses ne se passent pas comme on le souhaiterait.

Mathilde remit sa main sur ses genoux.

– Donc, Matthew, vous n'avez aucun regret ?

– Aucun regret ? Oh si, *chère*, plus que vous ne l'imaginez. Mais je n'aurais pas pu m'occuper de vous, à l'époque. Que serions-nous devenus ? Pas de travail, pas d'argent, pas de maison. À l'heure qu'il est, vous et moi ne serions pas assis dans cette pièce, je vous le garantis.

– Vous avez sans doute raison. Sur le moment, je n'en étais pas convaincue. Maintenant, si. En fin de compte, Manmère savait peut-être ce qu'elle faisait.

Matthew éclata de rire.

– Bien sûr qu'elle le savait ! Mais elle poursuivait un objectif différent de celui dont nous parlons.

Mathilde ne put s'empêcher de rire à son tour.

– Je suis contente que vous soyez venu aujourd'hui. Ça m'a fait du bien de vous voir, de penser un peu à autre chose.

– Le passé ressemble aux sables mouvants. Si on ne regarde pas où on marche, on se fait engloutir.

– C'est ce que tout le monde me répète, Matthew, que je dois me montrer courageuse et continuer à vivre. Mais vous ne savez pas ce que c'est, d'être parent. La femme de Loth, celle que Dieu transforme en statue de sel dans la Bible, elle devait avoir des enfants. Voilà pourquoi elle s'est retournée en fuyant Sodome. Dès qu'on devient mère, on passe sa vie à regarder par-dessus son épaule.

– Personne ne vous demande d'oublier Alton.

– C'est pourtant l'impression que j'ai, quand on me dit d'avoir le courage de surmonter cette épreuve. Quelle mère peut se remettre de la mort de son fils ?

– Les gens essaient juste de vous aider, Mathilde.

– Je sais. Ils croient me consoler en disant ça.

Matthew tenta de changer de sujet.

– Vous allez vous en sortir, tous les trois ?

– On avait déjà du mal à joindre les deux bouts. Alors maintenant, je ne sais pas. Vous devez être au courant des deux prêts que Darryl nous avait accordés, Dieu ait son âme.

– Il paraît que vous lui avez hypothéqué la *Mathilde* ?

– Et la maison aussi, l'hiver dernier.

– Bon sang, Mathilde…

– Il va falloir rembourser gros à la fin de l'année, avec tout ce qu'on a emprunté. Peut-être que Little Darryl nous accordera un délai, étant donné les circonstances.

– N'y comptez pas trop. Il a beaucoup de points communs avec son père, surtout quand il s'agit d'argent.

– Alors attendons de voir comment Therese s'est débrouillée en mer aujourd'hui. Ce sera difficile, mais de toute façon on n'a pas le choix.

– Je pourrais vous chercher quelqu'un pour seconder Felix, au moins quelque temps.

– Vous avez bien assez de problèmes comme ça, Matthew.

– Candy et moi, on n'a besoin de rien. Laissez-moi voir ce que je peux faire pour vous. Tout le monde ici compatit à ce qui vous arrive. Quelqu'un acceptera sûrement de vous aider.

Mathilde se leva pour raccompagner le shérif.

– Si vous avez cette idée en tête, arrangez-vous juste pour que Felix n'apprenne pas que ça vient de vous. La mort d'Alton l'a retourné. Il ne le montre pas, mais il est encore sous le choc.

– Je sais. Si je vous trouve quelqu'un, je veillerai à ce que ça se fasse discrètement.

Il hésita devant la porte-moustiquaire. Mathilde se hissa sur la pointe des pieds et l'embrassa sur la joue.

– Je suis heureuse que même après tant d'années, on se comprenne encore, murmura-t-elle.

Alors que Matthew suivait lentement dans sa voiture de patrouille le chemin menant à la route, il jeta un coup d'œil vers l'endroit où il avait découvert Alton dans le bayou. Il savait qu'on avait traîné le cadavre jusque-là pour le jeter à l'eau. Au passage, il contempla par sa vitre le rond-point où, il en avait la quasi-certitude, un véhicule guettait le retour d'Alton le soir du meurtre.

Le shérif s'arrêta sur l'aire gravillonnée entre les pins et les cyprès qui bordaient le chemin. Il recula jusqu'à ce qu'il entende les branches érafler le coffre de sa voiture. Puis il descendit et marcha quelques mètres en direction de la route. Même en plein jour, il n'apercevait plus sa voiture. La nuit, tous phares éteints, un pick-up aurait été invisible, ainsi tapi entre les arbres au ras du rond-point pour attendre Alton. Celui-ci avait très bien pu le dépasser sans le voir.

Matthew savait par Therese que Sherilee n'avait pas reconduit Alton jusqu'à la maison de ses parents. C'est donc tout seul que le jeune homme était rentré chez lui à pied après minuit, sur ce chemin plongé dans l'obscurité. Matthew leva le bras et plongea les doigts dans l'épais feuillage au-dessus de lui. À cette distance, on ne distinguait pas la maison à travers la végétation qui prenait déjà des tons roux à l'approche de l'automne. Les bruits d'une bagarre auraient été assourdis, étouffés par le rideau touffu des feuilles et des aiguilles de pin. Le shérif regarda dans la direction opposée. La route était invisible, elle aussi, cachée au détour du chemin. D'ailleurs, qui serait passé sur ce tronçon à une heure du matin ?

La pluie des orages de la semaine précédente emplissait encore les ornières. Toute preuve du meurtre – une feuille de magnolia éclaboussée de sang, quelques cheveux sur l'écorce d'une branche ayant servi à assommer la victime, des empreintes de pneus dans la boue – tous les indices éventuels auraient été entraînés par les trombes d'eau tombées cette nuit-là, ou par le courant paresseux du bayou.

Le shérif remonta dans sa voiture et quitta le rond-point. L'arc de cercle qu'il dut décrire pour éviter les branches basses des cyprès à sa gauche lui rappela les traces sinueuses et gorgées d'eau de pluie qu'il avait remarquées au même endroit, le matin où il avait découvert le cadavre d'Alton.

Près de lui sur le siège du passager, se trouvait le rapport d'autopsie qu'il avait récupéré à son bureau avec le courrier du matin. Il contenait plusieurs détails que le médecin légiste avait oublié de mentionner deux jours plus tôt au téléphone, en communiquant ses conclusions qui, toutes, confirmaient les intuitions du shérif. Ces détails n'apportaient cependant pas grand-chose de nouveau. La victime était bien morte d'une fracture du crâne, après avoir reçu un coup de couteau qui lui aurait de toute façon été fatal. La mort était intervenue avant que le corps soit jeté dans le bayou. Le ou les meurtriers pouvaient se féliciter de cette initiative : le médecin légiste était incapable de fixer avec précision l'heure du décès, et en admettant qu'il y ait eu la moindre preuve matérielle sous les ongles du cadavre ou ailleurs, le bayou et la pluie avaient tout emporté.

Tandis que Matthew s'arrêtait au croisement, laissant un camion-citerne passer dans un grondement sur la route, il récapitula ce qu'il savait.

Alton avait été poignardé et assommé. Le coup à la tête l'avait tué, donc il devait avoir été poignardé en premier. Pourquoi quelqu'un avec un couteau aurait-il ensuite utilisé une autre arme ? Le shérif se remémora la règle d'or apprise du temps où il n'était que simple adjoint : l'explication la plus simple était souvent la meilleure. Le possesseur du couteau n'avait nul besoin d'une arme supplémentaire. Il devait donc avoir un complice.

Alton était grand, fort, intelligent. Pas la victime idéale, surtout si près de chez lui. Pour le tuer, il fallait un plan.

Les meurtriers d'Alton le guettaient. Et ils connaissaient l'existence de Sherilee, donc ils habitaient la commune. Ils avaient bel et bien un plan, et tout s'était déroulé comme prévu.

Ils devaient être aussi grands et forts qu'Alton, pour avoir pu traîner son cadavre jusqu'au bayou.

Ils avaient une voiture, ou un pick-up.

Et un mobile.

« On peut battre les cartes autant qu'on veut, celle des Bruneau sort à tous les coups », conclut Matthew, s'apercevant soudain qu'il attendait toujours au croisement, bien que le camion-citerne soit déjà loin.

Pourtant, alors qu'il s'engageait sur la chaussée et se dirigeait vers le bourg, le shérif prit également conscience qu'il n'avait ni preuve matérielle ni le moindre espoir d'en obtenir une. Il pouvait tenter de découvrir qui savait que Sherilee ne reconduisait jamais Alton jusqu'à sa porte, mais ce genre d'anecdote – seul un garçon aussi patient qu'Alton pouvait se laisser ainsi mener par le bout du nez –, ce genre d'anecdote aurait sûrement déjà fait le tour de la commune.

« Il me faut un témoin », se dit Matthew. « Et qui soit mûr pour parler. »

Il dépassait l'ancienne maison de Mathilde, toujours nichée au bord du canal, quand il songea subitement à un témoin possible.

À présent, c'était lui qui avait un plan.

« Faire d'une pierre deux coups. » Matthew sourit tout seul rien que d'y penser. Quelques secondes plus tard, il riait à gorge déployée.

20.

Matthew n'était pas en uniforme lorsqu'il tomba sur Little Darryl au R&J's, ce soir-là.

– Vous êtes devenu agent secret, shérif ?

– J'ai fini mon service, Darryl.

– J'ai failli ne pas vous reconnaître. On vous prendrait presque pour un être humain, habillé comme ça.

– Tu ne vas quand même pas me faire cette injure ?

– Non, shérif. Ce soir, vous êtes un loup déguisé en agneau.

– Où sont tes frères ?

– Ross est avec Yvonne LeBlanc.

Matthew haussa le sourcil.

– Ross s'est trouvé une petite amie ?

– Vous vous êtes bien trouvé une femme !

– Et ton petit frère ?

– Il a disparu, ce bon à rien. Alors qu'il devait me faire à dîner.

Le shérif s'esclaffa.

– C'est toi qui as besoin d'une femme, Darryl !

– Trouvez-moi une fille assez riche, et on en reparlera.

Matthew Christovich se pencha légèrement.

– Ça t'ennuie si je m'assois une minute ?

– Ce n'est pas interdit par la loi, à ma connaissance...

Little Darryl avala une rasade de bière.

– ... Et quand bien même, vous seriez sûrement le premier à me l'apprendre.

– Sans doute...

Matthew prit place de l'autre côté de la table.

– ... Une autre Dixie ?

Darryl le dévisagea avec méfiance.

– Du moment que c'est votre tournée.

Le shérif tourna sa chaise vers le bar.

– Hé, Ronnie, deux Dixie !

Lui et Darryl attendirent en silence que le serveur leur ait apporté leur bière.

– Qu'est-ce qui vous amène ici, monsieur Christovich ?...

Darryl prépara soigneusement son nouvel affront.

– ... Vous cherchez peut-être un peu de compagnie féminine ?

Matthew n'avait pas l'intention de se mettre en colère.

– Comme tu viens toi-même de le dire, Darryl, j'ai déjà une femme à la maison.

Le jeune homme sirotait sa bière bien fraîche. Il décida de frapper plus fort.

– Ça ne vous a jamais arrêté, à ce qu'on raconte. Comment va votre femme, d'ailleurs ? Il paraît qu'elle est malade. Rien de plus déprimant, pour un homme.

– Cause toujours, mon garçon. Je n'ai pas mon badge, ce soir.

– Pas de protection, hein ?

– Et moi qui croyais que sans ce badge, je t'aurais déjà cassé la figure !

– Vous vous êtes mis sur votre trente et un rien que pour vous battre avec moi ? Tant qu'à faire, vous auriez aussi bien pu venir en caleçon.

– Me battre avec toi ? Je suis là pour te rendre service, mon garçon.

– Vous, rendre service à un Bruneau ? C'est un grand jour.

– Il faut un début à tout, Little Horse.

Darryl inclina légèrement la tête.

– Quel genre de service ?

– Tout le monde sait que les Petitjean vous ont hypothéqué leur maison.

Le jeune homme sourit.

– Oui, et aussi leur bateau.

– Eh bien certaines personnes ont dans l'idée que toi et tes frères, vous êtes mêlés au meurtre d'Alton. Tu sais comment sont les gens…

Darryl voulut protester, mais le shérif l'interrompit.

– Je ne dis pas que je suis d'accord avec eux. Car vous n'y êtes pour rien, n'est-ce pas ?

– Je croyais qu'on penchait pour un tueur en série.

– C'est aussi mon hypothèse. Malheureusement, il y a ces menaces que tu as lancées contre Alton aux obsèques de ton père – tu sais, ce que tu as dit à madame Petitjean au sujet de son fils – toutes les dames présentes ont entendu, Darryl, elles n'en ont pas perdu une miette. Sur ces entrefaites, Alton est retrouvé mort dans son propre bayou. Alors forcément, les gens se posent des questions.

– Où vous voulez en venir ?

Matthew prit le temps de boire une gorgée de bière.

Il posa la bouteille sur la table, se pencha vers le jeune homme et poursuivit, presque dans un murmure :

– Le problème, c'est qu'en mettant bout à bout tes menaces, le meurtre, et le fait qu'avec tes frères, tu sois propriétaire en titre du bateau et de la maison des Petitjean pendant que ce pauvre vieux Felix n'a plus son fils pour l'aider à s'occuper de ses parcs, tout finit par se recouper, non ?

– Se recouper ? C'est-à-dire ?

– C'est-à-dire qu'au bout du compte, on se retrouve avec un mobile qui peut être retenu par la justice.

– Un mobile ? Quel mobile ?

– L'argent, Little Horse. Pourquoi crois-tu qu'on tue quelqu'un ?

– Vous êtes en train de me dire que j'ai tué ce salopard pour mettre la main sur son bateau et sa maison ?

– Moi, je ne dis rien de tel. Ce sont les autres qui vous accusent, toi et tes frères.

– Ma famille aide une autre famille en difficulté en lui accordant deux prêts, et ça fait de nous des meurtriers ?

– Ce n'est pas tout à fait ainsi que les gens voient les choses, Little Horse. Ils savent qu'un homme de l'âge de Felix Petitjean ne peut pas s'occuper tout seul de ses parcs à huîtres. Et ils savent aussi que s'il ne s'en sort pas, tes frères et toi récupérerez tout ce qu'il possède. Pour eux, c'est louche.

– Si Alton a été assassiné, ce serait à cause de deux malheureux prêts ?

– Personnellement, je le répète, je penche plutôt pour l'hypothèse du tueur en série. Mais aux yeux des gens d'ici – comme d'ailleurs à ceux d'une bonne partie des clients de ce bar au moment où je te parle – vous, les frères Bruneau, vous êtes plus ou moins les coupables idéaux.

– Nom de Dieu, je n'arrive pas à y croire…

– Mais j'ai une idée, Little Horse. C'est le service dont je te parlais…

Le shérif but une nouvelle rasade de bière.

– … Histoire de prouver que tu n'essaies pas de ruiner les Petitjean.

– Mais je n'ai jamais essayé de les ruiner ! Je n'en ai rien à faire, moi, de ces gens.

– Je sais, Darryl. C'est ce que je répète à tout le monde. Simplement, tu sais combien Alton était apprécié par ici.

– Apprécié ? Ce salaud a tué mon père.

– On ne connaîtra jamais la vérité, maintenant qu'il est mort. Mais c'est sans importance. Du moins si tu suis mes conseils.

Little Horse hochait la tête.

– Et c'est quoi, votre idée ?

– Je me disais que vous n'aviez pas besoin d'être trois pour vous occuper de vos parcs à huîtres. Ross et toi, vous suffiriez amplement à la tâche. Donc ça ne vous coûterait rien de prêter Rusty comme matelot aux Petitjean, le temps qu'ils retombent sur leurs pieds et décident de ce qu'ils vont faire maintenant qu'Alton n'est plus là.

– Leur prêter Rusty ?

– Pense à l'effet que ça produirait, Little Horse. Tout le monde est persuadé que vous avez tué Alton pour que les Petitjean ne puissent pas vous rembourser, et que vous héritiez de leur maison et de leur bateau. Mais voilà que l'un de vous se propose de remplacer Alton sur la *Mathilde*, d'aider sa famille à se sortir d'une mauvaise passe. Pour les gens d'ici, vous seriez des saints, tes frères et toi. Qui sait, peut-être même qu'un jour, il y aurait un vitrail à la mémoire des Bruneau dans l'église Saint-Martin.

Darryl sourit à cette idée.

– Sûr que ça leur clouerait le bec à tous.

– Il te suffit d'envoyer Rusty chez les Petitjean demain, pour qu'il offre de leur donner un coup de main. J'ai parlé avec la mère d'Alton, ce matin. Ils sont aux abois. Ensuite, tu pourras expliquer à tout le monde que vos deux familles ont décidé de faire la paix, que le temps est venu pour les Bruneau et les Petitjean de se réconcilier et d'oublier le passé.

Little Horse eut un sourire roublard.

– Vous avez raison. Ce serait de la charité chrétienne.

Matthew vida sa bouteille de bière et se leva.

– Je te l'avais bien dit, que j'étais là pour rendre service.

Darryl lui empoigna le bras et le défia du regard.

– Justement, shérif, pourquoi tenez-vous tant à nous rendre service ?

– Je te le répète, Little Horse, je pense que les gens se trompent. Je ne crois pas que vous ayez tué ce garçon à cause des prêts. Il n'est pas mort pour une histoire d'argent. Et mon travail, c'est de veiller à ce que justice soit faite, voilà tout. Pour les Bruneau comme pour les Petitjean.

– Vous êtes un vrai héros, shérif.

– Envoie ton petit frère chez Felix demain, et ce sera toi le héros.

Darryl regarda Christovich quitter le bar. Mais il ne vit pas l'expression triomphante du shérif.

– Remets-moi ça, Ronnie ! cria-t-il au petit serveur occupé à remplir des verres.

Lorsque Ross arriva une heure plus tard, bombant le torse et se forçant un passage à travers le groupe de jeunes gens qui lui demandaient avec des rires narquois où il avait passé la soirée, Darryl lui exposa l'idée du shérif.

– C'est pas idiot, ce qu'il propose. De toute façon, à part pour pêcher les huîtres à la gaffe dans les hauts-fonds, Rusty nous sert à quoi ?

– Je te l'ai déjà dit, Little Horse, toi et moi on n'a pas besoin de ce petit con.

– Dans ce cas, sauf si tu veux aller toi-même ramasser les huîtres en barque, on peut continuer à l'emmener une fois par semaine à Wilkinson Bay avec nous. Le reste du temps, on le laisse faire le matelot pour le vieux Petitjean.

– Ça me va.

Les deux frères burent encore quelques bières en écoutant le juke-box chanter la complainte des amours infidèles.

Darryl réfléchissait toujours à la suggestion du shérif.

– Papa savait ce qu'il faisait, en accordant ces prêts. Les Petitjean ne sont pas près de pouvoir rembourser.

– Pas si sûr, Little Horse. Il en connaît un rayon sur les huîtres, le père Petitjean. Et puis il y a ses fameux parcs de Bay Sansbois…

Ross siffla entre ses dents.

– … De vraies mines d'or !

Darryl eut un hochement de tête approbateur.

– Ça, tu peux le dire. Sans parler de ses plus vieux parcs cachés dans des coins perdus. Merde, j'aimerais bien mettre la main dessus.

– Pas autant que moi !

– Peut-être qu'on ne devrait pas se contenter de laisser Rusty s'embarquer sur la *Mathilde*.

– Qu'est-ce que tu as derrière la tête, Little Horse ?

– Peut-être qu'on devrait rentabiliser notre investissement.

Ross avait du mal à suivre le raisonnement de son frère.

– Comment ça ?

– Rusty pourrait être plus qu'un simple matelot. On pourrait lui donner des consignes.

Ross ne comprenait toujours pas.

– Quelles consignes ?

– À partir du moment où on envoie Rusty sur la *Mathilde*, c'est comme si on avait un espion chez les Petitjean, non ? Il pourra les avoir à l'œil.

– Tu veux dire que si le shérif leur parle de son enquête, on sera au courant par Rusty ?

– Exactement. Et ce n'est pas tout. Dès qu'ils recommenceront à faire des bénéfices, Rusty pourra y mettre bon ordre.

– Ouais ! s'exclama Ross. Le père Petitjean est vieux. Il n'y verra que du feu, si Rusty passe un sac d'huîtres par-dessus bord, ou s'il oublie de serrer le nœud de fond du chalut quand ils vont pêcher la crevette.

– Il y a mille façons de leur faire des entourloupes à bord du bateau. Comme ça, on peut être sûrs qu'ils ne rembourseront jamais. Et pendant ce temps-là, tout le monde croira qu'on les aide à s'en sortir.

– Ça me plaît, dit Ross avec un large sourire. Ça me plaît même beaucoup.

– De toute façon, Rusty ne nous sert pas à grand-chose. On n'a vraiment rien à perdre.

– Une dernière chose, quand même. Après ce qu'il m'a fait, si je coince ce petit salaud seul à seul…

Ross n'eut pas besoin de finir sa phrase.

– Eh bien voilà une raison supplémentaire de l'expédier sur la *Mathilde*. Vous ne vous verrez plus…

Darryl but une gorgée de bière.

– … Arrange-toi juste pour ne pas le toucher avant qu'on ait récupéré la maison et le bateau des Petitjean. Quand ils n'auront plus la *Mathilde*, plus question pour eux de récolter des huîtres.

Ross vit où son frère voulait en venir.

– On vendra leur maison, et on leur rachètera leurs parcs le moins cher possible.

– On peut aussi vendre notre maison et s'installer dans la leur.

– Ça lui aurait fait plaisir, à papa, qu'on aille vivre chez les Petitjean.

Darryl sourit.

– Et encore plus d'apprendre que c'est grâce au shérif Christovich. Papa n'a jamais aimé cette ordure.

Les deux frères remontèrent dans leur Cadillac et rentrèrent chez eux. En se garant devant leur maison, ils virent de la lumière à l'intérieur. Comme l'espérait Darryl, Rusty avait fini par revenir.

– Écoute, Ross, tu me laisses parler. Je ne veux pas de règlement de comptes après ce qui s'est passé l'autre soir. Laisse-moi m'occuper de ce petit con.

– Très bien. Comme tu veux. Mais s'il recommence…

– Il ne recommencera pas. Il est rentré parce qu'il n'avait pas d'autre endroit où aller. Il ne cherchera pas d'ennuis.

En pénétrant dans la maison, ils trouvèrent Rusty endormi sur le canapé. Darryl le secoua pour le réveiller. Il se redressa brusquement, prêt à se battre.

– Du calme, petit frère. Ce n'est que nous.

Rusty restait sur ses gardes.

– Pas d'affolement, le rassura Darryl. Ross et moi, on a parlé, après ton départ. Tu as été choqué par ce qui est arrivé à Alton. Je comprends ce que tu as ressenti. Ross aussi.

– Je ne savais pas que tu voulais tuer Alton, protesta Rusty.

– On n'y peut plus rien, maintenant. Seulement se serrer les coudes. On est tous complices. Si l'un de nous se fait prendre, on tombe tous les trois. On est de la même famille. On doit parler d'une seule voix.

Darryl avait posé la main sur l'épaule de Rusty. Il sentit les muscles de son frère se détendre.

– Mais je ne savais pas…

– Ce qui est fait est fait, coupa Ross.

Darryl fronça les sourcils. Rusty ne vit pas Ross s'excuser d'un haussement d'épaules auprès de son frère aîné.

– On s'est dit qu'il était peut-être de notre devoir de donner un coup de main aux Petitjean, reprit Darryl.

– Puisqu'on est responsables de ce qui est arrivé, compléta Ross.

De nouveau, Darryl lui fit signe de se taire.

– Ce que veut dire Ross, c'est que sans Alton, monsieur Petitjean aura du mal à pêcher les huîtres à la drague. Alors on a décidé que si Ross et moi on faisait le travail à deux sur le *Squall* pendant quelques semaines, tu pourrais aller aider à bord de la *Mathilde*. Pour laisser à ces gens une chance de retomber sur leurs pieds. Tu en penses quoi ?

Rusty avait opiné du chef tandis que Darryl présentait son plan.

— Oui, ce n'est que justice de leur donner un coup de main.

— Pourquoi ne pas aller chez eux demain après-midi, et leur annoncer que Ross et moi on se débrouillera sans toi sur le *Squall* pour que tu puisses aider monsieur Petitjean ? Ce serait une preuve de bonne volonté.

— Et tu pourras faire autre chose, tant que tu y seras. Vas-y, Little Horse, explique-lui le reste, intervint Ross.

Darryl avait l'air prêt à le frapper.

— Le reste ? interrogea Rusty.

— Ross s'exprime mal. Il a sans doute dans l'idée que tu pourras aider à pêcher la crevette, à récolter les huîtres à la gaffe dans les hauts-fonds, bref, tout ce que tu fais avec nous.

— J'irai chez les Petitjean demain, promit Rusty.

— Parfait. Maintenant, va dormir. Il faut que je voie avec Ross comment on peut s'occuper de nos parcs tous les deux. On aura peut-être besoin de toi un jour par semaine pour aller à Wilkinson Bay, mais les Petitjean accepteront sûrement de se passer de toi vingt-quatre heures.

Rusty parti se coucher, Darryl expliqua à Ross pourquoi il n'avait pas révélé à Rusty le reste du plan.

— Qu'il se fasse d'abord une place sur le bateau. S'il apprend toute l'histoire, il ne voudra jamais coopérer. Mais ne t'en fais pas. Une fois à bord, il fera ce qu'on lui dira de faire.

— Et s'il refuse ?

— Il n'aura pas le choix. Il faudra bien qu'il obéisse.

Ross se mit à rire, mais Darryl le fit taire en portant son index à ses lèvres.

21.

Lorsque Felix ramena la *Mathilde* au mouillage le lendemain soir, Therese était à la proue. Ils étaient partis à l'aube, avaient pêché à la drague dans leurs parcs de Bay Ronquille et sorti leurs filets à crevettes sur le chemin du retour, sans grand succès. Ce n'était que la deuxième journée de la jeune fille à bord, mais déjà Felix mesurait combien il avait compté jusque-là sur Alton.

Therese, de son côté, prenait conscience de la force physique nécessaire pour la pêche en mer. Malgré son courage, elle se sentait épuisée par ces deux jours. Et elle fut choquée de découvrir, en la déchargeant sur le quai des mareyeurs, que leur prise était si modeste comparée à celle des autres crevettiers. Alors qu'elle ne pleurait pas facilement, la colère et l'humiliation lui firent monter les larmes aux yeux quand le mareyeur remit à son père une somme dérisoire, pour dix heures d'un labeur éreintant.

Par fierté, elle garda ces larmes pour elle. Les autres pêcheurs d'huîtres et de crevettes buvaient des bières sur le quai, en attendant leur tour de vendre ce qu'ils avaient remonté dans leurs dragues ou leurs chaluts. Les uns après les autres, ils présentèrent leurs condoléances pour la mort d'Alton, mais Therese lisait dans leurs yeux les plaisanteries qu'ils échangeraient dès qu'elle aurait le dos tourné, sur cette petite jeune fille qui prétendait faire le travail d'un homme.

Ni elle ni son père n'avaient évoqué le problème des bancs d'huîtres situés dans les hauts-fonds. Il avait suffi à Therese d'observer Felix pendant deux jours pour conclure qu'il serait incapable de manier une paire de gaffes de deux mètres cinquante debout dans une barque. Sans doute le vieil homme avait-il assez d'expérience pour se débrouiller sur la *Mathilde*, mais récolter des huîtres à la gaffe le tuerait.

Felix, bien sûr, avait une conscience encore plus aiguë de la gravité de la situation. Il avait emmené Therese dans les parcs où il était facile de pêcher à la drague. Même ceux-là, pourtant, leur avaient donné du fil à retordre. Malgré la difficulté de la tâche pour le père et la fille, Felix savait qu'ils ne gagneraient pas leur vie avec ces seuls parcs.

Mathilde vit depuis la terrasse le bateau remonter le bayou, reculer vers la rive opposée, s'avancer le long du ponton. Son mari manœuvrait avec une dextérité qu'elle avait toujours admirée.

Abandonnant les pommes de terre qu'elle épluchait, elle descendit jusqu'à l'appontement.

– Comment s'est passée la journée ?

Felix refermait les fenêtres de la cabine. Il rabattit une vitre et glissa la tête au-dehors.

– Très bien. Pas de pêche miraculeuse, mais Therese apprend vite.

Lorsque Mathilde se tourna vers sa fille, elle comprit cependant à l'expression de celle-ci que Felix embellissait la réalité. Ce qui n'empêcha pas Therese de s'écrier, depuis l'arrière du bateau où elle nettoyait au jet les parois de la cale :

– Oui, la journée a été bonne. On a bien travaillé, papa et moi !

Felix était toujours penché à la fenêtre.

– Ramène Therese à la maison pour qu'elle puisse se rafraîchir, dit-il à sa femme. Il a fait chaud en mer, aujourd'hui.

– Pas question, protesta Therese. Je finis d'abord ici. C'est toi qui devrais rentrer avec maman.

Mathilde s'adressa à sa fille.

– Inutile de discuter, ma chérie. Il en a encore au moins pour une demi-heure. Tu sais comment il est. Viens donc. Tu pourras m'aider à préparer le dîner.

Avec un soupir, Therese laissa le tuyau pendre à l'entrée de la cale, rejoignit le ponton d'un bond et ferma le robinet.

Sa mère se lamenta à son approche.

– Mais tu es couverte de coups de soleil, ma fille ! Il faut porter des vêtements à manches longues, sur un bateau. Et un chapeau !

Felix, toujours dans la cabine, jeta un coup d'œil pour voir ce qui provoquait ces récriminations.

– Quant à toi, lança Mathilde, il va falloir mieux t'occuper de ta fille si tu l'emmènes en mer toute la journée ! Regarde dans quel état elle est !

Felix haussa les épaules.

– Elle ne m'a pas l'air d'aller si mal.

Mathilde hocha la tête.

– Impossible de compter sur toi, Felix. Il faut qu'elle prenne un bain immédiatement et se mette de la crème sur les bras. Si elle ne se retrouve pas avec de la fièvre, ce sera un miracle !

Felix haussa de nouveau les épaules tandis que Mathilde ramenait Therese vers la maison.

La jeune fille, gênée d'être traitée comme une enfant, tenta de changer de sujet.

– Et toi, maman, comment s'est passée ta journée ?

– Rusty Bruneau est venu tout à l'heure.

– Un Bruneau ! Qu'est-ce qu'il voulait ?

– Voir ton père. Il a dit qu'il repasserait plus tard.

– Little Horse a dû l'envoyer au sujet des prêts. Au fait, on doit combien, ce mois-ci ?

– Il faudrait que je vérifie dans le livre de comptes. Plus d'argent qu'on en a, en tout cas.

– De vrais salauds, tous les trois !

– Pas de grossièretés, petite. Ce n'est pas digne d'une jeune fille…

Mathilde regarda un geai tourmenter l'un des chats de la famille.

– De toute façon, on ne sait pas ce qu'il veut. Peut-être vient-il simplement présenter ses condoléances.

– Ses condoléances ? Maman, ces trois frères ont tué ton fils. Ils ne vont pas nous présenter leurs condoléances. Ce sont eux qui nous ont mis dans cette situation, et maintenant ils viennent réclamer leur argent. Toi, je ne sais pas, mais moi je n'appelle pas ça des condoléances.

– On n'a aucune preuve que ce soit eux. Le shérif Christovich nous donnera le nom du coupable dès qu'il l'aura découvert. À ta place, je n'accuserais personne tant qu'on n'a pas davantage de certitudes.

– Il n'y a aucun doute, maman…

Mathilde l'interrompit brutalement.

– Les gens croient que si les Bruneau ont tué Alton, c'est pour venger le meurtre de Darryl. Or tu sais parfaitement qu'Alton n'a jamais fait ça. Il était incapable de tuer quelqu'un.

– Évidemment.

– Donc si les frères Bruneau sont bel et bien les meurtriers de ton frère, ils se sont trompés de victime, non ? Et toi, te voilà prête à les accuser sans connaître le fin mot de l'histoire ?

Therese voulut protester, mais sa mère lui coupa de nouveau la parole.

– Quoi qu'il en soit, Rusty a toujours été différent de ses aînés. Il aimait beaucoup sa mère ; il était son portrait craché, avec sa crinière rousse. Il n'y avait qu'à les voir tous les deux ensemble à l'église. Arlene l'adorait. D'ailleurs, c'est lui qui l'a retrouvée morte, la malheureuse. Il n'est pas comme les deux autres.

– Je me demande. Ils se ressemblent tous, les Bruneau.

– Il est le seul à avoir assisté aux obsèques de ton frère. Si tu trouves qu'ils se ressemblent tous, c'est que tu n'y regardes pas d'assez près.

Lorsqu'elles eurent regagné la maison, Mathilde fit prendre un bain à Therese. Allongée dans la grande baignoire, la jeune fille sentit ses muscles se dénouer. Au fur et à mesure qu'elle se détendait, son mollet griffé par la drague, l'ecchymose à la cuisse qu'elle s'était faite dans la cale avec le manche de la pelle, toutes les agressions subies depuis le matin par son corps se réveillèrent, lançant leur plainte comme autant de grenouilles coassant dans la pénombre.

Sa mère frappa à la porte pour vérifier que tout allait bien.

– Ne va pas t'endormir dans le bain !

Therese se leva, de l'eau presque aux genoux. Elle s'étudia dans le miroir du lavabo, sur le mur en face d'elle. Les coups de soleil lui dessinaient des plaques rouges sur le visage et le décolleté. Dès qu'elle appuyait le doigt dessus, la jeune fille était parcourue d'un frisson. Après s'être séchée avec précaution, elle enduisit de beurre de cacao sa peau meurtrie. Gercé par les rafales de vent, bruni par la réverbération du soleil sur l'eau, brûlé par la salinité de l'air, le corps vieillissait vite sur un bateau. Déjà, Therese voyait sa chair se flétrir.

Dans une robe légère en coton, elle attendit le dîner sur la terrasse, profitant de la fraîcheur du vent du soir qui montait du bayou. Le ciel semblait lui aussi couvert d'ecchymoses violacées à l'est, même si, à l'ouest, des nuages paresseux y flottaient toujours, pareils à des canards blancs sur un étang bleu.

Elle entendit une voiture rouler pesamment sur le gravier, puis s'arrêter dans un crissement de pneus de l'autre côté de la maison. Quelques instants plus tard, Rusty apparut à l'angle de la terrasse.

– Bonsoir, mademoiselle Petitjean.

– Bonsoir, Rusty.

– Votre père est là ?

– Je pense que oui.

– C'est lui que je viens voir.

– Vous ne manquez pas de toupet, on peut le dire. Après avoir fait ce que vous avez fait à mon frère, avoir jeté son cadavre dans le bayou à deux pas d'ici, vous venez rendre visite à son père !

– Je ne suis pour rien dans ce qui est arrivé à Alton. Je regrette qu'il soit mort et je viens présenter mes condoléances, voilà tout.

Therese fut décontenancée.

– Ah bon ? Votre frère ne nous a pas chanté la même chanson, l'autre jour au cimetière.

– Darryl était sous le choc. On enterrait notre père. Il ne pensait pas ce qu'il a dit.

– En tout cas, Alton n'a pas tué Horse. Mon frère n'aurait pas fait de mal à une mouche.

– Je sais, mademoiselle Petitjean. Je l'aimais bien.

– Vous ? Aimer mon frère ? rétorqua la jeune fille.

– Oui. Et ce n'est pas d'hier. Je me rappelle qu'un jour, Ross m'embêtait à l'école, il me faisait pleurer – on était tout gosses, je devais avoir six ou sept ans – quand Alton est venu lui demander de me laisser tranquille. Mon frère Darryl, lui, ne me défendait jamais.

Therese souriait.

– Et ce bon à rien de Ross, que lui a-t-il répondu ?

– Ross ? Lui répondre ? Sûrement pas. Alton était encore plus grand que Little Horse, et Ross a toujours filé doux devant mon frère aîné, vous savez. Non, il m'a donné un dernier coup de pied et il a détalé. Il est comme ça, Ross. Et quand il a été assez loin pour qu'Alton ne puisse pas l'attraper, il lui a crié : « Tu n'es qu'une brute, Alton Petitjean ! » Vous imaginez ça, Ross qui traite Alton de brute ?

À présent, Rusty et Therese souriaient tous les deux.

– Écoutez, mademoiselle Petitjean, l'autre raison de ma visite, c'est que je voulais proposer à votre père de lui donner un coup de main sur la *Mathilde* jusqu'à ce que les choses aillent mieux, que vous ayez trouvé une solution. Je sais que monsieur Petitjean ne pourra pas se débrouiller tout seul. Et mes frères peuvent très bien s'occuper de nos parcs sans moi.

Therese le foudroya du regard.

– On s'en sortira.

– Oui, j'en suis sûr, mais un homme seul ne peut pas tout faire.

– Mon père ne sera pas seul. Je suis là pour l'aider.

Rusty éclata de rire.

– Une fille ? Sur un crevettier ? Vous ne pesez même pas cinquante kilos tout habillée ! À quoi pouvez-vous servir ?

– Vous croyez que je ne peux pas tenir la barre, ni remplir un panier de crevettes ? Pas besoin d'être un génie pour ça. Vous le faites bien, vous.

Rusty prit conscience qu'il avait offensé la jeune fille.

– Je ne voulais pas vous vexer. C'est juste que je ne connais aucune fille capable de pêcher des huîtres à la drague, ou de remonter un chalut plein de crevettes.

– Eh bien maintenant, vous en connaissez une.

– On dirait que oui…

Rusty parut soudain pensif.

– Écoutez-moi quand même. Votre père ne pourra jamais aller en barque jusqu'à vos parcs de Bay Sansbois, récolter des huîtres à la gaffe toute la journée, et ramener ensuite la barque pleine de coquillages à la godille vers le large. Monsieur Petitjean est trop vieux, et même si vous êtes courageuse, vous n'avez pas

238

assez de muscles. Or vous avez absolument besoin de récolter des huîtres.

Therese était dépitée. Elle savait que le jeune homme avait raison.

– Oh, et puis je m'en moque, après tout. Allez voir mon père si ça vous amuse. Il ne vous prendra jamais à bord de la *Mathilde*, mais vous n'avez rien à perdre. Allez frapper à la porte.

Rusty gravit l'escalier de la terrasse et s'arrêta près de la jeune fille.

– Vous êtes en beauté, ce soir, mademoiselle Petit-jean. Vous avez une jolie robe.

Therese renifla avec dédain.

– Jolie pour une écrevisse, peut-être.

Rusty sourit.

– C'est vrai que vous avez la figure un peu rouge. Le soleil du large va vous griller la peau, si vous ne faites pas attention. Mais là, ça n'a pas l'air trop grave. Au moins, vos coups de soleil vont disparaître. Moi, je suis rouge à vie.

– On ne vous appelle sans doute pas Rusty le Rouquin pour rien.

– Ah ça non. Ma mère me racontait souvent qu'en me voyant à ma naissance, papa et elle avaient oublié tous les prénoms auxquels ils pensaient. J'étais le seul bébé au monde à s'être trouvé lui-même son prénom, disait-elle.

– Pas comme moi, expliqua Therese. J'ai hérité le mien de ma grand-mère.

Elle prit conscience qu'elle confiait cela pour la première fois à quelqu'un.

– Et aussi de sainte Thérèse, dont les religieuses nous parlaient sans arrêt ?

– Sans doute. Chaque prénom est toujours plus ou moins celui d'un saint ou d'une sainte.

– Il y a un saint Rusty ?

Ils se mirent à rire tous les deux.

– On ne vous a quand même pas baptisé comme ça ?

– Non, le prêtre s'est fâché quand mes parents lui ont dit comment ils voulaient m'appeler. Il a répondu qu'il ne baptiserait pas un bébé « Rusty ». À quoi mon père a déclaré : « Baptisez ce gosse à votre idée, mais moi je continuerai à l'appeler comme il me plaira, nom de Dieu ! » Alors le prêtre, qui devait être furieux qu'on jure dans son église, m'a prénommé Athanasius rien que pour énerver papa. C'est ce qui est écrit sur mon certificat de baptême : Athanasius Bruneau.

Un sourire éclairait encore le visage de Therese.

– Dieu doit donc croire que vous vous appelez Athanasius.

– Si vous voulez un jour me contacter au paradis, il faudra me chercher à la lettre « A », dans l'annuaire de là-haut, plaisanta Rusty.

Ils partirent d'un nouvel éclat de rire.

– Allez frapper à la porte, répéta Therese, plus doucement que la première fois. Peut-être que mon père voudra quand même bien de vous sur la *Mathilde*.

22.

Le lendemain, c'est avec envie que Therese regarda Rusty manœuvrer une drague chargée d'huîtres pour l'amener sur la plaque de protection à tribord. Inclinant l'armature d'une seule main et guidant de l'autre le câble auquel elle était accrochée, le jeune homme avait hissé la drague à bord presque sans effort. Avant même que le filet dégoulinant se soit égoutté sur le pont et que l'eau ait repris le chemin de l'océan par les dalots, Rusty était déjà passé à bâbord pour descendre l'autre drague vers les flots à l'aide d'une poulie.

La jeune fille fut piquée au vif en voyant son père saluer d'un signe de tête approbateur l'habileté de Rusty. Elle croyait que le jeune homme ne tiendrait même pas une journée. « Comment un de ces maudits Bruneau pourrait-il nous être d'une quelconque utilité ? » avait-elle marmonné avec mépris en apprenant que Felix voulait bien le prendre à l'essai. Au lieu de quoi elle venait de passer la matinée à trier les tas d'huîtres qu'il déversait sur le pont avec une efficacité discrète.

D'ailleurs, leur pêche était déjà deux fois plus importante que celle qu'ils avaient vendue la veille au mareyeur après toute une journée de travail. À l'approche de midi, ils n'avaient toujours pas fini de ratisser le parc à huîtres, mais Felix accorda une pause à Rusty.

Ciel et mer convergeaient à l'horizon, sans la frange déchiquetée des cumulonimbus qui s'amoncelaient souvent vers l'ouest à l'heure du déjeuner.

– La journée risque d'être longue, si le temps se maintient, fit observer Felix. On en est où ?

Therese, dont seule une moitié du corps dépassait de la cale isolée par des plaques de liège, recouvrait les sacs d'huîtres d'une bâche.

– Tout va bien, répondit-elle. On a deux compartiments pleins. Et celui-ci est rempli au tiers.

– Si le ciel reste dégagé, on aura le temps de pêcher la crevette au retour, déclara son père en hochant la tête avec satisfaction. Garde-moi un ou deux compartiments libres. Avec un peu de chance, on pourra peut-être ramener une centaine de kilos.

Étendu sur le panneau en contreplaqué au-dessus du moteur, Rusty avait rabattu sa casquette sur ses yeux. Sa chemise était trempée de sueur.

Felix lui sourit.

– On ne te mène pas trop dur, mon garçon ?

Le jeune homme se redressa et releva la visière de sa casquette pour lui rendre son sourire.

– Non, monsieur, pas avec mademoiselle Petitjean qui joue les hommes de peine.

– Je fais ma part, grogna Therese en grimpant hors de la cale.

Rusty cessa aussitôt de la taquiner.

– Franchement, je n'ai jamais vu une fille abattre autant de travail. Vous êtes drôlement forte, bien plus que vous n'en avez l'air…

Il rabattit de nouveau sa casquette sur ses yeux.

– … Je veux dire, pour une petite chose comme vous.

– Comment m'avez-vous appelée ?

Furieuse, Therese lui arracha sa casquette. Elle surprit son sourire amusé et lui envoya son couvre-chef à la figure.

– Très drôle. Vous êtes un petit marrant, on dirait ?

– Avec vous, je crois que je ferais mieux de me tenir à carreau. Vous avez du caractère.

Therese était encore contrariée.

– C'est ça, tenez-vous à carreau. Vous vous retrouverez à servir d'appât aux requins, si vous m'énervez trop.

Elle le vit rire sous cape.

« Ce que les garçons peuvent être bêtes », se lamenta-t-elle intérieurement.

– Et si on mangeait quelque chose ? proposa son père depuis la cabine. Rusty, va jeter l'ancre pour qu'on ne perde pas notre position. On est sous le vent et on tient un bon coin.

Tout en se dirigeant vers l'avant, Rusty demanda à Felix quelle était la profondeur de l'eau.

– Une dizaine de mètres.

Le vieil homme comprit soudain le sens de la question.

– Lâche trente mètres de chaîne et amarre-la à un taquet.

Lorsque Rusty se fut exécuté, Felix fit reculer le bateau jusqu'à ce que l'ancre croche. Il cria au jeune homme de lâcher encore trente mètres de chaîne.

Pendant ce temps-là, Therese sortit de la glacière les sandwiches au fromage de tête et à la moutarde créole faits par sa mère. Par habitude, Mathilde n'en avait préparé que pour deux personnes. Therese chuchota à son père qu'il n'y avait pas assez à manger.

– Tu n'as pas apporté de casse-croûte, mon garçon ? s'enquit Felix quand Rusty eut de nouveau amarré la chaîne.

– Non, monsieur. Sur le *Squall* – depuis la mort de maman, en tout cas – on se contente d'ouvrir quelques huîtres. On a toujours deux ou trois paquets de crackers à bord. Et de la bière en quantité. De quoi vous caler vite fait…

Rusty remarqua les deux sandwiches que Therese avait dans les mains.

– … Ne vous en faites pas pour moi. Avec votre permission, une douzaine d'huîtres me suffira bien.

– Écailles-en autant que tu veux. On a aussi de la bière Barq dans la glacière.

Rusty décrocha un tournevis d'une lanière de cuir que Felix avait tendue sur la paroi de la cabine pour y suspendre le pic à glace, le couteau à fileter, la hache et d'autres outils qu'il aimait avoir sous la main. Plaçant une huître au creux de sa paume, le jeune homme inséra la pointe du tournevis entre les deux valves et ouvrit le coquillage d'un geste sûr. À l'intérieur, il trancha le solide muscle adducteur qui maintenait le mollusque en place. Le haut de la coquille se détacha en un tourne-main et Rusty le jeta par-dessus bord. L'huître flottait dans son jus.

Rusty la porta à ses lèvres. Tandis qu'un peu d'eau lui coulait sur le menton, sa langue effleura les replis de la chair humide et salée. Quelques secondes plus tard, l'huître lui fondait dans la bouche comme une figue mûre et sirupeuse, avec un parfum de cuisine à l'huile d'olive et à l'échalote.

Lorsqu'il était tout petit, il croyait avoir affaire à un œuf, devant cette coquille rugueuse qu'on ouvrait pour découvrir une sorte de jaune grisâtre, marinant dans un liquide gluant. Il avait même demandé à son père quel genre de poule pouvait bien pondre des œufs pareils. « Des poulets-requins », avait répondu Horse le plus sérieusement du monde. C'était devenu un sujet de plaisanterie dans la famille, et ses frères aînés le terrorisaient avec leurs histoires sur cet oiseau monstrueux. Bien qu'il puisse voler, le poulet-requin nichait dans la mer, lui avaient assuré Little Darryl et Ross. Il avait le bec hérissé de dents et, bien sûr, des griffes refermées sur les crânes fracassés d'enfants arrachés à leur lit en pleine nuit. La simple vue d'une huître brandie sous son nez par l'un de ses frères faisait pleurer Rusty de terreur, à la pensée de l'horrible et cruelle créature ayant pondu un œuf aussi difforme.

– Elles sont bonnes ? interrogea Therese, le tirant de sa rêverie.

– Vous en voulez ?

Rusty eut tôt fait d'aligner sur le plat-bord une demi-douzaine d'huîtres ouvertes.

Le père et la fille en goûtèrent chacun une.

– Le jus est tiède, commenta Felix.

– Mais elles sont bonnes, papa.

Therese préférait les huîtres au sandwich préparé par sa mère.

– Alors finissez-les, mademoiselle Petitjean.

– Vous pouvez m'appeler Terry, concéda-t-elle sans un sourire. Et prenez donc la moitié de ce sandwich.

– J'ai bien assez avec les huîtres.

– Non, allez-y, prenez-le.

Elle le lui fourra dans la main.

– Merci, Terry. C'est très gentil.

– Non. De toute façon, je n'aime pas ce que ma mère a mis dans ce sandwich.

Le sourire entendu que Rusty lui adressa en guise de réponse irrita la jeune fille.

Après le déjeuner, l'équipage de la *Mathilde* finit de ratisser le parc à huîtres à la drague. Vers quinze heures trente, Felix fit demi-tour pour rentrer.

– On met le chalut à l'eau, monsieur Petitjean ? demanda Rusty, après avoir rangé les dragues.

– Oui, allons taquiner la crevette ! cria le vieil homme pour couvrir le bruit du moteur.

Il désigna le ciel.

– Avec ces nuages qui arrivent, on aura peut-être un peu de fraîcheur.

– On fait d'abord un test avec un filet éprouvette ? suggéra Rusty depuis l'arrière du bateau.

– Non, tentons notre chance. Au cas où on croiserait un banc de crevettes sur le chemin du retour.

Un peu à l'écart, Therese regarda Rusty passer le câble du treuil dans une poulie, puis sur le tangon. Il installa ensuite une ligne dormante sur deux autres poulies et vérifia le reste du dispositif.

Dans un cliquetis de chaînes, il fixa au treuil les panneaux du chalut, grandes pièces de bois gainées de métal. Les flotteurs en liège reliant les deux panneaux se soulevèrent au-dessus de la lourde corde de dos, parfaitement tendue.

Therese avait déjà examiné le fin maillage des ailes du chalut qui ondulaient dans l'eau, puis celui plus grossier de la poche. La toile empêchant les mailles de s'accrocher sur les fonds marins avait besoin d'être réparée. La jeune fille s'en occuperait dès le retour. Peut-être ne savait-elle pas pêcher des huîtres à la drague, ni remonter un chalut plein de crevettes, mais toute petite, elle avait appris à réparer un filet et à rapiécer une toile. Elle se rappelait sa fierté le jour où elle avait eu la main assez grande pour enfiler la paumelle en cuir de sa mère et ravauder la toile usée avec les aiguilles triangulaires utilisées pour la voilerie. D'ailleurs, elle se révélait désormais plus rapide que Mathilde pour le remmaillage des filets déchirés par une escouade de barracudas, ou par un des requins-marteaux qui chassaient dans les mêmes eaux que les crevettes.

Rusty tira sur un cordage pour s'assurer que le nœud de fond du chalut ne risquait pas de s'ouvrir. Il avait l'air solide, comme tout le reste sur la *Mathilde*. Rusty admira le savoir-faire du vieux marin. À bord du *Squall*, c'était le règne du bricolage de fortune, du chatterton et du fil de fer rouillé, quand on n'abandonnait pas tout simplement le gréement aux vicissitudes de l'eau et du vent. L'improvisation, les Bruneau ne connaissaient rien d'autre. Alors que sur le bateau des Petitjean, tout se faisait dans les règles de l'art.

La première fois, ils ne prirent même pas un demi-panier, mais quelques minutes plus tard, à la deuxième tentative, ils tombèrent sur une nuée de crevettes traversant la baie. Rusty remonta un filet plein à craquer qui déversa sur le pont sa pêche étincelante. Lorsqu'ils hissèrent leur dernière prise à bord avec le treuil, Therese avait rempli deux compartiments de la cale, une couche de crevettes vivantes entre deux couches de glace.

Ce soir-là, à la pesée chez le mareyeur, la jeune fille n'eut pas à retenir ses larmes comme la veille. Au contraire, elle exultait de ramener au port un bateau à la cale pleine. Elle se sentait sale, épuisée, mais euphorique.

– On a bien travaillé, hein, papa ?

Felix opina du chef.

– Oui, ma chérie. Et même très bien.

Ils laissèrent Rusty sur le quai où il trouverait quelqu'un pour le reconduire chez lui, mais avant de lever l'ancre, Felix prit le jeune homme à part.

– On n'a pas parlé argent, hier soir.

– Non, monsieur Petitjean. Je ne suis pas là pour être payé. Seulement pour vous aider jusqu'à ce que vous retombiez sur vos pieds.

Felix se figea.

– Nous ne demandons pas la charité.

– Ce n'est pas ce que je voulais dire. Mais entre voisins, il faut se donner un coup de main quand on peut.

Felix déduisit la part revenant au matelot sur la prise de la journée et la tendit à Rusty.

– Je vous remercie, dit celui-ci.

– À demain, alors ?

– Oui, monsieur, si vous voulez toujours de moi.

Au fil des jours, même Therese finit par reconnaître que le jeune homme leur était indispensable. Les quelques doutes qu'elle entretenait encore sur l'intérêt de sa présence s'envolèrent à la fin de la semaine, le samedi où ses frères le réclamèrent pour pêcher à la gaffe dans les hauts-fonds. Tandis qu'elle et son père rentraient après quelques heures passées à tester les eaux sans succès avec un filet éprouvette, Felix fit observer en désignant leur maigre pêche que sans Rusty, ils auraient mieux fait de rester chez eux pour économiser la glace et le carburant.

Pourtant, Therese se montrait encore sceptique sur les intentions de Rusty.

– Les Bruneau sont des faux-jetons, insista-t-elle, interrompant sa mère qui prenait la défense du jeune homme. Peu importe qu'il fasse des miracles avec une drague, je n'ai pas confiance en lui.

Au cours de la semaine suivante où Rusty passa davantage de temps avec la famille Petitjean, Felix et Mathilde devinrent de plus en plus chaleureux avec lui, au grand désespoir de Therese qui y vit une trahison à l'égard de son frère.

La jeune fille était encore plus affligée par ses propres sentiments. Au fond, elle aussi trouvait bien des qualités à Rusty. Elle appréciait sa courtoisie envers son père. Et il semblait s'inquiéter autant qu'elle pour la santé du vieil homme. Il s'était par exemple chargé de manœuvrer un chalut gonflé par sa cargaison de crevettes sur le pont, se débrouillant pour que Felix reste à la barre, à l'abri du soleil de midi. Therese avait vu avec tristesse son père s'incliner, sans autre protestation qu'un vague juron devant le prétexte peu crédible qu'avait saisi Rusty pour le laisser à l'ombre. Felix, elle le savait, aurait été beaucoup plus rétif s'il n'avait eu conscience de sa faiblesse.

Elle fut également touchée par les efforts que déployait le jeune homme pour ne pas blesser l'amour-propre du vieux marin. De même qu'il n'épargnait jamais à son père les travaux les plus pénibles sans invoquer une bonne raison de l'occuper à une tâche moins fatigante, il ne perdait pas une occasion de demander conseil à Felix sur les courants ou le relief des fonds marins. Bien qu'elle n'en eût soufflé mot, Therese l'avait même surpris en train d'écouter patiemment les explications de Felix sur le fonctionnement d'une poulie qu'elle l'avait vu utiliser la veille sans la moindre hésitation.

Mais c'était le soir, sur le quai du mareyeur, qu'elle éprouvait le plus de gratitude. Entre deux bières, alors qu'ils attendaient leur tour pour peser leur pêche, les fils des autres pêcheurs, semblait-il à Therese, se vantaient ostensiblement de leur supériorité sur leur père, raillant ces « vieux » qui cherchaient refuge à midi dans la cabine de leur chalutier, ou faisaient la sieste sous une bâche attachée au tangon en guise d'abri. La jeune fille comprenait d'instinct cette attitude, elle savait en son for intérieur que la mer avait rendu ces garçons impitoyables envers les faiblesses d'autrui – même celles de leur propre père. Au large, il était trop dangereux de dorloter les invalides. Et pourtant, seul parmi les jeunes marins qui faisaient jouer leurs biceps tout neufs devant Therese sur le quai, Rusty rendait hommage à la grande expérience et à la résistance physique de son capitaine.

– Il faut voir monsieur Petitjean manœuvrer une drague, affirmait-il entre deux rasades de bière. Il n'a peut-être pas l'air bien costaud, mais en mer, le vieux bougre m'en remontre plus d'une fois. Et sous les yeux de sa fille, par-dessus le marché !

Therese regardait les jeunes gens hurler de rire, et Rusty hausser les épaules sous des moqueries dignes

250

d'une cour d'école. Elle était presque tentée de rétablir la vérité.

Le refus de Rusty d'assumer sa force et la fragilité de Felix s'expliquait en partie par le respect dû aux aînés qu'on inculquait aux enfants de Plaquemines Parish. Les adultes, quel que fût leur statut, avaient droit à la déférence des jeunes qu'ils croisaient dans les magasins ou sur les routes de la paroisse. Même un Noir, dès lors qu'il atteignait un certain âge, était salué poliment par tout enfant blanc du voisinage. Cette courtoisie ne s'effaçait devant les considérations de race, de richesse, de force physique et de beauté qu'après l'adolescence. Les jeunes marins sur le quai, par exemple, ne dénigraient leur père que pour mieux afficher leur virilité naissante. Rusty, en revanche, conservait les habitudes de sa jeunesse.

Cependant, son admiration pour le père de Therese n'était pas feinte. Il n'en revenait pas de tout ce que savait Felix, et du peu que son propre père leur avait enseigné sur les huîtres, à ses frères et à lui. Horse manifestait peu d'intérêt, et encore moins de patience, pour tout ce qui touchait au développement des coquillages et autres créatures marines qu'ils pêchaient. Les saisons de pêche et les réglementations sur la taille des prises, imposées à la demande des chercheurs en biologie marine, ne représentaient pour lui que la complication d'avoir à échapper aux agents de l'office des pêches, et, lorsqu'il se faisait prendre, la dépense supplémentaire occasionnée par les amendes – ou les pots-de-vin si les fonctionnaires en question les acceptaient. Aussi Rusty fut-il stupéfait d'apprendre, entre autres, que les huîtres pouvaient changer de sexe jusqu'à deux fois dans leur vie. Il découvrit également son ignorance sur le taux de salinité de l'eau.

Felix était capable de l'évaluer rien qu'en observant la flore. Déjà Rusty pouvait distinguer à partir de quel endroit un marécage faisait place à un marais d'eau douce, grâce à l'apparition de roseaux sur les berges et au tapis de nénuphars recouvrant la surface immobile des bayous. Il reconnaissait également le scirpe à l'approche des immenses étendues d'eau saumâtre où prospéraient encore, sur les hauts-fonds, les plus anciens bancs d'huîtres des Petitjean. Très vite, le jeune homme sut identifier un marais salant à son odeur, aux effluves de plantes pourrissantes et de carcasses qui imprégnaient l'air au rythme des marées. Comme son professeur improvisé, Rusty hochait la tête à la vue de l'herbe aux huîtres, bien mal nommée, dont la présence annonçait un marécage aux eaux trop salées pour la culture des huîtres.

Felix lui avait aussi montré, au sein du contenu d'une drague déversé sur le pont, la minuscule coquille d'un bigorneau perceur, l'un des pires ennemis du mollusque à l'état sauvage. Contrairement à l'herbe aux huîtres, ce petit escargot méritait bien son nom, puisqu'il perçait un trou dans le calcaire de l'huître pour se nourrir de sa chair tendre. Heureusement pour les pêcheurs, le bigorneau perceur ne survivait pas dans les eaux peu salées où se développaient les huîtres.

Les Cajuns qui exploitaient des parcs dans les paroisses de Lafourche et de Terrebonne réglaient à leur manière le sort de ces bigorneaux, avait expliqué en riant Felix. Chaque année au printemps, lorsqu'ils se rassemblaient pour pondre leurs œufs, les Cajuns les capturaient, et, habitués à ne rien laisser perdre, ils les faisaient bouillir une heure dans de l'eau salée pour les manger au dîner.

– Mais pour détruire un banc d'huîtres, avait poursuivi le vieil homme, rien ne vaut le pagre. Ces saletés de poissons pèsent entre vingt-cinq et trente kilos, et avec leur bouche pleine de molaires, ils ne font qu'une bouchée de l'huître. Avalent la chair, recrachent la coquille. Si un banc de pagres s'attaque à un parc pendant la nuit, au matin il ne reste que des débris de coquilles vides.

Rusty demanda s'il existait un moyen de défense.

– L'eau douce. Comme le bigorneau perceur, ce poisson n'aime que l'eau de mer. Certains collègues accrochent des carcasses de pagres à des pieux de bambou autour de leurs parcs. L'odeur a peut-être un effet dissuasif, je n'en sais rien. Mais imagine que tu aies consacré trois ans de ta vie à installer un parc, et que tu aies ensuite attendu dix-huit mois, voire deux ou trois ans, que tes naissains arrivent à maturité. C'est-à-dire cinq ou six ans de travail avant de toucher le moindre penny. Et en une seule nuit, tu peux tout perdre à cause d'un banc de pagres qui ne seraient jamais remontés si loin dans les marais il y a encore dix ans.

Rusty maudissait avec Felix les compagnies pétrolières et les canaux qu'elles avaient percés à travers les marais, les inondant d'eau de mer dont le sel grillait des parcs fertiles, et attirait pagres et bigorneaux perceurs dans des zones où les huîtres étaient autrefois en sécurité. Il avait déjà entendu l'expression « invasion d'eau salée », sans mesurer jusque-là les progrès de cette invasion. Il avait aussi entendu les récriminations de son père contre les accords passés à Baton Rouge et à La Nouvelle-Orléans entre les compagnies pétrolières et les autorités de l'État. Et il avait écouté les éleveurs d'huîtres parler du bon vieux temps. Il savait que leurs bateaux étaient moins nombreux que dans son enfance : il pouvait citer plusieurs familles qui avaient abandonné l'exploitation des parcs à huîtres pour s'en aller « tenter leur chance » en ville, comme disaient les gens du cru. Mais pour la première fois, oscillant au rythme du bateau alors que la mer se creusait, le jeune homme prit conscience de la fragilité de l'équilibre sur lequel tout reposait : un acte de destruction limité pouvait provoquer une catastrophe dont l'onde de choc se propagerait, telle une pollution à l'algue rouge, jusque dans les bayous les plus reculés.

Alors que l'orage menaçait à l'ouest, Therese remarqua l'air mélancolique de Rusty tandis qu'ils s'empressaient de tout arrimer à bord de la *Mathilde* pour tenter de prendre de vitesse le mauvais temps. Ce regard lui rappela son frère mort. Elle ne pouvait deviner que Rusty, lui aussi, pensait à Alton.

23

– Alors ça se passe comment, avec les Petitjean ? interrogea Darryl, tendant le bras pour attraper un morceau de pain à l'autre bout de la table, au ras de l'assiette de Rusty.

– Très bien. Je peux même vous dire que dans certains de leurs parcs, comme ceux au large de Bay Batiste, il y a plus d'huîtres qu'on n'en a jamais vu.

– Avec un peu de chance, ces parcs seront bientôt à nous, marmonna Ross, la bouche pleine de jambalaya.

Rusty leva les yeux de son assiette.

– Comment ça ?

– Si les Petitjean se rendent compte qu'ils ne s'en sortent pas, expliqua Darryl, on pourra intervenir et récupérer leurs parcs. Du moins ceux qui en valent la peine.

Une fourchette à la main, un couteau dans l'autre, Ross ricana :

– Merde, Little Horse, comment veux-tu qu'ils s'en sortent, avec un vieux bonhomme incapable de remonter seul un casier à crabes vide, et qui n'a que sa fille pour pêcher à la drague ? Comme disait papa, ce n'est qu'une question de temps.

– Ils n'en seraient pas là si certains n'avaient pas jeté Alton dans le bayou, lâcha Rusty d'un ton sec.

– Personne n'aurait jeté ce fils de pute dans le bayou s'il n'avait pas commencé par donner ton père en pâture aux requins, rétorqua Darryl.

– Parfaitement, petit con, ajouta Ross.

– Et n'oublie pas que « certains » n'étaient pas seuls : tu étais de la partie, rappela Darryl au benjamin de la famille.

Les trois jeunes gens mangèrent quelques instants en silence.

– En tout cas, ça ne change rien, insista Rusty. Avec ces parcs, on vend chaque soir une pleine cale au mareyeur. Les Petitjean n'auront aucun mal à se remettre à flot.

– Tu sais que tu n'es pas obligé de te tuer à la tâche pour eux, petit frère ? On leur rend service, un point c'est tout. Même si tu te contentais de les regarder, ils devraient t'être reconnaissants. Pas besoin de battre des records. Ça n'impressionnera personne.

– Monsieur Petitjean me paye. Ce n'est plus comme si je donnais juste un coup de main.

– Il te paye ? coupa Ross. Et notre part, elle est où ? Little Horse et moi, on travaille deux fois plus dur sur le bateau, maintenant que tu n'es plus là ! C'est nous qui nous sacrifions, pas toi. Dis-lui de nous donner ce qui nous revient, Little Horse !

Darryl se frotta les yeux.

– Tu ne pourrais pas la boucler, Ross ? Il n'est pas question de ça.

– Peut-être, mais une partie de cet argent est à nous.

– Tu as entendu ce que je viens de dire ? Il n'est pas question de ça pour le moment. Finis de dîner et ferme-la, nom de Dieu !

– Il va falloir choisir. Je ne peux pas finir de dîner si je ferme la bouche.

Darryl se leva.

– Je t'aurai prévenu.

Ross piqua du nez dans son assiette.

– C'est bon, je me tais, maugréa-t-il sans oser regarder son frère aîné.

Darryl s'adressa de nouveau à Rusty.

– Ce qui m'inquiète, c'est que tu risques de donner de faux espoirs à ces gens. S'ils s'habituent à remplir leur cale, que deviendront-ils le jour où tu recommenceras à travailler pour nous ? Tu peux me le dire ?

Rusty haussa les épaules.

– Je n'y avais pas pensé.

– Tu ne leur rends pas service en repoussant l'inévitable.

– Alors pourquoi m'avoir envoyé les aider ?

– Par charité chrétienne. Quand j'ai parlé au shérif Christovich de mon idée de te prêter aux Petitjean, c'est exactement ce qu'il m'a répondu : « Ce serait de la charité chrétienne, les gars. » Ce sont ses propres mots. Et peut-être qu'avec ce qui est arrivé à Alton – malgré ce que ce salopard a fait à papa –, peut-être qu'on a notre part de responsabilité.

– Oui, tu as raison.

– Mais d'un autre côté, si les Petitjean ne peuvent pas redresser la barre, autant savoir lesquels de leurs parcs on a intérêt à racheter.

– Tu veux dire que tu m'as envoyé comme espion ?

– Évidemment que non ! C'est juste que chaque bonne action mérite une récompense.

– En tout cas, ne compte pas sur moi pour espionner ces gens.

– Personne ne te le demande. Mais imaginons qu'ils décident de vendre. C'est une vie de chien, pour un vieux couple comme eux. Et leur fille, elle trouvera bien un jour un mari pour s'occuper d'elle.

Rusty sourit.

– Therese ? Ce n'est pas le genre de fille à accepter qu'on s'occupe d'elle. Elle a tout d'un cheval sauvage.

– Parce qu'elle n'a pas encore trouvé le bon cavalier. Si l'homme de sa vie se présente, elle se laissera seller, tu verras.

– Je n'en sais rien. Il y a des chevaux que personne ne peut monter.

– C'est pour ça qu'on a inventé le fouet, petit frère.

– Bien parlé, approuva Ross. Et moi j'ai un cheval qui attend d'être monté ce soir.

Rusty lança un coup d'œil interrogateur à Darryl.

– Ross a rendez-vous avec Yvonne.

– Parfaitement, frérot. D'ailleurs il faut que j'aille me changer.

Ross se dirigea vers la chambre, puis s'arrêta.

– Au fait, Little Horse, Rusty ne pourrait pas prendre le pick-up demain matin ? On irait à l'embarcadère avec la Cadillac, et je n'aurais pas à me lever aux aurores pour le conduire chez les Petitjean.

– Pas question. Tu sais bien que papa ne laissait personne monter dans la Cadillac au retour de la pêche. Ce n'est pas un véhicule de travail.

– S'il te plaît, Little Horse...

– J'ai dit non. Si tu me parles encore d'aller travailler dans la Cadillac, je te promets que ce soir, c'est le pick-

258

up que tu prends. Et là, tu verras si tu peux monter Yvonne à cru.

Maudissant son frère entre ses dents, Ross claqua la porte de la chambre derrière lui.

Rusty poussa un soupir.

– En tout cas, monsieur Petitjean n'abandonnera jamais la partie. Sa famille exploite ces parcs depuis un siècle.

– Peut-être, mais qui te dit qu'un jour il n'en aura pas assez des tempêtes, des moustiques, des compagnies pétrolières, de ces foutues bactéries, de se lever tous les jours une heure avant l'aube ? À vrai dire, je me demande pourquoi on s'obstine, tous autant qu'on est. On leur rendrait service, en acceptant de reprendre certains de leurs parcs. Tu sais bien que les autres familles du coin, elles ne se gêneraient pas pour rouler les Petitjean dans la farine.

– Tu exagères.

– Elles n'auraient pas le choix. Qui peut se permettre de payer les parcs des Petitjean à leur juste prix ? Personne n'a l'argent. Le peu que les gens ont, ils l'engloutissent dans leurs propres parcs. Mais nous, si on connaît les plus rentables, on pourra offrir une somme honnête, parce qu'on saura qu'on mise sur une valeur sûre. Tout le monde y trouvera son compte.

– Et qu'est-ce que tu attends de moi ?

– Juste que tu ouvres l'œil quand tu es sur la *Mathilde*.

– Pour savoir quels parcs valent la peine ?

– Oui, et aussi comment les Petitjean s'en sortent financièrement. Il ne faudrait pas qu'ils se fourrent dans un tel pétrin qu'on ne pourra plus les tirer d'affaire le moment venu.

– À cause des hypothèques sur le bateau et la maison qui arrivent à échéance ?

– Entre autres. S'ils ne peuvent pas payer, il faut qu'on le sache maintenant, avant que la situation devienne incontrôlable. Par exemple, s'il leur faut un délai pour rembourser les prêts accordés par papa, on peut modifier le calendrier. La disparition d'Alton représente pour eux un sacré manque à gagner. Il suffit de leur faire une faveur, de leur proposer une nouvelle hypothèque incluant le bateau, la maison, et peut-être quelques-uns de leurs parcs en prime : ceux dont tu parlais, au large de Bay Batiste. On remet tout à plat, et on repart à zéro. En laissant quelques mois de plus aux Petitjean pour retomber sur leurs pieds.

– Quelles raisons auraient-ils d'hypothéquer ces parcs ? Pour eux, c'est un placement.

– Les Petitjean, ils ont leur fierté. Jamais ils n'accepteront qu'on leur fasse la charité. Ils tiendront à ajouter quelque chose comme garantie du nouveau prêt. Tu sais, pour que ça ressemble à un emprunt en bonne et due forme. Or ils n'ont plus que leurs parcs. Leur pick-up ne vaut pas un clou. Évidemment, si tu découvres qu'ils possèdent des objets de valeur dont on ignorait l'existence, ça change tout. Dans ce cas, plus besoin d'utiliser les parcs comme garantie.

– Donc, je cherche un moyen de leur venir en aide ?

– Exactement. Tu les surveilles et tu me tiens au courant.

– Je n'ai rien remarqué pour l'instant.

– Et ces fameux bancs d'huîtres cachés au fin fond de Bay Sansbois ?

– Ceux dont papa nous parlait sans arrêt ?

– Oui, les plus anciens, sur les hauts-fonds.

– Je ne les ai pas vus. D'ailleurs, je n'ai même pa[s] encore pêché à la gaffe pour monsieur Petitjean. On a passé notre temps à ratisser les grands parcs à la drague.

– Je veux des informations sur ces bancs d'huîtres. Papa répétait qu'il n'y en avait pas de plus fertiles jusqu'au Texas.

– Monsieur Petitjean serait sûrement content que je m'en occupe. Terry et lui pourraient remorquer la drague pendant que je leur remplirais une barque d'huîtres.

– À toi de le lui suggérer. Après tout, il n'ose peut-être pas te demander, alors que tu lui rends service, d'aller en plus ramasser des huîtres dans les hauts-fonds. Il sait bien que ce n'est pas une sinécure, de pêcher à la gaffe.

– Sûrement. Surtout par cette chaleur. Ce fichu soleil ne se cache jamais.

– En tout cas, parles-en au père Petitjean.

– Je le ferai, promit Rusty.

– Et ne te contente pas d'obéir au doigt et à l'œil. Fais savoir à ces gens que s'ils ont besoin de toi pour autre chose, tu es prêt à te rendre utile.

– Madame Petitjean me propose de passer la nuit chez eux, quand on part de bonne heure le lendemain.

Le visage de Darryl s'éclaira.

– Eh bien voilà une excellente idée ! Ce ne serait pas plus mal que tu dormes là-bas, histoire de faire un peu mieux connaissance avec la famille Petitjean.

– Elle dit que ça m'éviterait de me lever si tôt. Elle voudrait aussi que je prenne le petit-déjeuner avec eux. Elle a peur que je ne mange pas suffisamment.

– Elle a de la suite dans les idées, la vieille Mathilde. C'est la meilleure solution, que tu ailles t'installer là-bas.

– Je ne crois pas qu'elle me demande de m'installer, protesta Rusty. Seulement de passer la nuit quand on part à l'aube.

– Parce que tu as déjà vu un jour où Felix Petitjean ne part pas à l'aube ? Tu crois qu'une seule fois dans sa vie, papa a réussi à arriver au dépôt de glace avant que ce vieux taré en soit déjà reparti ?

– C'est vrai qu'il aime partir tôt.

– Tu as déjà oublié ce que disait papa, que la seule chose dont il pouvait être sûr, c'était qu'au lever du soleil la *Mathilde* serait déjà en mer ?

– Mais je vais dormir où ?

Darryl le regarda comme s'il était idiot.

– Ils doivent avoir une chambre d'amis, maintenant.

La panique se lut sur le visage de Rusty.

– Je ne veux pas coucher dans le lit d'un mort.

– Et pourquoi pas ? Ce pauvre Alton, il dort près de l'église, à présent. Il n'est pas près de venir réclamer son lit.

– Ça ne me plaît pas.

– Tu préfères continuer à partager la même chambre que Ross ? À l'écouter ronfler et péter toute la nuit ? Merde, et moi qui croyais que tu te réjouirais de ne plus le voir !

– De toute façon, il faut attendre que madame Petitjean m'invite.

– Ne t'en fais pas, elle sera bien trop contente de te savoir dans la chambre d'Alton. Et méfie-toi, au cas où elle voudrait aussi te faire porter les vêtements de son fils.

– Plutôt mourir.

262

Le choix de la formule amusa Darryl. Rusty lui-même ne put s'empêcher de sourire.

– D'accord, je dormirai peut-être dans le lit d'Alton – je vois mal comment refuser – mais pas question de porter les vêtements d'un mort.

– Je porte bien la chemise de papa, répliqua Darryl, la remontant légèrement sur sa poitrine.

Son frère soupira.

– Oui, mais lui, tu ne l'as pas tué.

– En tout cas, ne t'avise pas d'oublier que toi, tu es complice de la mort d'Alton.

– Je sais, murmura Rusty.

Il resta un moment assis devant la table, conscient que son frère le dévisageait, puis il se leva pour mettre la vaisselle dans l'évier.

Darryl le suivit des yeux.

– Il y a autre chose.

– Quoi ?

– Ce dont parlait Ross. Tu crois que tu pourrais me donner une partie de la paye que te verse Petitjean ?

– Pourquoi ? C'est moi qui fais le travail.

– Je sais, frérot. Si j'étais seul en cause, je ne te le demanderais pas. Mais Ross n'a toujours pas digéré la correction que tu lui as flanquée l'autre soir. Tu as vu sa tête ? Avec les coupures qu'il a, j'aurais même dû l'emmener à l'hôpital pour lui faire faire des points de suture. Tu l'as vraiment amoché. Tel que je le connais, il va continuer à réclamer cet argent et à me rendre fou tant qu'il ne l'aura pas. Pas besoin que ce soit une grosse somme.

– C'est sa faute, ce qui est arrivé.

– Je sais. J'étais là. Évidemment, que c'est sa faute. Il n'a eu que ce qu'il méritait. Mais on est quand même frères. On est bien obligés de vivre ensemble. Un peu d'argent suffira à le faire taire. Ça lui tiendra lieu de vengeance. Et tout bien réfléchi, ce n'est pas cher payé pour ramener la paix à la maison.

– C'est un point de vue.

– Écoute, je ne te demande pas des mille et des cents. Donne-moi juste la moitié de ce que tu gagnes, et je m'occupe d'arranger les choses entre Ross et toi.

– La moitié ?

– Merde, à la fin ! Ross n'a pas tort de dire que c'est sur nous que retombent toutes les corvées. À bord du *Squall*, tu travaillerais aussi dur et pour rien. Normalement, il faudrait partager en trois. Tu devrais nous reverser les deux tiers de ce que tu touches. D'ailleurs, c'est même la totalité de cet argent qui devrait nous revenir. Ici, après tout, tu es toujours nourri et logé gratuitement. Tu ne paies pas de loyer, à ma connaissance.

– La maison est aussi à moi. Comme un tiers du *Squall*.

– Justement. Tu profites d'un tiers de tout notre travail. Alors que nous, on ne reçoit rien de ce que tu gagnes. Tu trouves ça normal ?

Rusty voyait clairement l'enjeu de cette discussion.

– Je vais te chercher la moitié de mon salaire.

– Parfait, approuva Darryl. Ce sera déjà un premier pas.

24.

Darryl avait vu juste au sujet de Mathilde. Quelques jours plus tard, un paquet contenant les vêtements d'Alton attendait Rusty lorsqu'il arriva pour prendre son petit-déjeuner, avant de s'embarquer avec Felix et Therese pour une nouvelle journée de pêche.

Éprouvé par sa longue marche dans l'obscurité sur le chemin qui menait de la route à la maison des Petit-jean, Rusty blêmit quand la mère de celui qu'il avait aidé à tuer lui fourra dans les bras les habits du mort. Il aurait préféré que son frère le dépose devant la maison, mais dès le premier matin, Ross avait refusé tout net de dépasser la clairière où le chemin croisait la route. Même si Ross ne ratait pas une occasion, surtout depuis leur bagarre, de compliquer la vie de son petit frère, Rusty devinait qu'il fallait plutôt chercher du côté de la mort d'Alton la cause de ce refus. Trois semaines s'étaient écoulées depuis la nuit où les trois frères avaient assassiné le jeune homme au fond des bois, et pourtant, le soir au dîner, Ross s'étonnait encore devant ses frères du bruit fait par le crâne d'Alton contre la branche, pareil à celui d'une pastèque mûre éclatant contre un rocher. Derrière la délectation avec laquelle son frère revenait sur certains détails de cette mise à mort, Rusty discernait cependant une angoisse diffuse. Le récit complaisant du meurtre répété soir après soir à la table du dîner, parfois même embelli par des gestes et des mimiques, lui faisait de plus en plus l'effet d'un rituel pratiqué pour tenir un fantôme à distance. Les fanfaronnades et le cynisme de Ross masquaient, il le sentait bien, une terreur sourde. Voilà pourquoi il devait emprunter à pied chaque matin, à la lueur de la lune, le chemin couvert de gravier et de coquillages concassés qui reliait la route à la maison des Petitjean.

Rusty comprit aussitôt qu'il ne pouvait pas refuser le cadeau de Mathilde. Elle avait pris la peine d'empaqueter les vêtements avec du papier kraft et une ficelle, et elle serra longuement le benjamin des Bruneau sur son cœur après lui avoir remis le paquet, jusqu'à ce qu'il réussisse à dégager une de ses mains pour lui tapoter l'épaule.

Il n'avait pas longtemps résisté aux attentions maternelles de Mathilde. Ayant perdu l'habitude qu'une femme s'inquiète avec tendresse de son alimentation, de ses habits et de sa santé, il savourait les sourires timides qu'elle lui adressait comme autant de bonbons distribués à un enfant. Il lui aurait presque léché la main avec la gratitude d'un bon chien quand, le matin, elle écartait ses boucles rousses de ses yeux bouffis de sommeil, notant avec un claquement de langue mi-amusé mi-réprobateur qu'il avait quitté sa maison sans se peigner ni attacher ses lacets. Sa propre mère était morte depuis près de cinq ans. Jamais encore il n'avait eu conscience, avant de commencer à travailler pour les Petitjean, qu'elle lui manquait autant.

Lorsqu'il se présenta dans une chemise d'Alton le lendemain, il lut sur le visage de Mathilde toute sa souffrance d'avoir perdu son fils bien-aimé, et il eut honte d'être en partie responsable – même s'il se défendait d'y avoir contribué activement – de la disparition du jeune homme. En prenant chaque matin le chemin où Alton était mort, puis en longeant sur la *Mathilde* la berge du bayou d'où ses frères avaient jeté le cadavre ensanglanté, martyrisé, dans un entrelacs de racines qui dépassaient des eaux boueuses, Rusty avait eu tout le temps de réfléchir à ce meurtre.

Il ne pensait pas se mentir à lui-même quand il se retranchait derrière l'effet de surprise, le choc d'avoir vu le couteau de Darryl se planter en un éclair entre les côtes d'Alton. Pourtant, dès qu'il s'attardait sur cet effet de surprise, se demandant s'il n'aurait pas dû deviner ce qu'ils faisaient dans leur pick-up en pleine nuit, au ras des fourrés, à guetter le retour du fils Petitjean, il ne pouvait invoquer pour sa défense que sa naïveté, sa crédulité devant les mensonges de son frère aîné. « Comment n'as-tu pas soupçonné un seul instant ce qui allait se passer dans les ténèbres au fond de ces bois ? » s'interrogeait-il. « Parce que tu as préféré nier l'évidence. » C'était la seule réponse à ne pas sonner comme un mensonge.

Plus encore que sa complicité dans le meurtre, la jubilation ressentie par Rusty à la vue du corps recroquevillé sur le sol du sous-bois le tourmentait avec l'insistance d'une accusation impossible à réfuter. Lorsqu'il reconnaissait avoir été trahi par ses émotions, il s'apercevait que cette concession représentait autant un aveu qu'une défense. Ses émotions, comprenait-il avec une inexorable lucidité, ne l'avaient pas davantage trahi que ses frères.

Il ne lui servait à rien, pour soulager sa conscience, de prétendre, comme Little Horse le faisait avec véhémence chaque fois que Rusty abordait le sujet, qu'Alton avait tué leur père et méritait donc de mourir. Depuis le début, il doutait qu'Alton soit le meurtrier. Ça ne tenait pas debout. Quel aurait été son mobile ? Quel bénéfice les Petitjean en auraient-ils retiré ? Et surtout, semblait-il à Rusty, jamais le gentil Alton n'aurait recouru à la violence sans avoir été provoqué. Mais quelle raison Horse Bruneau aurait-il eue de le provoquer ? Au contraire, il avait plutôt tendance à prendre la défense du fils de Mathilde, reprochant souvent à Little Horse l'animosité qui existait entre les deux jeunes gens. Non, concluait de plus en plus souvent Rusty, son frère aîné avait ses propres raisons pour régler ses comptes dans les bois des Petitjean cette nuit-là.

Aussi, mû par le remords et le désir de s'amender, Rusty se jetait-il à corps perdu dans le travail à bord de la *Mathilde* pour restituer aux Petitjean, autant qu'il le pouvait, ce qui leur avait été enlevé par sa faute. Et si la mère d'Alton lui demandait de porter les vieilles chemises du jeune homme assassiné, de dormir dans son lit désormais vide, c'était un châtiment mérité auquel il ne se déroberait pas.

Rusty n'était pas le seul à être perturbé par le paquet de vêtements dont Mathilde lui avait fait cadeau. Il ignorait que ces quelques chemises et ces deux pantalons avaient déclenché une violente dispute au sein de la famille. Therese s'était écriée que ce cadeau serait une trahison envers son frère. Felix avait défendu Mathilde contre les attaques de leur fille, pour qui la dispersion des effets d'Alton n'était qu'un moyen supplémentaire d'éradiquer le souvenir du jeune homme. Ils oubliaient déjà leur fils, les accusa-t-elle, le visage ruisselant de larmes brûlantes.

Lorsque sa mère essaya de la calmer en suggérant que continuer à vivre ne signifiait pas nécessairement oublier, Therese déversa sur elle toute la rancœur qu'elle avait accumulée au cours des semaines précédentes en voyant son frère lentement remplacé – d'abord sur le bateau, puis dans leur propre maison – par le benjamin de la famille Bruneau.

Ils ne valaient pas mieux à ses yeux, ses parents, que deux fauves abandonnant leur petit après avoir pendant quelques heures tourné et retourné de la patte son corps sans vie. Elle les imaginait troublés, tandis qu'ils s'éloignaient entre les arbres, mais bientôt incapables de se rappeler la cause exacte de leur tristesse.

Therese parla à son père, au cours de cette dispute, comme jamais elle n'avait osé le faire. Il la gifla, et allait recommencer quand Mathilde le saisit par le bras, le suppliant d'arrêter.

La jeune fille ne céda pas. La tête haute, elle mit le vieil homme au défi de la gifler à nouveau.

Tout à son refus de voir guérir la blessure de la mort d'Alton, elle s'acharnait à la rouvrir pour l'empêcher de cicatriser. À présent, découvrant pour la première fois que la vie reprend son cours bien plus vite qu'on ne l'imagine, que les eaux se referment sur le corps des noyés et que l'herbe repousse sur les tombes, Therese arrachait la croûte à peine formée pour que le sang se remette à couler.

Elle ne prenait en pitié ni l'un ni l'autre de ses parents endeuillés, et si la douleur de perdre un fils unique était assez forte pour qu'ils en viennent à choyer à sa place l'un de ses meurtriers, elle ne les aiderait pas plus à oublier ainsi leur chagrin qu'elle ne se laisserait attendrir par la gentillesse du jeune homme avec qui elle travaillait chaque jour sur le bateau.

Dans tout le sud des États-Unis, collé sur le pare-chocs des voitures, brodé sur les casquettes, reproduit sur les T-shirts, un même slogan exprimait un sentiment largement partagé à propos de la guerre perdue contre le Nord près d'un siècle auparavant : « Oublier ? Jamais. » Therese se reconnaissait dans cette attitude de défiance meurtrie, mais irréductible. Elle se voyait comme la dernière à veiller son frère, dont elle était consciente d'avoir causé la mort. Par loyauté envers Alton, la jeune fille refusait d'oublier que Rusty était un Bruneau.

D'ailleurs, l'eût-elle voulu qu'elle ne l'aurait pas pu. Même si le coup de couteau qui avait tué Horse continuait de troubler son sommeil, Therese niait toute responsabilité, se répétant que le chef du clan Bruneau l'avait bien cherché. Le remords lié à la mort d'Alton, en revanche, l'assaillait jour et nuit, et elle défendait sans relâche le souvenir de son frère pour expier sa complicité dans ce meurtre.

Bien que Felix eût pris le parti de sa femme, il éprouvait les mêmes réticences que Therese au sujet du cadeau fait par Mathilde. Il s'était surpris, lui aussi, à considérer Rusty un peu comme un fils, se retenant souvent de justesse de l'appeler « Alton » dans le feu de l'action sur le bateau. Contrairement à sa fille, cependant, il se refusait à croire le jeune homme coupable de la mort de son fils. Il sentait que le benjamin des Bruneau était tout aussi incapable de tuer Alton que ce dernier de tuer Horse. Felix avait atteint un âge respectable pour quelqu'un ayant mené une vie aussi dure que la sienne. Plus de la moitié de ceux avec qui il avait passé son certificat de fin d'études étaient déjà au cimetière. Et la seule chose que cette longue vie lui ait apprise concernait la mort, se disait-il souvent, non sans amertume. Felix savait que le chagrin ressemblait à un courant contre lequel un nageur s'épuise, finissant par être entraîné vers des eaux dangereuses. Comme lorsqu'on était pris dans un tourbillon. « Laisse-toi dériver le long du rivage jusqu'à ce que le courant faiblisse et que tu puisses regagner la plage », se conseillait-il à lui-même lorsque le souvenir de son fils mort devenait trop difficile à supporter.

L'attitude de Therese comme celle de Felix laissèrent Rusty perplexe le jour où il porta pour la première fois la chemise d'Alton. De plus en plus, il trouvait Therese imprévisible, abandonnant soudain le ton espiègle auquel cédaient facilement les deux jeunes gens pour répliquer par une pique à une remarque qu'il avait lancée sans réfléchir. Il ne savait jamais ce qu'elle lui réservait, ses rires pouvant d'une minute à l'autre faire place au mépris. Ce matin-là, elle affichait un air maussade. Et il n'y avait pas qu'elle. Au fil des semaines, Felix semblait pourtant s'être attaché à lui ; même quand la drague et le chalut leur laissaient un peu de répit, Rusty ne quittait pas le vieil homme, le questionnant sur les huîtres, la navigation ou la météo. Mais ce jour-là Felix paraissait irritable, lui aussi, ne répondant aux questions du jeune homme que par des grognements. Aussi Rusty se réjouit-il d'aller en barque pêcher à la gaffe dans une baie que les hauts-fonds et les bancs de sable rendaient dangereuse pour la *Mathilde*.

Sa chemise le gênait, elle lui tenait chaud. Il n'avait pas fait cent mètres à la rame qu'il l'enleva et continua sa route en T-shirt. Une fois l'embarcation immobilisée au-dessus du banc d'huîtres, il sonda le fond à l'aide des deux gaffes jusqu'à ce qu'il sente l'armature métallique du panier vibrer contre les coquillages. Le jeune homme travailla au rythme lent des lourds outils, les enfonçant dans la vase, poussant les grappes d'huîtres dans le panier grâce aux dents de l'une des gaffes, hissant sa cargaison à bord malgré la résistance de l'eau. Deux heures plus tard, une fois la barque remplie, il recouvrit sa pêche d'une bâche humide et posa les gaffes en travers pour la maintenir en place alors que le vent du sud se levait.

Alourdi par le calcaire des coquillages, le bateau commençait à embarquer des paquets de mer par le côté : Rusty remonta au vent et laissa la proue dériver de quelques degrés pour recevoir les vagues de biais. Il savait que si une tempête se préparait, il se trouvait au pire endroit pour s'en sortir sans dommage. Dans les hauts-fonds, la petite houle du large se creusait fortement au contact du relief changeant des bancs de sable. Rien n'était plus dangereux qu'un grain dans une baie peu profonde, où la courbe du rivage rabattait les vagues vers le centre comme de l'eau qu'on secoue dans un bol. Plus d'un noyé avait engraissé les crabes, Rusty ne l'ignorait pas.

Il scruta l'horizon pour tenter d'apercevoir la *Mathilde*. Felix était parti remorquer son chalut à crevettes dans un bras de mer un peu plus loin, sans préciser dans combien de temps il reviendrait. Rusty n'ayant encore jamais pêché à la gaffe pour les Petitjean, ils ne savaient sans doute pas qu'il pouvait remplir une barque en deux heures. Peut-être Alton mettait-il trois ou quatre heures. Certains travaillaient lentement avec une paire de gaffes. Il se demandait s'il réussirait à maintenir l'embarcation à flot pendant une heure, voire deux ; à cause du poids de sa cargaison, il ne restait que quelques centimètres entre la ligne de flottaison et le plat-bord.

Même si les vagues affluaient, poussées par le vent qui soufflait en rafales, il faisait encore très chaud. Rusty prit la chemise écossaise qu'il avait fourrée sous son siège, la plongea dans l'eau, s'essuya le visage et appliqua un instant le tissu trempé sur sa nuque pour se rafraîchir. Alors qu'il plongeait de nouveau la chemise dans l'eau, la remontant d'une main pour la tordre au-dessus de sa tête, il se rappela que c'était celle d'un mort, au meurtre duquel il avait participé.

Au sud, un front de nuages sombres venant du golfe avançait droit sur lui. Les eaux de la baie dansaient tout autour de son petit esquif chargé d'huîtres. Il était trop loin pour regagner la plage sur une mer aussi grosse. Et la *Mathilde* restait invisible.

Le jeune homme revit ses frères jeter le cadavre d'Alton dans le bayou. Debout au milieu des huîtres, il roula en boule la chemise mouillée et la lança le plus loin possible du bateau. Une rafale l'emporta, la gonflant d'air avant qu'elle tombe dans les flots, à quelques mètres de là. Rusty la regarda onduler quelques minutes, déployée comme un étendard, puis s'enfoncer entre deux vagues.

Son offrande aux seigneurs des fonds marins – couronnés de corail et drapés d'algues, ainsi que les décrivait un conte terrifiant de son enfance – n'avait pas dû apaiser leur désir de vengeance, car la tempête se déchaîna sur lui avec une fureur subite. Le visage cinglé par la pluie, il sentait la barque encore alourdie par les trombes d'eau, et par les vagues blanches d'écume déferlant contre la coque. Il s'efforçait de rester sous le vent, gêné par sa cargaison qui rendait toute manœuvre difficile sur cette mer démontée.

Il tendit l'oreille dans l'espoir de distinguer le rugissement d'un moteur, plus aigu que celui de la tempête, mais les seuls bruits dans la baie étaient ceux du ressac et de la complainte du vent. Rusty conclut qu'il ne pouvait compter que sur lui-même.

Plantant la fourche de ses deux gaffes dans la vase, il s'en remit aux vagues pour plaquer le bateau contre les solides perches de bois pendant qu'il envoyait à deux mains ses huîtres par le fond. La mer desserra son étreinte et l'embarcation remonta légèrement à la surface. Rusty continua de jeter les coquillages par-dessus bord, presque tous ceux qu'il avait récoltés, jusqu'à ce qu'il ait la place d'écoper l'eau à ses pieds avec une pelle métallique servant à transvaser les huîtres dans des sacs en jute.

Les deux gaffes immobilisèrent la barque le temps que Rusty allège suffisamment sa charge pour pouvoir se frayer un passage entre les déferlantes, et se diriger vers une crique nichée dans une découpe du rivage. Après un quart d'heure d'efforts épuisants pour prendre la mer de vitesse, ramer avec l'énergie du désespoir à la moindre accalmie, esquiver les lames qui se dressaient derrière lui, le jeune homme laissa le courant entraîner son bateau peu maniable dans les roseaux en bordure des marécages, avant de réussir à rejoindre les eaux abritées de la petite crique. Recroquevillé sous la bâche pour se protéger de la pluie qui s'abattait toujours sur lui, Rusty comprit qu'il avait échappé de peu au désastre.

Comme souvent dans le golfe du Mexique, le déluge faiblit brusquement, puis s'interrompit en quelques minutes. Chassés par le vent vers l'intérieur des terres, les énormes nuages noirs cédèrent la place à un ciel d'un bleu délavé et à un soleil de plomb. Hormis les gouttelettes de pluie scintillant à la pointe des feuilles des palmiers nains, et l'eau pareille à une couche de vernis sur les surfaces planes de la barque, il ne subsistait aucune trace de la tempête qui avait fait rage dans la baie une demi-heure durant. La mer était calme et seule une petite brise accompagnait les nuages vers le nord.

Se glissant hors de la crique tel un animal effarouché quittant son terrier, Rusty ramena lentement son embarcation à la rame jusqu'au banc d'huîtres. Là, après avoir décrit des cercles pendant quelque temps, il repéra ses deux gaffes qui dépassaient à peine des flots. Le jeune homme fut surpris du mal qu'il eut à les déloger, avant de se rappeler la force avec laquelle, sous l'effet de la panique, il les avait plantées dans la vase.

Il venait de ranger les gaffes, et d'écoper l'eau où baignaient encore les quelques huîtres qu'il avait gardées comme lest, lorsqu'il aperçut au loin la *Mathilde*. Le crevettier approchait à vive allure, et à voir sa ligne de flottaison si basse, Rusty sut que la pêche n'avait pas été bonne. Toujours à la rame, il guida son bateau à travers les bancs de sable.

Dès qu'il fut bord à bord avec la *Mathilde*, Therese lui lança une amarre. La jeune fille contempla l'intérieur de la barque en hochant la tête.

– On vous laisse trois heures seul, et c'est tout ce que vous êtes capable de ramasser ? Vous avez fait quoi, pendant tout ce temps ? La sieste ?

– Et vous, où étiez-vous passés ? J'ai failli me noyer ! rétorqua-t-il.

– Vous noyer ? Comment ? En basculant par-dessus bord dans votre sommeil ?

– Non, à cause de la tempête qui a éclaté sur la baie. Il s'en est fallu de peu que je chavire.

– Quelle tempête ? On pêchait la crevette à Bay Ronquille. Il n'y a pas eu de tempête.

– Où est votre père ? Il faut que je lui parle.

– Moi, si je n'avais pas pêché plus d'huîtres que ça en trois heures, je n'aurais pas envie qu'il me voie !

La peur éprouvée par Rusty au cours des heures précédentes ressortait, attisant sa colère.

– Nom d'un chien, cette barque était pleine d'huîtres il y a une heure encore ! Si vous ne m'aviez pas laissé me noyer, on en aurait trois ou quatre sacs à vendre.

– Ah bon ? Et où sont-elles, toutes ces huîtres ?

– À votre avis ? J'ai dû les jeter par-dessus bord pour sauver ma peau.

– Vous avez jeté les huîtres de mon père par-dessus bord ? À cause de quelques gouttes de pluie ? Enfin, Rusty, je croyais qu'on avait engagé un vrai matelot, pas une poule mouillée !

– Je vous répète que j'ai failli me noyer !

– Oui, bien sûr…

Therese poussa un soupir méprisant.

– … Allez, prenez vos affaires, attachons cette barque et rentrons.

Felix se pencha à la porte de la cabine.

– Tout va bien ?

Therese eut un sourire ironique.

– Le jeune homme a eu peur de se mouiller, alors il a jeté toutes tes huîtres par-dessus bord.

– À cause de la tempête. Elle est arrivée du golfe, se justifia Rusty.

– Tu t'es trouvé sur sa route ? s'étonna Felix. Je croyais qu'elle allait vers l'ouest.

– Elle a éclaté juste au-dessus de ma tête. Alors que j'avais déjà rempli la barque. Des creux d'un mètre… Je n'ai pas eu le choix. J'ai dû jeter les huîtres à la mer pour ne pas chavirer.

Felix approuva de la tête.

– Tu as eu raison. Les huîtres, ce n'est pas ça qui manque.

– C'est ce que j'ai tenté d'expliquer à votre fille, mais mademoiselle Je-sais-tout n'a rien voulu entendre.

– Où est la chemise de mon frère ? coupa Therese, qui contemplait de nouveau la barque.

Rusty fut pris de court.

– Je… Je l'ai perdue dans la tempête. Elle est tombée à l'eau.

Therese eut l'air sceptique.

– Vous comptez me faire croire qu'une vague vous l'a arrachée ? Vous me prenez pour une idiote ?

– Je ne sais pas ce qui s'est passé. J'essayais de maintenir la barque à flot et j'ai perdu cette maudite chemise. Qu'est-ce que ça change ? J'en ai d'autres.

– Ce que ça change ? C'est la chemise d'Alton que vous avez jetée à l'eau.

– Je ne l'ai pas jetée, protesta le jeune homme. Elle a été emportée, voilà tout.

– On vous envoie pêcher à la gaffe, et qu'est-ce que vous faites ? Vous jetez les huîtres par-dessus bord et la chemise d'Alton aux quatre vents. C'était un cadeau, cette chemise.

– Qu'est-ce que vous me racontez ? J'ai failli mourir, là-bas. Vous devriez me présenter des excuses.

– Et puis quoi encore, nom de Dieu ?

Felix hochait la tête avec accablement.

– Ce n'est pas une façon de parler à un homme, pour une jeune fille.

Therese était au bord des larmes, sans savoir pourquoi.

– Mais papa, il a perdu la chemise d'Alton.

– Je sais, ma chérie. Malheureusement, on ne peut plus rien y faire.

Le vieil homme scruta l'horizon.

– Amarre la barque à la poupe et rentrons. Il y a une nouvelle tempête qui se prépare.

Quand Rusty grimpa à bord de la *Mathilde* pour aider Therese à ranger le chalut à crevettes, elle lui souffla à l'oreille pendant que son père mettait le moteur en route :

– Je ne suis pas près d'oublier ce que vous avez fait, Rusty Bruneau. Vous pouvez toujours mettre papa et maman dans votre poche. Moi, je sais que vous n'êtes qu'un menteur et un lâche.

25.

Lorsque Felix et Therese revinrent au mouillage ce soir-là, le shérif Christovich, assis sur la terrasse des Petitjean, bavardait avec Mathilde.

Therese, qui amarrait l'avant et l'arrière du bateau aux pilotis, les regarda approcher tous les deux. Mathilde embrassa la jeune fille en se lamentant auprès du shérif sur ses joues déjà tannées par l'air du large après seulement quelques semaines.

Therese, elle, était fière de sa peau hâlée, et elle se targua de savoir piloter le chalutier. Elle n'avait peut-être pas la force de manœuvrer une drague, concéda-t-elle, mais si on lui confiait la barre, elle pouvait tenir un cap ou décrire un arc de cercle autour d'un parc à huîtres.

– Papa dit que j'ai ça dans le sang, fanfaronna-t-elle, assurant qu'elle pouvait négocier les creux et les vagues mieux qu'un capitaine après vingt ans d'expérience.

– En tout cas, jeune fille, il y a au moins une chose que tu sais faire, la taquina le shérif. Tu vantes aussi bien tes mérites que la plupart des jeunes gens du port.

– Je n'en rajoute pas. Je ne dis que la vérité.

– Sans aucun doute. Tu as du sang Petitjean dans les veines, Terry…

Christovich sourit à Mathilde.

– ... Du sang probablement composé pour moitié d'eau salée.

Therese prit cette boutade comme un compliment.

– Au moins, et peut-être même plus, acquiesça-t-elle.

Mathilde s'excusa et rejoignit son mari dans la cabine où il étudiait une carte, qu'il avait tirée d'un coffre sous un banc fixé à la paroi.

– Il paraît que ton père a pris Rusty Bruneau comme matelot, dit négligemment le shérif, tandis que Therese passait le pont au jet.

– Oui, il nous donne un coup de main. On vient de le déposer au port. Mais je ne sais pas si on aura longtemps besoin de lui.

– Ah bon ? On raconte pourtant qu'il va s'installer chez vous.

– Sûrement pas si j'ai mon mot à dire. C'est ma mère qui s'est mis dans la tête de le faire dormir à la maison. Elle affirme qu'il habite trop loin pour venir si tôt chez nous chaque matin. Quant à papa, il ne se mêle plus de grand-chose, depuis la mort d'Alton.

– Si tu savais comme je regrette ce qui est arrivé, Terry. Ton frère était quelqu'un de bien.

– Salauds de Bruneau ! Tout le monde sait que c'est eux. Je me demande pourquoi vous ne les jetez pas tous les trois en prison.

– Même Rusty ? Que deviendrez-vous sans lui ?

– Qu'il aille en prison, lui aussi. On trouvera un autre matelot pour la *Mathilde*. Pas besoin d'un génie pour pêcher les huîtres à la gaffe.

Therese inonda les compartiments de la cale, laissant l'eau s'écouler dans la carène.

– Sans doute pas. Mais les jeunes gens qui n'ont rien de mieux à faire ne courent pas les rues. Par ailleurs, rien ne prouve que les Bruneau soient coupables.

– Ma mère dit la même chose. Elle prétend qu'on n'a aucune certitude qu'ils ont tué mon frère, et qu'avant d'accuser, il faut attendre que vous trouviez des preuves.

– Elle a raison, ta mère.

– Et elles vous disent quoi, vos preuves, shérif ? Que les Bruneau sont coupables, ou pas ?

– N'oublie pas, Terry, qu'on peut croire quelqu'un innocent ou coupable pour des motifs qui ne constituent pas forcément des preuves.

Therese regarda le shérif droit dans les yeux alors que l'eau continuait d'envahir la cale et ses compartiments.

– Donc vous pouvez connaître le meurtrier, n'avoir aucun doute sur sa culpabilité, tout en n'ayant aucun moyen de le prouver. C'est bien ce que vous dites ?

Christovich soutint le regard de la jeune fille.

– Oui, c'est exactement ça.

– Alors il est possible que vous, par exemple, sachiez parfaitement que les fils Bruneau ont tué mon frère, mais que vous ne puissiez rien faire du tout.

– Sans preuves, oui, c'est possible.

– Par conséquent, ils peuvent très bien échapper à la justice ?

– Pas nécessairement. Imaginons, par exemple, que la sœur de la victime parle souvent avec quelqu'un qui aurait tout vu la nuit du meurtre, et que cette personne se coupe dans la conversation. Ça changerait tout. D'une certaine façon, on aurait un témoin, non ?

– Je vous suis, shérif.

– Dans l'hypothèse où quelqu'un comme toi recueillerait une information confirmant, disons, ce qui est arrivé à ton frère, tu pourrais témoigner de ce que tu as entendu et donner le nom de la personne en question. Voilà le genre de piste qui pourrait permettre de découvrir des preuves.

Therese ferma le robinet et enroula le tuyau autour.

– En fait, je n'ai pas voulu dire qu'on allait se débarrasser de Rusty dans l'immédiat. À mon avis, il ne nous sert pas à grand-chose, mais ni mon père ni moi ne pouvons pêcher à la gaffe ou manœuvrer une drague comme lui. Alors on va sans doute le garder.

– Attention, je ne parle de personne en particulier. Seulement, si tu apprends quelque chose sur le bateau ou ailleurs, ça m'aiderait de le savoir.

L'air de rien, Christovich ajouta :

– Tu n'aurais pas déjà surpris quelques éléments intéressants, par hasard ?

– On n'a pas encore abordé le sujet. Mais ne vous inquiétez pas, shérif. Ça ne saurait tarder, je vous le garantis.

– Bravo, Therese. Ton frère avait de la chance d'avoir une sœur comme toi…

Ils entendirent Mathilde et Felix rire dans la cabine.

– Et ta mère, comment va-t-elle ? Elle essaye de faire bonne figure, mais pour une femme, il n'y a rien de pire que de perdre un enfant.

– Elle va bien. Très bien, même…

Therese ne dit mot à Christovich des vêtements donnés par sa mère au benjamin des Bruneau.

– … Mais avec elle, on ne peut jamais savoir. Elle aurait le cœur brisé en mille morceaux qu'elle ne le montrerait pas. Elle sait garder un secret, cette femme-là.

Le shérif hocha pensivement la tête.

– Pour ça oui, jeune fille.

Au dîner, lorsque Matthew Christovich se fut éloigné dans sa voiture de patrouille, Felix insista pour que Therese présente des excuses à Rusty.

– Je t'ai entendue, aujourd'hui. Tu n'avais aucun droit d'injurier ce garçon comme tu l'as fait. C'est nous qui étions dans notre tort, pas lui. Je n'aurais jamais dû le laisser là-bas tout seul si longtemps. On a pris des risques.

– Enfin, papa, ce n'était jamais qu'un peu de pluie !

– Ma fille, tu ferais mieux d'avoir un peu plus de respect pour l'eau. Sinon, elle pourrait bien te réserver une vengeance dont tu ne te relèveras pas. Le temps peut se gâter d'une minute à l'autre, là-bas. Et se calmer seulement quand il en a envie.

– En tout cas, Rusty n'a pas besoin d'excuses.

– Bien sûr que si. On ne peut pas se passer de ce garçon, si on veut s'en sortir. Si on le fait fuir, on sera dans le pétrin.

Mathilde se leva de table.

– Écoutez, j'ai fait deux tartes aux patates douces, aujourd'hui. Terry pourrait en porter une à Rusty pour son dessert ce soir. Ce serait une façon de s'excuser, non ?

Felix posa sa fourchette garnie d'une bouchée de truite saumonée.

– Très bonne idée. Après dîner, ma fille, va donc lui porter une des tartes de ta mère avec le pick-up. Et n'oublie pas de t'excuser, tu m'entends ?

– Oui, papa...

L'air boudeur, Therese chipotait avec sa nourriture.

– ... Mais je me demande pourquoi tu prends cette peine. Rusty n'est qu'un gros bébé.

– Dis-lui de la réchauffer. Elle sera plus parfumée, suggéra sa mère, enveloppant la tarte dans un torchon.

– Je ne comprends pas comment vous pouvez m'envoyer chez les Bruneau.

– Parce qu'ils nous rendent service en envoyant Rusty chez nous. C'est le moins qu'on puisse faire, insista Mathilde.

– Ils ont tué ton fils, lui rappela Therese.

– On n'en a aucune preuve. Ce soir, avant votre retour, le shérif Christovich me disait encore qu'il n'avait pas le moindre indice sur ce qui s'était passé. Rien de rien.

Au souvenir de sa propre conversation avec le shérif, Therese s'adoucit.

– Vous avez peut-être raison. Mieux vaut sans doute faire la paix avec les Bruneau. Je vais leur porter cette tarte. Et m'assurer que Rusty n'est pas vexé, le pauvre chou.

– Demande-lui de venir tôt, demain. Je ferai des galettes d'avoine, ajouta Mathilde.

– Et enlève-moi ce pantalon avant d'aller là-bas. Mets une robe pour avoir l'air d'une jeune fille, ordonna Felix.

Il s'adressa à sa femme pour se plaindre.

– Je te le dis, elle ressemble chaque jour un peu plus à un garçon.

– À qui la faute ? Qui l'emmène en mer toute la journée ? rétorqua Mathilde.

Le vieil homme poussa un soupir excédé.

– Que veux-tu que j'y fasse ? Elle refuse de rester à terre, même maintenant qu'on a Rusty.

Lorsque Therese s'arrêta devant la maison des Bruneau, il n'y avait pas trace du pick-up des trois frères, mais la Cadillac était garée au ras du porche. La jeune fille prit la tarte préparée par sa mère et frappa sur un des bardeaux de cyprès encadrant la porte d'entrée. Il faisait très chaud, la maison semblait grande ouverte. Seule la porte-moustiquaire était fermée.

N'obtenant pas de réponse, elle appela.

Une voix gutturale lui répondit.

– Minute ! J'arrive !

À travers la moustiquaire, elle vit une silhouette émerger d'une pièce, sans doute la salle de bains, et s'avancer vers elle d'un pas traînant. Elle reconnut le cadet des frères Bruneau.

– Bonsoir, Ross. C'est moi, Terry.

– Salut, répondit-il derrière la moustiquaire.

– Je cherche votre frère. Il est là ?

– Lequel ? Si c'est Little Horse, il est sorti.

– Non, c'est Rusty que je cherche.

– Il n'est pas là non plus. Ils sont partis tous les deux ensemble.

– J'ai compris, Ross. Vous êtes tout seul.

– Vous apportez quelque chose ?

De la tête, il désigna le torchon rouge recouvrant le plat que tenait la jeune fille.

– Oui, une tarte que ma mère vous envoie à tous les trois.

Ross déverrouilla la porte-moustiquaire.

– Une tarte à quoi ?

La question fit sourire Therese. Sa conversation avec le shérif Christovich lui revint de nouveau en mémoire.

– Aux patates douces… Vous en voulez une part ? Elle est drôlement bonne.

La porte-moustiquaire s'ouvrit, et Therese suivit Ross dans la cuisine. Il prit une assiette et une fourchette dans l'égouttoir près de l'évier pendant que la jeune fille sortait la tarte du torchon.

– Et moi ? interrogea-t-elle.

– Oh…

Ross retourna chercher une assiette et une fourchette, ainsi qu'un couteau de cuisine posé sous l'égouttoir.

Le jeune homme s'attabla et Therese lui découpa une part. Il n'attendit même pas qu'elle se soit servie pour goûter à la tarte.

– Hein qu'elle est bonne ?

– Excellente, marmonna-t-il, la bouche pleine.

Elle le regarda engloutir sa part.

– Vous en voulez d'autre ?

– Oui, encore.

Tout en le resservant, Therese déclara qu'il lui rappelait Alton.

– Il adorait cette tarte, mon frère…

Ross grommela.

– Le soir où il est mort, on en avait mangé, de la tarte aux patates douces, mentit-elle. Et vous, Ross, vous vous souvenez de ce que vous avez mangé, ce soir-là ?

Il haussa les épaules sans cesser de mastiquer.

– Le plus étrange, quand il se passe quelque chose de tragique, ce sont tous ces petits détails qui vous reviennent après coup alors qu'ils n'ont aucun rapport. Mais comme ils se sont produits à peu près au même moment, on les garde en mémoire. Vous comprenez ?

Therese avait l'impression que Ross faisait un effort surhumain pour ne pas lever le nez de son assiette.

– Vous avez encore des souvenirs de cette nuit-là, Ross ?

Il posa sa fourchette et défia la jeune fille du regard.

– Oui, beaucoup. Mais vous n'êtes pas près de les connaître.

– Inutile d'être désagréable. J'essayais juste d'engager la conversation. D'être aimable, si vous préférez.

Ross eut un sourire narquois.

– Être aimable ? Je vais te montrer comment, ma jolie.

Il lui immobilisa le poignet contre la table et se leva lentement. Elle tenta de dégager sa main, mais il l'en empêcha sans difficulté.

– Vous me faites mal, souffla-t-elle, trop fière pour crier de peur.

– Tu n'as encore rien vu, menaça-t-il.

Il l'entraîna par le poignet hors de la cuisine, puis la coucha de force sur le canapé du salon.

– Et si c'était une de ces soirées où il se passe quelque chose de tragique, une soirée dont on garde tous les détails en mémoire ? chuchota-t-il en s'allongeant sur elle.

Therese ferma les yeux au contact de son menton mal rasé qui lui éraflait le visage. L'haleine de Ross avait une odeur de patates douces et d'alcool. La jeune fille continuait de se débattre tout en le couvrant d'injures, mais il était si fort qu'elle ne pouvait desserrer son étreinte, ni se libérer du poids de son corps qui la plaquait contre les coussins défoncés du canapé. De la paume, il lui broya un sein ; elle crut s'évanouir de douleur. Puis il glissa la main sous sa jupe.

– Voyons si je trouve la petite huître que tu as entre les jambes, lui murmura-t-il à l'oreille.

Soudain, elle sentit son corps s'écarter du sien. Elle ouvrit les yeux et vit Rusty penché sur elle après avoir projeté son frère au sol. Les poings serrés, il se tourna vers Ross.

– Bas les pattes, salopard ! Ne touche pas à un seul cheveu de cette fille !

Chancelante, Therese s'était relevée et avait rejoint Rusty. Elle ramassa une bouteille de whiskey vide près du canapé et la brandit par le goulot.

– Viens m'embrasser pour voir, espèce de taré !

Ross semblait prêt à foncer sur eux, mais il se recroquevilla sur le sol dès que la porte-moustiquaire s'ouvrit et qu'il entendit la voix de Darryl, assourdie par la colère.

– Qu'est-ce qu'il y a encore, bordel ?

Ross essaya de dédramatiser.

– Rien, Little Horse. Je voulais la taquiner, c'est tout. Mais elle n'a pas le sens de l'humour, voilà le problème.

Rusty ne quittait pas Ross des yeux.

– Je suis entré dans la pièce, Darryl, et j'ai trouvé ce salopard couché sur Terry. Elle avait beau jurer et griffer, il la tenait à la gorge.

La jeune fille ne s'était même pas aperçue que Ross avait refermé ses doigts sur son cou.

Darryl s'interposa entre ses deux frères.

– Qu'est-ce que vous faisiez là, Therese ?

– Maman m'avait envoyée vous porter un dessert à tous les trois. Mais Ross a décidé de se servir lui-même, et pas seulement de la tarte.

Ross tenta de plaisanter.

– Juste une petite part.

Darryl le foudroya du regard par-dessus son épaule.

– Toi, ferme-la.

Puis il s'adressa à Therese et à Rusty.

– Partez d'ici, tous les deux. Rusty n'a qu'à dormir chez vous, Therese. Moi, je m'occupe de cet abruti.

Therese brandissait toujours la bouteille de whiskey vide. Rusty la récupéra.

– C'est bon, Terry. Je vous ramène chez vous.

Tandis qu'ils montaient dans le pick-up garé devant la maison, ils entendirent Darryl se déchaîner contre Ross.

– Pardon pour ce qui vient de se passer. Ross se comporte parfois comme une brute épaisse, s'excusa Rusty en mettant le contact avec les clés de Therese.

– J'ai juste voulu lui demander s'il avait des souvenirs de la nuit où mon frère est mort, expliqua doucement la jeune fille, soudain à bout de forces.

– En fait… on n'est au courant de rien, bredouilla Rusty.

Therese soupira en regardant défiler par la vitre les formes sombres des arbres.

– Peut-être. En tout cas, il n'a pas apprécié que j'aborde le sujet. C'est là qu'il s'est jeté sur moi.

– Vous avez eu de la chance que Little Horse et moi soyons rentrés à temps. Ross ne sait pas s'arrêter.

– C'est plutôt lui qui a eu de la chance. Il n'en serait pas sorti vivant, ce salaud.

Rusty ne put s'empêcher de rire.

– Possible. J'ai bien cru que vous alliez me tuer, cet après-midi, alors que moins d'une heure avant, il s'en était fallu de ça que je me noie, répliqua-t-il, joignant le pouce et l'index pour illustrer son propos.

– Voilà pourquoi maman m'avait envoyée vous porter une tarte. D'après papa et elle, je vous devais des excuses. Papa a dit que c'est nous qui étions en tort.

– Il n'y a pas de mal. Je retournerai ratisser ce banc demain. Ce ne sont pas les huîtres qui manquent, là-bas.

Ils étaient seuls sur la route. Le ronronnement sourd des pneus sur l'asphalte berçait la jeune fille ; elle prit conscience qu'elle avait les joues trempées de larmes. Elle tourna de nouveau le visage vers sa vitre pour que Rusty ne la voie pas pleurer.

Ils roulèrent en silence jusqu'à l'entrée du chemin conduisant à la maison des Petitjean.

– Restez dormir dans la chambre d'Alton, ce soir, insista Therese d'une voix mal assurée. Il y a d'autres vêtements à lui dans la penderie. Vous n'aurez qu'à mettre ceux que vous voudrez, demain matin.

Puis elle ajouta :

– Maman doit faire des galettes d'avoine pour le petit-déjeuner.

– Il y a très longtemps que je n'en ai pas mangé, reconnut Rusty.

– Depuis la mort de votre mère ? s'enquit Therese, presque avec tendresse.

– Exactement.

Lorsqu'ils se garèrent, le crissement du gravier sous leurs pneus décrut comme le bouillonnement de l'eau qu'on retire du feu. Les deux jeunes gens s'attardèrent quelques instants dans le pick-up avant de descendre.

– Merci de ce que vous avez fait tout à l'heure, lâcha Therese sans regarder Rusty.

– J'aurais préféré ne rien avoir à faire, soupira-t-il.

Il ne put retenir un sourire.

– En tout cas, j'aurais bien aimé goûter à cette tarte.

Therese lui rendit son sourire.

– Ça m'étonnerait qu'on ne vous en trouve pas une part à la maison.

26.

Therese fut surprise que Little Horse leur rende visite le lendemain soir. Il commença par remercier Mathilde de la tarte qu'elle leur avait fait porter. Il admit que l'heure était venue pour les deux familles d'oublier leurs différends. Elles avaient toutes les deux subi des deuils cruels. En ces temps difficiles, il fallait s'entraider. Il se félicita que Rusty soit là pour donner un coup de main aux Petitjean jusqu'à ce qu'ils retombent sur leurs pieds.

Felix n'ouvrit pratiquement pas la bouche, mais Mathilde fit du café.

– Toutes nos condoléances pour la mort de ton père, Darryl, dit-elle en offrant au visiteur des pralines aux noix de pécan sur une de ses plus belles assiettes. Et je ne sais pas ce que nous serions devenus sans ton petit frère. C'est notre sauveur.

– Merci de dire ça, madame Petitjean. S'il vous faut un délai supplémentaire pour rembourser l'argent prêté par papa quand vous aviez des ennuis l'an dernier, il suffit de demander. Je suis sûr qu'on trouvera une solution.

Felix intervint.

– La pêche est bonne, cette saison. Je ne crois pas qu'on aura besoin d'une rallonge.

Darryl croqua sa praline et sourit.

– Elle est excellente, madame Petitjean. Aussi bonne que celles que faisait maman.

Mathilde hocha la tête.

– C'est moi qui lui avais donné la recette. Quand vous étiez encore bébés, toi et Alton, on faisait des pralines ensemble, ta mère et moi.

Darryl ignora ces explications.

– Je suis content pour vous de ces bonnes nouvelles, monsieur Petitjean. Tant mieux si vous n'avez pas besoin d'un nouveau délai. Je suppose que votre fille n'a plus rien à apprendre sur la récolte des huîtres ?

Il fit un signe de tête en direction de Therese qui boudait dans son fauteuil à l'autre bout de la pièce.

Elle se força à sourire.

– Je fais ma part.

– Je sais, mademoiselle Petitjean. Au port, les gars n'en reviennent pas. Ils pensaient que vous ne tiendriez pas une semaine sur un bateau.

– Eh bien ils se trompaient.

– Oui, et maintenant ils vous regardent d'un autre œil. Moi aussi, d'ailleurs, permettez-moi de vous le dire.

– C'est très gentil à toi, Darryl, commenta Mathilde, voyant que sa fille ne réagissait pas au compliment.

Le jeune homme quitta son fauteuil avec un soupir.

– En fait, je venais surtout vous remercier de cette tarte. Et je me réjouis vraiment que tout aille si bien pour vous…

Il eut un petit sourire.

– … Honnêtement, je me demande comment on réussira à récupérer Rusty, s'il a la chance d'habiter une maison aussi agréable. On sent qu'elle est tenue par une femme, madame Petitjean.

– Merci, Darryl. J'espère que tu convaincras ton frère de rester dormir ici aussi souvent qu'il veut. On était heureux de pouvoir le garder, hier soir. Tellement plus pratique pour lui que de venir jusqu'ici à quatre heures et demie du matin.

– Vous avez raison. Je crois qu'il a peur de vous imposer sa présence.

– Alors dis bien à Rusty Bruneau qu'il ne nous impose rien du tout. On est enchantés de l'avoir avec nous.

– Je lui transmettrai votre invitation dès mon retour, madame Petitjean.

– Et débrouille-toi pour le convaincre.

– Entendu.

Darryl salua Felix de la tête, puis Mathilde.

– Bonsoir, monsieur Petitjean. À vous aussi, madame.

Il se tourna vers Therese.

– Peut-être que mademoiselle Petitjean accepterait de me raccompagner à ma voiture ? D'accord, Terry ?

– Vous avez peur de vous perdre avant d'arriver sous le porche ? rétorqua la jeune fille.

Mathilde fronça les sourcils.

– Reconduis notre visiteur jusqu'à sa voiture, ma fille.

Therese émergea de son fauteuil.

– Dans ce cas, suivez-moi, dit-elle.

Lorsqu'ils furent sous le porche, Darryl sourit.

– Vous savez que vous n'êtes pas commode, ma petite ? Je voulais juste vous voir seule pour m'excuser de ce qui s'est passé chez nous. Vous n'avez plus rien à craindre de Ross. Il prétend qu'il était soûl, mais il a reçu une bonne correction hier soir, ne vous en faites pas. Je m'en suis occupé personnellement.

À la lumière de l'éclairage du porche, Therese distingua les éraflures sur les jointures de Little Horse et revit le menton mal rasé de Ross. Elle tenta de changer de sujet.

– Vos deux frères, ils ne s'entendent pas trop, n'est-ce pas ?

Darryl sourit de nouveau.

– Non, ils sont un peu en froid, ces temps-ci. Je les ai prévenus que si je les trouvais encore en train de se battre en rentrant, je les courserais tous les deux jusqu'au bourg. Livrés à eux-mêmes, ce sont de vrais gosses. Il y a quinze jours, Rusty a failli tuer Ross au cours d'une dispute. Quant à Ross, je lui ai conseillé l'autre jour sur le bateau de faire la paix avec son frère. Et vous savez ce qu'il m'a répondu ?

– Non. Quoi ?

– « Ce petit salaud pourrait mourir de soif que je ne lui pisserais pas dans la bouche » : je cite. C'est vraiment une haine féroce qu'il a pour Rusty. Voilà pourquoi je trouve l'idée de votre mère excellente. Vous savez, que mon frère s'installe chez vous. Moins Ross et lui se voient, mieux c'est pour leur entourage…

Darryl ne souriait plus.

– … Ross peut facilement devenir violent. Comme hier soir, par exemple. Il n'avait aucune excuse. Je me demande parfois ce qui lui prend. Et il a toujours été comme ça. Depuis qu'il est tout petit. Il a fait des choses, à une époque… Dans ces moments-là, je ne sais même pas ce qui lui passe par la tête.

– Je préfère qu'on ne parle plus d'hier soir, chuchota la jeune fille. Pas avec mes parents à deux pas, en tout cas.

– Vous avez raison. Moins on en dit, mieux c'est. Mais il n'aurait pas dû vous faire ça.

– Il ne m'a rien fait, protesta Therese. Sinon, il ne serait plus de ce monde à l'heure qu'il est, je vous le promets.

Darryl éclata de rire.

– C'est que vous êtes un vrai démon ! Vous, tuer Ross ? Moi j'en viens à peine à bout, alors menue comme vous l'êtes… Ross est une force de la nature. Un vrai taureau, quand il se bat. Comment voulez-vous tuer une brute pareille ?

– Moquez-vous tant que vous voulez, Darryl. Mais attendez de voir ce dont je suis capable si on s'en prend à moi.

Devant ses yeux qui lançaient des éclairs, Darryl parut soudain comprendre quelque chose qui lui avait échappé jusqu'alors, et son sourire céda la place à la stupeur.

– Nom de Dieu…

Therese détourna le regard.

– Je dis seulement que Ross a eu de la chance que vous arriviez à temps.

– C'est ce que je vois. Vous êtes beaucoup plus dangereuse que vous n'en avez l'air, déclara Darryl avec une gravité subite dans la voix.

– Tant que vous ne cherchez pas à me faire du mal, vous n'avez rien à craindre.

Darryl semblait réfléchir. Il s'assit sur les marches du porche.

– Il vous arrive de penser à l'avenir de nos deux familles ? Les choses ne continueront pas éternellement comme on les a connues.

– On ne s'en sort pas si mal.

– Cette saison, peut-être. Avec Rusty pour manœuvrer la drague et pêcher à la gaffe. Mais dans deux ou trois ans ? Il commence à s'essouffler, votre père.

– Absolument pas. Il vient de traverser une mauvaise passe, c'est tout. Les deux dernières années ont été difficiles.

– Pour tout le monde. Je ne dis pas que vous êtes seuls à avoir des problèmes. Mais si vous croyez que vous et votre père allez vous en tirer tous les deux, vous vous faites des illusions.

– On se débrouillera.

– Ça ne suffira pas. Plus maintenant. Vous croyez que les compagnies pétrolières ont fini d'éventrer les marais ? Vous savez combien d'argent elles comptent tirer de ce fameux gisement de pétrole ? Vous imaginez qu'elles se soucient du nombre de pêcheurs d'huîtres qu'elles vont mettre sur la paille ?

– Parce que vous avez une solution, Darryl ? interrogea Therese avec mépris.

– La question à se poser, c'est plutôt ce que nos deux familles peuvent faire, ensemble. Un homme seul, les compagnies pétrolières l'écraseront. Mais si on est trop nombreux sous leur talon, elles se tordront la cheville. Alors elles seront bien obligées de négocier avec nous.

Therese comprenait le raisonnement. Elle s'assit à côté de Darryl sur les marches.

– Et on fait quoi ? Dites-moi un peu comment on peut leur résister, à ces compagnies.

– En mettant tous nos parcs ensemble, ceux des Petit-jean et ceux des Bruneau, on représente une force avec laquelle il faut compter. Merde, on pourrait contrôler la moitié de Bay Sansbois, une bonne partie de Bay Batiste, et Dieu sait combien de bancs d'huîtres et de parcs dans les hauts-fonds de la baie de Barataria.

– Et alors ?

– Comme je le disais, Terry : seuls, vous ne vous en sortirez pas. Peut-être que vous tiendrez encore un an ou deux. Mais après ? Si on agit maintenant, on peut tirer notre épingle du jeu. Si on attend trop, on perd tout.

– Vous êtes bien comme votre père. Vous voulez mettre la main sur nos parcs.

– De toute façon, ils ne vous serviront plus à grand-chose. Peu importe la richesse de vos vieux bancs d'huîtres. Vous êtes incapable de pêcher à la gaffe. Et votre père aussi. Mais si on trouve un arrangement, vous garderez votre maison, voire un peu d'argent en prime. C'est un service que je vous rends à tous les trois.

– Oui, comme votre père avec ses fameux prêts…

– Ce n'était pas son idée. Votre mère, elle est venue le supplier de vous prêter cet argent. Enfin bon sang, si la banque avait saisi votre bateau, on pouvait le rache-ter pour une bouchée de pain ! Et sans bateau, pas d'huîtres. Donc on récupérait vos parcs au passage. Sans se fatiguer. Et pratiquement sans débourser un penny. Je ne sais pas ce qui lui a pris, à mon père. Il devenait sans doute gâteux, comme le vôtre.

298

– Papa n'est pas gâteux. Il est en mer avant vous tous les matins, et le dernier rentré tous les soirs.

– Je ne suis pas ici pour me disputer avec vous. Juste pour vous conseiller de réfléchir à l'avenir. Et peut-être de réagir avant qu'il soit trop tard.

– Vous n'êtes pas si bête que vous en avez l'air, Darryl.

L'aîné des Bruneau se redressa, vexé.

– Pas si bête ?

– Vous voulez me faire peur ? C'est ce que vous espérez ?

Darryl siffla entre ses dents.

– Évidemment que non. Je me demande bien comment, avec une fille comme vous.

– Pour ça, il faudrait quelqu'un d'autre que vous.

Le jeune homme s'esclaffa.

– Vous, au moins, vous ne ratez jamais votre cible ! Tiens, je vais vous confier un secret. Je regrette de ne pas vous avoir eue pour belle-mère. On n'aurait pas eu le temps de s'ennuyer.

Therese fut prise de court. Cette conséquence d'un éventuel mariage avec Horse – le fait de devenir la belle-mère de ses fils – ne lui était jamais venue à l'esprit.

– Eh bien moi, je ne regrette rien.

Le sourire de Darryl s'effaça.

– Ça ne m'étonne pas, répondit-il, pensif. Cette perspective ne devait pas vous réjouir, mais alors pas du tout…

– Qu'est-ce que ça change, maintenant ?

– En tout cas, je ne me rappelle pas vous avoir vue verser une seule larme, aux obsèques de mon père.

– Je pleurais intérieurement, répliqua la jeune fille.

– Ben voyons… Ça a dû être un choc terrible, pour vous, qu'il meure du jour au lendemain.

– Pas plus terrible que la mort de mon frère pour vous !

Furieuse, Therese se leva.

– Il faut que je rentre. Maman va s'inquiéter.

Darryl l'imita. Il la regarda droit dans les yeux.

– Vous savez, certains pourraient dire qu'on a quelque chose en commun, vous et moi. Quelque chose de terrible.

– Quelque chose en commun ? Que pourrais-je bien avoir en commun avec vous ? rétorqua Therese.

– On a tous les deux perdu un proche, qui nous était plus cher que tout. C'est terrible, non ?

– Et alors ?

– Avec un effort, on pourrait peut-être se trouver d'autres points communs.

Therese éclata d'un rire incrédule.

– Vous plaisantez ?

Le jeune homme haussa les épaules.

– Vous fréquentez quelqu'un ?

– Vous êtes complètement fou, Darryl Bruneau. Vous croyez qu'il y a la moindre chance que je veuille de vous ?

– Ça n'aurait rien de ridicule, si on y réfléchit. On se ressemble beaucoup, tous les deux.

– Notre seul point commun, dans l'immédiat, c'est qu'on doit se lever avant l'aube, demain matin. Je crois qu'il est temps de vous mettre en route.

Darryl descendit l'escalier du porche et se dirigea vers la Cadillac.

– Je reviendrai, mademoiselle Petitjean, lança-t-il sans se retourner.

Une fois rentrée, Therese monta droit à sa chambre et ferma la porte. Les propos de Darryl l'avaient ébranlée.

Il avait raison d'évoquer l'avenir, elle le savait. À eux deux, jamais elle et son père ne réussiraient à récolter assez d'huîtres ni à pêcher assez de crevettes pour payer les factures. Il avait également raison d'affirmer que la situation s'aggravait. Il suffisait de regarder autour de soi : des bateaux à vendre, des gens qui partaient, des plates-formes pétrolières qui poussaient comme des champignons dans le golfe. Tout ce qu'avait dit ce salaud de Darryl était vrai, et la remplissait d'appréhension.

Pire, une menace plus angoissante encore résonnait comme en écho à ses oreilles tandis qu'elle se remémorait leur conversation. « On a quelque chose en commun, vous et moi. Quelque chose de terrible », avait-il dit. Certes, il avait ensuite précisé que rien n'était plus terrible que de perdre un être cher. Pourtant il y avait autre chose dans son intonation, entre les mots, qui laissait Therese perplexe.

Avait-il découvert la vérité ? Commençait-il à douter qu'Alton fût le meurtrier de son père ? Pouvait-il soupçonner un petit bout de femme comme Terry Petitjean d'avoir assassiné Horse Bruneau ?

Et puis, n'était-ce pas une façon détournée d'avouer le meurtre d'Alton – ou de s'en vanter – que de sous-entendre qu'ils partageaient un terrible secret, elle et lui ? Il avait lié de manière indissociable les deux meurtres, de sorte que s'il en reconnaissait un, il accusait du même coup Therese de l'autre. Du moins était-ce l'impression qu'il donnait, en formulant ainsi les choses.

Therese s'inquiétait aussi que Darryl ait pu suggérer qu'ils se ressemblaient, tous les deux. Où voulait-il en venir, au juste, en disant qu'ils pourraient se trouver d'autres points communs ? Tout en lui la mettait mal à l'aise. Moins elle le voyait, mieux elle se portait. Comment pouvait-il s'imaginer un seul instant qu'elle s'intéressait à lui ? Bien sûr, grand et musclé, il était séduisant. Et ses yeux, au regard si bleu, vous transperçaient.

Ce fut cela, le souvenir du regard de Darryl, qui rappela à Therese son frère noyé, les yeux grands ouverts. Combien de fois n'avait-elle pas revu ce visage livide la fixer à travers les eaux du bayou ?

Elle sentit ses propres traits se crisper. Darryl avait pratiquement avoué le meurtre d'Alton, décida-t-elle. Couchée dans son lit de jeune fille, entourée par les jouets vieillots de son enfance, Therese ne put s'empêcher de sourire. Sans doute n'était-ce pas une preuve suffisante pour le shérif. Mais pour elle, si.

Elle avait dit vrai, songea-t-elle en s'endormant : Darryl n'était pas aussi bête qu'il en avait l'air.

QUATRIÈME PARTIE

27.

– Qu'est-ce que tu as au bras, papa ?

– Aucune idée, répondit le vieil homme, imperturbable.

Reculant pour quitter le mouillage, il tournait le gouvernail de la *Mathilde* de sa seule main droite. Son bras gauche pendait mollement le long de son corps.

– Ce matin, en me réveillant, je ne le sentais plus. J'ai pensé que j'avais dormi dessus.

– Il est toujours insensible, monsieur Petitjean ? demanda Rusty.

– Non, ça va mieux. Je recommence à pouvoir le bouger.

Therese et Rusty regardèrent Felix avec inquiétude.

– Voilà ce qui arrive quand on devient vieux ! Chaque jour, quelque chose se détraque, plaisanta-t-il, relevant mécaniquement son épaule gauche si bien que son bras oscillait comme un pendule.

– Vous devriez voir un médecin, suggéra Rusty.

– Peut-être, si ça ne s'arrange pas. Mais ce n'est pas bien grave. Personne n'a rien remarqué au petit-déjeuner.

– En tout cas, maintenant que le jour se lève, ça se voit, répliqua Therese avec un hochement de tête.

– Au lieu de te soucier de mon bras, tu ferais mieux de vérifier si on a assez de carburant pour aller chercher de la glace. Je trouve que ça sent l'essence.

– Moi aussi, dit Rusty, soulevant un panneau près du compartiment moteur.

L'odeur écœurante de l'essence lui arriva en plein visage. Il glissa le bras entre les planches et promena sa main le long du tuyau d'alimentation, jusqu'à l'endroit où il était fixé à la pompe par un collier de serrage.

– Ne va pas te brûler, mon garçon. La température monte vite, là-dessous.

– Pas de danger, je sais ce que je fais. Et le tuyau n'est pas encore très chaud.

Retirant sa main, il frotta son pouce contre les deux doigts qui avaient touché le collier de serrage. Puis il les porta à ses narines et fit la grimace.

– Vous avez une fuite, monsieur Petitjean.

– Grave ?

– Oui, si on ne la répare pas.

– Saloperie !

– Je crois que c'est juste le collier de serrage qui est dévissé. Je n'ai trouvé de l'essence qu'en atteignant l'embout de la pompe.

Felix voulut attraper un tournevis parmi les outils à portée de main sur la paroi de la cabine, mais son bras refusait toujours d'obéir.

– Terry, passe ce tournevis à Rusty, ordonna-t-il à sa fille, désignant de la tête la lanière de cuir à laquelle était accroché le matériel dont il pouvait avoir besoin d'urgence.

Therese inspecta du regard la rangée d'outils : couteaux, pic à glace, vieux cabillot destiné à estourbir un requin tombant du chalut, pinces à long manche pour jeter les poissons-chats par-dessus bord sans se piquer sur leurs barbillons venimeux, torche électrique rouillée par l'eau de mer et autres accessoires indispensables sur un crevettier.

– Quel tournevis, papa ?

– Celui avec un manche noir. À côté du marteau.

Therese le tendit à Rusty, qui venait de retirer les panneaux cachant la pompe.

– Je n'y vois rien. Il fait trop sombre.

La jeune fille alla chercher la torche électrique, mais ne réussit pas à l'allumer.

Toujours de la tête, Felix lui indiqua l'autre extrémité de la cabine :

– Les piles sont dans ce coffre.

Lorsque Therese put enfin éclairer Rusty, il lui demanda de braquer le faisceau sur le collier de serrage. Trois ou quatre coups de tournevis suffirent à régler le problème.

– C'est tout ? Vous mettez le bateau sens dessus dessous pour ça ? s'étonna-t-elle.

Rusty et Felix partirent d'un éclat de rire.

– Eh oui, ma fille, expliqua son père, hilare. On a le choix : revisser le collier de serrage, ou tout faire sauter et se retrouver dans l'autre monde.

– Quoi ? On aurait vraiment pu sauter ? interrogea-t-elle, sceptique.

– Non, la rassura Felix. Il aurait d'abord fallu que ces deux aérations, à l'avant et à l'arrière du compartiment moteur, viennent à se boucher. Si ça arrivait, les vapeurs s'accumuleraient sous le pont, et c'est une véritable bombe à retardement qu'on emmènerait dans la baie.

– Mais dans ce cas, le moteur ne démarrerait pas, non ? Pas avec les deux aérations bouchées, je veux dire.

Rusty intervint tout en replaçant les deux panneaux.

– C'est une des raisons pour lesquelles les nouveaux bateaux ont des panneaux étanches, contrairement à ceux-là. Et des ventilateurs, par sécurité. En plus, ils marchent au diesel. Sur nos vieux crevettiers, il y a assez d'oxygène là-dessous pour que le moteur continue à tourner quelque temps, surtout si la fuite est minime.

– Sans parler de tout ça, il y a l'air qui pénètre dans la coque, ajouta Felix. Sur un bateau comme celui-là, ça ne change rien pour le moteur, que les aérations soient bouchées.

– Et puisque l'essence est plus lourde que l'air, reprit Rusty, les vapeurs stagnent au sol. Au début, pas de problème, mais quand on met pleins gaz à l'entrée du chenal, ce qui n'était qu'une petite fuite se déverse dans le compartiment moteur comme l'eau d'un robinet. D'une minute à l'autre, on a deux fois plus de vapeurs d'essence que d'oxygène sous les pieds. Et sans les aérations, elles s'accumulent forcément sous le pont.

– C'est là qu'on arrive au large et qu'on décide de se faire du café sur le réchaud à gaz, enchaîna Felix, d'un ton qui ne laissait rien présager de bon. Ou qu'on allume une cigarette au ras des vapeurs qui filtrent entre les planches du pont – en mer, on ne les sent pas à cause du vent. Alors, on n'a plus qu'à écrire son testament.

– Rien de plus explosif qu'un conteneur d'essence, poursuivit Rusty. Et un gros bateau comme celui-là, ça fait un sacré conteneur !

Felix approuva de la tête.

– Une cuillerée à café d'essence, c'est comme un bâton de dynamite.

Therese sourit aux deux hommes avec dédain.

– Si vous croyez me faire peur avec vos histoires, tous les deux…

Elle pointa l'index vers son père.

– Quant à toi, tu cherches juste à changer de sujet. Mais ne compte pas sur moi pour oublier ton bras. Ce soir, dès qu'on rentre à la maison, si tu ne peux toujours pas le bouger, tu vas chez le médecin. Que tu le veuilles ou non.

– Tu vois pourquoi on dit que ça porte malheur d'avoir une femme à bord ? Elle te rend fou, et tu n'as aucun moyen de lui échapper, lança Felix à Rusty.

– Sauf en sautant par-dessus bord, dit Rusty avec un clin d'œil destiné à Therese.

– Ne vous inquiétez pas, répliqua l'intéressée. S'il le faut, je peux très bien ramener toute seule le bateau au mouillage.

L'échange de plaisanteries du même genre rythma la journée, bien que tous les trois, depuis près d'un mois qu'ils naviguaient ensemble, aient appris à travailler en silence. La manœuvre des dragues, les lents cercles décrits par le crevettier, le tri de la pêche, le remplissage des sacs en toile de jute : à bord, toutes les tâches étaient parfaitement synchronisées. À la barre de la *Mathilde*, Felix anticipait la remontée du chalut en ralentissant l'allure, et avant de vider une drague sur le pont, Rusty attendait que Therese ait refermé le compartiment qu'elle venait de remplir.

Le jeune homme, en particulier, quittait rarement des yeux le père et la fille. À force de manipuler les chaînes, les dragues et les lourds panneaux des chaluts du *Squall* avec ses frères, il savait qu'un accident était vite arrivé et qu'on pouvait facilement se faire tuer. D'ailleurs, il portait encore en travers de la cuisse la cicatrice d'une entaille faite par un câble rouillé, qui avait cédé sous le poids d'un chalut qu'il hissait à bord. Les fils de métal déchiquetés, aussi acérés que les crochets d'un crotale ou les griffes d'un prédateur, avaient fait une coupure tellement nette sur son pantalon kaki qu'il avait d'abord cru que le câble, par miracle, s'était pris dans un pli du tissu sans toucher à la chair. Il lui avait fallu quelques instants pour comprendre, tandis qu'apparaissait sur la jambe de son pantalon une tache d'un rouge de plus en plus sombre, qu'il venait de s'ouvrir la cuisse. Alors qu'ils rentraient chercher des secours, un ceinturon serré à la hâte en guise de garrot, ses frères avaient ironisé sans pitié sur le fait qu'ils avaient bien failli se retrouver avec une sœur au lieu d'un frère, mais les mâchoires serrées de son père qui filait bon train sur une mer agitée, tout en envoyant message radio sur message radio pour appeler à l'aide, n'avaient laissé aucun doute à Rusty quant à la gravité de sa blessure.

Aussi, non content de faire sa part à bord de la *Mathilde*, veillait-il sur la sécurité du père, dont il avait plus d'une fois surpris la fragilité, et sur celle de la fille, toujours prête à trop présumer de ses forces.

Malheureusement, il ne put rien contre la marée rouge qui menaçait d'envahir le cerveau de Felix après la rupture d'une artère usée. Même si le vieil homme secouait mécaniquement son bras gauche quand la *Mathilde* revint au mouillage ce soir-là, il avait à l'évidence quelque chose de grave.

Lorsqu'ils eurent déchargé leur pêche comme chaque soir, et que Felix eut signé le reçu de la somme qu'il venait de toucher, le mareyeur s'esclaffa :

– C'est une blague ?

Therese regarda la feuille de papier. La signature partait dans tous les sens en travers de la page.

– Papa ?

Elle lui montra le bloc-notes et il eut un sourire gêné.

– Je sais. Vraiment bizarre. Impossible de me rappeler comment signer mon nom.

– Tu as fait ça avec ta main valide ?

– Oui, avec la droite.

– Essaye encore une fois.

Il eut du mal à saisir le stylo que Therese lui tendait, et pour lui éviter une humiliation supplémentaire, elle le lui glissa entre les doigts. À la vue du gribouillis informe qui s'étalait sur la page tandis que Felix s'efforçait de tracer les trois barres de la lettre « F », Therese guida sa main pour l'aider à signer au bas du reçu. Puis elle rendit le bloc-notes au mareyeur qui ne souriait plus du tout.

– Peut-être que votre père devrait montrer sa main à un médecin, suggéra l'homme.

– Oui, répondit Rusty à la place de Therese. Ils vont y aller dès demain.

Therese acquiesça d'un signe de tête tout en prenant son père par le bras pour regagner le bateau avec lui.

Rusty appela la jeune fille.

– Terry ! Et si vous me laissiez rentrer avec vous, ce soir ? Vous pourriez me reconduire chez moi plus tard.

Therese s'apprêtait à refuser, mais elle sentit le bras inerte de son père contre le sien.

– Ce ne serait peut-être pas une mauvaise idée. Je risque d'avoir besoin d'aide, concéda-t-elle.

À la barre, Felix parut se débrouiller sans trop de difficultés, même avec une main qui ne savait plus signer. En revanche, il lui fut moins facile de grimper sur la *Mathilde* et d'en redescendre avec un seul bras. Rusty ne le lâchait pas d'une semelle, au cas où il aurait glissé en enjambant le plat-bord.

Une fois le bateau amarré à leur ponton, Therese accompagna Felix jusqu'à la maison pendant que Rusty passait le pont au jet. Elle revint quelques minutes plus tard pour l'aider à nettoyer.

– Comment va votre père ?

– Je crois qu'il commence à se poser des questions. Il ne peut toujours pas bouger son bras. Quant à maman, elle se fait un sang d'encre. Elle est en train de l'aider à se coucher.

Rusty augmenta la puissance du jet pour déloger un peu de vase séchée dans un coin du tableau.

– Elle avait remarqué, ce matin ?

– Oui, et elle a passé la journée à s'inquiéter pour lui, sans oser quitter la maison.

– Elle a déjà bien assez de soucis, votre mère. Elle n'avait pas besoin de ça.

Therese poussa un long soupir.

– Cette épreuve a été plus pénible pour elle que vous l'imaginez. La mort d'Alton, je veux dire.

– Bien sûr…

La jeune fille crut que Rusty allait ajouter autre chose, mais il sembla se raviser. Se remettant au travail, elle rangea dans la cabine les outils qui traînaient, vérifia que rien n'obstruait les trous de vidange de la cale.

– Vous en avez fini avec ce tuyau ?

– Oui, terminé.

Rusty arrêta le jet.

– Vous n'êtes pas venu par là ? interrogea Therese, penchée au-dessus de la cale et de ses compartiments.

– Pas encore. Vous voulez que je le fasse ?

– Non, c'est mon travail.

Adossé au tableau, Rusty regarda la jeune fille rincer l'intérieur de chaque compartiment.

– Maman veut que vous restiez dîner. Elle pense aussi que vous feriez mieux de passer la nuit dans la chambre d'Alton, dit-elle sans se retourner.

– On verra après dîner.

Elle avait enlevé les bottes en caoutchouc blanc qu'ils portaient à bord et marchait pieds nus sur le pont. Pour sa taille elle avait de longs pieds, aussi beaux que ceux d'une statue. Aux yeux de Rusty, du moins.

Il se surprenait souvent à penser au corps de Therese. Elle avait également de longues mains, et le visage mince. Comparée aux filles bien en chair avec qui il avait grandi et joué à l'école, Therese paraissait tout en angles, comme taillée dans le roc. Les autres adolescentes semblaient aussi fluides et frémissantes que l'eau sous vos doigts. Mais celle-là était ciselée dans le granit. Parfois, à l'aube ou au couchant, il croyait en distinguer les paillettes, les petites aspérités, les ombres minuscules – presque imperceptibles – au creux des joues de Therese. Il se rappelait avoir un jour comparé l'eau à la pierre, mais devant la jeune fille, il découvrait qu'il préférait la pierre. L'eau changeait de forme au gré des rafales de vent, des courants qui l'entraînaient sur les reliefs usés des fonds marins, de la marée que la lune faisait monter et descendre à sa guise. La pierre, elle, résistait à toute manipulation. L'eau prenait la forme de son récipient. Pas la pierre. Elle décidait elle-même de sa forme.

Observant Therese au travail, Rusty admirait son dos musclé qu'il imaginait nu sous son chemisier. Il avait déjà aperçu ses jambes, croisées sous une robe. La ligne pure de ses mollets laissait deviner la courbe nerveuse de ses cuisses ; son jean, alors qu'elle se baissait pour mieux diriger le jet en haut des parois de la cale, moulait de bleu sombre chacun de ses muscles effilés.

Les pensées de Rusty se firent plus osées, et il se trouva confronté à des images de la jeune fille qu'il n'avait, il le savait, aucun droit de savourer. Les scènes torrides auxquelles il succombait, incapable de résister, étaient les impossibles concoctions d'une imagination inexpérimentée. Malgré des occasions qu'ensuite, il regrettait parfois d'avoir manquées, il n'avait jamais couché avec une femme.

Encore puceau, pour l'essentiel grâce à une timidité qu'à l'époque, certaines filles de sa classe trouvaient irrésistible, Rusty avait invoqué pour se défendre contre leur désir une ferveur religieuse désormais presque éteinte. Il avait plus ou moins dédié sa lutte contre les tentations de la chair – ainsi que le père Danziger qualifiait le péché de luxure – au salut de l'âme de sa mère ; conscient qu'elle s'était suicidée, le jeune homme espérait lui offrir une place au paradis en échange de sa virginité. Il n'oubliait pas que le prêtre avait, dans un premier temps, refusé d'enterrer chrétiennement Arlene Bruneau. Depuis peu, il se détournait d'une Église capable de condamner une femme poussée au suicide par ses souffrances ; si pareille victime ne méritait pas la pitié, alors cette Église ne méritait peut-être pas sa foi.

Il posa les yeux sur la cheville nue de Therese au moment où la jeune fille croisait son regard. Gêné, il se retourna et s'appuya des deux mains au tableau, contemplant les marécages sur la rive opposée du bayou.

En octobre, le crépuscule arrivait plus tôt. Ce soir-là, le ciel prenait déjà des tons violacés à l'est. À l'ouest, le bleu se constellait de rose tandis que le soleil sombrait à l'autre extrémité de la baie. Il faisait encore chaud ; des nuages de moustiques s'élevaient au-dessus du marais, bourdonnant dans le vent. L'eau gardait elle aussi la chaleur de la journée ; sur le quai du mareyeur, quelqu'un avait parlé d'un ouragan qui se formait dans l'Atlantique, et se dirigeait peut-être vers eux. La saison touchait à sa fin, songea-t-il, mais elle n'était pas encore terminée.

28.

Le lendemain matin, Felix n'était pas plus mal en point que la veille. Pourtant, il eut beau affirmer que son bras gauche allait beaucoup mieux et réussir à le remuer en balançant l'épaule d'avant en arrière, personne d'autre à la table du petit-déjeuner ne détecta la moindre amélioration. Lorsque Mathilde lui demanda d'écrire son nom sur une enveloppe placée devant lui, il ne voulut même pas prendre le stylo qu'elle avait posé près de sa main droite. Il maugréa, comme s'il s'offusquait de voir sa femme le mettre à l'épreuve au lieu de le croire sur parole quand il prétendait n'avoir rien de grave et se rétablir rapidement. Mais elle ne se laissa attendrir ni par ses tentatives pour minimiser son invalidité ni par ses fanfaronnades.

Malgré les protestations de Mathilde, il insista pour sortir le bateau. Elle put seulement lui soutirer la promesse de rentrer assez tôt pour consulter le médecin de Magnolia dans l'après-midi.

Rusty, resté pratiquement muet durant tout le petit-déjeuner, avait dormi sur place. Ce n'était que sa deuxième nuit dans le lit d'Alton, et, comme la première fois, son sommeil agité sous le toit des Petitjean avait été entrecoupé de rêves troublants. En dépit de ses efforts pour chasser tout souvenir du meurtre d'Alton dès qu'il s'assoupissait entre les draps propres, quelques minutes plus tard Rusty se redressait sur l'oreiller, hanté par de vagues images d'une main tressautant mécaniquement ou d'un œil dardé sur lui, qui refusaient de s'effacer en même temps que le cauchemar cause de son insomnie.

Encore plus déconcertants, cependant, furent les rêves avec Therese – ou d'autres femmes lui ressemblant – qui le laissèrent moite de sueur et honteux de leurs résidus humides. Ces membres entrelacés, l'éclat de la chair nue, le halètement qui résonnait encore à ses oreilles lorsqu'il se réveilla en proie à la plus grande confusion, sans savoir où il était, le narguèrent tandis qu'il tentait d'échapper à leur emprise.

Ce lit de désolation, où il ne pouvait espérer ni ressusciter Alton, ni attirer la sœur de celui qu'il avait aidé à tuer, refermait sur lui ses épines. Peu importait son épuisement, le côté où il se tournait, leur piqûre l'arrachait au sommeil.

Pire, cette longue nuit blanche dans une chambre remplie des vestiges de l'enfance d'Alton avait confronté Rusty aux traces d'un fantôme. Tels un matelas creusé par son corps invisible et un oreiller gardant l'empreinte de sa tête, la pièce paraissait organisée autour de l'absence d'Alton. Les chemises rangées dans la petite armoire sur les mêmes cintres que des pantalons bien repassés se rappelaient encore les épaules du jeune homme. Des soldats de plomb, unijambistes et décapités après des années de batailles sur des plateaux de table, ne désertaient pas la dernière position qu'Alton leur avait ordonné de défendre. Une maquette d'avion commencée sur son bureau ne serait jamais terminée. Alors que Rusty se tournait et se retournait dans le lit étroit, ses yeux s'étaient posés tour à tour sur tous ces objets qui semblaient, chacun avec leur voix propre, prononcer le prénom « Alton » telle une interrogation dont il savait qu'elle resterait à jamais sans réponse.

Ce chœur des vêtements et des jouets d'Alton, qui protestaient en silence contre leur abandon imprévu, perturba le sommeil de Rusty comme les stridulations nocturnes des criquets. Il avait l'impression que dans la pièce, tout se figeait autour du vide laissé par Alton. Et qu'était-ce donc qu'un fantôme, commença-t-il à comprendre, couché là dans le lit d'un mort, sinon une absence palpable, une non-présence insistante ?

Envisager sous cet angle la mélancolie qui émanait de la pièce le calma.

Étendu sur ce lit, à se remémorer ses autres rêves, ces scènes brumeuses de passion éhontée, il se rendit compte qu'elles aussi invoquaient leurs propres fantômes, ceux du désir inassouvi. La créature qu'il avait embrassée en songe, et qui avait fait plus, bien plus que l'embrasser en retour, était une absence qu'il ressentait dans tout son corps au souvenir de ses caresses et attouchements imaginaires, de ses murmures et de ses gémissements.

Il avait tenté de se distraire de ses fantasmes en regardant une photo dans un cadre sur l'appui de fenêtre, une photo d'Alton et de Therese à bord d'une pirogue miniature. En vain. Il n'avait jamais aimé les photos ; à présent, il savait pourquoi. « Elles ne sont bonnes qu'à vous rappeler le passé », se dit-il. Voilà pourquoi il n'en avait aucune de sa mère, bien qu'il n'en eût jamais vraiment pris conscience jusqu'alors. « Rien d'autre qu'un fantôme sur une feuille de papier, c'est tout », avait-il conclu, un peu troublé, en retournant le cadre sur l'appui de fenêtre.

– Vous croyez aux fantômes ? demanda-t-il à Therese tandis qu'ils préparaient leur matériel à l'approche de Bay Batiste, pour leur journée écourtée de pêche à la drague.

Comme d'habitude, Felix était à la barre pendant qu'ils travaillaient à l'arrière du bateau.

– Ceux de Halloween ? Cachés sous un drap pour faire la tournée des maisons en réclamant des bonbons ?

– Pas exactement…

Rusty choisit ses mots avec soin.

– … Je pensais à eux, et je voulais avoir votre avis.

– Sur les fantômes ? Quel genre ? Les gobelins ? Les démons ?

– Juste les bons vieux fantômes. Vous savez, les morts qui ne veulent pas rester là où on les enterre.

– Dans ce cas il s'agit bien de fantômes. Encore qu'à y réfléchir, ce ne seraient pas plutôt des zombies ? Des morts vivants… ou les monstres des cultes vaudous.

– Comme dans les cérémonies là-bas à l'Hermitage ? Avec Marie Deux-Chiens et sa bande ?

– Si elle est bien de religion vaudoue. Je n'en suis pas sûre. Maman refuse d'en parler à la maison. Par superstition, sans doute.

– Je ne l'ai jamais vue, Marie, mais j'ai entendu les histoires qu'on racontait, quand j'étais petit.

– Moi aussi. Avec les poulets… Je suis au courant de tout ça. Même de celle avec le serpent.

Rusty rougit.

– Oui, je la connais.

Therese sourit en voyant son air gêné.

– Vous n'y avez pas cru, quand même ?

– Évidemment que non. Qui irait croire des sornettes pareilles ? Il faudrait être débile.

– Les tarés avec qui on allait à l'école, ils n'avaient aucun mal à y croire.

Rusty sourit à son tour.

– Gaspar Hebert et Gus Bilich… Oui, sans doute. Ils n'avaient pas inventé l'eau tiède.

– Comme cet idiot de Frank Kotor, et son copain Eddie Allemand.

– Non, pas ces deux-là. Ils n'auraient pas gobé ce genre d'histoire. Pas eux.

– Et de qui je la tiens, à votre avis ? Ils ouvraient des yeux grands comme des soucoupes en me la racontant. Eddie jurait même que le serpent était un mocassin d'eau.

– C'est une blague !

– Pas du tout. Je lui dis : « Enfin, Eddie, le mocassin bouche de coton est venimeux. Il t'envoie droit au cimetière, s'il te plante ses crochets dans la chair. » Et vous savez ce que me répond Frank ?

– Quoi ?

– Que Marie Deux-Chiens est immunisée contre le venin. Que les serpents ne peuvent pas lui faire de mal. Là-dessus, Eddie ajoute : « Peu importe où ils la mordent. » Ces deux-là, bêtes comme ils sont, ils ont de la chance de pouvoir traverser une rue sans se faire tuer.

Rusty hocha la tête

– Vernon aussi, sans doute. Le malheureux a dû tout avaler.

– Vernon Gremillion ? Un peu, oui !

Ils éclatèrent de rire tous les deux.

– Pas étonnant qu'on ait si bien réussi en classe, vous et moi, plaisanta Therese.

– Avec la concurrence qu'on avait, vous voulez dire ?

Elle eut un petit sourire, et alla voir ce que devenait son père. Quelques secondes plus tard, Rusty entendit un cri de panique.

Se dépêchant de contourner la drague installée en travers du pont, il trouva la jeune fille en train d'essayer de parler avec Felix. Malgré ses efforts, le vieil homme était incapable d'articuler un son. Il avait les yeux dans le vague, pleins de confusion et aussi, semblait-il, de tristesse.

Pourtant le bateau poursuivait sa route, la manette des gaz relevée à fond. Felix avait tenu le cap tandis que la *Mathilde* traversait Bay Batiste.

Therese, visiblement effrayée par son incapacité soudaine à prononcer une parole, l'implora de faire demi-tour.

– Il faut que tu voies un médecin, insista-t-elle.

Felix l'ignora.

Lorsque Rusty tenta de le remplacer à la barre, il résista, secouant sa tête grisonnante et marmonnant des jurons incompréhensibles. C'était encore lui le capitaine, même avec un seul bras valide et la langue coincée dans la bouche. Il lui restait encore assez de forces pour piloter un chalutier, avait-il l'air de dire.

Rusty lui posa la main sur le bras.

– Monsieur Petitjean, murmura-t-il, il faut qu'on vous ramène chez vous. Vous comprenez ?

Lorsque Felix leva les yeux vers lui, Rusty n'y distingua plus que de la tristesse. Le vieux capitaine opina lentement du chef, et fit décrire un immense arc de cercle au bateau pour rebrousser chemin.

– Pourquoi ne pas me confier la barre et laisser Terry s'occuper de vous, monsieur Petitjean ? Allez donc vous allonger sur les coussins du coffre. Reposez-vous un peu avant qu'on arrive.

Felix hésita, puis s'écarta du gouvernail tout en continuant de tenir fermement le cap jusqu'à ce que Rusty le remplace.

Therese s'assit près de son père, l'aida à poser la tête sur ses genoux. Après lui avoir dégagé le front, elle lui glissa un bras sous la nuque. Rusty, qui leur jetait un coup d'œil, vit Felix prendre à tâtons la main libre de Therese dans la sienne. Il s'inquiétait, le vieux bougre. Il commençait à admettre qu'il n'avait pas dormi sur son bras, que sa main n'avait pas simplement oublié comment signer son nom, que sa langue n'avait pas vraiment enflé dans sa bouche. Il avait quelque chose de grave, et qui ne guérirait pas. Rusty devinait ce qu'il lui aurait dit, s'il avait encore pu parler : « Un coup du sort », aurait-il soupiré, maudissant l'irrémédiable. « Un méchant coup du sort, voilà tout. »

Sur une mer calme, avec un vent favorable qui semblait le presser de rentrer, Rusty fila bon train. Il perçut le soulagement de Therese quand il réduisit les gaz au minimum à l'approche du ponton sur le bayou des Petitjean.

Dès qu'ils aidèrent Felix à grimper à quai, sa femme accourut de la maison. Elle savait qu'ils revenaient bien trop tôt.

– Qu'y a-t-il ? leur cria-t-elle en s'avançant.

Therese hocha la tête.

– Papa n'arrive plus à parler, maman. Quelque chose ne va pas.

– Espèce de vieil entêté, le sermonna Mathilde. Je t'avais pourtant dit de ne pas sortir en mer ce matin.

Son mari répondit par un gargouillis dédaigneux qui jaillit de lui telle une quinte de toux.

– Tu vas tout de suite voir le médecin, tu m'entends ? Il n'y a pas de « mais » qui tienne. On prend le pick-up et on va à Magnolia immédiatement.

Désormais incapable de discuter, Felix poussa un soupir.

– Parfait, reprit Mathilde. En route.

Ils se dirigèrent tous les quatre vers le pick-up. Le vieil homme voulut dégager son bras de l'étreinte de sa femme, mais elle l'en empêcha.

– Appuie-toi donc sur moi, pour une fois, déclara-t-elle avec une détermination toute neuve.

Pendant que Therese courait vers la maison chercher le sac et les clés de sa mère, Rusty entrevit l'expression de Felix : il avait l'air désabusé, mais n'opposait plus la moindre résistance. Il ressemblait à un lapin inerte entre les mâchoires métalliques d'un piège, et le jeune homme éprouva de la pitié pour ce vieillard qui retombait déjà sous la coupe des femmes, comme un enfant.

Par habitude, Mathilde ouvrit la portière côté passager.

– Vous feriez mieux de conduire, madame Petitjean. Monsieur Petitjean n'a plus qu'une main valide. Il aura du mal à passer les vitesses.

Rusty vit alors sur le visage de Mathilde qu'elle prenait conscience de tous les changements qui allaient intervenir dans son existence. Elle parut écarquiller les yeux d'effroi, puis respira profondément avant d'acquiescer.

– Vous avez raison, Rusty. Je me demande où j'avais la tête.

– C'est une rude épreuve, madame.

Ne voulant pas l'effrayer davantage, il s'empressa d'ajouter :

– Je veux dire, quand ça vous tombe dessus tout d'un coup, sans prévenir.

– Oui, qui aurait pu prévoir ?

– C'est toujours comme ça, madame, vous ne croyez pas ?

Therese revint au pas de course avec les affaires de sa mère.

– Tu souhaites que je vous accompagne, maman ?

Felix aboya un « Non ! » rauque et cinglant.

Tout le monde se retourna. Il secouait vigoureusement la tête.

– Il vaut peut-être mieux que nous allions seuls chez le médecin, ma chérie. Impossible de dire combien de temps on sera partis, répondit Mathilde pour apaiser son mari.

Lorsqu'ils eurent installé Felix dans le pick-up et fermé sa portière, elle chuchota à l'oreille de sa fille :

– Je crois qu'il est gêné par tout ça, ton père. Il n'a sans doute pas envie d'avoir trop de gens autour de lui.

Therese l'embrassa.

– Ne t'inquiète pas pour moi. Fais le nécessaire pour papa. Je m'occupe de tout ici. Veille bien sur lui.

Mathilde serra sa fille dans ses bras.

– Je ne sais pas ce qu'on deviendrait sans toi.

Puis, à la grande surprise de Rusty, elle l'étreignit à son tour.

– Je ne sais pas ce qu'on deviendrait sans vous deux.

– Il ne faut pas me remercier, madame. Je suis content de me rendre utile, bredouilla le jeune homme, soudain mal à l'aise.

Tandis que sa mère démarrait, Therese se pencha à l'autre fenêtre et déposa un baiser sur la joue mal rasée de son père. Remarquant un filet de bave à la commissure de ses lèvres, elle l'essuya avec son mouchoir.

Felix souffla bruyamment, deux ou trois fois.

– Crr… Crr…

Therese comprit ce qu'il voulait dire.

– Crevettes ? C'est ça, papa ? Les crevettes ?

Le vieil homme, hors d'haleine, approuva de la tête.

– C'est vrai, maman, papa a raison. On pourrait retourner pêcher pendant que vous allez à Magnolia.

– Prenez votre temps, ma chérie. Ça m'étonnerait qu'on revienne tout de suite.

Therese descendit du marchepied et regarda sa mère suivre le chemin gravillonné jusqu'à ce que le pick-up disparaisse entre les arbres.

– Et maintenant ?

Rusty avait attendu à l'écart que la famille eût terminé ses adieux.

– On a une cale pleine de glace et un réservoir plein d'essence, lui rappela Therese.

– Pas de problème. On reprend la mer.

Les deux jeunes gens verrouillèrent la maison, après avoir fermé les fenêtres et vérifié que Mathilde n'avait rien laissé sur le feu ni au four.

– Vous savez où on va ? interrogea Rusty alors qu'ils repartaient vers le bateau.

– Pas vraiment, concéda Therese.

29.

Ce soir-là, lorsque Rusty et Therese franchirent la porte d'entrée après avoir amarré le bateau, Mathilde était attablée, une tasse de thé dans les mains. Ils s'assirent près d'elle.

– Alors, qu'a dit le médecin ? s'enquit Therese.

– Des hémorragies cérébrales. Plusieurs à la suite.

– Il en a encore eu depuis notre départ ?

– Non, mais il risque d'y en avoir d'autres. Les médecins ne peuvent rien affirmer, alors ils gardent ton père en observation à la clinique pour la nuit.

– Il existe un médicament ? demanda Rusty.

Mathilde secoua lentement la tête.

– Rien du tout.

– Mais son état va s'améliorer tout seul, maman, tu ne crois pas ? Enfin, pas tout de suite, mais peu à peu.

– Ils n'en savent rien non plus. Avec eux, c'est peut-être bien que oui, peut-être bien que non. Ils n'ont pas la moindre idée de ce qui l'attend. Peut-être qu'en se réveillant un matin, il parlera, peut-être que non.

– Donc ils ne peuvent rien faire ? interrogea Rusty.

Mathilde haussa les épaules.

– Ils lui ont dit de prendre du repos. Le voilà, leur médicament. Du repos.

– Au moins il sera de retour demain, lui rappela Rusty, mais ce n'était pas une consolation suffisante pour Mathilde.

– Je retourne passer la nuit à la clinique. Pour veiller sur lui, leur dire ce dont il a besoin. Il ne peut ni parler ni écrire. Il faut que quelqu'un reste avec lui.

– Alors pourquoi être revenue, maman ? On aurait très bien pu se débrouiller seuls.

– J'avais besoin de mes affaires. Ton père aussi. Sa brosse à dents, quelques vêtements…

Elle regarda sa fille droit dans les yeux.

– Et puis ce ne serait pas convenable, que Rusty soit seul ici avec toi jusqu'à demain. Je suis aussi revenue pour le reconduire chez lui.

– Maman, tu sais bien qu'il ne serait rien arrivé.

– Peu importe. Mieux vaut ne pas tenter le diable.

Rusty eut un hochement de tête approbateur.

– Votre mère a raison. Il faut penser à votre réputation.

– Si vous vous y mettez tous les deux…, soupira Therese.

Mathilde but une dernière gorgée de thé.

– Mais avant toute chose, déclara-t-elle, laissez-moi vous préparer de quoi dîner.

– Reste assise, maman. Je m'en occupe.

– Non, tu as passé toute la journée en mer.

Mathilde allait se lever, mais Rusty l'en empêcha.

– Je vais donner un coup de main à Terry, madame Petitjean. C'est moi qui fais la cuisine à la maison depuis la mort de ma mère. Je connais une ou deux recettes…

327

Les deux femmes sourirent. Tous les hommes de leur entourage avaient leur spécialité – caramel au sucre roux, feuilletés aux huîtres, flets fourrés aux crevettes – mais ils ne savaient rien faire d'autre. Et comme il fallait généralement deux ou trois femmes pour tout nettoyer quand l'homme en question avait terminé, dans la plupart des familles on les chassait de la cuisine, sauf lors des fêtes où il y avait assez de cousines et de tantes pour venir à bout de la pagaille mise par les pères et les oncles.

Rusty n'ignorait pas cette méfiance des femmes envers les hommes aux fourneaux.

– Je ne plaisante pas. Je sais vraiment faire la cuisine. Vous n'avez qu'à regarder.

– Laissons-le essayer, maman. Va t'allonger. On te préviendra quand tout sera prêt, décréta Therese, l'air amusé.

– Et le bateau ?

– J'irai le passer au jet quand le dîner sera en route. Allez vous reposer, madame Petitjean. Terry et moi, on s'occupe de tout.

– Oui, je vais peut-être m'étendre un peu. N'hésitez pas à m'appeler si vous avez besoin d'aide, d'accord ?

– Tu peux y aller, maman. Je veille à ce que Rusty ne fasse pas brûler la maison.

– Si je vous dis que je sais faire la cuisine ! protesta le jeune homme.

– C'est ce qu'on va voir, répliqua Therese, sceptique.

Pourtant, Rusty la surprit par ses talents de cuisinier. Guidant avec dextérité la longue lame d'un couteau d'office, il eut tôt fait de hacher un oignon que Therese attendait pour son ragoût de crevettes. Alors qu'elle délayait de l'huile et de la farine à feu doux pour obtenir un roux couleur cannelle, il lui découpa en dés un céleri et des poivrons qu'il fit ensuite revenir avec une feuille de laurier. L'air s'emplit des senteurs caramélisées du roux et des légumes poêlés. Les deux jeunes gens travaillaient en silence, comme sur la *Mathilde*, chacun s'effaçant tour à tour devant l'autre. Rusty releva sa préparation avec de l'ail, des plantes aromatiques, du sel, du poivre de Cayenne. Dès que les oignons furent translucides, il transvasa le tout dans la cocotte de Therese. Une fois les légumes mélangés au roux, il ajouta un peu d'eau, quelques têtes et carapaces de crevettes dans un petit sac de gaze, ainsi que les dernières tomates de la saison, pelées et coupées en quartiers. Le contenu de la cocotte bouillait presque, et les pommes de terre irlandaises grossièrement tranchées par Rusty remontèrent à la surface du liquide parfumé. Therese y jeta les crevettes que le jeune homme lui avait épluchées, puis elle couvrit la cocotte.

– Allons nous occuper du bateau pendant que ça mijote, suggéra-t-elle.

À leur retour, Rusty sortit trois bols du placard près de l'évier, une louche et trois cuillers à soupe du tiroir à couverts. Therese vérifia la cuisson du ragoût.

– On peut manger ?

– Oui, répondit la jeune fille, fermant le gaz. Mettez le plat sur la table pendant que je vais chercher maman.

Elle s'étonna que sa mère ne se soit pas endormie.

– Trop de soucis en tête, sans doute, expliqua Mathilde en se levant.

Tandis qu'elle rejoignait la cuisine avec sa fille, sa curiosité fut la plus forte.

– Alors, comment s'est débrouillé Rusty ?

– Au moins, il ne s'est pas coupé !

Mais quand Mathilde eut goûté le ragoût, elle s'adressa au jeune homme avec respect.

– Tu n'as pas menti. Tu sais vraiment faire la cuisine.

– Presque tout le mérite revient à Terry. Je me suis contenté d'éplucher.

– Il en a fait plus qu'il ne veut bien le dire, confia Therese à sa mère. Tu sais, on pourrait ouvrir un restaurant, tous les deux.

Mathilde s'esclaffa.

– Je vous le déconseille. C'est trop de travail pour en faire un métier.

– Tu crois qu'il faut cuisiner uniquement pour le plaisir, maman ?

– Parfaitement, ma chérie. Il faut faire un métier de ce qui est facile, et garder le reste pour le plaisir.

– Je ne suis pas sûr d'être d'accord, madame Petitjean. Si vous trouvez facile de pêcher les huîtres à la gaffe, alors pour le plaisir, vous devez vous briser les reins.

Therese éclata de rire.

– Rusty Bruneau, comment osez-vous demander à une femme si elle se brise les reins pour le plaisir ? Jamais je n'aurais cru que vous aviez l'esprit aussi mal tourné !

– Mal tourné ?

Le jeune homme comprit soudain la plaisanterie déplacée qu'il venait de faire sans le vouloir. Ses joues devinrent aussi rouges que le poivre de Cayenne.

– Laisse-le tranquille, Terry. Tu sais bien qu'il a parlé sans réfléchir. Ne fais pas attention à elle, Rusty. Je comprends ton objection…

Elle semblait perdue dans ses pensées.

– D'ailleurs, tu as raison. Pour le plaisir, on est bel et bien prêts à se briser les reins. Tous autant qu'on est.

Ils mangèrent en silence pendant quelques instants. Puis Mathilde demanda à Therese comment ils s'en étaient sortis cet après-midi-là, seuls sur le bateau.

– Pas très bien, reconnut la jeune fille. Au large, les parcs sont difficiles à repérer.

– Je crois que monsieur Petitjean n'a pas envie d'afficher le numéro de chaque parcelle. On a bien cherché, mais on n'a pas vu de pancartes comme à l'entrée de certains autres parcs.

Mathilde haussa les épaules.

– Je ne suis au courant de rien. Il ne me parle jamais de ces questions.

– Rusty s'est tout de suite aperçu qu'il manquait des pancartes, déclara Therese avec une certaine admiration.

– Quelques parcs en ont, mais la plupart, non. J'aurais dû poser la question à monsieur Petitjean, mais j'ai pensé que ça ne me regardait pas.

– Ces parcs sont à nous depuis si longtemps, se justifia Mathilde. Après tant d'années, les ouragans ont dû renverser toutes nos pancartes, et là-bas, personne ne se soucie de remettre les choses d'aplomb. On se dit qu'il y aura un autre ouragan sous peu, alors à quoi bon ?

– C'est vrai, concéda Rusty. Certaines cabanes près de notre maison à Bayou Dulac ont eu leurs vitres brisées par l'ouragan Flossie – en quelle année, déjà ? 1948 ? Eh bien les gens ne les ont jamais changées, même après tout ce temps. Ils ont mis du carton à la place pour que la pluie n'entre pas.

Therese eut un sourire entendu.

– Ces fameuses cabanes de pêche, où vous allez tous pour ne plus avoir les femmes sur le dos... Mais si vous y invitiez ne serait-ce que l'une d'entre nous, je vous garantis que les vitres seraient changées en un rien de temps.

– Je n'en doute pas, murmura Rusty.

– En tout cas, maman, on a eu le plus grand mal à localiser nos bancs d'huîtres.

– Vous n'aviez pas de point de repère ?

– Par là, madame, il n'y en a pas beaucoup, rappela Rusty.

– Papa est le seul à savoir où ils se trouvent.

Mathilde soupira.

– Il ne peut ni parler ni écrire.

– Il ira peut-être mieux demain matin, dit Rusty avec espoir.

– Rien n'est moins sûr.

Rusty soupira à son tour.

– Alors on fait quoi, demain ? Vous préférez que je vienne quand même ?

– Inutile de gaspiller de la glace et de l'essence si on ne sait pas où aller, fit observer Therese. D'un autre côté, ces bon sang de médecins ne travaillent pas gratuitement, même s'ils sont incapables de guérir papa.

– Inutile de jurer, Therese, mais c'est vrai. Il y a des factures à payer, intervint sa mère.

La consternation s'installa autour de la table.

– Bon, la journée a été longue et elle n'est pas terminée, reprit Mathilde. On décidera de tout ça demain.

– D'ailleurs, maman, si tu dois reconduire Rusty et retourner à la clinique, ne tarde pas trop.

– Finalement, Terry, est-ce que je viens demain ou pas ? insista Rusty.

– Attendons pour sortir le bateau de savoir exactement où on en est. Ça ne nous fera pas de mal de faire la grasse matinée, pour une fois. Après les deux jours qu'on vient de passer…

– Bonne idée, dit Mathilde. Prenez tous les deux une journée de vacances.

Therese se leva.

– Je ne veux pas te bousculer, maman, mais tu ferais mieux d'y aller.

– Le temps de prendre quelques affaires et je suis prête.

Dès qu'elle eut quitté la pièce, Rusty aida à débarrasser la table.

– On reparle de tout ça demain, d'accord ?

– Je ne me fais pas de souci, sauf pour papa.

– On pourrait demander les cartes des parcelles aux services compétents. Mais ça prendra du temps.

– On n'en a pas. Grâce à vos frères et à vous, on ne peut pas se permettre d'attendre le facteur pendant des mois. Il y a ces prêts à rembourser.

– J'en toucherai un mot à Darryl.

Therese poussa un profond soupir.

– C'est moi qui risque d'avoir à lui parler.

Rusty allait ajouter quelque chose quand Mathilde entra, un sac de voyage à la main.

– En route, dit-elle.

Rusty prit le volant du pick-up jusqu'à chez lui.

– Ça va, madame Petitjean ?

– Difficile de ne pas voir la main de Dieu dans tout ça.

– La main de Dieu ?

– Comme le dit ce prédicateur évangéliste à la radio. Pour nous punir de nos péchés.

Le jeune homme retint son souffle.

– Nos péchés ?

– Pas les vôtres, Rusty. Les miens.

– Vous croyez que les malheurs sont des châtiments divins ?

– Quand ils se succèdent, quelle autre explication trouver ?

– La malchance.

– C'est peut-être la même chose.

Rusty hocha la tête.

– Vous pensez que Dieu a puni Alton de ses péchés ?

– Alton ? C'est l'agneau sacrifié pour les péchés des autres. Ce n'est pas celui qui est frappé, que Dieu punit, mais ceux qui restent.

– Vous avez sans doute raison. Je ne vois pas ce que monsieur Petitjean a pu faire pour mériter ce qui lui arrive.

– C'est un brave homme, mon mari. Cent fois meilleur que moi.

– Mais non, madame. Je suis sûr que s'il pouvait parler, il serait le premier à dire qu'il ne vous arrive pas à la cheville.

– Tu es gentil, Rusty. Comme ta mère.

Durant le reste du trajet, il fut question d'Arlene Bruneau, de plusieurs anecdotes inconnues de Rusty, de détails de la vie de sa mère qu'il n'aurait jamais imaginés : les iris des marais rapportés par Horse pour qu'elle les plante autour de la maison, le chocolat qu'elle faisait fondre pour y tremper des fraises, le chapeau orange acheté par correspondance qu'elle avait mis un dimanche à l'église…

Avide d'informations sur sa mère, le jeune homme ralentissait l'allure pour ne pas arriver chez lui avant que Mathilde eût épuisé ses réminiscences. La femme décrite par madame Petitjean était plus enthousiaste et amusante que dans ses souvenirs. Mais celle que son ancienne amie évoquait avec une tendresse presque déchirante avait déjà capitulé quand il était bébé, le laissant aux mains d'une mère mélancolique et peu sûre d'elle, plus prompte à froncer les sourcils qu'à rire.

Alors que les feux arrière du pick-up des Petitjean s'estompaient dans la nuit après que Mathilde l'eut déposé devant le porche, Rusty contempla les marches et prit conscience qu'il n'avait jamais vu la moindre bordure de fleurs, et encore moins d'iris des marais, autour de la maison. Désormais, seules poussaient encore çà et là quelques touffes d'herbe brunâtre, régulièrement arrosées d'essence ou de chlore.

– Alors comme ça le père Petitjean a eu une crise cardiaque ?

La voix de Darryl fit sursauter Rusty.

– Une hémorragie cérébrale, pas une crise cardiaque.

Darryl poussa la porte-moustiquaire et s'installa dans l'un des fauteuils à bascule du porche.

– Il paraît qu'il ne peut plus parler.

– Pas normalement, en tout cas. Comment tu l'as appris aussi vite ?

– Au port, après votre passage à toi et à la fille Petitjean, pour décharger votre pêche. Tout le monde est au courant.

– C'est vrai qu'il n'arrive plus à parler.

– Et ce n'est pas la seule chose qu'il n'arrive plus à faire, à ce que j'ai compris.

– Madame Petitjean m'a déposé avant de repartir pour la clinique de Magnolia. Ils le gardent en observation pour la nuit.

– Il a l'air mal en point.

– Ça pourrait être pire.

Darryl s'esclaffa.

– Évidemment que ça peut toujours être pire ! C'est d'ailleurs bien ce qui va se passer, quand on en aura fini avec eux.

– Ils s'en sortiront. Leurs parcs à huîtres, c'est un sacré placement.

– Pas vraiment. C'est un placement enfoui par cinq mètres de fond, et celui qui connaît ces fonds, il ne peut plus parler.

– Ils vont réclamer les cartes à l'administration. L'État a cartographié toutes les parcelles.

– Des cartes ? Enfin, merde, Rusty, on dirait que tu n'as jamais pêché à la drague. Tu me parles d'une parcelle de cent cinquante hectares, voire deux cents... Le seul à pouvoir te dire où se trouvent les bancs d'huîtres est le vieux bonhomme qui les a plantés là. Même avec une carte, le problème c'est de savoir où sont les huîtres sur la parcelle.

– On y est allés avec lui.

– Ah oui ? Pendant quoi... un mois ? Cinq semaines ? Tout seul, tu ne découvriras pas la queue d'une huître. Tu as déjà oublié comment c'était, quand papa a récupéré les parcs de la veuve Turanovich ? Drague vide sur drague vide. Si on n'avait pas retrouvé l'ancien matelot de son mari, jamais on n'aurait localisé les huîtres.

Rusty était adossé à la balustrade du porche ; il vint s'asseoir près de son frère.

– Tu prétendais qu'on pouvait trouver un arrangement avec eux. Accorde-leur un délai supplémentaire.

– On n'en est plus là. Comme je te le disais la dernière fois : on ne leur rend pas service en reculant l'échéance. Une bête avec une patte cassée, on l'abat. Par charité. Et les Petitjean, eh bien ils ont une patte cassée.

– Absolument pas. Laisse-leur encore un jour ou deux. Le temps de voir comment va le vieux Felix. Je dois les rencontrer demain pour décider de ce qu'on fait. Tout leur tombe dessus à la fois.

– À qui la faute ? Après tout, petit frère, on a suivi les conseils du shérif : on t'a envoyé pour donner un coup de main.

– C'est le shérif Christovich qui a eu l'idée ?

– Il en a parlé dans la conversation, mais c'est moi qui ai pris la décision de t'envoyer là-bas. Toi parti, c'est Ross et moi qui faisons ta part du boulot. En tout cas, c'est du passé.

Darryl s'adoucit un peu.

– Tu as bien travaillé. Grâce à toi, on aura quelques indices pour découvrir toutes ces huîtres quand on mettra la main sur les parcs des Petitjean. Comme tu le disais, tu es allé en mer avec le vieux Felix. Au moins, tu as une petite idée sur la question.

– C'est pour ça que tu m'as envoyé les aider ?

– Oui, et pour que tu suives l'évolution de la situation…

Le frère aîné de Rusty éclata de rire.

– Merde, j'ai même suggéré à Ross qu'on t'utilise pour leur savonner la planche, s'ils se mettaient à gagner trop d'argent et qu'ils semblaient bien partis pour nous rembourser. Mais maintenant plus d'inquiétude à avoir, non ? Ils se sont savonné la planche eux-mêmes.

– Espèce de salaud !

– Doucement, frérot. C'était l'idée du shérif. Une très bonne idée, d'ailleurs, pour convaincre tout le monde qu'on n'avait rien à gagner au fait qu'Alton soit tombé dans le bayou. Alors, si en plus on pouvait tirer parti de cette bonne action... Comme on dit : « Aide-toi, le ciel t'aidera. »

– Tu m'as utilisé...

Darryl ne releva pas.

– Avec deux bateaux, Ross pourra engager un matelot pour l'aider à s'occuper de nos parcs – peut-être Bascomb, ou Jules, ou même un nègre si on n'a pas le choix – pendant que toi et moi, on ira de notre côté chercher les fameuses huîtres des Petitjean. Comment tu appelais ça, déjà ? Un sacré placement ?

– Et les Petitjean ? Qu'est-ce qu'ils vont devenir ?

– Tu crois qu'ils se sont inquiétés de ce qu'on allait devenir, nous, quand ils ont assassiné papa ?

– On n'est pas sûrs que ce soient eux, Darryl. C'est toi qui as décrété qu'Alton avait poignardé ton père, toi qui veux pousser sa famille à la ruine.

– Et toi tu ferais bien de ne pas oublier à quelle famille tu appartiens. Que ça te plaise ou non, tu n'es pas un Petitjean, mais un Bruneau.

– Tu crois que je ne suis pas au courant ? Que je peux l'oublier une seule seconde ?

– Tu n'as aucune raison de souhaiter oublier d'où tu viens, rétorqua Darryl, d'une voix où perçait la colère.

Rusty sentit les muscles de son bras se contracter. Il prit une profonde inspiration.

– Écoute, Little Horse, je dis juste que si on leur met le couteau sous la gorge, les Petitjean ne s'en relèveront pas.

– Ils n'avaient qu'à y penser avant qu'on retrouve leur fils dans le bayou et que le vieux Felix soit usé jusqu'à la corde. On a fait tout ce qu'on pouvait pour ces gens. À eux de se débrouiller, maintenant.

– On ne peut pas les laisser comme ça !

– Va les voir demain. Prends la Cadillac. Et préviens-les qu'on ne pourra sans doute plus se passer de toi aussi souvent. On ne peut pas négliger nos propres parcs. On a besoin de toi pour pêcher à la gaffe pendant les semaines à venir.

– Ce n'est pas juste.

Darryl se leva et s'étira.

– Tu as le cœur trop tendre, petit frère. Mais si ça peut te faire plaisir, je vais peut-être leur laisser une dernière chance. Va leur annoncer la mauvaise nouvelle demain matin. Et demain soir, moi j'irai leur proposer une solution.

30.

Le lendemain, Rusty ne se réveilla pas avant midi. Après s'être préparé des œufs, il remit à plus tard sa visite chez les Petitjean, lava ses vêtements et les étendit dehors. Mais à quatorze heures, assailli par le remords, il partit dans la Cadillac prévenir Therese que ses frères avaient besoin de lui sur le *Squall* pour les aider à s'occuper de leurs parcs.

Il eut beau frapper à la porte d'entrée, personne ne répondit. Il aperçut alors Therese assise sur le ponton au bord du bayou, les jambes dans le vide.

Il la rejoignit et elle fixa quelques instants le soleil au-dessus de l'épaule du jeune homme en clignant des yeux. Puis elle tira d'un coup sec sur sa jambe de pantalon pour qu'il s'installe à côté d'elle.

– Comment va votre père ? Pourquoi n'est-il pas encore rentré ?

– Maman a appelé tout à l'heure.

– Ils sont en route ?

– D'après les médecins, papa aurait eu une nouvelle « alerte » hier soir.

– C'est-à-dire ?

– Un problème avec sa jambe, je n'ai pas bien compris. Ils voulaient le garder à la clinique, mais il a piqué une telle colère qu'ils le laissent sortir cet après-midi. De toute façon, ce sont des charlatans. Le genre à vous mettre en garde contre la pluie quand on a déjà de l'eau jusqu'aux genoux.

– Alors on fait quoi ?

La jeune fille soupira.

– Si seulement je le savais… Vous avez parlé à votre frère, hier soir ? Il va nous accorder un sursis ?

– Little Horse prétend que Ross et lui ont besoin de moi pour pêcher à la gaffe dans les hauts-fonds. Il vous demande de ne plus compter sur moi.

– Le salaud ! cracha Therese, les mâchoires serrées. Il sait qu'il nous tient, non ?

Rusty acquiesça en silence, muet de honte.

– Et vous allez faire quoi ? Obéir à Little Horse et à cette brute de Ross qui vous ordonnent de prendre le large pendant qu'on se noie ?

– Si on savait où sont les huîtres, ce serait déjà ça. Malheureusement, même avec une carte – en admettant qu'on l'ait – on peut très bien les chercher pendant un mois sans en trouver assez pour payer le carburant nécessaire à l'opération. Or votre père ne peut pas nous dire où elles sont.

– Et si on lui demandait de nous piloter ? De nous accompagner en nous laissant nous occuper de tout ?

– C'est déjà ce qu'on faisait. Mais vous avez vu dans quel état il est. Incapable de passer toute une journée en mer. Ça le tuerait. Sans parler du fait qu'il risque d'avoir d'autres alertes. Non, il vaut mieux ne pas trop compter sur lui pour résoudre vos problèmes.

– Et sur vous non plus, hein ? railla Therese.

– Dites-moi où sont vos huîtres, j'irai vous les chercher.

Therese renversa la tête en arrière pour exposer son visage au soleil, paupières closes.

– Il faut que je voie votre frère.

Rusty regarda deux colverts, le mâle et la femelle, voler au ras du bayou et se poser dans une gerbe d'eau près des roseaux, sur la rive opposée.

– Little Horse passera ici ce soir. Il a quelque chose à vous proposer, à tous les trois.

– Ben voyons…, murmura Therese, toujours les yeux fermés.

– Il m'a promis de vous offrir une porte de sortie. Une dernière chance, il a dit.

– Oui, je devine quelle sorte de chance.

– Laquelle ?

– À votre avis, futur beau-frère ?

– Il ne m'a jamais parlé de ça.

– Vous feriez mieux de rentrer chez vous, Rusty.

Mais lorsque Mathilde et Felix arrivèrent quelques minutes plus tard, il était toujours assis près de Therese sur le ponton, même s'ils se taisaient tous les deux.

Le vieil homme eut du mal à quitter le pick-up. Il dut soulever sa jambe gauche avec sa main droite. Quand Rusty l'eut aidé à descendre sur le gravier, Felix se pencha à l'intérieur du véhicule dont il extirpa une canne posée sur le sol. S'appuyant de tout son poids sur la poignée, il rentra clopin-clopant.

– Je vous l'avais dit, qu'il n'était plus capable de nous piloter, chuchota Rusty à Therese avec un hochement de tête.

La jeune fille ignora sa remarque et suivit son père dans la maison. Ils prirent tous place autour de la table de la cuisine.

– Ce sont les médecins qui t'ont donné la canne, papa ?

Mathilde avait déjà pris l'habitude de répondre à la place de Felix.

– Ils ont dit que ton père avait de la chance de ne pas s'en tirer plus mal. De ne pas se retrouver en fauteuil roulant, par exemple.

– Tu dois être drôlement content de revoir la maison, hein, papa ?

Felix opina lentement du chef, comme s'il avait la tête lourde.

– Et si on faisait du café ? Qu'en penses-tu ?

De nouveau, ce fut Mathilde qui répondit.

– Il a du mal à boire. À cause de sa bouche. On nous a donné des pailles pour lui.

– Dans ce cas, on va préparer autre chose.

– Tu devrais peut-être lui apporter un peu d'eau, ma chérie. Je crois qu'il a soif.

Tandis que Therese se levait pour remplir un verre, Felix secoua la tête, mais personne ne s'en aperçut.

Lorsque la jeune fille eut posé le verre devant lui, Mathilde y plaça une paille qu'elle avait sortie de son sac, l'orienta vers son mari, la lui approcha des lèvres. Il se remit à secouer la tête, puis soupira et aspira une gorgée. Sa femme lui sourit comme à un enfant obéissant, avant de reposer le verre sur la table.

– Rusty m'a dit que Little Horse passerait ce soir. Il veut nous offrir une dernière chance.

– Oui, il faut qu'on lui parle. On n'a plus les moyens de rembourser les prêts dans les temps, maintenant. Entre les obsèques de ton frère, les factures de la clinique et le reste, on ne pourra jamais payer nos dettes.

– Pourtant, maman, la pêche était excellente ces derniers temps. On doit avoir des économies, avec toutes les huîtres qu'on a récoltées.

– Bien sûr que vous avez fait rentrer de l'argent, mais il a été vite dépensé.

– L'essence et la glace ne coûtent pas si cher.

Mathilde eut l'air gêné.

– Ce ne sont pas les seules dépenses.

– Quelles sont les autres ?

– Je pense que madame Petitjean veut parler de moi, dit doucement Rusty.

Therese jeta un coup d'œil à sa mère, qui acquiesça.

– Ton père a insisté pour payer Rusty.

Felix donna un violent coup de canne sur le sol pour attirer l'attention. Il hocha la tête avec gravité.

– Je ne dis pas que tu as eu tort, mon chéri. Ce n'est que justice…

Mathilde se tourna vers Therese.

– Mais du temps où Alton travaillait pour rien, on joignait déjà à peine les deux bouts. Nos quelques bénéfices passent plus ou moins dans le salaire de Rusty. Pourquoi crois-tu qu'on a été contraints d'emprunter, au départ ?

– Je me demande comment on y arriverait, mes frères et moi, si on devait payer un matelot. Il n'y a plus assez d'huîtres, reconnut Rusty.

– Finalement, Horse n'avait sans doute pas tort, soupira Therese. Bruneau ou Petitjean, on ne peut pas s'en sortir seuls.

Rusty approuva.

– Sans les autres activités de papa, je crois que jamais on n'aurait tenu aussi longtemps…

Therese lui lança un regard méprisant.

– … Je ne prétends pas qu'il avait raison – je ne défends pas toutes ces magouilles avec les hommes politiques – mais c'était sa façon à lui de s'occuper de nous, de remplir notre assiette.

– Darryl a toujours fait son devoir de chef de famille, ajouta Mathilde.

L'air mal à l'aise, Rusty s'adressa à Felix.

Monsieur Petitjean, j'ai caché dans ma chambre, à la maison, la moitié de tout ce que vous m'avez versé. Je préférerais que vous repreniez cet argent. Si je l'avais encore en totalité, je vous le rendrais jusqu'au dernier penny, mais mon frère Little Horse a réclamé leur part, à Ross et à lui. Acceptez au moins ce qui me reste.

Mathilde fut touchée par cette proposition.

– C'est vraiment gentil de ta part, Rusty, mais on ne peut pas accepter ton argent. Tu as travaillé trop dur pour le gagner. On refuserait même s'il s'agissait d'un prêt.

– Je ne me suis pas embarqué sur votre bateau pour l'argent, madame. J'avais une dette envers vous.

– Une dette ?

Mathilde sourit.

– Tu as été un bon voisin, notre ange gardien, voilà tout.

Rusty s'adressa de nouveau à Felix.

– Vraiment, monsieur Petitjean, j'insiste pour que vous preniez cet argent. Je ne peux rien expliquer, mais si je le gardais, ce serait du vol.

Le regard de Therese s'était durci pendant qu'il parlait.

– D'accord, on accepte votre argent, décida-t-elle au nom de sa famille, sans quitter Rusty des yeux.

Lorsque sa mère voulut protester, elle lui coupa la parole.

– Ne sois pas impolie, maman. N'importe qui verrait que sa décision est prise. Tu pourrais au moins le remercier.

– Tu es sûr, Rusty ?

– Oui, madame.

Mathilde posa la main sur celle du benjamin des Bruneau.

– Ta maman, elle serait très fière de l'homme que tu es devenu.

– Cette somme ne suffira pas à éponger nos dettes, n'est-ce pas ? s'enquit Therese avec scepticisme.

– Elle va nous aider, mais ça ne fait toujours pas le compte, concéda Mathilde. Vous avez trouvé comment localiser nos parcs, tous les deux ?

Therese fit signe que non.

– Là-bas tout se ressemble, madame Petitjean, précisa Rusty. Si on ne connaît pas sa route à l'avance, on n'a rien pour se repérer, comme si on cherchait une aiguille dans une meule de foin.

Felix l'interrompit par une série d'aboiements.

– Crr… Crr… Crr…

346

– Oui, papa, on parle de pêche. On ne sait pas où sont les parcs, expliqua Therese.

Le vieil homme secoua vigoureusement la tête.

– Maman, il est contrarié.

Therese caressa l'épaule de son père pour tenter de le calmer.

– Crr… né.

– Que dis-tu, papa ?

La jeune fille répéta les sons.

– Crené ?

Felix parut acquiescer.

– Aar… né.

Therese essaya de reconstituer le mot.

– Carnet. C'est ça, papa ? Carnet ?

Épuisé par ses efforts, Felix se tassa contre le dossier de sa chaise.

– Carnet…

Découvrant soudain à quoi il faisait référence, Therese se leva.

– Qu'y a-t-il, ma chérie ? s'étonna Mathilde, mais sa fille était déjà dans le couloir qui menait à la chambre d'Alton.

Quelques instants plus tard, elle réapparut, agitant le carnet noir de son frère.

– J'ai compris ! annonça-t-elle triomphalement. J'ai compris !

– Compris quoi ?

Mathilde, elle, ne saisissait toujours pas.

– Alton notait tout ce que papa lui apprenait, maman : les points de repère, les courants, la position des parcs, tout. Le voilà, l'aimant pour retrouver les aiguilles dans les meules de foin !

Elle embrassa son père.

– Tu nous sauves la vie, papa !

Se ravisant, elle ajouta :

– Avec l'aide d'Alton.

Rusty feuilletait le carnet.

– Très bien… Mais ça ne suffit pas. Comment savoir de quels parcs il s'agit ?

Therese se tourna vers son père.

– Papa, tu comprends ce que demande Rusty ?

Felix répondit par un hochement de tête. Il tendit la main vers la page qu'étudiait le jeune homme, tapotant le dessin fait par Alton d'un parc à huîtres en forme de croissant. Il hocha de nouveau la tête.

– Rusty, cours chercher les cartes marines de papa dans le bateau.

L'intéressé leva les yeux et sourit.

– Cette fois ça devrait marcher.

Il s'élança vers le ponton.

– On sait où sont les huîtres, maman ! Tout n'est pas fichu.

Deux heures plus tard, quand Rusty partit dans la Cadillac récupérer ce qui restait de son salaire pour le donner aux Petitjean, il avait déterminé la position des parcs grâce aux cartes de Felix, puis recopié les notes d'Alton au dos d'un vieux plan de la baie de Barataria. Lorsque Therese avait suggéré d'emporter le carnet d'Alton sur la *Mathilde*, Rusty avait refusé net. « Il ne faut jamais rien emporter de précieux en mer. On ne peut pas se permettre de perdre ça », avait-il déclaré, donnant une tape sur le carnet. « À partir de maintenant, c'est notre Bible. » D'ailleurs, avant de rentrer chez lui, il avait reporté dans le carnet d'Alton les coordonnées indiquées par les cartes. « Tout ce qu'on a besoin de savoir est là-dedans », avait-il assuré à Mathilde en lui confiant le carnet de son fils. « Mettez-le en lieu sûr, d'accord ? »

Chez lui, malheureusement, Rusty ne trouva pas un seul dollar dans la boîte à cigares servant de coffret à souvenirs où il avait caché l'argent versé par les Petitjean. Il fouilla de fond en comble la chambre qu'il partageait avec son frère : sous le matelas, derrière l'armoire, dans les affaires de Ross... En vain.

Brandissant la boîte vide, Rusty demanda des explications à Darryl.

– Ce n'est pas à moi qu'il faut poser la question. Je ne dors jamais dans cette chambre. S'il est arrivé quelque chose, ça ne concerne que Ross et toi.

– Ce salaud m'a volé mon argent.

– Je ne suis pas au courant. De toute façon, je te le répète, tu n'as aucun droit de considérer cet argent comme le tien. C'est Ross et moi qui faisons ta part du boulot, pendant que toi tu manges les tartes et les crêpes de la mère Petitjean.

– Foutaises ! Vous en avez eu la moitié, comme convenu. Le reste est à moi.

– Et pourquoi te le faut-il maintenant ?

– Ça ne te regarde pas.

– N'oublie pas à qui tu parles, petit frère. Alors, que comptais-tu faire d'une somme pareille ?

Little Horse éclata de rire.

– La rendre, peut-être ?

Rusty rougit.

– Ne me dis pas que c'était dans tes intentions. Comment peux-tu être aussi bête ?

349

– C'est mon argent. Je suis libre d'en faire ce qui me plaît.

– Si tu l'avais encore, en tout cas. Oui, en admettant que tu l'aies encore…

– Que mijote Ross ?

– La même chose que moi…

Darryl eut un sourire gourmand.

– On est de sortie, ce soir.

– Tu es peut-être de sortie, mais les Petitjean t'attendent tous les trois chez eux.

– Et je parie que tu leur avais déjà fait des promesses, non ? Histoire de jouer les héros, les sauveurs, hein ! Tu sais qu'ils vont être déçus en découvrant qu'après toutes tes belles paroles, tu n'as plus un penny en poche ?

– Vous ne vous en tirerez pas comme ça, Ross et toi, je te préviens !

– Tu me préviens ? Tu as de la chance que je me sois habillé pour aller voir ces pauvres gens. Sinon, je t'apprendrais à mieux veiller sur notre argent. Je te flanquerais une bonne correction !

– Je n'ai pas perdu cet argent. Ross me l'a volé.

– Je me fiche bien des cent dollars dans ta maudite boîte à cigares. Je te parle d'un certain placement : un bateau, une maison et des huîtres à ne plus savoir qu'en faire.

Darryl tourna les talons et se dirigea vers la porte.

– Justement, on sait où elles sont.

À ces mots, Darryl s'arrêta net.

– Que dis-tu ?

– Ils ont des cartes où tout est marqué : les récifs, les courants, les points de repère… J'ai déterminé moi-même les positions.

Rusty se rengorgea, puis ajouta avec condescendance :

– Tu te souviens, hier soir, quand tu prétendais que les Petitjean ne s'en relèveraient pas, comme une bête avec une patte cassée ? Eh bien ils sont à nouveau sur pied.

– Tu crois que ça change quelque chose ? s'esclaffa Darryl. Ces cartes, elles nous facilitent juste la tâche à long terme. On touche au but, frérot. J'avais bien dit à Ross qu'on pouvait compter sur toi.

Rusty comprit soudain qu'il n'aurait jamais dû révéler ce qu'il avait découvert avec les Petitjean cet après-midi-là.

Darryl lui adressa un sourire ironique.

– Bravo, petit frère. Tu ne pouvais pas mieux faire.

31

Comme l'avait promis Rusty, les Petitjean attendaient Darryl lorsqu'il arriva au volant de sa Cadillac
bleu ciel. Mathilde le fit entrer avec une déférence
qu'il prit pour de la soumission. Ils savaient qu'il les
tenait, pensa-t-il avec une satisfaction non déguisée en
acceptant le café proposé par son hôtesse. Sur la table
était posée une assiette de croquants à la mélasse qui
sortaient du four.

– On a été navrés d'apprendre que vous étiez
malade, monsieur Petitjean.

Le mépris se lisait sur le visage de Felix.

Mathilde répondit depuis le fourneau où elle allu-
mait le gaz sous la bouilloire.

– Je suis sûre qu'il apprécie cette marque de sympathie, Darryl. Mais depuis hier, il n'arrive plus trop à
parler.

– C'est ce qu'on m'a raconté. Et à ce que j'ai compris,
ça ne s'arrête pas là.

– Non, les médecins parlent d'une série d'hémorragies cérébrales.

– En tout cas, on est sincèrement désolés. Je sais
que ça ne doit pas être facile pour vous, surtout après
avoir perdu Alton.

Mathilde versa une mesure de café dans la cafetière blanche émaillée.

– À vrai dire, Darryl, on ne sait pas ce qu'on va devenir. Sans ton frère Rusty, je ne crois même pas qu'on aurait tenu jusque-là.

– C'est bien le problème, madame Petitjean. Je voulais venir vous annoncer la nouvelle moi-même : on ne pourra plus continuer à vous envoyer Rusty.

– Enfin, Darryl, sans lui…

– Je regrette vraiment, madame, mais nos parcs regorgent d'huîtres. Ross et moi, on est jour et nuit sur le *Squall*. On ne suffit pas à la tâche.

– Si vous ne vous en sortez pas à deux, comment ferons-nous, sans personne ?

Darryl eut un petit sourire.

– Au moins, vous avez votre fille. D'après mon frère, elle en remontre aux hommes, sur un bateau.

Jusque-là, Therese avait écouté en silence.

– Darryl Bruneau, vous savez parfaitement que je suis incapable de manœuvrer une drague.

– J'aimerais pouvoir vous aider, mais on a besoin de Rusty pour pêcher à la gaffe dans les hauts-fonds. On n'a pas touché à ces parcs-là depuis la dernière fois qu'il est venu avec nous.

– Vous ne savez pas vous servir d'une gaffe, Ross et vous ? ironisa Therese.

– Parfaitement, mademoiselle Petitjean. On a mieux à faire. La pêche à la gaffe, c'est le travail de Rusty.

– Vous espérez me faire croire que tout ça n'a rien à voir avec nos prêts qui arrivent à échéance ?

– Qu'est-ce que j'y peux, si monsieur Petitjean est tombé malade ? Si vous cherchez un coupable, adressez-vous au bon Dieu. Moi, il se trouve juste que j'ai des huîtres à récolter, et que j'ai besoin de l'aide de mon petit frère.

– Vous n'êtes peut-être pour rien dans la maladie de papa, mais pour Alton, c'est une autre affaire.

– J'ignore où vous avez pêché l'idée qu'on était mêlés à ça. La main de Dieu, une fois de plus : il n'y a pas d'autre explication.

– Et tous ces malheurs qui sont l'œuvre de Dieu, pas la vôtre, je suppose qu'ils ne changent rien à la date de remboursement des prêts ?

– Nous aussi, on a des factures à payer, vous savez. Ce serait injuste envers nos créanciers de vous accorder un délai supplémentaire et de ne pas leur rembourser ce qu'on leur doit…

Darryl prit une profonde inspiration et sourit.

– Écoutez, mademoiselle Petitjean, si on pouvait trouver une solution ici ce soir, j'en serais le premier ravi. Avec tous les ennuis que vous avez eus ces dernières semaines, je serais trop heureux de vous aider à redresser la barre d'une façon ou d'une autre. Vous avez des suggestions ?

La bouilloire émit un sifflement strident. Mathilde éteignit le brûleur et versa lentement l'eau frémissante sur le café moulu. Sans lever les yeux de la cafetière, elle déclara :

– Ton petit frère doit nous apporter l'argent qu'il a gagné – la moitié, en tout cas. Ça devrait nous permettre de faire face aux remboursements de ce mois-ci.

Darryl gloussa.

– Pardon de vous décevoir, madame Petitjean, mais Rusty a tendance à parler trop vite. Il n'a plus d'argent. Une moitié a servi à payer la nourriture et les dépenses de la maison, c'est vrai. Quant à l'autre moitié, il ne lui en reste pas un penny. Si on lui pose la question, il est incapable d'expliquer ce qu'est devenu cet argent. Disparu dans la nature. Alors si vous comptiez sur mon petit frère pour vous tirer d'affaire, vous avez misé sur le mauvais cheval.

– Très bien, soupira Therese. Dites-nous ce que vous avez derrière la tête, Little Horse.

– J'ai pas mal réfléchi, c'est sûr. Envoyer le shérif ici pour qu'il vous jette dehors, c'est impensable. Surtout avec monsieur Petitjean malade. Voir votre famille réduite à ça, ce serait affreux, non ?

Mathilde servit une tasse de café à Darryl.

– Du lait ? Du sucre ?

– Non, madame, je bois mon café noir.

– Tu veux manger quelque chose ?

– Ma foi oui. Je n'ai jamais oublié les gâteaux à la mélasse que vous faisiez quand j'étais petit.

– C'est ta mère qui les faisait, pas moi. Elle m'a donné la recette.

– Ah bon ? On ne me l'avait jamais dit.

– Elle adorait les confiseries, ta mère. Elle en avait toujours dans ses poches.

Therese intervint.

– Et alors, quelle est votre idée pour empêcher le shérif de nous jeter dehors ?

– On repousse l'échéance de vos deux prêts pour services rendus.

– « Pour services rendus » ? ricana Therese. Où avez-vous appris ce jargon ? Auprès d'un avocat ?

Darryl eut l'air vexé.

– Vous ne croyez pas si bien dire. D'ailleurs, mademoiselle Petitjean, ça ne vous ferait pas de mal de vous familiariser avec la loi, surtout si vous prenez des libertés avec elle.

Therese dévisagea son interlocuteur, se demandant s'il faisait seulement allusion aux prêts.

– Et quel genre de services voulez-vous qu'on vous rende ?

– Vous souhaitez sûrement garder votre maison, en tout cas le plus longtemps possible. Quant à votre bateau, il ne me servirait pas à grand-chose, sauf si j'avais plus de parcs à exploiter. Voilà comment l'idée m'est venue : vous nous cédez quelques parcs, et on les considère comme des arrhes garantissant l'extension du prêt. Des intérêts, en quelque sorte.

– Des « arrhes » ? Vous passez vraiment beaucoup de temps avec les avocats, non ?

– J'essaie juste de vous faciliter les choses, mademoiselle Petitjean. Vous ne pouvez plus pêcher à la drague, pas avec votre père malade et personne d'autre que vous pour piloter le bateau. De mon point de vue, si vous nous cédez quelques parcs, tout le monde y trouve son compte.

Therese plissa les yeux.

– Attendez, Little Horse. Vous avez parlé d'intérêts. Ces parcs qu'on vous céderait, ils ne seraient pas déductibles des prêts, n'est-ce pas ? On vous devrait toujours autant d'argent.

Darryl sourit.

– Apparemment, mademoiselle, vous fréquentez vous aussi les avocats.

– Pas besoin d'un avocat pour savoir qu'on se fait escroquer.

– Si vous avez une meilleure idée, je vous écoute. Moi, je n'en vois pas d'autre.

– Donc on te cède quelques parcs, Darryl, et en échange, tu nous accordes un délai pour rembourser les prêts, conclut Mathilde. C'est bien ce que tu as en tête ?

– Oui, madame, exactement. Mais à une condition : que je puisse choisir les parcelles qui nous reviendraient, à mes frères et à moi.

– Comment sauriez-vous lesquelles valent la peine ? interrogea Therese d'un ton de défi.

Darryl lui lança le même regard que Suzanne Peljesich lorsqu'elle avait annoncé : « Échec et mat », la seule et unique fois où Therese avait joué aux échecs. L'expression de Suzanne trahissait le même mélange de fierté d'avoir triomphé, et de pitié pour celle qui s'était laissé surprendre de l'autre côté de l'échiquier. Un sourire sardonique apparut sur le visage de Darryl.

– Grâce à Rusty, répondit-il.

Cette fois, Therese étudiait fébrilement l'échiquier à la recherche du coup qui sauverait la partie.

– Alors soit on vous cède nos meilleurs parcs maintenant, soit vous mettez la main sur notre maison et notre bateau dès que les prêts arrivent à échéance. Mais si vous nous prenez le bateau, de toute façon, on ne pourra plus exploiter nos parcs, donc vous les rachèterez aux enchères pour une bouchée de pain. On dirait que dans tous les cas, vous raflez la mise.

– Je n'ai jamais prétendu suggérer la solution idéale, admit Darryl.

– Oh si, c'est la solution idéale. Celle-là même que votre père avait en tête quand il nous a accordé ces prêts.

– Sauf votre respect, c'est votre mère qui est venue lui mendier de l'argent.

Des chocs sourds sur le parquet firent sursauter le petit groupe.

De sa place, Felix avait suivi toute la discussion en silence. À présent, très agité, il donnait de violents coups de canne sur le sol, grommelant des jurons presque inintelligibles.

Therese était en colère, elle aussi.

– Ma mère n'a jamais rien mendié de sa vie. Si votre père nous a prêté de l'argent, c'est qu'il croyait avoir trouvé le moyen de nous déposséder de tout ce qu'on avait.

– Je ne suis pas là pour vous chercher querelle. Rien ne m'obligeait à venir ici ce soir. J'aurais aussi bien pu attendre mon heure, et rafler la mise de toute façon, comme vous dites. Je croyais juste qu'il existait peut-être une solution plus avantageuse pour tout le monde.

– Et cette solution, c'est de nous jeter dehors quoi qu'il arrive, mais pas tout de suite.

– Rien ne m'obligeait à venir, je le répète. Si l'aide que je vous propose ne vous intéresse pas, c'est votre problème.

Therese se demandait ce qui pouvait pousser Darryl à leur faire cette offre.

– Mais à quoi vous serviront ces parcelles ? répliqua-t-elle. Vous n'avez pas la moindre idée de l'endroit où sont les parcs. Et vous ne les trouverez jamais. Ce sont des aiguilles dans une meule de foin.

Darryl avança la même pièce que celle avec laquelle il avait déjà contré la jeune fille.

– Rusty sait où sont les parcs, lui. Et avec les calculs que vous avez faits cet après-midi, on a tout ce qu'il nous faut.

Therese fut prise de court.

– Vous êtes au courant, pour les cartes marines ?

– Que m'a dit Rusty, déjà ? Les récifs, les courants, les points de repère, il a déterminé toutes les positions.

– Voilà donc pourquoi il venait ici ? Pour nous espionner ?

Darryl haussa les épaules.

– Il est plus malin qu'il en a l'air, ce petit.

– Et maintenant qu'il a obtenu tout ce qu'il voulait, on ne le reverra plus ? C'est ça, l'idée ?

– Je regrette de ne plus pouvoir vous l'envoyer. Vraiment.

– Rien ne vous oblige à vous comporter ainsi, Darryl.

– J'attends que vous me donniez une bonne raison de m'en priver, petite fille. À votre avis, pourquoi suis-je venu ce soir ?

Therese reprit son souffle, consciente d'avoir perdu la partie :

– On devrait peut-être faire un tour en voiture, tous les deux. À votre dernière visite, vous disiez qu'on se trouverait sûrement des points communs. Vous aviez sans doute raison.

Darryl termina sa tasse de café et s'adressa à Mathilde.

– Merci, madame, il était excellent.

Il jeta un coup d'œil à Therese.

– Vous savez, mademoiselle Petitjean, je suis même prêt à vous laisser le volant de la Cadillac. Qu'en dites-vous ?

– Je n'ai jamais conduit une Cadillac.

– Vous verrez comme on s'habitue vite. À un certain luxe, je veux dire.

Darryl et Therese se levèrent.

Soudain Felix abattit violemment sa canne sur la table, faisant voler en éclats la tasse à café et la soucoupe. Il proféra un « Non ! » retentissant.

Mathilde s'était levée, elle aussi. Elle contempla le visage de son mari, déformé par la rage et la frustration. Puis elle se tourna vers sa fille.

– Tu es sûre de vouloir sortir ce soir, ma chérie ? Il paraît que l'ouragan arrive dans le golfe.

– Il est encore loin, maman. À plusieurs jours d'ici, en admettant qu'il soit pour nous.

Therese évita le regard de son père.

– Je ne rentrerai pas tard. Et c'est peut-être mon unique chance de conduire une Cadillac.

Au-dehors, seul un mince croissant de lumière blanchâtre griffait le ciel nocturne qui se couvrait de nuages. Le lendemain soir ce serait la nouvelle lune, songea Therese. Elle était devenue attentive aux caprices du temps et au cycle des marées depuis qu'elle naviguait avec son père. Et le sol lui semblait à présent résister sous ses pieds avec plus de force qu'à l'époque où elle ne passait pas encore ses journées sur le pont instable d'un bateau secoué par les flots. Elle aimait cette impression de chevaucher les vagues debout, une fois qu'on s'habituait à leurs oscillations pareilles à celles d'une valse lente, alors que personne ne pouvait maîtriser les rythmes de la terre ferme. On exerçait une pression ; la terre répondait par une pression contraire. En mer, au moins, chacun y mettait du sien.

Contournant la Cadillac avec Little Horse, la jeune fille remarqua un autocollant sur le pare-chocs arrière : MANGEZ DES HUÎTRES ET VOUS FEREZ L'AMOUR PLUS LONGTEMPS. Elle hocha la tête, accablée par la bêtise de certains hommes.

Darryl lui lança les clés.

– Tenez, prenez le volant.

L'habitacle était immense. La banquette avant parut à Therese aussi longue et large que son lit. Le cuir bleu ciel était fendillé après des années sous le soleil de la Louisiane, mais elle en aimait le contact contre ses cuisses nues à l'endroit où sa jupe remontait. Elle en aimait aussi l'odeur. On sentait que ce cuir avait été vivant autrefois, songea-t-elle.

Le moteur ronronna doucement. Le levier de vitesse toujours au point mort, Therese accéléra à peine et le ronronnement grimpa d'une octave. Darryl se rengorgea.

– Sacrée voiture, hein !

– Oui, impressionnant.

– Allez-y, passez la première.

Les pneus crissèrent sans effort sur le gravier.

– Elle roule toute seule, concéda Therese.

Ils se dirigèrent vers la route, mais au bout de quelques centaines de mètres, Darryl demanda à Therese de s'arrêter et de couper le contact. Elle ne voyait plus les lumières de sa maison dans le rétroviseur.

– Je croyais qu'on allait faire un tour, protesta-t-elle.

– Il faut d'abord qu'on parle.

– De quoi ?

Il restait de la défiance dans sa voix.

– Ne recommencez pas. Sinon, vous pouvez rentrer à pied chez papa-maman et leur dire de faire leurs valises.

Therese leva les mains en signe de capitulation.

– Je me tais.

– Bon, comme vous l'avez compris, j'ai toutes les cartes en main. Vous n'avez plus aucun recours : pas d'argent à attendre de mon frère et personne pour s'occuper de vos parcs.

La jeune fille acquiesça.

– Alors voilà le marché que je vous propose. Le même que mon père avant moi. On met nos parcs ensemble, vous et moi.

– C'est une demande en mariage ? interrogea Therese d'un ton sarcastique.

– Ce n'est pas un mariage d'amour qui vous permettra de garder votre maison et votre bateau.

– Mais si je vous épouse, je garde les deux.

– Je ne mettrai pas vos parents à la rue. Je me fiche bien de vivre dans une maison plutôt qu'une autre. Vous pourrez choisir. Mes frères et moi on exploitera tous les parcs, ceux des Petitjean comme ceux des Bruneau, avec le *Squall* et la *Mathilde*.

– Et moi ? J'aime bien être sur un bateau.

Little Horse éclata de rire.

– Il n'est pas question que ma femme travaille sur un chalutier. Vous n'aurez qu'à rester à la maison et avoir des enfants, comme toutes les autres.

362

– Pourquoi voulez-vous tant m'épouser ? Vous n'avez plus besoin de moi. Vous avez gagné. Qu'on se marie ou non, vous raflerez tout.

– Je suis obligé de répondre ?

– Vous êtes sûr de ne pas vouloir simplement réussir là où votre père a échoué ?

– Disons juste que vous m'intéressez depuis longtemps. Avant même que mon père vous rende visite, je pensais à vous.

– En tout cas, Little Horse, vous pouvez tout nous prendre et nous chasser de notre propre maison, ça ne changera rien. Il m'est impossible de vous épouser.

Darryl parut choqué.

– Pourquoi ?

– Je suis obligée de répondre ? Très bien, allons-y. Parce que vous êtes l'ordure qui a tué mon frère.

– Vous n'avez aucune preuve.

– J'étais là, au cimetière, quand vous avez dit à ma mère ce que vous alliez faire.

– Est-ce que j'ai vraiment parlé de tuer ce garçon ?

– Peu importe les paroles que vous avez prononcées. Le message était clair.

– Écoutez, je ne sais même pas si votre frère est bel et bien le meurtrier de mon père. Je me suis demandé plusieurs fois si ce ne serait pas quelqu'un d'autre. Après tout, le vrai coupable n'est pas toujours celui qu'on pense…

Ces mots mirent Therese en alerte.

– Vous affirmez qu'Alton n'a pas tué mon père. D'accord, poursuivit Darryl. Encore que dans ce maudit patelin, vous soyez bien la seule à le croire innocent. Mais admettons que les autres aient tort et que

363

vous ayez raison. Admettons qu'Alton n'ait rien à voir avec ce meurtre. Dans ce cas le salaud que pourtant tout accuse, c'est-à-dire votre frère, n'a rien à se reprocher. C'est bien ça ?

La jeune fille comprit où il voulait en venir.

– Tenez, moi, par exemple. Vous êtes sûre que j'ai assassiné votre frère, comme les autres sont sûrs qu'il a assassiné mon père. S'ils se trompent tous au sujet d'Alton, qui vous dit que vous ne vous trompez pas sur moi ?

– Alors qui est-ce, si ce n'est pas vous ?

Darryl hésita.

– Malheureusement, je ne serais pas étonné que ce soit Ross. Pour être franc, j'ignore où il était le soir où on a tué votre frère…

Therese n'avait pas envisagé la possibilité que Ross ait pu agir seul.

– D'ailleurs, rappelez-vous ce qu'il a failli vous faire l'autre soir, sur notre canapé…

Darryl hocha la tête.

– On ne pourra rien prouver, c'est sûr. Et on ne peut pas demander à quelqu'un de dénoncer son propre frère. Jamais vous n'iriez témoigner contre Alton, s'il était coupable d'un meurtre.

– En effet.

– Qui pourrait vous en vouloir ? Vous êtes du même sang.

– Or les liens du sang sont sacrés, soupira la jeune fille.

– Comprenez-moi bien. Je n'ai aucune certitude que Ross soit responsable de la mort de votre frère. Une seule chose est sûre : j'ai des doutes sur l'identité du meurtrier de mon père. Je commence à avoir ma petite idée. Mais si vous voulez des preuves, je n'en ai pas. Alors je suis obligé de mettre mes soupçons en veilleuse. Peut-être que la personne à qui je pense a tué papa, peut-être que non. Et si cette personne me soupçonnait d'avoir tué Alton, elle devrait se rappeler que les apparences peuvent être trompeuses.

Les deux jeunes gens restèrent assis en silence dans la voiture envahie par l'obscurité.

– Vous n'avez pas tort, pour les parcs à huîtres, concéda Therese.

– Vos parents gardent leur maison, j'épouse la plus jolie fille du coin, et vous devenez au passage la femme la plus riche d'Egret Pass.

– Il faut que je réfléchisse.

– À quoi ? C'est un cadeau qui vous tombe du ciel. Vous n'avez qu'à vous baisser pour le ramasser.

– On voit que vous savez faire entendre raison à une femme, Darryl.

Il hocha la tête.

– Parfois, soupira-t-il, je me demande si vous n'êtes pas plus homme que femme.

– Peut-être que tout dépend des circonstances.

– Pour le moment, murmura-t-il, il vous suffit d'être une femme. Vous pensez pouvoir y arriver le temps que je vous embrasse ?

– Sans doute que oui.

Darryl se pencha vers elle et la prit dans ses bras. Ses muscles étaient comme des galets enveloppés de soie. Cette fois, lorsqu'elle plongea son regard dans le sien, elle ne revit pas le visage de son frère. Elle se laissa plaquer contre la banquette.

D'une main, il l'attira plus près. Il y avait longtemps qu'elle n'avait pas approché un homme et elle ne résista pas, s'accrochant à son cou. Il fallait prendre une décision avant que les choses n'aillent trop loin. Tous les boutons de ses vêtements semblaient sauter les uns après les autres, une série de petites explosions silencieuses. Quelques instants plus tard elle distinguait à peine l'étoffe de la chair, et sa jupe en coton des doigts de Darryl. Il s'appropriait son corps, un membre après l'autre. Une jambe appuyée au dossier, elle vit son slip suspendu à sa cheville. Puis elle sentit le cuir fendillé contre sa joue tandis qu'une main l'immobilisait.

– Vous avez mis un préservatif ?

– Pas besoin. Tu es ma fiancée, maintenant.

Cette réponse arracha Therese au rêve dans lequel elle glissait.

– Sûrement pas !

Elle tenta de se dégager de l'étreinte musclée de Darryl, mais plus elle se débattait, plus il pesait sur elle. Soudain, un frisson traversa le corps du jeune homme.

– Si tu ne l'étais pas encore, voilà qui est fait, chuchota-t-il, hors d'haleine.

Quelques minutes plus tard, sa robe chiffonnée, les cheveux en désordre, Therese claqua la portière et parcourut à pied, entre deux rangées d'arbres noirs, les quelques centaines de mètres qui la séparaient de chez elle, le long d'un chemin sombre dont le gravier et les fragments de coquillages roulaient sous ses semelles à chaque pas.

32.

Des coups à la porte réveillèrent toute la famille Petitjean avant l'aube.

Mathilde regarda par la fenêtre pour voir qui était là.

– C'est Rusty ! cria-t-elle à son mari encore couché, et à sa fille qui attendait en haut de l'escalier dans son peignoir en éponge rose.

Ouvrant la porte, elle salua le jeune homme plus froidement que d'habitude.

Debout près du canapé, il dansait d'un pied sur l'autre.

– Little Horse m'a demandé de prendre la Cadillac et de venir vous aider sur le bateau aujourd'hui. Il a dit que Therese comprendrait.

– Il vous envoie ici dans la Cadillac ? interrogea Therese, contenant mal sa colère.

– Oui, alors qu'il refuse toujours qu'on s'en serve pour le travail.

– Hier soir, Darryl n'a jamais parlé de nous prêter Rusty, n'est-ce pas ? s'étonna Mathilde auprès de Therese.

– Non, maman. Mais je comprends bel et bien.

La jeune fille s'adressa à Rusty.

– Je sais pourquoi vous êtes là.

– J'aimerais pouvoir en dire autant, soupira-t-il. D'abord, Little Horse annonce qu'il a besoin de moi sur le *Squall*. Et quelques heures plus tard, voilà qu'il me réveille pour que je vienne ici.

Rusty se tourna vers Mathilde.

– Quant à l'argent que je vous ai promis hier, madame...

Elle hocha la tête.

– Tu n'as pas à te justifier. Ton frère nous a expliqué que tu ne l'avais plus.

– Il vous a parlé de ça ?

– Nous avons eu une conversation franche et directe avec Darryl, hier soir. Je crois que les choses sont claires, à présent. N'est-ce pas, ma chérie ?

– Oui, acquiesça Therese en foudroyant Rusty du regard. Tout le monde ici sait exactement à quoi s'en tenir.

– Écoutez, s'excusa le jeune homme, je n'ai rien pu faire. Ross a pris toutes mes économies pendant que je travaillais avec vous.

– Ross ?

– Oui, Ross m'a volé mon argent. Pourquoi ? Que vous a dit Darryl ?

Mathilde s'adoucit un peu.

– Parlons plutôt de ce qu'il n'a pas dit. Il n'a pas soufflé mot du fait que Ross t'avait volé tes économies.

– Si l'argent avait été dans sa cachette habituelle, je serais aussitôt revenu avec, hier soir. J'ai eu honte de vous avoir fait des promesses et de ne rien pouvoir vous donner.

– Tu n'as aucune raison d'avoir honte. Ce n'est pas ta faute.

Pour Mathilde, l'affaire était entendue.

– Et maintenant il faut que vous petit-déjeuniez, tous les deux, si vous prenez la mer aujourd'hui. Je m'en occupe. Therese, va t'habiller.

Resté au pied de l'escalier, Rusty appela la jeune fille lorsque Mathilde eut disparu dans la cuisine.

– Terry ? Vous voulez que j'aille chercher les cartes dans le bateau, pour décider où on va ?

– Laissez les cartes tranquilles ! Que je ne vous voie pas y toucher !

Perplexe, il prit un siège et attendit patiemment le petit-déjeuner.

Les cartes leur apportèrent une aide précieuse. Grâce à deux arbres morts et à une balise dont Alton avait noté la présence dans son carnet noir, les jeunes gens déterminèrent leur position à l'intérieur d'un triangle entre les îles de Bay Ronquille. En reportant ces informations sur les cartes, Rusty avait même ajouté les noms donnés aux différents points de repère par le frère de Therese. L'un des arbres était surnommé « Tête d'alligator », apparemment à cause des deux extrémités déchiquetées de son tronc dépourvu de branches et fendu par la foudre. L'autre avait été baptisé « Mademoiselle Sally », de manière plus énigmatique : ni Therese ni Rusty ne découvrirent le rapport entre le vieux cyprès qui se dressait au-dessus d'un bouquet de palmiers nains, et cet étrange surnom.

Suivant les contours du parc à huîtres tels qu'ils étaient recopiés sur le plan de la baie, Therese pilota la *Mathilde* pendant que Rusty remontait des dragues

aux poches alourdies par le poids de la prise. Ils tâton-
nèrent tous les deux pour se répartir les tâches en
l'absence de Felix, mais dès l'après-midi ils avaient
trouvé le rythme. Therese restait à la barre tandis que
Rusty remontait une drague et en mettait une autre à
l'eau ; puis Rusty relayait la jeune fille le temps
qu'elle sépare les grappes d'huîtres avec un marteau et
trie les meilleures pour en remplir les sacs.

Alors qu'il décrivait des cercles au-dessus d'un
autre parc à huîtres, Rusty se demanda pourquoi il
était tellement plus heureux en mer que sur la terre
ferme.

Tout est plus simple sur l'eau, conclut-il. Plus que
dans les bois où tout paraît tordu et enchevêtré. La mer
s'étend à perte de vue jusqu'à l'horizon et le ciel l'imite
au-dessus de nos têtes. Même couleur, même surface,
telles deux mains jointes en prière. Et tout ce qui arrivait
se passait entre ces deux mains. Sur l'eau, impossible de
se cacher. Alors qu'après trois pas dans les bois, on ne
savait plus où on était. Se perdre sur l'océan, ce n'était
pas comme s'égarer dans le labyrinthe arboré d'une
forêt. On se serait plutôt cru dans le désert.

Cette image – un désert uniquement fait d'eau – lui
parut si étrange qu'il perdit le fil de ses pensées.

D'humeur maussade toute la journée, Therese avait
ses propres préoccupations. Rusty s'efforçait de se
tenir à distance, chose difficile sur un bateau. Au
moindre désaccord, une dispute éclatait avec la violence d'un orage d'été. Apparemment, la jeune fille
ressassait une rancœur quelconque.

Vers la fin de l'après-midi, une fois qu'il eut
remonté leur dernière drague, Rusty fit une pause. Il

rejoignit Therese dans la cabine et tenta de la distraire par quelques taquineries, mais elle se récria :

– Vous avez le toupet de plaisanter après ce que vous avez fait !

– Quoi ? Qu'est-ce que j'ai fait ?

– Ne jouez pas les innocents avec moi. Darryl nous a révélé hier soir que vous étiez là pour nous espionner.

– Vous espionner ? C'est lui qui me demandait sans arrêt de vous surveiller tous les trois. De le tenir au courant de vos ennuis. Peut-être même de vous en créer de nouveaux si la situation s'améliorait trop. Mais moi, je ne lui ai jamais rien dit, pas un mot.

– Vous n'êtes qu'un sale menteur, Rusty Bruneau. Votre frère savait ce qu'on avait recopié sur les cartes marines quand il est venu hier soir. Si vous ne lui avez rien dit, comment l'a-t-il appris ?

– D'accord, je lui en ai parlé, mais pas pour les raisons que vous croyez. J'essayais de l'empêcher de mettre la main sur vos parcs. De lui faire comprendre qu'il vous restait une chance de vous en sortir maintenant que vous saviez où étaient les huîtres.

Therese se calma un peu.

– C'est tout ce que vous lui avez dit ?

– Je crois bien. Quand je m'énerve contre Darryl, parfois des choses m'échappent.

– Donc vous n'étiez pas son espion ?

– Comment osez-vous me poser la question ? Vous en seriez où, sans moi ?

– Je n'aurais jamais dû croire Little Horse sur parole. Mais il est rusé comme un renard, vous savez. Il a toujours un coup d'avance sur vous.

– Pas besoin de me le dire.

– En tout cas, ça ne change plus grand-chose.

– Pourquoi ?

– On devrait bientôt être de la même famille, tous les deux.

– Vous allez épouser Little Horse ?

– Je n'ai pas le choix. Sinon on perd tout, mes parents et moi.

– Avec ces cartes, pourtant, l'argent devrait rentrer. Et plus question que vous me versiez un salaire. Une fois payés l'essence pour le bateau et la glace pour les crevettes, ce sera tout bénéfice pour vous.

– À votre avis, pourquoi Darryl vous a-t-il envoyé aujourd'hui ? Vous croyez que si je lui avais dit non, il vous aurait laissé venir ? Et dans ce cas, on en serait réduits à quoi ? Si je ne lui obéis pas, il se débrouillera pour qu'on perde tout. Je dois penser à mes parents. Surtout avec papa gravement malade.

– Je parie que Little Horse en a joué, de la maladie de votre père.

– Il ne nous a rien caché de ce qui nous attendait, si on refusait son offre.

– De toute façon je n'ai pas besoin de sa permission pour venir travailler sur ce bateau ! déclara Rusty, furieux. Je vous donnerai un coup de main aussi souvent que ça me plaira. Qu'il aille au diable, mon frère !

– C'est gentil de votre part, mais ça ne résout pas vraiment le problème. Maman et moi, on a beaucoup parlé la nuit dernière, quand je suis rentrée après avoir vu Darryl.

– Je croyais qu'il était venu chez vous ?

– Oui, mais ensuite on est allés faire un tour tous les deux. À mon retour, maman m'a dit la vérité sur l'argent qui nous reste. On est très loin du compte. Tous les deux, on pourrait remonter des dollars dans nos filets que ça ne changerait rien.

Rusty ne put dissimuler sa colère.

– Après ce qu'il a fait, je ne comprends pas comment vous pouvez envisager de l'épouser !

Therese baissa la manette des gaz.

– Qu'est-ce qu'il a fait ?

Le jeune homme ne regrettait pas les paroles qui venaient de lui échapper, mais il se reprit aussitôt :

– Je ne peux pas en dire plus. C'est mon frère.

Therese coupa les gaz et le bateau continua sur sa lancée.

– C'est quoi, cette histoire de dette dont vous parliez hier ? Quelle dette avez-vous envers nous ?

Rusty prit une profonde inspiration.

– Je ne peux pas vous répondre. Jamais je ne pourrai raconter ce qui s'est passé.

Therese eut beau revenir à la charge sur le chemin du retour, elle ne tira rien de plus de Rusty.

Lorsqu'ils regagnèrent la maison, Mathilde était aux fourneaux.

– Je prépare un repas digne de ce nom pour ton père. Ce ne sera pas prêt tout de suite, mais tu es invité, Rusty.

– Oui, maman, il va rester, décréta Therese.

– Little Horse m'a demandé de rentrer, ce soir. Il veut que demain, j'aille pêcher à la gaffe dans les hauts-fonds avec Ross et lui.

– On veillera à ce que vous rentriez à temps, ne vous en faites pas, promit Therese. Et maintenant, occupons-nous du bateau.

En passant au jet le pont et les compartiments qu'ils avaient remplis d'huîtres dans la journée, la jeune fille parla de son frère à Rusty. Elle lui raconta la fois où Alton avait voulu garder un bébé crabe que son père avait attrapé dans un chalut plein de crevettes, le mal qu'il s'était donné cette nuit-là pour nourrir la malheureuse créature dans un bol d'eau près de son lit, l'inquiétude qu'il avait manifestée le lendemain matin à l'idée que son nouvel animal de compagnie s'ennuie de sa mère, et sa décision de relâcher le minuscule crabe dans le bayou avant le petit-déjeuner.

– Vous en connaissez beaucoup, des gens qui ont réussi à maintenir en vie un de ces petits crabes assez longtemps pour le ramener sain et sauf chez eux, sans parler de le remettre en liberté plus tard ? demanda Therese à Rusty en grattant les dents d'une drague pour enlever la vase.

Voyant le jeune homme ému par ses anecdotes, elle revint durant tout le dîner sur la gentillesse et la générosité d'Alton. Elle rappela en particulier le courage avec lequel son frère volait au secours des plus faibles.

– Si je me souviens bien, vous m'avez même dit qu'il avait pris votre défense contre Ross. Et si vous racontiez cette histoire à mes parents ? C'était typique d'Alton, ce qu'il a fait pour vous.

Elle remplit à nouveau le verre de Rusty. Elle avait tenu à ouvrir une bouteille de vin, soi-disant pour fêter la fin de tous leurs problèmes.

Après le dîner, elle laissa Mathilde faire la vaisselle et emmena Rusty jusqu'au ponton. Alors que le jeune homme tenait déjà difficilement sur ses jambes, elle emporta une seconde bouteille de vin qu'elle avait débouchée.

Seule la lumière provenant de la maison les éclairait. À cause de la nouvelle lune, le ciel était sombre, couvert de nuages chassés vers l'intérieur des terres par l'ouragan qui se déchaînait dans le golfe, à des centaines de kilomètres de là.

Therese s'assit au bord du ponton, ses pieds nus dans le vide au-dessus de l'eau.

– Alors on dirait bien que vous allez m'avoir pour belle-sœur.

Rusty s'installa pesamment près d'elle. Elle lui tendit la bouteille avant de poursuivre :

– Therese Bruneau… Pas aussi joli que Therese Petitjean, non ?

– Vous allez vraiment épouser ce salaud ?

– À moins que vous ne me donniez une bonne raison de ne pas le faire, répliqua-t-elle d'un ton aguicheur.

Le jeune homme avala une nouvelle rasade de vin rouge.

– Oh, j'en ai une très bonne.

– Laquelle ?

Il se renfrogna.

– Rien. Allez-y, épousez Little Horse si ça vous chante. Qu'est-ce que j'en ai à faire ?

Therese reprit la bouteille et but quelques gorgées.

– Vous savez, il fait tellement noir, ce soir, que personne ne verra rien de la maison.

– Voir quoi ?

– Vous n'avez pas envie de prendre un bain de minuit dans le bayou ? L'eau est encore chaude.

– Je n'ai pas de maillot.

La jeune fille posa la bouteille entre eux.

– Pas besoin de maillot, souffla-t-elle à l'oreille de Rusty.

Trop ivre pour la faire taire, il détourna le regard. Au bruissement de ses vêtements, il devina qu'elle se déshabillait près de lui sur le ponton. Quand elle plongea dans le bayou, elle éclaboussa le bas de son pantalon.

– Venez ! s'écria-t-elle. C'est aussi chaud qu'un bain.

– Ça m'étonnerait, marmonna Rusty, s'efforçant de ne pas la regarder.

Soudain il sentit qu'elle l'attrapait par les jambes, comme pour l'entraîner dans le bayou. Lorsqu'il se pencha pour desserrer l'étreinte de ses mains, il la vit malgré l'obscurité : la poitrine hors de l'eau pour mieux se cramponner à ses jambes, la chevelure enroulée sur son épaule telle une étoffe mouillée, un sein niché au creux d'un bras elle lui adressait un sourire radieux. Il en eut le souffle coupé.

Il l'aida à remonter sur le ponton mal équarri et l'attira près de lui, nue et grelottante.

– Il faut absolument que vous me disiez ce que Darryl a fait à mon frère, murmura-t-elle, blottie contre lui pour se réchauffer.

Ils restèrent là longtemps, à parler et à boire.

Une fois ses cheveux suffisamment secs pour qu'elle les attache avec le bandana qu'elle laissait sur le

bateau, ils regagnèrent la maison où Rusty, complètement ivre, s'endormit sur le canapé.

– Comment t'es-tu mouillé les cheveux ? s'étonna
Mathilde.

– On s'est amusés, répondit Therese en guise
d'explication.

– Alors allons chercher une couverture pour ce garçon. Pas question qu'il ressorte dans cet état.

– Tu devrais téléphoner aux Bruneau, maman, pour
les prévenir que Rusty dort ici.

– Tu as raison, Terry. Nous, on serait morts
d'angoisse si quelqu'un ne rentrait pas de la nuit.

Therese vit sa mère grimacer imperceptiblement en
prenant conscience de ce qu'elle venait de dire.

– Oui, maman, sans doute.

Mathilde hocha la tête.

– Ça ne s'effacera jamais, n'est-ce pas, ma chérie ?

– S'effacer ? Le souvenir d'Alton ? C'est vraiment
ce que tu souhaites ?

– Seulement de ne pas être ainsi prise au dépourvu.
L'espace d'un instant tu oublies qu'Alton n'est plus là,
et brusquement la réalité te rappelle à l'ordre. Chaque
fois, c'est comme si j'apprenais à nouveau sa mort.

– Eh bien moi, il n'y a pas une seconde où je ne
pense pas à Alton. Et je ne l'oublierai jamais, rétorqua
Therese.

Mathilde la prit par l'épaule.

– Non, ma chérie, surtout n'oublie pas ton frère.
Personne ne t'aimera jamais aussi fort que lui.

La jeune fille fondit en larmes.

– Tu ferais mieux d'appeler Little Horse, dit-elle, la
gorge nouée par l'émotion.

– Oui, j'y vais.

Elle s'essuya les yeux pendant que sa mère composait le numéro des Bruneau.

– Darryl ? C'est madame Petitjean. Tout va bien ?

Therese suivit la conversation d'une oreille.

– Le problème, c'est que ton petit frère a bu un peu trop de vin. Il ne tient pas bien l'alcool, ce garçon, on dirait ? Il n'est pas en état de reprendre le volant ce soir.

Elle s'interrompit pendant que Darryl disait quelque chose à l'autre bout du fil.

– Non, il dort déjà à poings fermés sur le canapé. On vous le renvoie demain matin. On va se coucher, nous aussi.

Therese sourit. Elle savait que Darryl n'avait aucune chance de faire changer sa mère d'avis.

– Non, ça ne nous dérange pas. Restez chez vous et dormez sur vos deux oreilles. Rusty a la Cadillac. Il vous rejoindra sur le bateau demain matin.

Mathilde marqua une nouvelle pause.

– Oui, bonne nuit, Darryl. Une dernière chose : nous avons beaucoup apprécié ta visite, hier soir. Maintenant tu peux dormir tranquille, entendu ?

33.

Therese attendit minuit passé pour se glisser hors de sa chambre et descendre sans bruit l'escalier, ses chaussures à la main. Traversant le salon à pas de loup dans la pénombre, jusqu'au canapé où ronflait doucement Rusty sous une couverture au crochet faite par Man-mère, elle tira délicatement de la poche du jeune homme les clés de la Cadillac. Il ne bougea même pas.

« Il ne doit pas avoir l'habitude de boire de l'alcool », se dit Therese.

Comme souvent la nuit, la porte d'entrée n'était pas fermée à clé. La jeune fille tourna lentement la poignée et referma la porte derrière elle le plus silencieusement possible. Enfilant ses chaussures, elle se hâta d'aller chercher sur le bateau les outils dont elle aurait besoin.

Pour atténuer le crissement des pneus sur le gravier, elle roula au pas jusqu'à ce que l'éclairage extérieur de la maison disparaisse dans le rétroviseur, caché par les arbres au détour du chemin. Alors, seulement, elle alluma les phares et accéléra un peu. La route était déserte dans les deux sens lorsqu'elle ralentit au bout du chemin et, une fois sur la chaussée goudronnée, elle augmenta sa vitesse.

Quelques minutes plus tard, apercevant les feux arrière d'un pick-up à une centaine de mètres devant elle, elle décéléra pour garder ses distances. Au croisement suivant, le pick-up bifurqua et prit l'ancienne route menant au fleuve.

En contrebas de la grand-route, le port était plongé dans l'obscurité. Therese ralentit à son approche, vérifiant qu'il n'y avait aucun véhicule arrêté près des bateaux. Par cette nuit sans lune, on n'y voyait pas grand-chose ; seul un lampadaire installé à l'autre bout du port donnait un peu de lumière. Aussi la jeune fille longea-t-elle le quai pour s'assurer qu'elle ne serait pas importunée, puis elle fit demi-tour sur le parking de la boutique d'appâts servant d'épicerie, fermée à cette heure tardive.

Dès qu'elle eut regagné le port et garé la Cadillac derrière un bouquet de cyprès qui la rendaient invisible de la route, Therese trouva le *Squall* sans difficulté. Le crevettier des Bruneau oscilla sous ses pas quand elle descendit à bord.

Elle ouvrit le panneau le plus proche du moteur. À l'aide de la torche électrique qu'elle avait prise dans la cabine de la *Mathilde*, elle repéra la pompe, crasseuse et baignant en partie dans l'eau. La pompe, le tuyau d'alimentation, le carburateur : Therese les identifia aussitôt grâce au cours de mécanique donné quelques jours plus tôt par Rusty sur la *Mathilde*. Alors qu'elle avait apporté un tournevis pour desserrer le collier de serrage, elle eut la mauvaise surprise de découvrir un simple tuyau d'arrosage fixé à l'embout de la pompe. Un fil de fer enroulé plusieurs fois autour du tuyau tenait lieu de collier de serrage.

La jeune fille tenta en vain de le desserrer : il était rigide, rouillé par l'eau de mer stagnant au fond de la cale. Elle comprit qu'elle n'aurait pas le temps d'en venir à bout, et replaça le tournevis sur le torchon dont elle avait enveloppé les outils pris sur la *Mathilde*. Saisissant un étui de cuir, elle en tira le couteau d'Alton.

Elle palpa le tuyau jusqu'à l'endroit où il formait un coude, à quelques centimètres de l'embout qu'il dissimulait. Après avoir glissé dessous la lame du couteau, elle pratiqua une entaille à la base du tuyau, comme si elle tranchait une gorge minuscule. Elle essuya le couteau avec le torchon et braqua le faisceau de la torche sur le tuyau. D'en haut, on ne voyait rien. Mais lorsqu'elle passa l'index sur l'entaille, elle sentit l'essence y perler. Elle porta son index à ses narines pour en avoir confirmation. L'odeur à la fois douceâtre et métallique la fit grimacer.

Il ne lui fallut qu'une minute pour replacer le panneau et découper le torchon en plusieurs carrés, afin de boucher les aérations du pont et du tableau. À l'aide de sa torche elle vérifia qu'il ne restait aucune trace de son passage, puis recompta ses outils pour éviter d'en laisser un sur le *Squall*.

Alors qu'elle s'apprêtait à regagner le quai, des phares approchèrent sur la route. Redescendant d'un bond, elle s'accroupit à l'arrière du bateau, derrière une pile de paniers.

Même si, de sa cachette, elle ne voyait rien, il lui sembla que le véhicule, quel qu'il fût, avait ralenti à la hauteur des chalutiers avant de reprendre de la vitesse. Effrayée, elle récupéra ses outils, remonta sur le quai, fonça vers la Cadillac. À son grand soulagement, celle-ci disparaissait presque entièrement derrière les cyprès.

Therese roula trop vite pour rentrer chez elle, mais elle était seule sur la route. Encore tremblante de peur, elle s'engagea à vive allure sur le chemin conduisant à la maison de ses parents et sentit la Cadillac déraper sur le gravier. L'immense voiture sembla se rétablir tandis que la jeune fille décélérait. Elle freina de nouveau quand elle aperçut entre les arbres la lumière vacillante de l'éclairage extérieur.

Avec un maximum de précautions, elle pénétra dans la maison, tenant toujours ses chaussures d'une main, les clés de la Cadillac de l'autre. Elle gravit l'escalier qui menait à sa chambre en s'arrêtant à chaque marche. Lorsqu'elle alluma sa lampe de chevet, elle s'assura qu'à bord du *Squall*, elle avait bien essuyé toutes les taches de cambouis sur ses mains avec le torchon.

Elle se félicita d'avoir mené à bien sa tâche. Elle n'avait rien oublié.

Après avoir enfilé une chemise de nuit légère et son peignoir, elle redescendit pieds nus l'escalier et glissa les clés dans la poche de Rusty sans le réveiller. Desserrant la ceinture de son peignoir, elle s'agenouilla près du jeune homme endormi, puis lui chatouilla l'oreille jusqu'à ce qu'il ouvre les yeux.

– Debout, paresseux, chuchota-t-elle dans l'obscurité.

– Quelle heure est-il ? demanda Rusty, le cerveau encore embrumé par l'alcool.

– Près de deux heures du matin. Je n'arrivais pas à m'endormir.

– Moi, je n'ai eu aucun problème.

Il bâilla bruyamment.

– Chut ! Vous allez réveiller mes parents.

Therese jeta un coup d'œil vers la porte de leur chambre, mais la lumière ne s'alluma pas.

– Venez. En haut, on pourra parler sans les déranger.

Rusty se redressa et se frotta les yeux.

– Parler de quoi ? souffla-t-il.

Elle le prit par la main.

– Montons d'abord avant que papa et maman nous entendent.

Il n'était encore jamais entré dans la chambre de Therese. Nichée sous les combles, c'était une pièce confortable, pleine de peluches, de poupées de chiffon, de coussins brodés. Tout y semblait trop petit : la chaise devant le bureau d'écolière, le lit étroit, l'étagère à livres rose. Cette facette de la personnalité de Therese, jeune fille sortie de l'enfance depuis quelques années à peine, se révélait rarement. Rusty fut touché qu'elle la lui dévoile ainsi, avec calme, sans l'esbroufe habituelle.

À cause du plafond mansardé, il devait faire attention à ne pas se cogner. Ne sachant trop où s'installer, il s'assit au bord du lit près de Therese.

– Vous n'allez quand même pas l'épouser, maintenant que vous êtes au courant ?

– Épouser le salaud qui a tué mon frère ? À votre avis ?

– Je n'aurais sans doute rien dû vous dire, mais vous imaginer mariée à Little Horse, ça paraissait impossible. Pas après ce que Ross et lui ont fait à Alton.

– Ce n'est pas facile, de trahir quelqu'un du même sang. Mais qui laisserait une fille épouser le meurtrier de son frère ? Dites-le-moi…

Elle posa la main sur la sienne.

– Pas quelqu'un comme vous, au moins.

Gêné, Rusty retira sa main.

– En tout cas, ce que je vous ai dit, je ne le répéterai à personne d'autre. Pas question que je témoigne contre mes frères au tribunal ou ce genre de chose. Tout ça reste entre nous. Ça ne doit pas sortir d'ici.

– Je ne vous demanderai rien d'autre. J'avais juste besoin de savoir ce qui s'était passé, voilà tout.

Rusty baissa la tête.

– Little Horse prétend que je suis aussi coupable que Ross et lui. Moi, je ne vois pas les choses comme ça…

Le jeune homme se tourna vers Therese.

– J'aurais dû deviner ce qu'ils mijotaient, quand on attendait dans le pick-up qu'Alton rentre chez vous. Mais honnêtement, jamais je n'aurais imaginé qu'ils avaient dans l'idée de le tuer.

Therese opina du chef.

– Si quelqu'un a le droit de vous croire coupable, c'est moi. Mais vous ne l'êtes pas. D'après ce que vous m'avez raconté tout à l'heure au bord du bayou, vous avez été aussi surpris que mon frère par ce qui s'est passé.

– Je ne m'y attendais pas du tout.

– Alton s'est assis ici je ne sais combien de fois, au même endroit que vous. Et je vous promets que si les morts pouvaient parler, il vous dirait la même chose que moi. Ce n'est pas votre faute, ce qui est arrivé. Ce meurtre, Darryl et Ross en sont les seuls responsables.

– Je n'en dors plus depuis des semaines, soupira Rusty.

– Eh bien cette nuit, vous dormirez tranquille. Comme un bébé, assura Therese.

Rusty se pencha en avant pour se lever.

– Je devrais rentrer chez moi. Demain matin, Darryl veut que j'aille en barque pêcher à la gaffe dans les hauts-fonds.

Therese le retint par les épaules.

– Vous n'êtes pas encore en état de conduire. Faites un petit somme avant de partir.

– Oui, j'ai peut-être le temps.

– Évidemment que vous avez le temps. Des heures, même. Enlevez vos chaussures et allongez-vous. Je vous réveillerai pour que vous ne soyez pas en retard.

Rusty avait du mal à lutter contre les effets conjugués de la fatigue des semaines écoulées et du vin que Therese lui avait généreusement servi. Il retira ses chaussures.

– Juste un somme, alors.

– Étendez-vous, je m'occupe de tout, lui dit Therese d'une voix apaisante. Tenez, ôtez votre chemise et défaites-moi ce ceinturon. Sinon, vous ne vous endormirez jamais...

Elle lui dégagea les épaules pour l'aider.

– Là... Vous ne vous sentez pas mieux ? Maintenant, couchez-vous et fermez les yeux.

Elle éteignit la lampe de chevet. La pièce disparut, noyée dans les ténèbres.

Rusty avait à peine eu le temps de s'endormir, lui sembla-t-il, qu'il découvrit soudain la jeune fille contre lui dans le petit lit. Il lui glissa un bras sous la nuque et changea de position pour lui faire de la place. Son autre bras se retrouva alors en travers de la hanche de Therese. Il laissa ses doigts lui effleurer la cuisse. Il s'aperçut qu'elle était nue.

Sans qu'il ait le temps de réagir, elle lui baissa son pantalon, faisant monter à ses lèvres un long soupir. Ce premier gémissement d'aise se fondit seulement dans le silence quand Rusty, débarrassé de ses vêtements et tout tremblant, se tint en équilibre au-dessus du corps menu qui s'agitait sous le sien dans le noir.

– On n'a pas besoin… ?

Confus, il tenta de se rappeler une formulation polie.

– On n'a pas besoin de protection ?

Therese ne put s'empêcher de sourire.

– Tu es trop mignon. Je pourrais te manger.

Elle l'attira sur elle.

– Ne t'inquiète de rien. Contente-toi de me faire confiance, d'accord ?

Rusty dut se retenir pour ne pas répondre : « Oui, madame. »

Après tant de nuits passées à imaginer comment ce serait la première fois, il n'en revenait pas que la réalité soit si différente. Il n'aurait jamais pu, par exemple, deviner ces odeurs, ces fragrances intimes d'une femme sous l'empire du désir, ni son goût si particulier. Ni ce contact, chair contre chair, d'un corps féminin cramponné au sien. Pas plus qu'il ne s'attendait à un tel enchevêtrement de membres, au point qu'on ne savait plus vraiment à qui était ce doigt posé sur vos lèvres. Et pourtant, aussi surprenantes que fussent ces sensations imprévues, rien n'aurait pu le préparer à l'intensité du plaisir donné par la voix de Therese, par le chant de sa respiration qui s'amplifiait au rythme des élans de son propre corps, pareils à ceux d'un dauphin fendant les vagues.

Après, encore abasourdi et frissonnant d'excitation, Rusty sentit la main de Therese suivre sur sa cuisse le sillon de sa cicatrice.

– Qui t'a fait ça ? demanda la jeune fille d'une voix ensommeillée.

Il lui raconta l'histoire du câble qui avait cédé sur le bateau de son père.

– Ils auraient dû mieux s'occuper de toi, déclara-t-elle, de nouveau en colère contre les Bruneau.

– J'ai survécu, répondit-il simplement.

Therese nicha son visage au creux de l'épaule de Rusty.

– Heureusement pour moi, murmura-t-elle.

Étendus dans l'obscurité, ils se turent quelques instants.

– On peut recommencer ? suggéra Rusty, timide et impatient à la fois.

– Tu n'en as donc pas eu assez, mon garçon ? lança Therese dans un éclat de rire.

– Non, madame.

Cette fois, lorsque Rusty s'écarta d'elle après leurs ébats, il s'endormit sans même penser à l'embrasser. Elle tira sur le couvre-lit et le drap de dessus pour en recouvrir le jeune homme assoupi. Puis elle se blottit contre lui et ne tarda pas à s'endormir à son tour.

L'aube colorait déjà les rideaux de la lucarne quand Rusty secoua Therese pour la réveiller.

– Quelle heure est-il ? interrogea-t-il, pris de panique.

– C'est encore la nuit. Rendors-toi, mon chéri.

– Non, regarde la lucarne. Il fait presque jour. Je devrais déjà être sur le bateau avec Darryl et Ross. Ils m'attendent sûrement au port.

Therese se retourna et jeta un coup d'œil à la lucarne.

– Ce n'est pas le soleil. Juste le reflet de la lune sur les rideaux.

– C'était une nuit sans lune.

La jeune fille fit mine de se fâcher.

– En tout cas, pas question que tu partes. Peu importe l'heure.

– Pourquoi ?

Elle lui sourit.

– Parce que je n'en ai pas fini avec toi.

Déjà en pantalon, Rusty baissait la tête pour ne pas se cogner au plafond mansardé. Therese le saisit par son ceinturon et l'attira sur le lit.

– Mais je dois aller pêcher à la gaffe avec mes frères !

– Les huîtres se fichent bien que tu les récoltes aujourd'hui ou demain ! Elles ne vont pas s'envoler. Elles ne décolleront jamais de leur rocher.

– Little Horse ne va pas apprécier que je désobéisse.

– Il est peut-être temps que tu te mettes à récolter des huîtres pour ton compte.

– Je n'ai jamais vu une fille comme toi, soupira le jeune homme, laissant son pantalon glisser à ses chevilles.

34.

Comme la veille, Mathilde fut réveillée par un poing frappant à la porte. Ce jour-là, cependant, les coups semblaient frénétiques.

Le soleil était déjà haut dans le ciel. Elle ouvrit la porte et tomba sur le shérif Christovich debout sous le porche, son chapeau à la main.

– Matthew, qu'y a-t-il ?

– Rusty Bruneau est-il chez vous, Mathilde ?

– Je ne crois pas. Il a dormi ici, sur le canapé, mais vous voyez qu'il n'est plus là. Il devait aller pêcher avec ses frères, ce matin. J'en ai parlé avec Darryl hier soir. Rusty devait les retrouver au port, Ross et lui.

– Comment était-il censé les rejoindre ?

– Avec la Cadillac. Darryl l'avait prêtée à Rusty pour qu'il vienne ici, hier. Pourquoi cette question ?

– Parce qu'au moment où je vous parle, la Cadillac de Horse est garée à côté de ma voiture de patrouille.

– Dans ce cas, je ne sais pas, répondit Mathilde. Il est peut-être dans le lit d'Alton. C'est là qu'il dort, d'habitude.

– Vous pourriez vérifier ?

Ils longèrent le couloir ensemble. Le lit d'Alton n'était pas défait.

– Que se passe-t-il, Matthew ?

– De mauvaises nouvelles, j'en ai peur.

– Je ne crois pas qu'il nous en faille d'autres.

– Il y a une heure ou deux, le *Squall* a explosé au beau milieu du chenal.

– Le bateau des Bruneau ?

– Malheureusement oui. On sait que Little Horse et Ross étaient à bord, mais personne n'a vu Rusty au port quand ils faisaient le plein. J'espère qu'il n'était pas du voyage.

– Et Ross et Darryl ?

Le shérif hocha la tête.

– Morts tous les deux. Un vrai feu d'artifice, à ce qu'il paraît…

Mathilde s'assit.

– Les malheureux…

– Vous croyez que Terry saurait où est passé Rusty ? S'il est en vie, je ne voudrais pas qu'il apprenne la nouvelle par quelqu'un d'autre.

– Je vais lui poser la question.

Mathilde monta jusqu'à la chambre de Therese et frappa. Aucune réponse. Elle allait recommencer lorsque sa fille entrouvrit la porte pour voir qui était là.

– Que veux-tu, maman ? Je dormais.

– Le shérif Christovich est en bas, ma chérie. Il cherche Rusty. Il y a eu un accident.

– Quel genre d'accident ?

– Ses deux frères, annonça Mathilde, l'air sombre.

Soudain, la porte s'ouvrit tout grand. Rusty apparut derrière Therese, seulement vêtu de son pantalon.

– Qu'est-il arrivé à mes frères ?

Mathilde fut stupéfaite de le trouver dans la chambre de sa fille. Le shérif, qui les observait depuis le rez-de-chaussée, répondit à sa place.

– Votre bateau a sauté dans le chenal il y a peu de temps, mon garçon. Tes frères étaient à bord.

– Quoi ?

Bousculant les deux femmes, Rusty se précipita sur le palier et se pencha au-dessus de la balustrade. Il dévisagea le shérif, puis Felix qui venait d'arriver dans le salon en pyjama, appuyé sur sa canne.

Mathilde, derrière le jeune homme à présent, lui posa la main sur l'épaule.

– Ross et Darryl sont morts, mon petit.

La tête de Rusty retomba lourdement.

– Morts ? Tous les deux ? Sur le bateau ?

– Va t'habiller, suggéra doucement Mathilde.

Il disparut dans la chambre. Mathilde se tourna vers sa fille.

– Toi aussi, habille-toi et descends tout de suite. On reparlera de tout ça plus tard.

Elle désigna d'un geste vague le lit de la jeune fille.

– Oui, maman, dit Therese, l'air penaud, avant de fermer la porte derrière elle.

Felix, rouge de colère et de honte de voir l'incon-duite de sa fille ainsi affichée devant le shérif, cracha deux ou trois paroles inintelligibles tout en brandissant sa canne vers la chambre du haut.

– Que veux-tu que j'y fasse ? soupira Mathilde. On verra ça avec elle après. Pour l'instant, c'est de Rusty qu'il faut s'occuper.

Christovich pesa ses mots avec soin.

– Mathilde a raison. Ce garçon vient de perdre la seule famille qui lui restait. Ce n'est pas le moment de régler des comptes. Vous aurez tout le temps de le faire plus tard.

À l'étage, Therese caressait les cheveux de Rusty pendant qu'il enfilait ses chaussures.

– J'aurais dû être avec mes frères, répétait-il mécaniquement.

– La seule chose que ça aurait changé, c'est que maintenant tu serais mort, toi aussi. En fait, heureusement qu'on a passé la nuit ensemble.

Rusty leva les yeux vers Therese.

– Tu m'as sans doute sauvé la vie, ce matin.

– Et peut-être la mienne par la même occasion.

– Comment ça ?

– Je ne sais pas ce que je serais devenue, s'il t'était arrivé malheur.

Le jeune homme scruta le visage de Therese.

– Je t'aime, dit-il.

Therese hocha la tête.

– Ils nous attendent, en bas.

– Oui, on ferait mieux de descendre.

Le shérif était assis dans la cuisine avec Felix lorsque Rusty entra. Mathilde s'affairait à son fourneau.

– Toutes nos condoléances à tous, pour tes frères, déclara Christovich.

– Merci, shérif.

L'homme but une gorgée du café que Mathilde venait de préparer.

– Malheureusement, tu vas devoir m'accompagner au port. Un autre chalutier ramène les corps.

Rusty s'affala sur une chaise.

– Prends une tasse de café avant de partir, insista Mathilde.

– Oui, madame, si vous voulez.

– Elle a raison, approuva le shérif. Tu as le temps, Rusty. Rien ne presse.

Le jeune homme s'adressa à Felix.

– Pardon, monsieur Petitjean, pour ce qui s'est passé avec Terry. Tout est de ma faute. Je n'aurais pas dû boire autant, hier soir...

Il vit que le père de Therese s'efforçait de contenir sa colère.

– J'ai vraiment honte. Mais je ferai ce qu'il faut pour votre fille, ne vous inquiétez pas.

– On réglera ça plus tard. Tu as d'autres problèmes qui t'attendent, ce matin, expliqua Mathilde à voix basse en apportant le café de Rusty.

Ils restèrent assis là, ne sachant trop que dire, jusqu'à l'arrivée de Therese.

– Il y a du café sur le fourneau, déclara sa mère sans un regard pour elle.

La jeune fille remercia et prit une tasse dans le placard. Elle chercha une place où s'asseoir.

– Tiens, Terry, voilà ma chaise. Je m'en vais, proposa Rusty.

Le shérif Christovich se leva.

– Moi aussi. On devrait déjà être partis.

Mathilde et Therese les accompagnèrent jusque sous le porche. Rusty s'excusa de nouveau.

– Comme je l'ai dit à monsieur Petitjean, je regrette vraiment, madame...

Mathilde l'interrompit.

– On parlera de tout ça plus tard...

393

Elle l'embrassa sur la joue.

– Si tu as besoin de nous, on est là.

– Entendu, madame. Merci pour tout.

Terry regarda Rusty droit dans les yeux.

– On se revoit tout à l'heure, d'accord ?

Le jeune homme acquiesça d'un signe de tête.

Il chercha ses clés de voiture dans sa poche.

– Bizarre, dit-il, fouillant sans succès.

Il essaya sa poche gauche. Étonné, il en sortit les clés.

– Comment sont-elles arrivées de ce côté ?

Therese essaya de plaisanter.

– Soûl comme tu étais hier soir, tu as de la chance de ne pas t'être réveillé avec tes clés dans la bouche et ton pantalon sur la tête.

Encore contrariée d'avoir trouvé le jeune homme dans la chambre de sa fille, Mathilde ajouta d'un ton sarcastique :

– Je dirais même qu'il s'en est fallu de peu, non ?

Gêné, Rusty salua les deux femmes et partit vers le port au volant de la Cadillac bleu ciel.

– Et si tu m'accompagnais jusqu'à ma voiture, Terry ? suggéra Christovich en prenant congé de Mathilde sous le porche.

Therese attendit que le shérif prenne la parole tandis qu'ils marchaient côte à côte.

– Tu te souviens de la conversation que nous avions eue ? Rusty t'a-t-il révélé quoi que ce soit, d'une façon ou d'une autre, sur ce qui est arrivé à ton frère ?

La jeune fille leva les yeux vers le shérif.

– Non, shérif, pas un mot. Il n'a pas fait la moindre allusion à ce qui s'est passé cette nuit-là.

– Et Darryl ? Ta mère m'a dit qu'il était venu te voir une ou deux fois.

– Me voir moi ?

Therese sourit comme si elle était flattée.

– Non, shérif, il est venu parler argent avec mon père. Il n'a pas été désagréable, notez bien. Il m'a même emmenée faire un tour dans sa Cadillac un soir. Mais vous savez, on est comme l'eau et le feu, tous les deux. Totalement incompatibles.

– C'étaient peut-être les deux frères, Rusty et Darryl, qui étaient incompatibles. Surtout avec toi au milieu.

Therese s'exprima soudain comme une femme beaucoup plus âgée.

– Ce que vous avez vu ce matin, shérif, ça ne date que de la nuit dernière. Rusty et moi, on a commencé à boire au dîner, hier soir...

Le shérif termina sa phrase.

– ... et quand vous vous êtes arrêtés, il était trop tard.

– C'est un peu ça.

Ils rejoignirent la voiture de patrouille et le shérif ouvrit la portière.

– Tu sais que je ne peux rien faire, Terry. Je n'ai aucune preuve.

– Peut-être parce qu'il n'en existe aucune. À vrai dire, je ne suis même pas sûre que les Bruneau soient pour quelque chose dans le meurtre de mon frère.

– Alors qui l'a tué, selon toi ?

– J'ignore ce que vous en pensez, shérif, mais je me demande s'il ne faut pas accepter que certains mystères restent sans solution.

Christovich monta dans sa voiture et sourit à la jeune fille.

– Avec ce genre d'attitude, tu vois, jamais tu ne pourrais faire carrière dans la police. Un mystère sans solution, moi, ça me rend fou.

Therese lui rendit son sourire.

– J'espère que vous trouverez un remède.

Le shérif mit le contact.

– Je n'en connais qu'un.

– Lequel ?

– Mettre le coupable en prison.

L'après-midi touchait à sa fin quand Rusty regagna la maison des Petitjean. Assise sous le porche, Therese décortiquait des crevettes pour le dîner. Elle avait les mains luisantes de jus.

Le jeune homme s'approcha lentement. Il vit qu'elle était épuisée.

– On a retrouvé les corps, annonça-t-il.

– Oui, le shérif nous l'a dit ce matin.

– C'est vrai, se rappela Rusty. Aujourd'hui, tout se mélange un peu.

– Tiens, assieds-toi une minute, mon chéri. Je vais me laver les mains et mettre les crevettes dans la gla-cière.

Rusty s'installa dans le fauteuil à bascule de Felix. Il regarda un merle moqueur attaquer un chat qui traversait furtivement le jardin. Le chat, recevant un coup de bec sur l'arrière-train, bondit en l'air et se retourna pour griffer l'oiseau piaillant qui lui échappa d'un coup d'aile, puis alla se percher dans un pin.

– Je regrette, pour tes frères. Malgré tout ce qui s'est passé.

C'était Therese ; Rusty ne l'avait pas entendue revenir sous le porche.

— Ils étaient ma seule famille, Ross et Little Horse.

— C'est faux. Tu m'as, moi, protesta Therese, s'adossant au porche.

— Oui. D'ailleurs, il faut qu'on parle.

— Ça peut attendre. Tu as assez de soucis en tête.

Rusty chercha un autre sujet de conversation.

— Tes parents sont partis ? Je n'ai pas vu le pick-up.

— Les médecins veulent examiner papa tous les deux ou trois jours, puisqu'il refuse de rester à la clinique comme ils le souhaitaient.

Le jeune homme ne put s'empêcher de revenir sur l'accident.

— Elle a tout détruit, l'explosion.

— On sait ce qui l'a causée ?

— Le shérif prétend qu'on a récupéré quelques débris du *Squall* en même temps que les corps. Trois fois rien. Il a pratiquement volé en éclats.

— Il y a une chance qu'on remonte d'autres parties du batcau ? demanda Therese.

— On est en train de sonder le chenal. Mais la marée descend. On ne trouvera pas grand-chose.

— Donc personne ne sait rien ?

— Une explosion pareille, ça ne peut venir que du moteur ou du réservoir d'essence. Mes frères étaient toujours tellement négligents, surtout Ross. Je les suppliais de remettre le bateau en état. Mais ils ne m'écoutaient pas.

— Papa et toi, vous m'avez appris à quel point l'essence pouvait être dangereuse. Comme de la dynamite, vous disiez.

– C'est vrai. N'empêche que cet accident est incompréhensible.

– Pourquoi ça ? Tu le dis toi-même, tes frères étaient négligents. Ils ont peut-être eu le même problème que nous, une fuite d'essence, mais qu'ils n'ont pas réparée à temps.

– Ça paraît quand même bizarre.

– Bien sûr que non. Il y a une fuite, les vapeurs d'essence s'accumulent dans la cale comme papa et toi m'avez expliqué, quelqu'un allume une cigarette et le bateau saute. Ça pourrait arriver à n'importe qui.

– À Ross, peut-être. Mais ça ne ressemble pas à Darryl, ce genre d'accident.

– Quand je pense à vos bricolages de fortune, à ces tuyaux d'arrosage attachés avec du fil de fer...

Rusty cessa net de se balancer dans le fauteuil de Felix.

– Qu'est-ce que tu viens de dire ?

Therese blêmit.

– Rien. Juste une supposition.

– Comment es-tu au courant, pour le tuyau d'arrosage et le fil de fer ? Tu n'as jamais mis les pieds sur le *Squall*.

– J'ai dit ça ? Je ne sais pas, tu as dû m'en parler.

– Ça m'étonnerait. Je ne me souviens pas d'avoir raconté, à toi ni à personne d'autre, comment papa avait réparé notre tuyau d'alimentation.

– C'était un exemple, rien de plus. Tu veux dire que Horse l'a vraiment remplacé par un tuyau d'arrosage ?

Rusty affichait une gravité soudaine.

– Oui, c'est exactement ce que je veux dire.

– Simple coïncidence. J'ai pris un exemple, et il se trouve qu'il correspond à la réalité. C'est uniquement l'effet du hasard.

– Alors comment se fait-il que j'aie trouvé mes clés dans ma poche gauche, ce matin ? Encore une coïncidence ?

– Tu oublies que tu étais complètement soûl, hier soir. Tu aurais pu mettre tes clés dans ton oreille, tu ne t'en serais même pas rendu compte.

– Je mets toujours mes clés dans ma poche droite. Que je sois soûl ou pas ne change rien à l'affaire.

– Qu'est-ce que tu insinues ? Que je suis pour quelque chose dans ce qui est arrivé ? Après ce qu'on a fait ensemble la nuit dernière, tu viens maintenant m'accuser ? J'ai vraiment du mal à y croire.

Rusty ne cilla pas.

– Eh bien moi, c'est toi que j'ai du mal à croire. Voilà le problème.

La jeune fille poussa un soupir.

– Hier soir, tu me racontes que tes frères et toi êtes tombés à trois sur Alton comme une bande de lâches, puis que vous avez jeté son cadavre dans le bayou. Et qu'est-ce que je fais ? Je te pardonne et je te mets dans mon lit…

Tournant le dos à Rusty, elle contempla le bayou et les marécages qui s'étendaient au-delà. Soudain, sa voix se durcit.

– Tu veux vraiment que je te dise la vérité ? Eh bien oui, c'est moi qui ai fait une entaille dans ce tuyau d'arrosage et qui ai envoyé tes deux frères en enfer. Mais tu te souviens de mes efforts, ce matin, pour t'empêcher d'y passer avec eux ?

– Oui, je me souviens, murmura Rusty derrière elle.

– J'ai une dernière chose à t'avouer. Alton n'a jamais tué ton père. Alton n'a jamais levé la main sur quiconque. Tes frères et toi, vous vous êtes trompés de Petitjean, cette nuit-là. Si tu veux venger le meurtre de ton père, c'est moi qu'il faut poignarder. C'est moi qui l'ai tué, et s'il le fallait, je recommencerais.

– Toi ?

Rusty n'en revenait pas.

– Oui, moi. Horse croyait qu'il suffisait de m'acheter pour m'épouser. Mais je ne suis pas à vendre.

– Bon sang, Therese !

Elle fit volte-face.

– Maintenant, tu connais toute l'histoire. Je sais ce que tu as fait, tu sais ce que j'ai fait. De mon point de vue, on est quittes. Tu n'as rien de plus à te reprocher que moi, et je n'ai rien de plus à me reprocher que toi.

– Donc tu t'en tires à bon compte ?

– À bon compte ? répliqua Therese avec colère. Tu oublies la mort d'Alton. J'ai déjà payé un lourd tribut. C'est toi qui t'en tires à bon compte. Si tu veux savoir, c'est comme tu l'as dit à ma mère : tu as une dette envers nous.

Elle reprit son souffle et ajouta doucement :

– Surtout depuis la nuit dernière.

Rusty jeta un coup d'œil au loin, derrière Therese, et vit les nuages filer vers l'ouest, fuyant devant l'ouragan qui se déchaînait toujours quelque part dans le golfe.

– Alors que vas-tu faire, maintenant ? lui demanda la jeune fille avec un soupir. Maintenant que tu connais la vérité, que vas-tu faire ?

CINQUIÈME PARTIE

35.

Malgré le ciel couvert de lourds nuages gris, les cyprès et les pins roussis par l'hiver, la journée était chaude pour la saison. Pourtant, le shérif Christovich s'étonna de voir Mathilde sur le ponton tandis qu'il s'arrêtait près de la maison des Petitjean. Un vent cinglant montait du bayou, et la mère de Therese n'avait qu'un châle sur les épaules.

Descendant au bord de l'eau sous les pins clairsemés, Christovich marcha le plus doucement possible sur le mince tapis d'aiguilles sèches pour ne pas faire sursauter Mathilde, perdue dans ses pensées.

Lorsqu'il fut à quelques mètres d'elle, il l'appela.

Elle se retourna, et il fut frappé une fois de plus par sa beauté.

Comme si elle relevait les deux côtés d'un voile pour montrer son vrai visage, sa mélancolie bien visible quand elle l'avait regardé par-dessus son épaule se dissipa, et elle esquissa un sourire en prononçant le prénom du shérif.

– Matthew…

– Alors, votre fille apprécie-t-elle sa vie de femme mariée ? s'enquit Christovich en s'avançant sur le ponton.

Mathilde s'esclaffa.

– Je crois que je vais bientôt être grand-mère.

– J'ai appris que Terry était enceinte. Le bébé est pour quand ?

Mathilde hocha la tête avec un petit sourire.

– Il sera sans doute un peu en avance. Mais après ce fameux matin où nous avons trouvé Rusty dans la chambre de ma fille, ce n'est pas vraiment une surprise, non ?

Christovich acquiesça.

– En tout cas, ce ne sera pas le premier bébé à pointer le bout de son nez un peu trop tôt après le mariage.

– Terry pense elle aussi qu'il a été conçu cette nuit-là. Celle où les deux frères Bruneau sont morts…

Mathilde poussa un soupir.

– Le médecin dit que d'après ses observations, la grossesse remonte plus ou moins à cette date.

– On dirait bien qu'il n'y a jamais d'obsèques sans qu'un baptême suive de près. Et vice versa.

– On devrait peut-être aller acheter un gris-gris à Marie Deux-Chiens, pour nous protéger quand ce bébé sera baptisé, plaisanta Mathilde.

Christovich sourit.

– Vous devez être gelée, debout sur ce ponton en plein hiver, sans rien sur les épaules qu'un malheureux châle.

– Il ne fait pas si froid, aujourd'hui…

Mathilde soupira de nouveau.

– Et puis j'en avais assez d'être enfermée. J'ai eu envie de faire une petite promenade, mais je me suis arrêtée là.

Ils contemplèrent tous les deux la surface terne et plombée du bayou, pareille à un miroir ancien dont le tain se serait écaillé. Un cri rauque monta des roseaux sur la rive opposée.

– Sans doute un colvert, déclara le shérif.

– Qui appelle sa femelle, ajouta Mathilde.

Christovich vit la mélancolie réapparaître sur son visage.

– Vous savez ce qu'on dit quand un bébé naît trop vite après le mariage ? lui demanda-t-il.

Elle ne put s'empêcher de sourire. Matthew lui avait un jour avoué, longtemps après leurs mariages respectifs, qu'adolescent il apprenait par cœur un certain nombre de blagues pour amuser les filles. Visiblement, il en connaissait encore quelques-unes.

– Non, que dit-on ?

– Que le capot cache tout.

– C'est une vieille blague, Matthew.

– Normal, puisqu'elle est racontée par un vieil homme, concéda-t-il.

– Vous n'êtes pas si vieux.

– Ah bon ? Mon ancienne petite amie est presque grand-mère. Alors moi, qu'est-ce que je suis ?

Encore une fois, Mathilde poussa un profond soupir.

– Un vieil ami, Matthew, voilà ce que vous êtes. Un vieil ami qui vient me remonter le moral.

– Vous vous en sortez comment, sans Felix ?

– Sa disparition a été un choc, malgré la gravité de sa maladie. Mais tout le monde dit que c'est mieux ainsi. Peut-être que oui. À la fin, la mort semblait gagner chaque jour un peu plus de terrain : il ne pouvait plus parler, il avait le visage déformé, une jambe paralysée et l'autre tellement agitée de tics qu'une nuit, à force de cogner contre les barreaux du lit de la clinique, elle s'était couverte d'hématomes.

– Au moins il a pu assister au mariage de sa fille.

– Oui, ç'a été une bénédiction. Comme de voir que finalement, on n'allait pas tout perdre, la maison et les parcs. Je sais qu'il en a tiré un grand réconfort. Les médecins refusent de l'admettre, mais ses hémorragies cérébrales ont certainement été causées par l'inquiétude. Quand les premières ont eu lieu, qu'il ne pouvait plus se servir de son bras ni parler correctement, on était sûrs d'avoir tout perdu, lui et moi. On n'en avait pas parlé à Terry – à quoi bon ? Mais on pensait que l'affaire était entendue, que Little Horse nous prendrait tout.

– Étrange, la façon dont ça se termine, non ? Vous gagnez un gendre ct tous les parcs des Bruneau.

– On pourrait aussi dire que Rusty gagne une femme et tous les parcs des Petitjean.

– Quoi qu'il en soit, tout est bien qui finit bien.

– Sauf pour mon pauvre Alton enterré dans ce maudit cimetière, répliqua Mathilde avec amertume.

– N'oubliez pas le vieux Horse et ses deux fils aînés.

– Dieu ait leur âme…

Elle détourna le regard.

– Moi je ne dirais pas que tout est bien qui finit bien, shérif. Je vois plutôt ça comme une tragédie, ce qui s'est passé.

– Oui, vous avez raison.

Mathilde resserra son châle sur ses épaules.

– Vous allez prendre froid, la sermonna Christovich.

406

– C'est cette rafale de vent glacial. Elle m'a transpercée jusqu'aux os.

– Venez donc vous mettre à l'abri. Je vous offre un café pour vous réchauffer.

Elle sourit à la plaisanterie du shérif et se dirigea avec lui vers la maison.

– Au fait, Matthew, qu'est-ce qui vous amène ? Je ne crois pas vous avoir vu depuis les obsèques de Felix.

– Oui, je le regrette. Je suis très occupé, avec Candy…

Mathilde hocha la tête.

– À vrai dire, c'est votre fille que je cherche. Elle ne serait pas là, par hasard ?

– Elle est en mer avec Rusty, comme un jour sur deux. Elle m'a dit qu'ils comptaient aller jusqu'au lac Grande Écaille, aujourd'hui.

– Elle ne ralentit pas le rythme, même avec un bébé en route.

Non, Matthew, elle aime trop la mer. Et ils s'en sortent tellement bien, elle et Rusty. Entre les parcs des Bruneau et les nôtres, ils n'ont que l'embarras du choix.

– Que fera-t-elle après la naissance du bébé ?

– Elle reprendra la barre de la *Mathilde* à la première occasion. Je ne serais pas étonnée de me retrouver à élever cet enfant.

Christovich sourit tandis qu'ils gravissaient l'escalier du porche.

– Tout le monde va vous appeler Maw-Maw, si vous ne faites pas attention.

– Vous riez, mais à votre avis, qui dort dans la chambre du haut, maintenant ?

– Vous, Grand-mère, comme la mère de Felix après votre mariage.

Le shérif tint la porte pour laisser entrer Mathilde.

– Vous aviez raison, Matthew, il fait vraiment meilleur ici, concéda-t-elle, sans quitter son châle pour autant.

– Terry et Rusty ont pris votre ancienne chambre ?

– Oui, après la mort de Felix, je n'arrivais plus à y dormir. Et comme ils veulent transformer la chambre d'Alton en nursery, ils préfèrent être près du bébé.

– Qu'allez-vous faire de la maison des Bruneau ?

– Aucune idée. La vendre, sans doute. Vous devriez y faire un tour. Terry l'avait entièrement remise en état avant son mariage, quand elle et Rusty pensaient s'y installer. Peintures refaites, rideaux changés, potager bêché et planté : on a du mal à la reconnaître, je vous assure.

– Difficile à imaginer, lorsqu'on sait comment vivaient les Bruneau après la mort d'Arlene, convint le shérif.

Il jeta un coup d'œil admiratif autour de lui.

– Mais la plupart des maisons à l'abandon sont dans ce cas : dès qu'une femme prend les choses en main, la situation se révèle moins désespérée qu'on ne croyait.

Mathilde eut un sourire ironique.

– Je ne sais pas comment font les hommes pour tout laisser aller à vau-l'eau.

– Pas tous, protesta Christovich.

– Non, seulement ceux que j'ai rencontrés.

– C'est qu'on attache moins d'importance que vous autres au confort matériel, plaisanta le shérif.

– Confort matériel ? L'eau et le savon, par exemple ?

– Au fait, où est le café que je devais vous offrir ?

– Je vais de ce pas dans la cuisine demander à la serveuse. Suivez-moi, jeune homme.

Ils s'amusaient bien, les deux amis.

– Et vous lui voulez quoi, à Terry ? demanda Mathilde en préparant le café.

Le shérif s'assit devant la table.

– Arcie Dubois est propriétaire de la parcelle à l'entrée du chenal, près de l'endroit où le *Squall* a brûlé.

– Je sais. Rusty m'a dit que c'était lui qui avait ramené les corps sur son chalutier, le matin de l'explosion.

– Eh bien hier, Arcie a repêché quelque chose dans la poche d'une de ses dragues. Il n'a pas tout de suite compris de quoi il s'agissait. À force d'être enfoui dans la vase, ça ressemblait à une huître monstrueuse, un objet recouvert d'argile. Seulement, après l'avoir remonté sur le pont et passé au jet, il s'est aperçu que c'était la pompe d'un moteur dc bateau, ou ce qu'il en restait.

– À quoi peut-elle servir, dans cet état ?

– À rien. Mais compte tenu de l'endroit où il l'a trouvée, Arcie s'est dit que c'était peut-être celle du *Squall*, et il l'a déposée à la prison hier soir en rentrant.

Mathilde s'assit le temps que l'eau arrive à ébullition.

– Vous savez si elle vient bel et bien du *Squall* ?

– Il reste quelques centimètres de tuyau fixés à l'embout de la pompe. Un simple tuyau d'arrosage entouré de fil de fer en guise de collier de serrage. Une réparation à la va-vite, typique de Horse Bruneau. Au lieu d'utiliser un tuyau ordinaire en caoutchouc, il a dû se contenter de bricoler un dispositif de fortune avec ce qui traînait ce jour-là sur le quai.

Mathilde opina du chef.

– Oui, Darryl était célèbre pour ses bricolages improvisés…

Elle sourit à ce souvenir.

– Mais ça marchait toujours.

– Comme cette fois, d'ailleurs. Même l'explosion n'a pas réussi à détacher le tuyau de la pompe.

– Quel rapport avec Terry ?

– Le problème, c'est que ce tuyau est fendu au ras de l'embout qui le relie à la pompe.

– Ils n'ont pas tous tendance à se fissurer à cet endroit ? Comme sur les voitures ?

– Si, en général c'est là qu'ils cèdent. Mais quand ça se produit, le tuyau lâche de partout. Alors que sur celui-ci, la fente est bien nette, au moins dessous. À vrai dire, j'ai l'impression que quelqu'un y a donné un coup de couteau.

Mathilde éclata de rire.

– Vous ne soupçonnez quand même pas Terry ? Pourquoi aurait-elle fait ça ?

– À cause d'Alton. Elle a beau s'en défendre, je pense qu'elle tient les fils Bruneau pour responsables de la mort de son frère. Sans doute à juste titre.

– Elle en a pourtant épousé un.

– Seulement après la mort des deux autres.

La mère de Therese secoua la tête.

– En tout cas, ma fille ne s'y connaît pas plus que moi en mécanique. Elle n'aurait jamais su où donner un coup de couteau, en admettant qu'elle en ait eu envie.

– Peut-être… Encore qu'après la mort d'Alton, Terry soit allée régulièrement pêcher en mer. On apprend

410

beaucoup de choses, à travailler tous les jours sur un bateau.

Mathilde avait toujours un sourire sceptique.

– Matthew, elle n'y travaillait que depuis quelques semaines, quand les frères Bruneau sont morts.

– Il y a autre chose…

La bouilloire sifflait et tressautait. Mathilde se leva pour éteindre le gaz.

– Quelqu'un a cru apercevoir la Cadillac au port, la nuit précédant l'explosion, poursuivit le shérif. À l'époque, je n'ai pas pu utiliser ce témoignage. Et son auteur n'était pas sûr à cent pour cent de ce qu'il avait vu. Mais avec ce nouvel élément…

– Rusty a passé toute la nuit ici, vous savez très bien où. À votre arrivée, le lendemain matin, il était encore là. Nous étions tous assis avec vous à cette table.

– Je ne parle pas de Rusty.

– Alors de qui… Vous ne pensez tout de même pas à Terry ?

– Vous avez déjà oublié ces clés qui se sont retrouvées dans la poche gauche de Rusty ? Un droitier range ses clés dans sa poche droite. Tout simplement.

– Enfin, shérif, il était tellement ivre…

– Qu'il ait été ivre ou non la veille au soir, il était parfaitement lucide quand il a quitté la maison, ce matin-là. Vous croyez qu'il aurait fait autant de bruit en découvrant ses clés dans sa poche gauche – devant le shérif, par-dessus le marché – s'il s'était rendu au port en pleine nuit avec la Cadillac, pour saboter le tuyau d'alimentation du bateau de ses frères ? Non, quelqu'un d'autre a mis les clés dans sa poche gauche.

– De toute façon, qui peut affirmer qu'il y a eu sabotage ? Vous disposez en tout et pour tout d'un malheureux bout de tuyau d'arrosage, soi-disant suspect après être resté trois ou quatre mois enfoui dans la vase. Vous appelez ça une preuve ?

Le shérif sourit.

– Une preuve ? Non, je n'ai certainement pas de quoi convaincre d'éventuels jurés.

Mathilde posa la cafetière sur la table, ainsi que deux tasses et deux soucoupes.

– On dirait que vous n'avez pas grand-chose de solide, alors.

– Sans doute pas. Pour être honnête, il y a même une preuve à décharge. Harley Boudreaux était passé au dépôt à glace pour chercher du travail, ce matin-là. Il avait dit à Ross que ça sentait l'essence, au moment où il amarrait le *Squall*.

– Vous voyez bien, shérif. Et qu'a répondu Ross ?

– Vous savez comment il était. Il a rétorqué que ce n'était pas de l'essence que le vieux Boudreaux sentait, mais l'alcool qu'il avait dû renverser sur sa chemise. Et Darryl n'a pas voulu s'attarder. Ils étaient déjà en retard.

– Sûrement parce qu'ils avaient attendu Rusty.

– Moi aussi, j'avais prévenu Darryl et Ross qu'ils devaient avoir de l'essence dans leur cale, un jour que je me trouvais sur leur ponton. Mais ils étaient bien comme leur père. À force de se croire plus malin que tout le monde, on fait des bêtises. Ils n'ont probablement pas tenu compte de ma mise en garde.

– Malheureusement, on a l'impression qu'ils ont cherché ce qui leur est arrivé.

– C'est ce que pensent la plupart des gens.

Mathilde regarda le shérif droit dans les yeux.

– Mais pas vous ?

– Alton tue Horse. Darryl et Ross tuent Alton. Jusque-là, tout paraît simple. Mais ensuite, qui peut avoir une raison de tuer les deux fils Bruneau ? Rusty n'a aucun mobile plausible, si ce n'est d'avoir dû supporter ses deux connards de frères – pardon d'être grossier. De toute façon, je le répète, ce n'est pas lui qui a fait le coup. Quant à Felix, la nuit précédant l'explosion, il ne pouvait ni marcher ni lever le bras. Restent vous et Therese. Or je n'ai pas besoin de vous innocenter, puisque vous savez comme moi que ce n'est pas vous.

– En tout cas, vous ne pouvez pas prouver que cette explosion était autre chose qu'un accident.

– Les faits sont là, Mathilde, que j'en aie la preuve ou non. Et puis tout s'arrange si bien pour votre fille : elle sauve la maison de ses parents, leur bateau, leurs parcelles, et en prime elle gagne un mari qui a les meilleurs parcs à huîtres de la paroisse après les vôtres.

– Matthew, au nom de l'amour que vous me portiez autrefois, je vous en supplie : fermez les yeux.

Le shérif poussa un soupir.

– À quoi bon m'entêter, au fond ? Je n'ai aucune preuve. Seulement la certitude de détenir la vérité.

– La vérité ! s'esclaffa Mathilde. Depuis quand a-t-elle la moindre importance, pour vous ou pour moi ?

– Enfin, comme vous le dites, je ne peux rien prouver, n'est-ce pas ?...

Mathilde Petitjean hocha la tête avec tendresse.

– Je peux au moins vous demander de transmettre un message à Terry de ma part ?

– Évidemment.

– Dites-lui que nous n'avons plus besoin, ni elle ni moi, de nous résigner à ce que certains mystères restent sans solution.

– Elle comprendra ?

– Absolument…

Mathilde servit le café.

– Au fait, comment comptent-ils appeler leur bébé ? Ils ont choisi un prénom ?

– Oui, ils se sont décidés : Arlene si c'est une fille, comme la mère de Rusty. Ce serait bien, d'avoir une nouvelle Arlene dans la commune.

– En effet. Et si c'est un garçon ?

– Felix.

– Ça lui aurait fait plaisir, à votre mari, d'avoir un petit-fils qui s'appelle comme lui.

– Oui, il aurait aimé savoir que son prénom se perpétuerait. Même s'il n'y aura plus de Petitjean après lui.

Mathilde mit une cuillerée de sucre dans son café.

– Et Candy ? Elle va mieux ?

– J'ai dû la reconduire à l'hôpital Touro il y a deux jours. D'après les médecins, ce n'est qu'une question de temps.

– Navrée de l'apprendre…

Mathilde sourit avec tristesse.

– Ce n'est pas ce que répétait Darryl, que tout n'était qu'une question de temps ?

Le shérif goûta son café.

– Possible, répondit-il. Peut-être qu'après tout, l'avenir donnera raison à ce vieux Horse.

REMERCIEMENTS

L'auteur tient à exprimer sa profonde gratitude à Daniel Halpern et à ses talentueux collègues des Éditions Ecco & HarperCollins, ainsi qu'à Jim Rutman de l'agence Sterling Lord Literistic, Inc. Captain Tom a généreusement fourni des informations détaillées sur la pêche telle qu'elle se pratiquait à l'époque et dans les lieux où se déroule l'action, tout comme le professeur Robert Thomas sur l'écologie des marais et les sujets qui s'y rattachent. Certains épisodes ont été inspirés par des lectures trop anciennes pour en retrouver les références, et par des récits de pêcheurs dont beaucoup sont morts depuis longtemps.

Composition réalisée par Nord Compo

Achevé d'imprimer en mai 2010 en Espagne par
LITOGRAFIA ROSÉS
Gava (08850)
Dépôt légal 1re publication : juin 2010
Librairie Générale Française – 31, rue de Fleurus – 75278 Paris Cedex 06

31/2814/7